U0640409
光明社
GUANGMING DAILY PRESS
光明版
GUANGMING VERSION

甘肃省教育厅科研项目
“王仁裕笔记小说研究”(编号 0721B－02)

高校社科文库
University Social Science Series
教育部高等学校
社会科学发展研究中心

汇集高校哲学社会科学优秀原创学术成果
搭建高校哲学社会科学学术著作出版平台
探索高校哲学社会科学专著出版的新模式
扩大高校哲学社会科学科研成果的影响力

蒲向明/著

追寻“诗窖”遗珍

——王仁裕文学创作研究

Search for the Shijiao Yizhen
(Treasures Recovered from the Poetry Cellar)
in the Late Tang Dynasty:
and Wang Ren-yu’s Literary Creation Research

光明日報出版社

图书在版编目（CIP）数据

追寻“诗窖”遗珍：王仁裕文学创作研究 / 蒲向明著. -- 北京：光明日报出版社，2012.12（2024.6 重印）

（高校社科文库）

ISBN 978-7-5112-3531-2

Ⅰ.①追… Ⅱ.①蒲… Ⅲ.①王仁裕（880~956）—文学研究 Ⅳ.①I206.2

中国版本图书馆 CIP 数据核字（2012）第 286959 号

追寻“诗窖”遗珍：王仁裕文学创作研究

ZHUIXUN “SHIJIAO” YIZHEN：WANGRENYU WENXUE CHUANGZUO YANJIU

著　　者：蒲向明

责任编辑：宋　悦　　责任校对：傅泉泽

封面设计：小宝工作室　　责任印制：曹　诤

出版发行：光明日报出版社

地　　址：北京市西城区永安路 106 号，100050

电　　话：010-63169890（咨询），010-63131930（邮购）

传　　真：010-63131930

网　　址：http://book.gmw.cn

E - mail：gmrbcbs@gmw.cn

法律顾问：北京市兰台律师事务所龚柳方律师

印　　刷：三河市华东印刷有限公司

装　　订：三河市华东印刷有限公司

本书如有破损、缺页、装订错误，请与本社联系调换，电话：010-63131930

开　　本：165mm×230mm

字　　数：283 千字　　印　　张：15.75

版　　次：2012 年 12 月第 1 版　　印　　次：2024 年 6 月第 2 次印刷

书　　号：ISBN 978-7-5112-3531-2-01

定　　价：69.00 元

CONTENTS 目 录

绪 论 /1

第一章 "诗窖"王仁裕和他的时代 /7

第一节 "诗窖"王仁裕及其时代背景 /7

一、王仁裕"诗窖"之誉的文献考察 /8

二、王仁裕笔记小说的文献考察 /12

三、从乱世文学看王仁裕的时代背景 /14

四、五代文学"志"的弱化 /16

五、五代文学在文化构型上的缺陷 /18

第二节 王仁裕生平和世系 /20

一、王仁裕生平记载与籍贯辨疑 /20

二、王仁裕生平的四个分期 /23

三、王仁裕生年与秦州任职祛疑 /28

四、王仁裕蜀都和洛阳任职时限考定 /29

五、"西江浣肠"说辨和籍贯申识 /30

六、王仁裕世系和交游索隐 /32

第三节 王仁裕年谱首稿 /34

一、罢官居汉阳别墅前系年 /35

二、任职兴元至充翰林学士期间系年 /38

三、后晋后汉后周时期系年 /39

第二章　王仁裕诗歌创作研究　/ 44
第一节　王仁裕的诗歌创作概说　/ 44
一、王仁裕诗集史籍载录汇要　/ 45
二、王仁裕诗歌今存作品集评　/ 47
第二节　王仁裕诗歌的思想性和艺术性　/ 61
一、王仁裕诗歌的思想性　/ 62
二、王仁裕诗歌的艺术性　/ 65

第三章　王仁裕笔记小说和其他著述　/ 69
第一节　王仁裕的笔记小说创作　/ 69
一、王仁裕笔记小说的文学价值　/ 69
二、王仁裕笔记小说集的经济文化价值　/ 71
第二节　王仁裕的其他著述　/ 73
一、王仁裕的音乐著作　/ 74
二、王仁裕的法书作品和书学观点　/ 77
三、王仁裕的记游著作　/ 77
四、王仁裕的金石札记著作　/ 79

第四章　王仁裕笔记小说的文学史地位　/ 82
第一节　笔记小说概念简释　/ 82
一、笔记小说概念的提出和界定　/ 83
二、区分非小说的笔记和非笔记的小说　/ 84
三、笔记小说的特点与价值　/ 85
四、笔记小说的分类　/ 87
第二节　王仁裕笔记小说的文学史地位　/ 88
一、《玉堂闲话》的文学史地位　/ 88
二、《开元天宝遗事》的文学史地位　/ 90
三、《王氏见闻录》等的文学史地位　/ 94

第五章　《开元天宝遗事》研究　/ 97
第一节　《开元天宝遗事》的成书和流传　/ 97
一、《开元天宝遗事》版本与流传探赜　/ 98

二、《开元天宝遗事》被指伪书寻迹 / 100
三、《开元天宝遗事》非伪书确证 / 102
四、《开元天宝遗事》文化价值申识 / 104
第二节 《开元天宝遗事》的文本 / 106
一、四库全书提要评记《开元天宝遗事》 / 106
二、《开元天宝遗事》简评 / 107
三、《开元天宝遗事》文本内容校注与评记 / 107
第三节 《开元天宝遗事》思想内容和艺术价值 / 139
一、《开元天宝遗事》的思想内容 / 140
二、《开元天宝遗事》的艺术特点 / 143

第六章 《玉堂闲话》研究 / 146
第一节 《玉堂闲话》的成书与散佚 / 147
一、《玉堂闲话》的成书与《太平广记》 / 147
二、《玉堂闲话》的散佚情况 / 150
第二节 《玉堂闲话》的研究与整理 / 152
一、周勋初对《玉堂闲话》的研究 / 152
二、陈尚君对《玉堂闲话》的研究与整理 / 158
三、蒲向明对《玉堂闲话》的研究与整理 / 160
第三节 《玉堂闲话》的思想内容和艺术特色 / 168
一、《玉堂闲话》的思想内容 / 169
二、《玉堂闲话》的艺术特色 / 172
第四节 《玉堂闲话》的文化张力 / 175
一、《玉堂闲话》的神异文化色彩多显露于记奇者 / 175
二、《玉堂闲话》的“狐”文化、“游丐”文化与“骗局”文化 / 176
三、《玉堂闲话》表现了唐宋间过渡时期商业文化对农耕文化的冲击 / 177

第七章 《王氏见闻录》研究 / 179
第一节 《王氏见闻录》的散佚和流传 / 179
一、《王氏见闻录》的散佚和流传情况 / 180
二、《王氏见闻录》作品的辑佚 / 180

三、《王氏见闻录》现存作品校注与评记　/182
第二节　《王承休》的文体学价值　/205
一、继承唐人小说注重诗笔的传统　/205
二、所引长表对情节起铺垫和伏笔作用　/207
第三节　《王氏见闻录》的思想内容和艺术特色　/208
一、《王氏见闻录》的思想内容　/208
二、《王氏见闻录》的艺术特色　/212

附　录　/215

参考文献　/227

跋　语　/231

绪 论

“诗窖”王仁裕（880～956），字德辇，史传均称他是天水人，今据墓志以为应作唐秦州长道县人。五代著名政治家、文学家。他历事唐末歧王李茂贞、前蜀、后唐、后晋、后汉、后周，官至户部尚书、兵部尚书、太子少保，病逝后诏赠太子少师。他的先祖是太原人，在祖父王义甫任成州（治今甘肃成县）军事判官时，迁居秦州长道县碑楼川（今礼县石桥乡斩龙村），父亲王实曾任阶州（治今陇南市武都区）军事判官，但他幼年不幸，失怙恃之爱，由长兄王仁温（时任秦州观察推官）和长嫂（佚名）抚养长大①，因“乏师友之规”、“以畋猎为事”等现实原因，到二十五岁，还“略未知书”。后来他慷慨自励，发奋读书，走向仕宦生涯，平步五代时期。他的诗歌、笔记和许多史料载录了他的政治生活，包括他在提拔人才、敬业朝事和刚直不倚等方面的事迹，我们据此可以了解到他作为一个政治家的风采。

王仁裕在文学上先以诗名，时人号为“诗窖”②，北宋至明代学界于此即颇为看重，常比肩于“诗仙”、“诗圣”等雅号，但在其后至清初，王仁裕诗作遗存已成寥落之势，《全唐诗》736卷收其诗，且只有15首完整诗作和2首残诗，《全唐诗补编》存其诗1首，其余或见者出自清人李调元编《全五代诗》、今人陈尚君《全唐诗续拾》等所辑五代十国诗，已属于零星，他的诗今

① 宋代李昉《周故少师王公神道碑碑文》有关“（王仁裕）当童稚之年，失怙恃之爱，兄嫂所鞠，至于成人”的记载，见于曾枣庄、刘琳主编《全宋文》（第二册），巴蜀书社1988年12月出版，第772页。据该文和现存礼县石桥“周故少师王公神道碑”铭文，王仁裕有兄二人，次兄王仁鲁，时任秦州仓曹参军（按例应为司仓参军），主管官方仓库，西汉水流域有所属，如《魏书·地形志》载，北魏武帝太平真君三年（442）曾于南秦州汉阳郡置兰仓县。因此，也存在王仁鲁夫妇抚养年幼王仁裕的可能。

② 王仁裕号为“诗窖”，在五代已负盛名，至今转述引用甚多，但考察史料，最早记载“诗窖”之称，则见于两宋之际曾慥编撰《类说》卷二十六，见后文详论。

存总计也不过20首左右。因此，清代后期延续至今，王仁裕“诗窖”之誉，逐渐黯淡，如乾隆朝人王应奎《柳南随笔》把读书而不通世务者“书磕子”竟和“诗窖子”相提并论，今人钱钟书《谈艺录》称“诗窖”为写诗多而不精者。

相比之下，他的笔记小说留存较多，堪称“遗珍”住世，值得探究。它们在文学史上特别在小说史、民俗史上占有较高地位，有丰富的文化内涵和很高的文学价值。王仁裕笔记小说明显体现出唐代传奇向宋代传奇的蜕变。鲁迅说：“宋好劝惩，摭实而泥，飞动之致，眇不可期，传奇命脉，至斯已绝”(《中国小说史略》)，王仁裕所著《玉堂闲话》、《开元天宝遗事》、《王氏见闻录》等笔记小说的记实性明显增强，但也有许多依传说渲染造作的痕迹。

《玉堂闲话》一些篇目情节奇特，叙写曲折，对后代小说产生了不小的影响，如《刘崇龟》、《杀妻者》所写的断狱故事，情节扑朔迷离，直接脱化了明凌濛初《二刻拍案惊奇》卷28故事“程朝奉单遇无头妇/王通判双雪不明冤”，被程毅中先生认为是“宋代以后公案小说的先驱，是由唐到宋小说题材扩大的一个迹象”。故事叙述皆具体生动，对后来的公案小说颇有影响。李代桃僵，在被诬者临刑之际，作案者因不平而自首的模式，为不少小说所借鉴，如《古今小说·陈御史巧勘金钗钿》、《聊斋志异·胭脂》等。《型世言》第三十一回《匿头计占红颜/发棺立苏呆婿》即以“杀妻者”条为主要情节来源。此外，书中还写了一些胆识过人，坚强不屈的妇女形象，如“邹仆妇”条写女主角在丈夫被盗杀害的危机时刻，从容镇定，骗得脱身后即去告发，使夫仇得报。“歌者妇”条，写南中大帅为霸占歌者妇而杀其夫，歌者妇伪为顺从，伺机欲刺杀大帅，事不成而自杀，亦令人赞叹敬佩。宋话本《错斩崔宁》中王氏大娘子骗静山大王一节，颇与“邹仆妇”条相类；《聊斋志异·庚娘》则吸收“歌者妇”条伪为顺从，谋刺并自杀的情节。《裴度》由弱者的角度检视宰相微服私访的风度和体察民情的胸怀，不禁令读者为不幸之人重获幸福和贤明权者成人之美而称快，明冯梦龙《古今小说》袭用其题材，改为《裴晋公义还原配》。《葛周》通过不以小节损才的用人策略，揭示了葛从周为后梁名将，威名著于敌中的原因，作者以《韩诗外传》“楚庄绝缨”和《史记》“秦缪释盗”的典故点题，还显出“大者无所不容”和“以德惠人”的特殊意义，为《古今小说·葛令公生遣弄珠儿》所本。《玉堂闲话》中讽刺游丐文士的作品影响了《儒林外史》的创作，陈癞子切讳“癞”字的情节，自然使读者想到鲁迅笔下的阿Q。

《玉堂闲话》是目前王仁裕著作中存在佚文较多的书籍，主要的条目是来自于《太平广记》中的收录，该书会收录这么多的条目，当和它的编者李昉是王仁裕的门生有极密切的关系。现代学者亦逐渐注意到《玉堂闲话》的价值，因此已有二个辑本：一是王仁裕著，陈尚君辑校，《玉堂闲话》陈尚君的辑本是最早的辑本，计收183条，除了从现存的类书中辑出外，又据张国风对于韩国所传的《太平广记详箭》中又辑出《蓄中六畜》、《耶孤儿》及《胡王》三篇，最为珍贵；二是由蒲向明著《玉堂闲话评注》，计辑录《玉堂闲话》佚文186条，蒲文除详加校释及注解外，也加以评记，是目前最丰富的辑本。① 除了以上186条外，金程宇继张国风之后考察《太平广记评节》，得证《太平广记》卷21《崔育》条，缺书名出处，其实也是《玉堂闲话》的佚文，而今本《崔育》缺54个字，均可据《太平广记详箭》补足，因此目前《玉堂闲话》的辑佚条目可达187条。②

《开元天宝遗事》不同版本所标卷数不尽相同，或一卷、或二卷、或四卷，但最早确本应该是收有159条作品。日本宽永十六年（1639）依南宋绍定戊子（1228）本翻印王仁裕《〈开元天宝遗事〉自序》云：

> 仁裕破蜀之年，入见于明天子（唐明宗），假途秦地，振辔镐都（在今西安至咸阳之间），有唐之遗风，明皇之故迹，尽举目而可观也。因得询求事实，采摭民言，开元天宝之中影响如数百余件，去凡削鄙，集异编奇，总成一卷，凡一百五十九条，皆前书之所不载也，目之曰《开元天宝遗事》。虽不助于风教，亦可资于谈柄，通识之士，谅无诮焉。

此序指明《开元天宝遗事》的作时在天成年间，因为后唐同光三年（925年）灭蜀，四年李存勖在洛阳为乱兵射杀，李嗣源即位称唐明宗，改同光四年为天成元年。王仁裕自序还说明了创作《开元天宝遗事》所涉及的地域和创作方式、分卷以及全书共收159条故事的情况。南宋晁公武《郡斋读书志》对此证言说："蜀亡，仁裕至镐京，采摭民言，得开元天宝遗事一百五十九

---

① 陈尚君的《玉堂闲话》辑本，见于傅璇琮、徐海荣、徐吉军主编的《五代史书汇编》，杭州出版社2004年出版，第1821～1936页。陈尚君据韩国所传的《太平广记详节》辑文《玉堂闲话》之三篇作品，可见张国风文《韩国所藏〈太平广记详节〉的文献价值》，载《文学遗产》2002年第4期，第75～85页。蒲向明著《玉堂闲话评注》中国社会出版社2007年版，第1～346页。

② 见金程宇《韩国古籍〈太平广记详节〉新研》，金程宇著《域外汉籍考》，中华书局2007年版，第68～88页。

条，分为四卷。"可见，原书确有159条，但不知流传过程中发生了怎样的变故，今天只能看到146条作品（如《四库全书》所收），分别记述唐朝开元、天宝年间的逸闻遗事，内容以记述奇异物品为多，人物事迹也有传说，其中如记唐代宫中七夕、寒食等节日习俗以及豪支、传书燕等事有一定的社会史料价值。后世习用的不少成语、典故如滔滔不绝、梦笔生花、解语花、有脚阳春等均出自该书。尚有13条（篇）不知所终，对其后续的搜求补正，以俟来者。从前文所述版本文化的形成看，《开元天宝遗事》不同版本诸多差异的存在，似与其被多种丛书收录有关，因为编丛书者往往有所删削，不免造成条目的减少和内容的萎缩。《开元天宝遗事》的真伪之辩也是其区别于王仁裕别种笔记小说所特有的文化现象。

《王氏见闻录》别称《王氏见闻集》、《王氏见闻》。五代南唐刘崇远《金华子杂编》卷3著录《王氏见闻集》三卷，注云："王仁裕记前蜀事"；宋初李昉《太平广记》称引该书或云《王氏见闻录》，或云《王氏见闻》；南宋初郑樵《通志》卷65《艺文略》三"杂史"著录王仁裕撰《王氏见闻集》三卷，清初吴任臣《十国春秋》卷44"王仁裕传"列有《王氏见闻录》。今有论者称："《王氏见闻录》《崇文书目》归入史部传记类，《通志》、《通考》均未收录，《宋志》归入子部小说类。"未知此论所据者何，谬误是显而易见的。《王氏见闻录》佚文最多见于《广记》，也有见于宋无名氏《分门古今类事》中者。陈尚君据《广记》中钩辑到31条（见《五代史书汇编》），也有辑本得32条者，但本人以为，可以从《广记》中钩辑到《王氏见闻录》佚文33条：依陈本31条，可以加上《李龟祯》、《陈洁》2条。

《王氏见闻录》的作品事涉怪诞，篇幅远较《开元天宝遗事》长，纪实用笔的过程中带有明显的虚构成分，故事情节生成多依赖于逸闻，描写也很有生动之处。如《潞王》篇中何某两次见阴君的事，明显具有逸闻的性质，写人物言行也很传神；《伪蜀主舅》篇写从秦州往成都运送红牡丹移栽的事情，着墨不多，但情节构成自然流畅。《竹𪏮》篇首先"描写的可能就是珍异的熊猫"，实际从内容详细推敲，应该是关注到小熊猫在秦陇一带的生存状况，该篇关涉公元910~918年的事情，时作者还在天水，任职秦州，应该认为是真实的生态情况记录，说明那时天水的植被状况非常之好，以至于当时的平民捕食小熊猫成为寻常事，这是其他史料笔记所没有的。《温造》篇写人物的机智多谋，《成都丐者》写行乞者的狡黠，《窦少卿》篇写人物亡故噩耗的误传，细节和行动描写颇为生动，有鲜明的文学性，很接近现代意义上的小说。《封

舜卿》篇具体描写了在成都官署设厅观看戏剧演出的场景，其中长吹《麦秀两歧》的情景，反映了当时民间曲子之创作十分旺盛的情况。《长须僧》、《功德山》、《青城道士》等作品向人们展示了在那个动乱年代，有佛道外衣掩盖下的种种秽行，最后得以铲除的情形。尤其是《王仁裕》篇借豢养猿猴“野宾”之事写别离和悲苦之情，不仅是研究王仁裕生平的珍贵文献，而且文笔璨然，余情袅袅，千百年后读来仍惆怅满怀，特别是用琐碎小事写作者眼中野宾的顽皮可爱，字里行间所表述的人与猿的友情、亲情让人恻然心恸，作品想象飞驰，感人至深，其文学性堪与名篇媲美。

王仁裕的现存笔记小说，就是今天所能追寻的“诗窖”最重要遗珍，其所具备的价值，不仅有文学的，还有历史、生态和人文地理的，目前已经引起了学界多方面的探讨。① 本著是作者主持的甘肃省教育厅科研项目“王仁裕笔记小说研究”在2010年如期结项后，以终结性成果研究报告为基础，进行反复修改而成，是作者企图在自己的能力范围内，根据已有研究积累追寻“诗窖”王仁裕文学遗珍的尝试，希望学界同仁行家不吝赐教。

全书从“诗窖”王仁裕和他的时代入手，考察作家所处的乱世时期的创作背景，以“三国”乱世文学关照“五代”乱世文学，以显出作者所处五代时期乱世文学的独特性，使之为全书具备重要的支撑作用，随后，对王仁裕的生平和世系进行了研究，首次为王仁裕编定年谱。主体部分可以分为宏观研究和微观研究：宏观研究重在总揽王仁裕的整个创作情况，特别是诗歌创作研究、笔记小说创作研究和其他著述研究，在此基础上探讨了王仁裕笔记小说的文学史地位；微观研究则深入到现存王仁裕笔记小说三大作品集《开元天宝遗事》、《玉堂闲话》和《王氏见闻录》内部，对文本的流传、整理、辑佚，对作品的思想内容和艺术价值以及文化张力等做了细致探讨，有助于人们对王仁裕笔记小说的重新评价和深刻理解。

本书的后三章，构成了结论部分。重在探讨王仁裕笔记小说作品的思想内涵和文学价值，并由此延伸到在不同篇章中因创作的地域、时期和作者心性殊异而体现的不同文化特色。对一些前人还未曾做过的工作，如《王氏见闻录》

---

① 台湾学者詹宗祐教授的《“诗窖子”王仁裕——一个被忽略文人的旅行观察》一文，从文学作品的具体统计分析入手，对王仁裕笔记小说能观察到传统古籍较少注意的历史地理及生态的问题，给予宽广而深入的研究，更展示了其作品具有的人文地理、历史等方面的价值。该长文首刊于《陇南师专学报》2008年第1期，后发表于台湾《白沙历史地理学报》，2008年10月总第6期，第65~115页。

具体作品的整理和校订，也给予了细致兼顾，这些工作也是很有价值的。为存留资料起见，对学界至今还鲜为人知的王仁裕神道碑碑文和墓志铭铭文，一并附录于后，希望有资于来者更深入的研究。

第一章

“诗窖”王仁裕和他的时代

培根认为读书“全凭条文断事乃学究故态”,① 其用意是在读书学习时,为免学究故态复萌,要避免“条文断事”的思维定势而必须有所思考和创新。对王仁裕“诗窖”之誉的文献考察,是认识他文学创作及其历史上文化影响的前提,而对他所处的乱世时期的文学情况、创作环境、社会观念、文化构型做一探索,把有某种历史特点相似性的“三国”文学和“五代”文学情况进行比照,其文学孑遗大相径庭的现状背后,有许多社会性、时代性的因素在起着不可替代的作用,这对了解王仁裕文学创作的时代背景及其独特性,会获得一个比较好的研究视角。

第一节 “诗窖”王仁裕及其时代背景

王仁裕是唐代著名文人中确实生于陇南的大家。从现在可以见到的王仁裕家族资料来看,自其曾祖开始,直到其兄、其子,数代人主要是在关陇一带的军幕和地方担任僚佐和县职,不是显宦之家,甚至没有出现很有造诣的文士。在这个家族中,王仁裕显然是很特殊的人物。从史籍记载的情况来看,王仁裕平生作诗过万首,有“诗窖”之称,他还有多部各类著作,如果都留存下来,在文学史上当之无愧地跻身一流大家的行列。但很不幸,这位在平凡家庭中成长起来的异秉文士,偏偏生活在五代乱世之中,他的一切努力很难超越他所处的时代。他的门生、宋初宰相李昉给其子李宗谔回忆过王仁裕晚年的生活和诗歌创作情况:

先公尝言:恩门王公,终于太子少保。七十后,精力犹不衰。每

① 弗兰西斯·培根《谈读书》,王佐良译《世界文学》1961年第1期。

> 天气和暖，必乘小驷，从三四老苍头，携照袋，（照袋，以皮为之，四方有盖，其中可容一斗以来。）中贮笔砚、《韵略》、刀子、砺石、笺纸数十幅，并小乐器之类，后别置游春盛随事，备酒炙三五人之具，门生在京者多侍行。每出郊野，遇有园亭及竹树之处，必赏燕终日，赋诗，品小管色，尽欢醉而归。吾忝左拾遗日，适暮春，与同门生五六人，从公登繁台佛舍。繁台，即梁孝王吹台也。公是日饮酒赋诗，甚欢，抵夜方散。尝记得公诗曰：“柳阴如露絮成堆，又引门生上台吹。淑气即随风雨去，芳罇宜命管弦催。谩夸列鼎鸣钟贵，宁免朝乌夜兔推。烂醉也须诗一首，不能空放马头回。”其天才纵逸，风韵闲适，皆此类也。①

由此可知他文学生涯的闲适、达观和勤奋。据史统计王仁裕诗文和其他著述总数超过六百八十五卷，著作之丰，在唐宋之际十分罕见。唐代李杜韩柳的文集只有几十卷，白居易达到七十五卷，元稹据说有一百卷，而宋代的一批大全集，也很少超过二百卷。可惜他毕竟生活在过渡时期的乱世五代，没有见到宋以后的文化发达，他的作品也没有得到广泛的流布，除仅存《开元天宝遗事》外，其他的文集都失传了，这是他的悲剧。时至今日，我们仍可感受到王仁裕研究的悲凉氛围：无论在文学界或是史学界对他的研究都十分稀少，这就有必要从卷帙浩繁的史料中搜寻“诗窖”的蛛丝马迹，尽可能地为世人展示王仁裕文学创作的成就。

一、王仁裕“诗窖”之誉的文献考察

王仁裕在文学上先以诗名，故有“诗窖”之誉。《旧五代史》中《周书·列传第八》有载：“王仁裕有诗万余首，勒成百卷，目之曰《西江集》，盖以尝梦吞西江文石，遂以为名焉。”这段史料并未提出王仁裕“诗窖”之说，但点明了五代至宋王仁裕以诗闻名的两个方面：第一是他的诗作数量之多远超前人“有诗万余首”，这在当时及其以前任何一个朝代，包括诗歌的高峰唐代，都没有任何一个作家能达到这样的诗作数量，遍观中国古代诗歌史，陆游今存诗九千六百多首，当时创作应该在万首以上，乾隆虽有诗四万余首，但他称不上诗人；第二是他的诗歌天赋来自于曾经“梦吞西江文石”的传奇，《旧五代

① 《宋朝事实类苑》卷三十九，未注所出，殆据李宗谔《先公谈录》，引自陈尚君《玉堂闲话评注序二》，见蒲向明《玉堂闲话评注》，中国社会出版社2007年版，第4页。

史》对此做过更为详细的述说：“王仁裕，字德辇，天水人。少孤，不从师训；年二十五，方有意就学。一夕梦剖其肠胃，引西江水以浣之，又睹水中砂石，皆有篆文，因取而吞之。及寤，心意豁然，自是资性绝高。”① 对于一个二十五岁才开始就学的青年来讲，王仁裕短期能达到“资性绝高”，在那个年代，就只有用他超常的传奇经历可以解释了，这自然成为他诗才出名的另一个重要方面。

《新五代史》卷五十七“杂传”王仁裕本传称：“（王仁裕）喜为诗……乃集其平生所作诗万余首为百卷，号《西江集》”，同样肯定了他“有诗万余首”的事实，而在《西江集》编定之前，他“为人隽秀，以文辞知名秦陇间，秦帅辟其为秦州节度判官。”② 可见，他“喜为诗”并且因文学出名，而后走向政治生涯，但同样未提到他“诗窖”之时誉。那么，王仁裕“诗窖”之说最早产生于何时？又是哪种著作最早记载了王仁裕是“诗窖子”呢？

今人著作对此说法不一，且多有出入。赵润峰《文学知识大观》说：“‘诗窖’，对五代文学家王仁裕的誉称。《五代史补》载：‘王仁裕平生有诗万余首，蜀人谓之‘诗窖’。传说他著有诗集《西江集》百卷，已亡佚。”③ 据此看，王仁裕得“诗窖”之名，是在他为官前蜀时期，而且首先是由蜀人传称起来的。北宋陶岳撰《五代史补》，在其卷四有“汉二十条”补录后汉史事，除收有《王仁裕贼头》一条文坛轶事外，并无上文所引“诗窖”之事，看来系以讹传讹，已成妄言。另有董时等《中国古代蒙学四书》解读明人程登吉编《幼学琼林》语“汉晁错多智，景帝号为智囊；王仁裕多诗，时人号为诗窖”时说：“《唐摭言》载：‘王仁裕著诗万篇，号为诗窖子’”，④《唐摭言》的作者王定保（870～941），和王仁裕几为唐末五代同世，如该书有记载，则有很大的可靠性，但遍查《唐摭言》，也并无“诗窖子”之语，可见所指不确。

实际上，最早记录王仁裕为“诗窖”者，是五代后周高若拙的笔记《后史补》。宋高似孙撰《史略》卷五“右唐”云：“《后史补》三卷，周高若拙

① 此处所引《旧五代史》，均见中华书局1976年版全六册本。以下所引同。

② （宋）欧阳修撰、徐无党注本《新五代史》三卷本，中华书局1974年版，第662页。以下所引同。

③ 赵润峰《文学知识大观》，时代文艺出版社1989年版，第553～554页。

④ 董时等《中国古代蒙学四书》，山东友谊出版社1997年版，第458页。

记唐及五代事。"① 高若拙生平不详。《宋史》卷483列传第242世家六"荆南高氏"有载："高季兴据有荆南、归峡之地，建隆年间，峡州王崇范为节度判官，高若拙观察判官。"据此可以推知，《后史补》当撰成于五代末至北宋初这一时段内，但《后史补》全文未能得以流传，两宋间曾慥编辑笔记汇书《类说》，部分收录了《后史补》的内容，才得以使今人知道高若拙在《后史补》所记云"王仁裕著诗一万首，朝中谓之'诗窖子'"之记载②。后世论者如南宋晁公武《郡斋读书志》卷二、明代笔记陈继儒《珍珠船》卷二、清人笔记汪应奎《柳南随笔续笔》卷三、今人钱钟书《谈艺录》等所引，均源于此。对照新旧《五代史》我们发现，对"诗窖"王仁裕作诗的数量记述，已经由"万余首"变为"一万首"的确指，而"诗窖子"的称谓是在士大夫云集的朝堂之上，在文人阶层。

较上所述晚出的关于"诗窖子"的记载，是清吴任臣《十国春秋》的《王仁裕传》云："生平作诗满万首，蜀人呼之曰：'诗窖子'。所著《紫客集》、《乘轺集》、《西江集》、《王氏见闻录》、《玉堂闲话》、《入洛记》、《开元天宝遗事》诸书，传于世；又辑《国风总类》五十卷，时多称道之。"③ 很显然，《十国春秋》是综合了清以前种种史料之说，"诗窖"的诗歌总量从"万余首"、"一万首"最后定为"诗满万首"，改《旧五代史》"有诗"、《后史补》"著诗"而确《新五代史》"生平作诗"为定论，并结合史书王仁裕在前蜀至后唐间归隐家乡八年著诗的情况，改"朝中谓之'诗窖子'"为"蜀人呼之曰：'诗窖子'"。《十国春秋》关于"诗窖"王仁裕的说法，在近、现代影响很大，如民国丁仪《诗学渊源》（见民国铅印本卷八）、今人钱仲联等编《中国文学大辞典》称："（王仁裕）曾作诗万首，集为百卷，蜀人称'诗窑子'"，④ 就是沿用了吴任臣之说。

王仁裕"诗窖"有很大影响，得力于明清以来蒙学著作的大力弘扬。"蒙学四书"中就有《龙文鞭影》和《幼学琼林》两种收王仁裕"诗窖"的典故。《龙文鞭影》句云："昙迁营葬，脂习临丧；仁裕诗窖，刘式墨庄。"清人

---

① （宋）高似孙撰《史略》，杨朝霞校点，辽宁教育出版社1998年版，第78页。

② （宋）曾慥《类说》卷二十六《后史补》，见文学古籍刊行社1955年影印明天启刊本（各卷前题"宋温陵曾慥编，明新野马之骐参阅山阳岳钟秀订正"），第1735～1376页。

③ （清）吴任臣《十国春秋》三十五至四十七卷载"前蜀"史事，见中华书局1983年版四册本。

④ 钱仲联等编《中国文学大辞典》，上海辞书出版社2000年版，第333页。

校注说：“后蜀王仁裕著诗万篇，时号诗窖子，言所积之多也。又五代王仁裕，喜为诗，少时尝梦人剖其肠胃，以西江之水涤之，顾见江中沙石，皆为篆籀之文，由是文思日进。”① 着眼于学识的积少成多方面给孩童启蒙教育。《幼学琼林》句云：“汉晁错多智，景帝号为智囊；高仁裕多诗，时人谓之诗窖。”（见《四库全书》子部“蒙学”《幼学琼林》通行本卷四）很显然，明末人程登吉初撰《幼学求源》时就此应无误，而清嘉庆人邹圣脉增补《幼学琼林》后，就把王仁裕误为“高仁裕”了。② 但不管怎样，《龙文鞭影》把“诗窖”王仁裕勤奋创作、积少成多与南朝义僧昙迁营葬范晔、曹魏中散大夫脂习哭丧孔融、宋代廉吏刘式善育后人等史实相提并论，就足以具有历史文化的穿透力，绵延历史典故的文化血脉，而《幼学琼林》把“诗窖”王仁裕与“智囊”晁错相提并论，更是让后人不能轻视他具有的文化地位。

从时间顺序上看，“诗窖”王仁裕的称谓，要早于称“诗仙”为李白、“诗圣”为杜甫。李白初入长安，太子宾客贺知章读其《蜀道难》叹其为“谪仙人”，应该是称“诗仙”李白的源头，但没有具体的文献记载李白为“诗仙”及其名号的由来，牛僧孺《李苏州遣太湖石因题》诗“诗仙有刘（禹锡）白（居易），为汝数途迎”句，虽有“诗仙”之称，却与李白无涉。宋代阮阅《诗话总龟》转录宋祁言辞说：“宋景文评唐诗云：太白仙才，长吉鬼才”，可以看做称李白为“诗仙”的记载之始。尊杜倾向，宋人功不可没，王安石选诗，列杜甫诗为诗家之首，江西诗派尊为诗祖，明代杨慎谓“杜甫圣于诗”，清王士祯谓杜诗“圣语”，至清代叶燮《原诗》云“诗圣推杜甫”，成为“诗圣”指杜甫的定论。当然，这只是探讨了“诗窖”、“诗仙”、“诗圣”在文献记载的时序问题，就诗歌成就而言，王仁裕和李杜不能相提并论。

“诗窖”王仁裕的诗歌成就，近代学者认为，其作优秀者可“足追温（庭筠）、李（商隐）”。《诗学渊源》比较王仁裕与同代诗人和凝、张泌时说：“和凝《宫词百首》不减王建，风华绮丽，后人殆难为继矣。时王仁裕、张泌诗亦以艳称，然富丽终不敌也。王仁裕字德辇，天水人。初为秦州判官，历唐、晋、汉，终户部尚书、太子少保，卒于周。仁裕晓音律，喜为诗，微伤于

---

① （明）萧良有撰、杨臣诤增订《龙文革便影》，（清）李晖吉、徐潸续，戴濂点校，岳麓书社1986年版，第208页。

② 见《四库全书》子部“蒙学”《幼学求源》通行本卷二十六，武汉大学出版社1998年光盘版。

浮艳，而其佳处亦足追温李。”① 显然清人认为在诗风绮艳方面，王仁裕、张泌可与和凝相比，富丽还是比不了和凝，甚至王仁裕诗歌细微的不足，就在于浮艳，但“诗窖”的优秀之作的艺术成就还是可以和李商隐、温庭筠等人相提并论的。另有学者认为“诗窖”虽云作品数量之多，但抒发世情的不足仍是其软肋。《柳南随笔续笔》卷三说：“王仁裕著诗一万首，朝中谓之‘诗窖子’。今人称读书而不通世务者，曰‘书磕子’，殆即沿“诗窖子”之称而误欤?”至清代中后期，学界可看到的王仁裕诗作已很有限，王应奎此论虽不免陈陈相因之嫌，但看现存“诗窖”作品，还是有些道理的。所以，钱钟书说：“流俗以为事有敲门砖，鸳鸯绣出金针可度，只须学得口诀手法，便能成就，此所洵足为‘诗窖子’、画匠针砭。”对此周振甫等进一步解释说：“认为看到金针度人的绣法，即学习一些写作方法，就可以直抒胸臆来写、来画，只能成为‘诗窖子’。”② 即说明“诗窖”王仁裕的诗歌创作，在写作方法上是很娴熟的，但弊端在于关注现实不够，抒发真情实感不足。可惜他的绝大部分诗歌已经亡佚，无法在有更深刻、全面的认识了。就现存的“诗窖”遗珍看，能经过时间冲刷幸存下来的，堪比温庭筠、李商隐之作，也应是毫不为过了。

二、王仁裕笔记小说的文献考察

相比之下，其笔记小说留存较多，在文学史上占有一定地位，有丰富的文化内涵和很高的文学价值，呈现一种与诗作遗存悬殊的不对称状态。

王仁裕笔记小说明显体现出唐代传奇向宋代传奇的蜕变，鲁迅说：“宋好劝惩，摭实而泥，飞动之致，眇不可期，传奇命脉，至斯已绝”（《中国小说史略》)，《玉堂闲话》、《开元天宝遗事》、《王氏见闻录》中的记实性明显增强，但也有许多依传说渲染造作的痕迹。一些篇目情节奇特，叙写曲折，对后代小说产生了不小的影响，如《刘崇龟》、《杀妻者》所写的断狱故事，情节扑朔迷离，直接脱化了明凌濛初《二刻拍案惊奇》卷 28 故事“程朝奉单遇无头妇/王通判双雪不明冤”，被程毅中先生认为是“宋代以后公案小说的先驱，是由唐到宋小说题材扩大的一个迹象”。③《裴度》由弱者的角度检视宰相微服私访的风度和体察民情的胸怀，不禁令读者为不幸之人重获幸福和贤明权者

---

① （清）丁仪《诗学渊源》卷八，引自钱仲联等编《中国文学大辞典》，上海辞书出版社 2000 年版，第 333 页。

② 周振甫、冀勤《钱钟书〈谈艺录〉读本九》，上海教育出版社 1992 年版，第 607 页。

③ 程毅中《唐代小说史话》，文化艺术出版社 1990 年版，第 292 页。

成人之美而称快，明冯梦龙《古今小说》袭用其题材，改为《裴晋公义还原配》。《葛周》通过不以小节损才的用人策略，揭示了葛从周为后梁名将，威名著于敌中的原因，作者以《韩诗外传》“楚庄绝缨”和《史记》“秦缪释盗”的典故点题，还显出“大者无所不容”和“以德惠人”的特殊意义，为《古今小说·葛令公生遣弄珠儿》所本。

“笔记小说”之称经历了一个由古到今的演变过程，王仁裕笔记小说占据着承唐启宋转型期的重要角色。“笔记”溯源于先秦诸子散文，语录体的《论语》似可称为笔记。因上古散文称“笔”，与韵文相对称“笔记”。刘勰《文心雕龙·总术》说：“今之言者，有文有笔，以为无韵者笔也，有韵者文也。”《艺文类聚》卷49南朝梁王僧孺《太子敬化府军传》称赞任昉“词赋及其精深，笔记尤尽典实”，但正式以“笔记”作为书名则始于北宋宋祁著《笔记》3卷。“笔记小说”之名，最早见于南宋史绳祖的《学斋占毕》，其卷2有“前辈笔记小说固有字误”一语。细究起来，还是有笔记与小说并列的嫌疑。“笔记小说”作为一种文体指称，在20世纪初（1903年）梁启超《新小说》杂志第8号开始设立“札记小说”专栏，20世纪20年代上海书局出版《笔记小说大观》，“笔记小说”遂作为文体概念很快被人们接受而且普及开来。唐代社会的繁荣，推动了文体的成熟与更替，“小说”在此进入文学创作的自觉阶段，鲁迅称“有意为小说”，主要是传奇与志怪表现出了小说的品格，王国维誉唐传奇为“一代之文学”。可是“笔记”在此间一改其散文特质，吸纳了更多的叙事文学特征，与小说处于杂糅共生状态，一些作品如段成式《酉阳杂俎》假笔记之名，行小说创作之实，笔记小说此间在创作实质上应运而生。“唐人笔记小说的创作是从开元盛世之后才开始的。”王仁裕笔记小说步唐人后尘而又有创新，其代表作《玉堂闲话》更具有小说的特性，以人物为中心去安排曲折复杂的情节，形象鲜明，篇幅较长，虚构成份明显增多，因而更具有文学价值。在思想内容、题材选择和艺术技巧等方面对后世的小说创作，如对“三言二拍”的素材来源和情节生成、《聊斋志异》鬼狐形象塑造、《儒林外史》讽刺艺术展现等起到先知先导作用，《陈癞子》篇写陈“切讳癞字”，对鲁迅《阿Q正传》不无启示。其《开元天宝遗事》在搜集民间传闻的基础上着重记述唐代由盛而衰玄宗朝的轶闻琐事，又以唐玄宗、杨贵妃的风流情事为最多，体现了作者特有的“讽寓”用意和“笔开一面”的独立创作意识，其中有关民间传说的篇章，故事情节曲折，结构完整，为后世的小说、戏曲提供了大量素材，影响重大。唐后五代尽管只历时50余年，却产生了不少的笔记小说，袁行霈、侯忠义《中国文言小说书目》开列五代笔记小说总有50余种集子。王仁裕笔记小说现有的集子《玉堂闲话》、《开元天宝遗事》和《王氏见闻录》等在其中担当着重要角色。

王仁裕的其他体裁和题材的作品还有《秦亭篇》、《锦江集》、《归山集》、《入洛集》、《南行记》、《紫泥集》、《华夷百题》、《西江集》等共685卷，又撰《周易说卦验》3卷，《转轮回纹鉴铭》22样，诗、赋、图并行于世，著述之多，流传之广，少有其比。

三、从乱世文学看王仁裕的时代背景

王仁裕所处的五代时期和三国时期颇为相似，同属于战乱的过渡时期，但两期文学发展各迥然有异。“三国”时期从魏文帝黄初元年（220年）至吴天纪四年（280年），历时六十年，更十二帝，混战经年。尤其北方，“白骨纵横万里”。① 诗人左延年在黄初时写成的《从军行》云：“苦哉边地人，一岁三从军，三子到敦煌，二子诣陇西，五子远斗去，五妇皆怀身。”② 即当时之真实写照。历史往往有惊人的相似。唐末五代十国，同样是兵燹不断，混战频仍，是开始于八世纪末的“藩镇割据局面的延续”；③ 当然，就五代本体缜查，南宋王明清《挥尘后录余话》及南宋陈傅良《历代兵制》所透露的信息是：五代政权递嬗与唐后期还有诸多不同。正如历史学家聂崇岐先生所论：“洎后唐灭梁，下迄晋、汉，中朝兵力日强，新藩镇虽因武夫得时，有增无减，骄蹇之气亦未稍杀，但根柢浅露，难敌庙堂，较之后唐，外重内轻情形，已迥乎不同。”④ 五代历时五十四年的时间，即更八姓、十四帝，透着频频宫权变更的血腥杀机。张其凡有文《五代政权递嬗之考察》⑤ 论述甚详。

然而，此两期虽史实颇相似，文学状况则迥然不同。三国时期，以魏为主的建安文学，造就一个诗歌高潮，透射“建安风骨”的飒爽之气，为五言诗的发展奠定了坚实基础；汉大赋的铺张风范于此虽趋消沉，但抒情小赋再树一帜，浸染着浓厚诗意；散文则趋于自由通脱，无论抒情、叙述或议论都显生动活泼之征侯；建安文学的抒情化、个性化的共同倾向，标志着这一时期文学发展的重大变化；其后的正始文学，真正树立了文学的独立品格，企图达到文学

① 曹丕作品，见《三国志》卷二《魏志·文帝纪》延康元年注所载。
② 《乐府诗集》卷三二引《广题》。
③ 翦伯赞主编《中国史纲要》（下），人民出版社1983年版，第1页。
④ 聂崇岐《论宋太祖收兵权》，《宋史丛考》（上册），中华书局1980年版，第263~282页。
⑤ 文载《华东师范大学学报》1985年第1期，第22~30页。

的自适和自由,[①] 体现一种牴牾时局，韬晦遗世的中正不倚姿态，形成五言古诗的兴盛；七言诗在此期确立，影响延及齐、梁“永明体”，开律诗形成之滥觞；《典论·论文》、《文赋》作为文学批评和文学理论的专著，成为古代文学评论的渊源。五代文学似不可望其项背，“当时北方战争频繁，文学毫无成就，南方十国之间……南唐、后蜀两国国势较强，历史较久，经济、文化都有所发展”,[②] 不仅游国恩等先生这样认为，就是于非、章培恒等著者也持相近观点[③]，因而，这些著述中以南唐、后蜀的词作作为五代文学的代表。后蜀温庭筠影响下的花间词派，透露着绮罗宛润和脂粉之气；虽韦庄风格清丽疏雅，但不免小家碧玉之状；南唐冯延巳和李璟、李煜浓艳之气萧瑟，且目光狭窄，虽有感情真挚之处，也不免哀哀之吁，其所能首肯之处，在于对宋词崛起有直接贡献。

古人言文学“乱世之音怨以怒，其政乖；亡国之音哀以思，其民困。”[④] 这种共性，合于三国文学及五代文学中的南唐、后蜀词作，但于五代文学大部很不妥贴。如若就人文品格与文化构型以“三国”观“五代”，两期文学高下悬殊的答案则昭然若揭。刘勰在《文心雕龙·时序》中评价建安文学时说：“观其时文，雅好慷慨，良由世积乱离，风衰俗怨，并志深而笔长，故梗概而多气也。”这种文化品格造就了建安风骨，五言诗崛起于此坚实基础。文士地位的提高，品评之风盛行，表现了文学的自觉精神，以阮籍、嵇康为代表的正始文学，从《三国志·魏志·王粲传》裴松之注引的《魏氏春秋》，《世说新语·任诞》和《晋书·嵇康传》等史料中，从“竹林七贤”的诸多作品中，可以领略到“正始之音”的品格：在求仙的表象下面，承续有对人生短促的深沉认识，对现实生活的不满和不屑与世俗为伍的情怀；既遵循儒学道德，又热望兼济天下、建功立业。阮籍诗“临难不顾生，身死魂飞扬；岂为全躯士，效命争战场；忠为百世荣，义使令名彰；垂声谢后世，气节故有常”[⑤] 和嵇康诗“万国穆亲无事，贤愚各自得志，晏然逸豫内忘，佳者尔时可喜”（《唐虞世道治》），即可证一斑。他们对自然和人生有着纯精神性的领悟，承袭庄子

---

① 阮忠《论阮籍嵇康诗歌的文化品格》，《华东师范大学学报》1999 年第 6 期。

② 游国恩等编《中国文学史》（二），人民文学出版社 1963 年 7 月版，第 15 页。

③ 参见于非《中国古代文学》高等教育出版社 1988 年 5 月版，章培恒等著《中国文学史》复旦大学出版社 1996 年 3 月版。

④ 《礼记·乐记》（阮元刻《十三经注疏》本《礼记正义》）卷 37。

⑤ 《五言咏怀诗》其三九。

在《人间世》中“无用之用”的阐释，其文化构型达到儒道思想的交融。鲁迅在《魏晋风度及文章与药及酒之关系》中分析嵇康死因时，对这种文化品格给予了褒扬。的确，世俗社会中的独立不倚是不容易的，嵇康因吕安一案（实则因文《与山巨源绝交书》），[①] 冤陷囹圄，众多豪杰，三千太学生求赦，但最终他还是付出了生命的代价，惟他在刑场上弹《广陵散》的悲怆，留给后人更多的体味。降至傅玄、张华，虽“体情之制日疏，逐文之篇愈盛”，[②] 延及三张（张载、张协、张亢），二陆（陆机、陆云），两潘（潘岳、潘泥），一左（左思），虽则以机械拟古相颉颃，“晋世群才，稍人轻倚，张潘左陆，比肩诗衢，采缛于正始，力柔于建安；或析文以为妙，或流靡以自妍。”[③] 由作者人格所支撑的文化品格亦显迹了然。

四、五代文学“志”的弱化

“力柔”的原因在于“志”的弱化。曹操横槊赋诗，被苏轼叹为“一世之雄”，[④] 志开“建安风骨”之源头，到《世说新语》例证的阮籍倡“越名教而任自然”，如何佯狂任诞，在“名教”箝制下还是“至慎”了。可是，文学史表明，“五代”文学就连弱化的“志”也没有，其时北方作家甚少，即从斯世的统治者身上，品格惟“狡狯”、“残虐”而已。“朱全忠构陷杀游客”事载《资治通鉴·唐纪》（唐昭宗天佑二年）：

> 全忠尝与僚佐及游客坐于大柳之下，全忠独言曰：“此柳宜为车毂毂。”众莫应。有游客数人起应曰：“宜为毂。”全忠勃然厉声曰：“书生辈好顺口玩人，皆此类也！车毂须用夹榆，柳木岂可为之？”顾左右曰：“尚何待！”左右数十人，卒言“宜为车毂”者悉扑杀之。

书生数人固有附和讨好之嫌，但朱温（全忠）以弑昭宗而创立后梁者的品行，已跃然纸上。他玩弄计谋，喜怒无常，亲随朱友恭刑前大呼：“卖我以塞天下之谤，如鬼神何！行事如此，望有后乎？”[⑤] 后梁太祖朱温当然想要个好儿子能继其后，当面对晋王李存勖（后唐奠基者，是为唐庄宗）在夹寨战

---

① 见于鲁迅《魏晋风度及文章与药及酒之关系》，《鲁迅全集》第三卷，人民文学出版社 1981 年版。

② 《文心雕龙·情采》，人民文学出版社 1958 年版。

③ 《文心雕龙·明诗》，同上。

④ 苏轼《前赤壁赋》，《古文观止》卷十一。

⑤ 《资治通鉴·唐纪·天祐元年》。

役中智勇兼备的表现，不禁惊而叹曰：“生子当如李亚子，克用为不亡矣！至如吾儿，豚犬耳！”① 称赞别人的儿子，曹操也有一回。建安十八年（213 年）正月，当他与孙权对垒于濡须，看到对方舟船器杖军伍整肃时，谓然而叹曰：“生子当如孙仲谋，刘景升儿子若豚犬耳！”② 曹、朱都属一代枭雄，结局却截然不同。曹操死后，儿子追封其为魏武帝；而朱温因权位之争，毙命于儿子朱友珪，“刀刺于腹，刃出于背”，惨状正应验了朱友恭的咒谶。统治者品格的缺陷，造成了时代品格的扭曲，文化构型就无法树起强大的人文力量。所以，五代文学之不兴，其根全在强大的人文精神的匮乏上，还不是仅仅在于因战争频繁而破坏了生产生活的物质条件上。在曾经血战进取的李存勖晚期，伶人破困其身；儿皇帝石敬瑭对契丹的奴颜婢膝；后汉隐帝刘承祐“一人立功，天下晋爵”的荒唐；南唐李煜沉湎酒色，与僧道诵经“不恤政事”③；前蜀主因严氏美，锐意游秦州④；后蜀孟昶以七宝饰溺器等方面，都可以看到在社会高层人文品格的堕落。后周似乎好些，有周太祖义不赦故吏，周世宗精兵勤政、任人唯贤之举，还是掩不住禁军杀戮夺权的恶习，国破家亡了。欧阳修“忧劳可以兴国，逸豫可以亡身”⑤ 的警语，只概括了这些帝王在个人修养和治国方略上的教训，似乎并未看到更深处，那就是他们品行中人文力量的缺失。

这种缺失，不可避免地显露在了五代文人的身上，冯延巳堪称范例。他虽为王国维称赞为“冯正中词虽不失五代风格，而堂庑特大，开北宋一代风气”，⑥ 给予很高评价，但据史料载，其词品与人品同形异质：好空言大论，嫉贤妒能，谄媚奉上，被人斥为臭“狗矢”，“文书皆仰胥吏，军旅则委之边将”；⑦ 南唐衰亡，原因诸多，但冯延巳空谈提国之责是推卸不了的。元好问有诗“心声心画总失真，文章宁复见为人？高情千古《闲居赋》，争信潘岳拜路尘。”⑧ 潘岳写甘居淡泊的《闲居赋》，世人以为是其心声，谁曾想生活中他为追求高官厚禄，奔走于权门之间，甚至目送贵人远去的车尘，频频下拜。其“心声心画”不乏假意，与冯延巳何其相似乃尔！

---

① 《资治通鉴》卷266。
② 《三国志·吴主传》裴松之注引《吴历》。
③ 《续资治通鉴长编》卷16。
④ 《宋史》卷三“太祖记”。
⑤ 《新五代史·伶官传》。
⑥ 王国维《人间词话》，见《王国维遗书》第15册，上海古籍书店1983年版。
⑦ 《资治通鉴》卷290。
⑧ 元好问《论诗绝句三十首》。

同为乱世文学的三国文坛与五代文坛，文学孑遗悬殊如此，就文学本体而言，是两个时代人文情怀的高下相异，浸淫于各自时代作家的创作实践的不同反映，未必只是因了战争的频繁、生产的破坏①。钱钟书说：“若夫不论文风而欲矜创获，于是弗辞手劳笔瘁，证赝为真。”② 虽指三国创作之个案，但于我们今天观照“三国”与“五代”文学不无警示。“三国”文学多透豪迈之气、向上之心和独立品格，而“五代”文学多现享乐之逸、苟安之情和倚靠心性。“三国”与“五代”文学同在战争乱世的前提下显示一高一低的形质差异，当然不能排除历史阶段不同、战争形态有异、社会发展不平衡等等因素，但特定社会造就的作家品质的高下是决不能忽视的因素。欧阳修撰写《新五代史》，把五代各方面的落伍与分裂归为道德问题，虽然不尽全面，③ 至少是有些洞见的。这个道德问题的核心，就是人文情怀的缺失。后梁杨凝式“长于歌诗，善于笔札，洛川寺观蓝墙粉壁之上，题纪殆遍”，他于飞蝗蔽日时，写诗“押引蝗虫到洛京，何消郡守远相迎”④。大灾之时，竟用戏谑、调侃的笔调指点时事，全无建安诗人的忧患意识。

五、五代文学在文化构型上的缺陷

五代文学在文化构型上的存在明显缺憾。以“三国”文学留存之厚重观“五代”文学孑遗之轻少，另外一个原因还应该是文化构型不同使然。文化构型，是某一时期文化系统整合诸因素的综合体，“文化——心理”是其内部的重要支柱。乱世时期，文化系统中诸方面的变量特性更为明显。从文化人类学的角度看，文化的形成，就整合成为文化变迁的内驱力，造就某一历史时期社会在情感和理智上的主导潮流⑤。具体地说，“三国”文学追求理想和独立的文化品格，“雅士”色彩浓厚，体现一种乱中兴起的价值选择与追求，呈张扬而起的姿态；“五代”文学则不同，世俗的文化倾向突出，显现一种苟且自适的机诈和侥幸，直陈由落而衰的渐进。所以，“三国”文学随文化主流而归晋，“五代”文学依文化态势渐弱经兵变才入宋，文化与文学的同构效果在此尤为明显。

五代作家作品的数量据记载应不少于三国作家作品。如活跃于后唐、后汉

---

① 游国恩等编《中国文学史》(二)。

② 钱钟书《管锥编》全三国文卷六十，中华书局版第三册，第1097页。

③ 中华书局编辑组《新五代史·出版说明》，《新五代史》(一) 1974年版。

④ 《旧五代史》卷128，《旧五代史·周书十九》。

⑤ 鲁思·本尼迪克特《文化模式》，张燕等译，浙江人民出版社1987年版，第45页。

文坛的和凝“以多为富，有诗百余卷”①，历经后唐、后晋、后汉、后周的王仁裕，“生平作诗满万首，蜀人呼曰：‘诗窖子’”②，前蜀牛峤有集三十卷等等。但作品宋后亡佚很多，明显经历了文化选择的过程，这与“世俗”文化追求缺少“风骨”，有直接的关系。钱钟书说：“近人萧伯纳云：己不能，方教人（He who can，does. He who cannot，teaches.），凡书多肉微骨者谓之墨豬。”③一语道破此期文学创作呈弱势之玄机。倘要在此间逆时以动，脱俗而行，就会为时所弃。《新五代史》卷54载：

> 李愚为人谨重寡言，好学为古文。是时，兵革方兴，天下多事。而愚为相，欲依古创理。乃请颁唐六典示百司，使各举其职。州县贡士，作乡饮酒礼。时以其迂阔不用。

“依古创理，各举其职”的革新于这个时期是行不通的。有“滑落”特质的文化构型虽适应了短暂的改朝换代时期的需要，但最终还是在人文历史的发展中被无情地淘汰了。五代众多的作家，在政治的杀伐中求自保，在亦宦亦文的生活中日渐失能，使其不能在经邦治国的事务上与李愚一样保持人品的自立，便只有形成一种“忘机之谈”的神情，与文学相处。山水闲情、不思危机、没有历史责任感造成了作家文化构型的残损，这可能是他们当时试图以多产创作传留后世、结果却事与愿违，始料未及的。

至此，以“三国”观“五代”之文学孑遗，可以做如下的归纳：

第一，评价五代文学成就低下，不能只归结为战争的频繁和社会生活所受的破坏之重。不然，则不能中肯地解释三国文学成就之大，而五代文学成就不能与之相比肩的历史事实。文学发展中物质条件固然重要，但社会与文化的因素有时更直截。

第二，由“三国”和“五代”文学之异状，可以感知“历史转折时期文学发展肯定会兴替”这种历史先验方法之不可取。社会历史在某个阶段有其特殊性。五代文学有悖于末世文学大开声色、文风艳丽的常规。因为此间每朝开国之时，不远就是末世之日，其时之短，其政之乖，使其来不及展开一个大政当朝长时期演进的历史过程。文学于斯显现一种浓缩，有上升时期的靡而不腐，也有没落时期华丽词藻下埋伏的病容姿态。但最终体现了一种李存勖式的

① 《全唐诗》卷735。

② （清）吴任臣《十国春秋》，中华书局1983年版，第644页。

③ 钱钟书《管锥编》五卷本，中华书局1994年版，第1119页。

玩物丧志和任意沉沦。

第三，以“三国”文学观“五代”文学，人文力量的缺失也是五代文学一个不可忽视的因素。对于三国文学，虽经战火洗染，但特征是“神血未凝”，在重建历史一体化的潮流中毕竟属于前进的意识形态。所以，并不像五代文学因人文精神的缺失而显情态分离，“在动乱灭毁的前夕需要休息”①，体现一种迷惘的从容。

第四，以“三国”观“五代”，看到了文化构型不同造成的文化遗存的截然不同。三国归晋，文学中张扬兴起的文化姿态，于精神气候的飒爽氛围里，抖擞着开放灿烂秋花。五代文学在一种苟且自适的机诈和侥幸的文化构型之下，荡响时断时续的艾怨风铃。同为乱世文学，却内存着不同的文化力度。

第二节　王仁裕生平和世系

王仁裕的生平《新旧五代史》均有记载，清人吴任臣《十国春秋》汇集前人观点记载最为详细，但是其中不乏人云亦云，以讹传讹之内容，需要辨析。

一、王仁裕生平记载与籍贯辨疑

王仁裕的生平，《旧五代史》中《周书·列传第八》有载：

> 王仁裕，字德辇，天水人。少孤，不从师训；年二十五，方有意就学。一夕梦剖其肠胃，引西江水以浣之，又睹水中砂石，皆有篆文，因取而吞之。及寤，心意豁然，自是资性绝高。（案：以下有阙文。《舆地纪胜》云：王仁裕知贡举，所取进士三十三人，皆有一时名公卿，李昉、王溥为冠。《旧五代史考异》）王仁裕有诗万余首，勒成百卷，目之曰《西江集》，盖以尝梦吞西江文石，遂以为名焉。后为兵部尚书，太子少保，卒。亦可见于《册府元龟》卷893。《五代史补》：王尚书仁裕，乾佑初，放一榜二百一十四人，乃自为诗云“二百一十四门生，春风初动羽毛轻，掷金换却无边柱，凿壁偷将榜上名。”陶为尚书，素好诙谐，见诗佯声曰：“大奇，大奇，不意王仁裕今日做贼头也。”闻者皆大笑。）（案：《舆地纪胜》：仁裕所著有

① 《闻一多全集》第三册，三联书店1982年版，第32页。

《紫泥集》、《西江集》、《入洛记》共百卷。《旧五代史考异》)

仅此百字，包括夹注，透露这位作家的信息有限，需要查证其他史料。

欧阳修撰、徐无党注本《新五代史》① 在卷57《杂传》里有王仁裕传，对《旧五代史》作进一步补充说：

(王仁裕）少不知书，以狗马弹射为乐，……而为人隽秀，以文辞知名秦陇间，秦帅辟其为秦州节度判官。秦州入于蜀，仁裕因事蜀为中书舍人、翰林学士。唐庄宗平蜀，仁裕事唐，复为秦州节度判官。王思同镇兴元，辟为从事。思同留守西京，以为判官。废帝举兵凤翔，思同战败，废帝得仁裕，闻其名不杀，寘之军中。洎废帝起立，罢职为郎中，历司封左司马郎中、谏议大夫。汉高祖时，复为翰林学士，承旨累迁户部尚书、太子少保。显德三年卒，年七十七，赠太子少师。

仁裕性晓音律，晋高祖初定雅乐，宴群臣于永福殿，奏黄钟，仁裕闻之曰："音不纯肃而无和音，当有争者起于禁中。"已而两军校计升龙门外，声闻于内，以为神。喜为诗……乃集其平生所作诗万余首为百卷，号《西江集》。(省略者与《旧五代史》同。）仁裕、和凝于五代皆以文章知名，尝知贡举，仁裕门生王溥，和凝门生范质，皆至载相，时称其得人。

这两段史料所提供的信息要点是：

1. 王仁裕父母早亡，幼年为孤儿。到二十岁才开始学习。史料中都有“西江浣肠”和“梦石吞篆”的传说。

2. 通晓音律，擅长文辞，有众多作品集，其中诗数量一万多首。

3. 其仕途坎坷，历经五代，后于显位谢世，时在后周显德三年（956年)，终年七十七岁。

4. 其文学成就与和凝齐名，为五代文坛代表作家，并且长于奖掖后进、发现新人。

清代吴任臣《十国春秋》多用《新五代史》内容，但也有不少增補：

……后主东巡，仁裕与翰林学士李浩弼等从行，在路酬答吟咏，无有虚日。国亡降唐，历晋、汉……清泰中同幕僚饯朝客于梁苑折柳

① 《新五代史》三卷本，中华书局1974年版，第662页。

> 亭，乐作，仁裕讶之曰：“今日必有诗张之事。乐举羽而有宫声，羽水宫土，水土相克，得无忧乎?”少时宴散，范延光引宾客大猎，为奔马所坠。……生平作诗满万首，蜀人呼之曰：“诗窖子”。所著《紫客集》、《乘轺集》、《西江集》、《王氏见闻录》、《玉堂闲话》、《入洛记》、《开元天宝遗事》诸书，传于世；又辑《国风总类》五十卷，时多称道之。

这段史料，对王仁裕的著作情况和当时的文学地位提供了较为详细的说明。但其究竟系秦州何处人，任职与交游情况如何尚不明白。魏明安、王殿君诸先生于80年代认定王仁裕为“秦州上邽人”,① 此论甚广，影响延及90年代中后期②。但是，一些考古发现提供了史料的新进展。

1980年12月6日由甘肃礼县田野文物管理部门公布的“五代周故少师王仁裕神道碑”③（文物编号018D1）以及1986年5月，由该县石桥乡站龙村村民修房时发掘出土的王仁裕墓志，为了解王仁裕生平情况提供了新的证据。王仁裕神道碑在礼县站龙湾坟茔，被列为县级文物。笔者曾亲临立碑处，该碑通高3.05米，宽1.14米，厚0.4米，碑首拱形顶，上覆六龙盘踞，威武壮观。碑面中间阴刻楷书碑文，右起竖列36行，行71字，共2500余字。碑文由王仁裕门生、后周中书侍郎兼工部尚书、北宋时官至宰相的李昉所撰，时在太平雍熙元年三行郊祀之此月（984年12月）。碑文与墓志铭虽有颂扬和溢美之处，但其提供的史事信息应该是翔实无疑的。原因有二：其一、李昉时为宋太宗之声名显赫的大臣，《旧五代史》称为“一时名公卿”，其才智是可靠的；其二、李昉有诗句曰：“长为邑令情终屈，纵处曹郎志未甘。莫学冯唐便休去，明君晚事未为惭。”④ 可知其怀德。

王仁裕为天水人，此说不谬，合于碑铭：“公讳仁裕，字德辇，其先太原人，后徙家秦陇，今为天水之人也。”⑤ 他系秦州上邽之说，是由于古代行政区的变迁所造成的。

---

① 见于《甘肃古代作家》，甘肃人民出版社1982年2月版。

② 何国栋、王金寿编《甘肃古代文学作品选》，甘肃人民出版社1994年9月版。

③ 何德未等编《礼县志》，陕西人民出版社1999年5月版，第605页。

④ （宋）李昉《寄孟宾予》，《全唐诗》卷738。

⑤ （宋）李昉《周故少师王仁裕神道碑》碑文，《全宋文》、《陇右金石录》均有收录，但所本各有错讹，蒲向明《玉堂闲话评注》据今存礼县该神道碑实物碑文，参校前述，书后附录并校注，见该书349~354页。

始皇二十六年，秦统一天下，由李斯建议，秦把全国分成三十六郡以后陆续增设至四十郡，是中央辖下的地方行政单位。元封五年（公元前 106 年）汉武帝督察郡守等地方官，把全国分为十三个监察区域，即十三州部，每州设刺史一人。刺史每年八月巡视所部州郡，“省察治状，黜陟能否，断治冤狱，以六条问事”。① 由此延及三国，州辖境一直在郡之上。降至隋初，平均每州管辖不到三郡，每郡只有两县。全国有州达 211 个，郡 508 个，县 1124 个。开皇三年（583 年），隋依“存要去闲，并小为大”的原则，把州、郡、县三级制，改为郡、县二级制。隋唐时州相当于以前的郡，② 郡制虽已消失，但地名称谓被沿用下来，所以，史书称王仁裕为天水人。难怪李昉一面称王仁裕为“今天水之人”，一面又说“以大宋开宝四年三月十八日，秘书力护神柩，归葬于秦州长道县，祔于先茔，成夙志也。”③ 现在的礼县辖区至“（明）宪宗成化九年（1473 年），陕西都御史马文升奏请割秦州十九里置县”④，其大部在秦汉时属陇西郡西县，晋至隋，礼县属秦州天水郡始昌县，秦州汉阳郡阳廉县，隋至元属秦州长道县，长道县的地理严格情况，郦道元《水经注·漾水》记载甚详，而且可靠。所以，礼县从历史沿革上看，隶属秦州时间最长。至于秦州上邽，因古邽山（今凤凰山，位于天水市北道区凤凰乡）而得名，既未见任何关于王仁裕的历史遗存，也没有其文献资料和口头述说的传承。因此，王仁裕系秦州上邽人之说，或为臆断失查，或为讹传谬误。

总之，定王仁裕为“唐秦州长道县”是最为合理的。王仁裕虽如《五代史》称系天水人，且天水为郡最早，声名最隆，与当时的“三辅”并齐，“其良家子选给羽林，期门以材力为官，名将多出焉。”⑤ 自隋以后，天水郡名实已亡。而秦州洎汉至清，沿革时间最长，长道县从隋至元一直属秦州管辖，王仁裕的生活史时，与此甚符，而且李昉文中亦有载，有历史真实性。

二、王仁裕生平的四个分期

王仁裕一生可分为四个时期。二十八岁前，是其交游和苦读时期（880 ~ 910）。他早年丧父，“当童幼之年，失怙恃之爱，兄嫂所鞠，至于成人。唐季乱离，关右斯甚，俎豆之事，蔑无闻焉。既乏师友之规，但以畋游为事，少不

① 《汉书·百官公卿表》注引《汉官典职仪》。

② 《古汉语常用字字典》商务印书馆 1979 年版，第 331 页“州”字条。

③ 《周故少师王仁裕神道碑》碑文，同上。

④ 明万历本《礼县志》、清康熙《礼县新志》均有记载。

⑤ 《汉书·地理志》。

知书，以狗马弹射为乐。”① 因没有严格的家教和师道之训，到二十五岁，略未知书，如若积习以往，王仁裕可能淹没于草莽垄间。“西江浣肠”，使他蒙生了苦读的想法。正如渤海房思哲《西江感应》诗所咏“西江汲水涤胃肠，仁裕诗名赫后唐。”② “西江浣肠”之说方志、正史均有记载，大意是说，王仁裕25岁那年夏，他一日去西江祠游玩，在祠外一块石头上睡去，梦见西江神从祠中走出，剖开他的胸腹，以西江水洗涤他的胃肠，又让他看西江两岸碎石，都是篆籀之文。西江神让其在梦中吞之尽饱。到他醒来，“及觉心识开悟”。“因慷慨自励，请受经于季父，诗书一览，有如宿习，凡诸义理，洞究渊微。”史料中的西江祠，即今礼县城东二里的赤土山，俗称“高庙”。西江，即西汉水的礼县城东至江口峡段，流经今碑楼川（汉阳川）王仁裕安居之所。

“西江浣肠”之说带有传奇色彩。《旧五代史》称“由是（仁裕）资性绝高”，《新五代史》云：“由是文思益进”，更带有天才论的神秘意味。实际上，“西江浣肠”之梦是王仁裕自悟自立思想的激发点，所以，“心识开悟”、“慷慨自励”，虚心求教，细心钻研，深明事理，达到了“下笔成章，不加点窜”③ 的学识水平，品德修养“为人俊秀，以辞知名秦陇间”④。其文学成就“著赋二十余首，甚得体物之妙，繇是乡里远近悉推重之。”其交游、求学和苦读，使他接触到丰富的文化传承和河山之秀，不仅充实了他的精神世界，也扩大了他的视野和心胸，但一定的封闭生活，阻碍了他深入生活。这只能是他创作的一个准备期。

王仁裕融入现实，是从第二期（28岁~41岁）秦州入仕开始的。这是五代离乱之始，因闻其名而起用仁裕的秦州统帅李继崇，系盘踞凤翔、自命岐王的晚唐藩镇割剧首领李茂贞的儿子。此前，唐朝于907年新亡，东面的后梁，南面的前蜀，虽政权已立，但武力未至秦州。王仁裕就是在这样的乱世中被辟入仕的。他在秦州为官情况史载不详，李昉云：“被辟为从事”，欧阳修云：“被辟为秦州节度判官”，入仕当在908年前后。因为905年“西江浣肠”始读书，“岁余著赋二十余首”，“乡里远近悉推之”。而乾化元年辛未（911年），于麦积山天堂西壁题诗时，显然他已在任上。《题麦积山天堂》在咏物中抒发了他的壮志凌云和政治抱负，“天边为要留名姓，拂石殷勤手自题”。

---

① 《旧五代史·周书十九》。

② 何德未等编《礼县志·艺文》，陕西人民出版社1999年5月版，第605页。

③ 《周故少师王仁裕神道碑》碑文，同上。

④ 《新五代史》三卷本，中华书局1974年版，第662页。

是最早题写麦积山的诗作，有很高的史料价值。他向往秦先人的骠悍进取，崇尚秦人的无拘无束，著有《秦亭篇》。秦始祖在西垂（今礼县、永兴）发迹后[①]，逐渐强大起来，周孝王为了和戎，便把秦后裔非子封于秦亭（今张家川县境）。王仁裕据这一历史事实写下名篇，一表进取心迹。

贞明元年（915 年），蜀主王建军北上攻打秦州，节度使李继崇遣子奉牌印迎降[②]，是时，秦、凤、成、阶诸州属蜀。王仁裕在秦州任上，直至辛巳（921）。

王仁裕生活的第三期（41 岁～54 岁），是兴元为官的沉浮时期。这个时期，政权更迭、官事变换。辛巳时，他初离秦州东南至兴元（今汉中），任兴元节度判官，从《王氏见闻录》“家于公署，题诗留咏，养猿于堂，人猿断肠”[③] 的抒写中可知，兴元时期初，他过着清闲幽辟的生活，着使他有更多的时间和精力从事写作，著作《东南行》、《紫泥集》十二卷约成于此时。离家远行，职任寂聊，加上年时不惑，较多的感慨形之于诗文，虽有忧郁伤感之处，“拔宅只知鸡犬在，上天谁信路歧遥；三清辽廓抛尘梦，八景云烟事早朝”。但进取锐气未失，“为有故林苍柏健，露华凉叶锁金飙”（《题斗山观》），“当时若放还西楚，尽寸中华未可侵”（《题孤云绝顶淮阴祠》），还有此时作品《放猿》、《遇放猿再作》，表现了“物界”与“人境”在心理上的统一与混匀。诗人怜猿黠慧而养育之，又系猿颈红绡题诗以放，它年猿识旧主，和应叫声之中，诗人立马恻然继之，这是怎样的心灵相通物我合一！蜀后主王衍于癸酉（923）年诏他至成都，虽在三年中连授礼部郎中、中书舍人、翰林学士，但“好文攻诗，偏所案狎，宴游和答，殆无虚日”的现实与他的进取理想相悖，他“屡陈谠言，颇进忠节”。在作品《王承休》[④] 中，表现了他对前途的耽心和对自己能否施展才学的忧虑。因为内心世界存在的冲突，他此间所作甚多，辑《锦江集》，蜀中有“诗窖子”之称。925 年冬，他随蜀后主幸秦州，不忘以诗表鉴其仁政思想：“盛德安疲俗，仁风扇极边”（《从蜀后主幸秦州上梓潼山》）。间或表达重视人才的作用“庸才安可守，上德始堪衿”（《和蜀后主题剑门》）。他忧思国难，即令见到鸷兽，也要联想到国事：“不与大朝除患难，惟余当路食生灵”（《奉诏赴剑州途中鸷兽》）。然而，贤臣并未

① 李学勤《探索秦国发祥地》，《中国文物报》1995 年 2 月 19 日。

② 《通鉴》卷 269，《后梁纪四》。

③ 《太平广记》卷 241。

④ 同上。

遇到明君，后唐六万大军压境，蜀后主却要决意游秦州，并非为什么国事，秦州新任判官王承休"妻严氏美，蜀主私焉，锐意欲行，众臣苦谏不听。"① 免不了一个腐败政权的覆亡。蜀亡后，王仁裕被后唐降授秦州节度判官，不久，罢职"归汉阳别墅，有终焉之志，著有《归山集》五百首，以见其志。"此间他的闲居生活有如陶潜归隐，怡然自得，"桑梓故里，樽俎上列，归与之乐，适我愿兮"。不料，旧知王思同于930年入朝密奏，他再度被起用，授兴元节度判官，始不就，已而应命。后被潞王李从珂麾下所擒，他以才名免死，委以文翰之职；但他"词正色厉"，笃信与王思同之盟，陈叱潞王不轨，"请获鼎镬，速死为幸"。不料潞王深以为壮，器重于他。《乘轺集》五卷当写于他的侍从生活时期。潞王反愍帝成，号废帝（即末帝）于洛阳。

王仁裕生活的第四期自934年始，是王仁裕洛阳、开封仕宦时期。他随到洛阳即帝位的潞王，原拟委以重任，但佞人近臣排斥，出为魏博支使，不久改为汴州观察推官，数月后召回洛阳，任尚书都官郎中、翰林学士。936年儿皇帝石敬唐建立后晋政权，迁都开封，王仁裕在后晋"以本官归班，稍迁左司郎中，历左谏议大夫、给侍中、左散骑常侍"，但"权臣用事，朝政多门"，虽王仁裕"痛纪纲之隳紊、抗章疏以指陈，屡叩天阍，极言时事"，也不能以抔土之能掩洪河之溃。他仕晋期间，"开运元年（944年）秋七月辛未朔，晋大赦，改元。晋学士王仁裕来聘，出十伎弹琴以乐之。"② 他奉使在荆南王高从诲的筵席上听弹胡琴，作《荆南席上咏胡琴伎二首》，他以深厚的文学和音律功底，对楚乐作了绘声传神的描述："寒鼓白玉声偏婉，暖逼黄莺语白娇"（其一），"玉纤挑落折冰声，散入秋空韵转清"（其二）。由这二首诗可以窥探到诗人于斯世看似平静而内心不平静的心态以及缕缕挥之不去的忧伤。这次出使的途中之作《过平戎谷吊胡翙》一诗，对藩幕书生胡翙因才罹难、举家坑于谷中的悲惨遭遇表示了深切的同情，"风好古木悲常在，雨湿寒莎泪暗流"；也流露了诗人前途未卜的忧虑和隐痛。他的《南行记》一卷、《华夷百题》约创作于这一时期，表述了他对生活的关注，对大自然的热爱。

947年2月，后晋为后汉所灭。后汉刘知远"有天下之逾月，拜公（王仁裕）尚书户部侍郎、永纪学士承旨。明年（948年）带内署知贡举"。王仁裕掌贡围时，发现和提拔了一大批人才，如《旧五代史考异》引《舆地纪胜》

① 《通鉴》卷274，《后唐纪三·庄宗同光三年》。

② 《十国春秋》卷101，《荆南二·世家》。

云：“王仁裕知贡举时，所取进士三十三人，皆一时名公卿，李昉王溥为冠”。此后，转任户部尚书，学士承旨的职位未变。他七十岁时，因病老闲职，生活半官半隐闲适自在“每天气和暖，必乘三驷，从三四老苍头，携照袋，中贮笔砚，《韵略》，刀子、砺石、笺纸数十格并小乐器之属，备酒至三五人之具，门生侍行，出郊野，过园亭，有竹树处，燕堂终日，赋诗品小管，尽醉而归。”① 李昉在《周故少师王仁裕神道碑》中有类似记述。由此可以知道，在闲情逸致之余，其创作活动一直在继续。951 年郭威建后周，王仁裕进位太子少保，仍如以前闲逸自适，诗作中浸淫着内心的孤寂和慎独，流露着年岁已暮的人生感慨。《贺王溥为相》、《与诸门生会饮繁台赋》、《示诸门生》显示出后继有人的愉悦、庆慰场面的欣喜，但遍漫诗篇的隐忧、感伤又是拂之不去，“烂醉也须诗一首，不能空放马头回”。（《会饮繁台赋》）“衰翁渐老儿孙小，异日谁知略有情”。（《示诸门生》）其晚年饮酒唱和的诗歌作品，多收于《紫阁集》，但已有“紫阁气沉沉，先生住处深”，“紫阁黄扉柏府开，安危须仗出群材”的深厚城府氛围。五代时期杂事小说集的代表，笔记小说《玉堂闲话》，即写成于这个时期。原书散佚，内容多见于《太平广记》。《玉堂闲话》属杂史琐闻性质，文字简洁，题材广泛，内容很杂，广泛涉及晚唐和“五代十国”的政治、经济及社会、自然现象。原书已佚，据《太平广记》所采，至少在 160 篇以上。有些作品情节详尽曲折，如《灌园婴女》、《刘崇龟》等，还留有唐人小说的遗风。《玉堂闲话》记事虽然比较简略，但对后世小说的影响却不小，曾为拟话本小说提供了素材。如《裴度》即《古今小说》卷九《裴晋公义还原配》的本事，《葛周》即《古今小说》卷六《葛令公生遗弄珠儿》的本事。而《麦积山》等篇章，则显现出想象奇特、融情入景的特征，其文学和史料价值不可磨灭。

后周显德三年（956 年）七月，几乎是伴随着五代的结束，宋的统一（960 年），王仁裕病逝于开封，诏赠太子少师，灵柩暂厝开封县，十六年后嫡孙秘书郎王永锡护柩归葬故里长道汉阳川，时在北宋开宝四年（971 年）三月十八日。又过了十三年即雍熙元年（984 年），王永锡忧其祖父“龟趺之制未表于长阡，虑陵谷之变革，致声尘之销歇”，以祖父之“行状”请时声名正隆的李昉撰《神道碑铭》“感绛帐之旧恩”，“稽首抽毫而叙”，碑历经两年余刻竣，这是留给后世的佐证。

① 《十国春秋》卷 115，《拾遗》。

三、王仁裕生年与秦州任职祛疑

王仁裕生年，史料均未明确记载，但其卒年史料所载较详，根据其享年情况可以确定其生年。《旧五代史》未载生年：“显德三年秋七月庚戌，太子太保王仁裕卒。”① 《新五代史》亦云：“显德三年卒，年七十七，赠太子少师。”②《全宋文》卷46李昉《王仁裕神道碑》：“以显德三年七月十九日寝疾，终于东京宝积坊私第，享年七十有七。”显德三年，即后周世宗显德三年（956）。从史料所载王仁裕卒年，可推知他生于唐僖宗广明元年（880）。

王仁裕在秦州的生活时限和任职：青少年时代，多以好闲乐事为主，读书就学在公元905年。《旧五代史》卷128：“少孤，不从师训；年二十五，方有意就学。”《新五代史》卷57：“少不知书，以狗马弹射为乐，年二十五始就学。”《王仁裕神道碑》云：“当童稚之年，失怙恃之爱。兄嫂所鞠，至于成人。唐季乱离，关右斯甚，俎豆之事，蔑无闻焉。既乏师友之规，但以畋游为事。二十有五，略未知书。”王仁裕始读书在唐哀帝天祐二年（905）。但王仁裕在秦州读书“自励”、“受经”的刻苦和学习水平的提升，超乎常人。《旧五代史》卷128：“心意豁然，自是资性绝高。”《王仁裕神道碑》：“诗书一览，如有宿习，凡诸义理，洞究玄微。下笔成章，不加点窜。”《新五代史》卷57：“为人俊秀，以文辞知名秦陇间。”

王仁裕从“未知书”到“知名秦陇间”，时间在三年左右，继后他进入仕途。《太平广记》卷357引《玉堂闲话》言熊皦曾居庐山师陈沆事。该文作时在后唐清泰二年（935）甚至入晋（936）后，但熊皦《屠龙集》及南唐庐阜处士陈沆史事却发生在后梁太祖开平二年（前蜀高祖武成元年），且不能排除王仁裕补记故事和宋人收录时按例标明官职，即熊皦入后晋拜补阙的情况。故此可以判定，王仁裕初入秦州任职在公元908年。

又，《广记》卷397引《玉堂闲话》：“麦积山者，……王仁裕时独能登之。乃题诗于天堂西壁上……时唐末辛未年，登此留题。”辛未年（911）为梁乾化元年，秦州时为凤翔李茂贞所有，故仍称唐。他于麦积山天堂西壁题诗时，显然他已在任上。

王仁裕在秦州初任从事，而非节度判官之职。秦州入蜀后至王仁裕入蜀前的8年中，其任职有变化，但情况不确定。李昉《王仁裕神道碑》：“秦帅陇

① 《旧五代史》卷128“王仁裕传”

② 《新五代史》卷57《杂传》“王仁裕传”。

西公继崇闻之，以书币之礼，辟为从事。”《新五代史》卷57本传：“秦帅辟为秦州节度判官，秦州入于蜀，仁裕因事蜀为中书舍人、翰林学士。”汉时从事为刺史佐官，如别驾、治中、主簿、功曹等皆称从事，而唐末五代纲纪崩隳，地方长官任用僚属即为从事，别称“从事员”。节度判官乃为唐代节度的僚属，唐末乱离，王权衰微，中央行政已丧失任命节度判官职能。如此，王仁裕任秦帅任用属官无误，只是称谓不同。按：李昉逝后11年欧阳修才出生，《王仁裕神道碑》撰文时间早于《新五代史》60余年，且昉为王仁裕门生，其说法应该更可靠：王仁裕秦州初仕为从事。秦州于贞明元年（915）入于蜀，但王仁裕入蜀任职是在前蜀后主乾德五年（923）。这8年他的任职史载未确。

四、王仁裕蜀都和洛阳任职时限考定

王仁裕入蜀的时限在公元923年，初任兴元节度判官，后罢职入蜀都，任尚书礼部郎中、中书舍人、翰林学士。《广记》有载：“王仁裕尝从事汉中，家于公署。巴山有采捕者，献猿儿焉。怜其小而慧黠，使人养之，名曰野宾。……于是颈上系红绡一缕，题诗送之曰：……后罢职入蜀，行次嶓冢庙前，汉江之壖，有群猿自峭岩中，连臂而下，饮于清流。有巨猿舍群而前，于道畔古木之间，垂身下顾，红绢仿佛而在。从者指之曰：‘此野宾也。’……遂继之一篇曰：……”① 可知，时在夏秋之季。《王仁裕神道碑》：“历伪尚书礼部郎中。”《广记》卷397引《玉堂闲话》：“仁裕癸未年入蜀。”卷407引《玉堂闲话》复云：“剑门之左峭岩问，有大树，生于石缝之中，大可数围，枝干纯白，皆传曰白檀树。……王仁裕癸未岁入蜀，至其岩下，注目观之。”癸未岁，即后唐庄宗同光元年（923年），是年王仁裕44岁，入蜀都，授礼部郎中。《全宋文》卷46李昉《王仁裕神道碑》：“历伪尚书礼部郎中、中书舍人、翰林学士。……蜀后主衍好文工诗，偏所亲狎，宴游和答，殆无虚日。后主昏湎日甚，政教大隳，公屡陈谠言，颇尽忠节。既割席以难救，竟舁棺而纳降。”王仁裕入蜀的最后任职是翰林学士。

王仁裕入洛阳的时限在公元926年，后唐时初任秦州节度判官，后曾被罢职归故里。唐废帝时被重新启用，任翰林学士。至后晋、后汉时均任多种高职。新、旧《五代史》所载以及《通鉴》卷274载唐军入蜀，王宗弼背蜀降

① 《太平广记》卷446引《王氏见闻》，见中华书局1961年版。

唐，及衍（27岁）出降事，在后唐庄宗同光三年，即公元925年，王仁裕46岁。是年十月，王仁裕侍从蜀主王衍北幸秦州，一路赋咏唱和。《太平广记》卷241引《王氏见闻录》述此事。十一月，蜀亡。公元926年，六月，仁裕与百官至洛阳。《旧五代史》卷128未载王仁裕入洛阳任职情况，《新五代史》卷57载其入洛阳“唐庄宗平蜀，仁裕事唐，复为秦州节度判官。”《十国春秋》卷44依欧阳修之说，有误。参本年两《五代史》“王衍”、“徐光博”、“牛希济”条以及《王思同传》：“王思同，幽州人也。……在秦州累年，边民怀惠，华戎宁息。长兴元年。入朝，……授右武卫将军。”① 则是时秦州节度使为王思同。《新五代史》卷57“王思同镇兴元，辟为从事。思同留守西京，以为判官。废帝举兵凤翔，思同战败，废帝得仁裕，闻其名不杀，置之军中。”《全宋文》卷46李昉《王仁裕神道碑》：“蜀亡，入朝授雄武军节度判官。桑梓故里，樽俎上列，归与之乐，适我愿兮。罢职，归汉阳别墅，有终焉之志。”自废帝起事，至其入立，驰檄诸镇，诏书、告命皆仁裕为之。久之，以都官郎中充翰林学士。晋高祖入立，罢职为郎中，历司封左司郎中、谏议大夫。汉高祖时，复为翰林学士承旨，累迁户部尚书，罢为兵部尚书、太子少保。

五、“西江浣肠”说辨和籍贯申识

王仁裕的青少年时代，史载有“西江浣肠”之说，带有很浓郁的神传色彩，但详细考察，应是人生成长的幡然开悟现象。“西江”为西汉水上源（今天水镇至礼县洮坪段）在南北朝后当地的称谓。郦道元《水经注》卷20《漾水》未有“西江”之称。元张仲舒《建西江庙记》称：“当陇蜀之冲，有水名西汉，亦原嶓冢而出，至天水郡下曰：‘西江’，大神居之。”“西江浣肠”之说，《旧五代史》卷128本传、《新五代史》卷57本传都有载述，《十国春秋》沿袭欧阳修之说，都意在标明三点：梦洗肠胃，才智突显，百卷《西江集》因之以号。总归为神力。《王仁裕神道碑》所载有异：“因梦开腹浣肠，复睹西江碎石，皆有文字，梦中取而吞之。及觉，心识开悟。”点明此梦对他幡然开悟的作用。

元、明人不仅附会这种“神赋天才”的说法，而且把其归为佳运和吉兆。元张仲舒《建西江庙记》载“有唐之季年，翰林王公仁裕，实生其间。既弱

---

① 《旧五代史》卷六五《王思同传》。

冠，梦神剖其肠胃，倒西江之水浇之，中沙石皆篆文，勉取而吞之，自是文章焕发。”①《幼学琼林》卷四“文事”篇云：“汉晁错多智，景帝号为智囊；唐仁裕多诗，时人谓之诗窖。”“鸟兽”篇曰：“鲋鱼困涸辙，难待西江水，比人之甚窘；蛟龙得云雨，终非池中物，比人大有为。”明陈士元《梦占逸旨》卷四比吉兆宋郑獬梦沐浴、孙赞明梦洗温泉事后，更列王仁裕梦涤肠胃说：“梦浣西江之水，则进佳文得大位。”明人渤海房思哲《西江感应》诗句“西江汲水涤胃肠，仁裕诗名赫后唐”② 带有因果意义。“西江浣肠”之说有着浓厚的地方传奇色彩，文人杜撰的成分很大。《王仁裕神道碑》铭云：“因慷慨自厉，请受经于季父。诗书一览，有如宿习，凡诸义理，洞究渊微，下笔成章，不加点窜。岁余著赋二十余首，甚得体物之妙。繇是乡里远近，悉推重之。”据此可知“西江浣肠”说，乃为王仁裕顿悟人事之诱发，一改《新五代史》云“少不知书，以狗马弹射为乐”恶习，因之自励、洞究和体物，得入仕契机。

王仁裕籍贯，主流说为“天水人”，另有“秦州上邽人”、“秦州长道人”和“西和州人”说三种。新、旧《五代史》均作“天水人”。《说郛》、《十国春秋》、《全唐诗》、《四库全书》、《永乐大典》均采此说。《王仁裕神道碑》作“其先太原人，后徙家秦陇，今为天水之人也。”《王仁裕墓志铭》作“其先太原人，后世徙家秦陇，今为天水人也。”天水为郡，始名汉武帝元鼎三年（前114），三国魏文帝黄初元年（220），分陇右置秦州，始有秦州之名。三国至隋，州辖境一直在郡之上，秦州辖天水郡。隋唐时，实行州县二级制，天水郡名实已亡。北宋时复置天水郡，辖区多同于前，宋人王仁裕“今为天水人”、“天水人”之说，乃宋时实地所指，并非晚唐五代史实，明清学人不察宋说错讹，沿用为习。王仁裕籍贯史实确指为“唐秦州人”。魏明安、王殿君上世纪80年代认定王仁裕为“秦州上邽人”③，此论影响甚广，但慎察仅为臆说，源于唐末秦州治上邽县（今秦州区）的错判。李昉《王仁裕神道碑》云：“归葬于秦州长道县，祔于先茔，成夙志也。”言明其先人籍秦州长道县，为宋时天水郡地。故何德未《礼县志》（陕西人民出版社1999年版）作“秦州长道人”，应准确地说，王仁裕为“唐秦州长道人”。今人王克明等主张王仁裕“西和人”说，言今西和南柳村有《王仁裕墓碑》，并非空穴来风，《册府

① 该碑现存甘肃礼县石桥清水沟村西江庙，至元五年镌刻。

② 见清乾隆本方嘉发修撰《礼县志·艺文》。

③ 见李鼎文、林家英等编《甘肃古代作家》，甘肃人民出版社1982年版。

元龟》卷897《改过》有云“王仁裕，字德辇，天水人，生于秦州白石镇”，不知所据为何？《四库全书》录《舆地碑记目》卷4：“西和州《王仁裕墓碑》”云者，系南宋人王象之（1163～1227）《舆地纪胜》宋刻本，明人将其中的《碑记》辑为《舆地碑记》而成。关于西和州，欧阳修《新唐书》志27地理1云：“武德二年（619）析延川（属今陕北）以县置西和州，并置修文、桑原二县，贞观二年州废。”显然此与王仁裕并无关。又《续资治通鉴》卷126载：绍兴十四年（1144）三月，改岷州为西和州，与阶、成、凤州皆隶利路，后移治白石（今西和县城）。《金史》卷113“承安二年（1329）四月，复败宋兵，至鸡公山，遂拔西和州。”据此，《舆地碑记目》“西和州《王仁裕墓碑》”为南宋人时称，远在李昉碑文、薛史、欧阳史之后，可靠程度存疑。传南柳村今存《王仁裕墓碑》，待考。

六、王仁裕世系和交游索隐

王仁裕世系，《旧五代史》、《新五代史》、《十国春秋》等本传均无载。《王仁裕神道碑》录载甚详：“洋州录事参军讳约，公之曾祖也，成州军事判官赠屯田尚书员外郎讳义甫，公之皇祖也，阶州军事判官赠太子傅讳实，公之皇考也，追封河南郡太夫人元氏，公之皇妣也。宏农郡杨氏，公之前夫人也，渤海郡欧阳氏，公之后夫人也，并先公而殒。秦州观察推官仁温、秦州仓曹参军仁鲁，公之二兄也。成州军事判官傅珪、秦州长道县令傅璞，公之二子也，适校书郎党崇俊、适殿中丞刘湘、适河东薛升，公之三女也。绵州西昌令全禧，秘书郎永锡，公之二孙也。”《周通义大夫王公墓志铭并序》说法几近。

王仁裕一生享年77岁，据史料，他一生之中早期主要的活动范围是在陇南、汉中及四川，这些地区都是当时中国政治经济核心区的边缘。而他人生的后半期则是从成都经汉中到长安，再到洛阳和开封，这三个都市是中国中古时期的三大都市。他曾两次出使，一次是南行到广东，一次是北行到契丹，因此，他一生之中的活动范围除了在长江及黄河流域广大地域外，还在北至于大漠，南至于海的地区留下了足迹，旅行之广在中国同代文人中也不多见。王仁裕交游，少年落拓不羁。前有所述，不赘。入后唐，仁裕交游声威渐高。《太平广记》卷204引《玉堂闲话》：“后唐清泰之初，王仁裕从事梁苑，时范公延光师之。”时范延光为汴州节度使。《王仁裕神道碑》：“改汴州观察判官，数月，征拜尚书都官郎中，召入翰林充学士，旌前劳也。”《太平广记》卷314引《玉堂闲话》：“乙未岁，契丹据河朔，晋师拒于澶渊，天下骚然，疲于战伐。翰林学士王仁裕，奉使冯翊，路由于郑，过仆射陂。”《郡斋读书志》卷2

下录《南行记》3 卷，云：“晋天福三年，仁裕被命使高季兴，记自汴至荆南，道途赋咏及饮宴酬唱殆百余篇。”① 《诗话总龟》前集卷 22 引《杂咏》：“王仁裕使荆诸，从诲出十妓弹胡琴。仁裕有诗美之。”② 又，宋王举《天下大定录》载王仁裕诗云“秋空”，则出使是秋。《十国春秋》卷 101 记此事于开运元年（944），误。

花甲之年，王仁裕宴乐出众。《五代会要》卷 6《论乐》上：“晋天福五年七月，……宴群臣于永福殿，奏黄钟之乐。司封郎中王仁裕曰：‘音不纯肃，声不和展，其将有争者。’或问之：‘奚知其然?’对曰：‘夫有天地辰宿……。’”③ 文繁不录。王仁裕年近古稀，已为翰林学士承旨、户部侍郎。春，知贡举，擢王溥等登第，与诸门生会饮赋诗，时称得人。《五代史补》有“王仁裕贼头”条：“王尚书仁裕，乾祐初放一榜二百一十四人，乃自为诗云：‘二百一十四门生，春风初动羽毛轻。掷金换却天边桂，凿壁偷将榜上名。’陶穀为尚书，素好谈论，见诗佯声曰：‘大奇大奇，不意王仁裕今日做贼头也。’闻者皆大笑。”④ 《石林诗话》对此有所增补云：“五代王仁裕知贡举，王丞相溥为状元，时年二十六。溥初拜相，仁裕犹致仕无恙，尝以诗贺溥。溥在位，每休沐必诣仁裕，从容终日。我亦忝点检试卷官。邓、范不惟及见其登庸，可以继仁裕，且同在政府，则仁裕所不及也。年过古稀，创作为乐。”⑤

年过古稀，仁裕交游入佳境。《宋朝事实类苑》：“王公终于太子太保，七十后精力不衰。每天气和暖，必乘小驷，从三四老苍头，携照袋，以皮为之，四方有盖，其中可容一斗以来，中贮笔砚，韵略、刀子、砺石，笺纸数十幅，并小乐器之类，后别置游春盛随事，备酒炙三五人之具，门生在京者多侍行。

---

① （宋）晁公武《郡斋读书志》卷二下录《南行记》三卷附注，见《郡斋读书志校证》，上海古籍出版社 1990 年版。

② （宋）阮阅《诗话总龟》通行本，上海书店据《四部丛刊》初编明月窗道人本影印，1997 年版。

③ （宋）王溥《五代会要》，上海古籍出版社，1978 年版。

④ （宋）陶岳《五代史补》卷四，见《四库全书》光盘版，武汉大学出版社 1997 年版。

⑤ （宋）叶梦得《石林诗话》卷下，见《石林诗话校注》，人民文学出版社 2011 年版。

每出郊野，遇有圆亭及竹树之处，必赏燕终日，赋诗，品小管色，尽欢醉而归。”① 北宋丁谓的《谈录》：“仁裕知贡举，时已年高。有数子皆早亡，诸孙并幼。一日，生徒毕集，出诗笺曰：《示诸门生》。”② 这段记载，说明了王仁裕的儿子，曾任成州军事判官的王传珪和秦州长道县令的王传璞早逝于父亲的情况，对为什么王仁裕寝疾十八年后，在宋开宝七年（974）才归葬长道县汉阳里并迁两个夫人合祔等做了一个历史性的解释。

第三节　王仁裕年谱首稿

王仁裕（880~956），字德辇，史籍多作天水人，确指应为唐秦州长道县汉阳里（今甘肃礼县石桥镇）人。初为秦州节度判官，后入蜀，为中书舍人、翰林学士。前蜀亡入唐，随王思同为兴元从事、西京留守判官。废帝时，以都官郎中充翰林学士。晋高祖时，历司封、左司郎中、谏议大夫。后汉高祖时，复为翰林学士承旨，累迁户部尚书，罢为兵部尚书、太子少保。显德三年卒，赠太子少师。仁裕喜为诗，所作诗达万余首，编为《西江集》，今不传。《全唐诗》卷736存诗1卷14首、《大散关》句1，《全唐诗补编·续拾》卷42补2首，余诗散见于小说别集、宋人类书。今所见诗作虽格致清雅，但乏旷远通达之气，主旨多显琐屑卑弱。然洞察其轶事小说，遗存颇丰。代表作《开元天宝轶事》、《玉堂闲话》、《王氏见闻录》等，文字简洁，题材广泛，有很高的文学价值和史学价值，受到小说、史学和陇蜀风俗学研究人士的重视与称赞。

---

① 见（宋）江少虞《宋朝事实类苑》（上册）卷第三十九“登吹台诗”条，上海古籍出版社1981年版。此段文字亦见于多种宋人笔记，内容多不相同。如学界近年在韩国发现的佚名撰《唐宋分门名贤诗话》一书云：“王公终于太子少保，七十后精力犹不衰。每天气和暖，必乘小驷。门生有在京者多侍行，遇有园亭竹树之处，必燕赏终日，欢醉而归。暮春，与门生五六人，登繁台饮酒题诗，抵夜方散。有诗云：‘柳阴如雾絮成堆，又引门生上吹台。淑景即随风雨去，芳樽宜命管弦催。谩夸列鼎鸣钟贵，宁免朝乌夜兔催。烂醉也须诗一首，不能空放马头回。’其天才纵逸，风韵闲适，皆此类也。（此则出《先公谈录》，《类苑》卷三十九引）”据此可知，至少有《先公谈录》、《类苑》、《宋朝事实类苑》和《唐宋分门名贤诗话》数种笔记诗话记载了表现王仁诗歌创作闲适、优雅、勤奋而执着的精神状态。《唐宋分门名贤诗话》撰者不详，郭绍虞先生《宋诗话考》下卷谓此书已佚，实则流传海外。韩国奎章阁藏有朝鲜时代版本，韩国忠南大学校赵钟业教授曾于书肆购得一本，收作《韩国诗话丛编》附录。参阅金英兰《关于〈唐宋分门名贤诗话〉的几个问题》，载《文学遗产》1998年第6期。

② 《谈录》即《丁晋公谈录》，《四库全书总目提要》记载，《谈录》并非丁谓所撰，其实是由其外甥或余党对丁氏谈话的追述，此处所引见《四库全书》武汉大学光盘版。

王仁裕为今陇南地域最有成就的古代作家，“是五代时期一个比较重要的小说作家和文学家”,[①] 但其一生行实，未见系统整理研究。现据史料首次编定其生平纪年如下。

一、罢官居汉阳别墅前系年

880 年（唐僖宗广明元年）王仁裕出生，籍在秦州长道县汉阳里。[②]《旧五代史》卷 128、《新五代史》卷 57、《十国春秋》卷 44 有传。《全宋文》卷 46 李昉《王仁裕神道碑》云：“公讳仁裕，字德辇，其先太原人，后世徙家秦陇，今为天水人也。”今礼县石桥镇有“王仁裕神道碑”，属省级文物保护单位，县博物馆存“王仁裕墓志铭”县级文物。

881 年（唐僖宗中和元年）至 904 年（唐哀帝天祐元年）王仁裕 1 岁至 25 岁，因所居之地战乱频繁、年少失亲等原因，耽于玩乐，不知诗书。《旧五代史》卷 128：“少孤，不从师训；年二十五，方有意就学。”《新五代史》卷 57：“少不知书，以狗马弹射为乐，年二十五始就学。”《全宋文》卷 46 李昉《王仁裕神道碑》云：“当童稚之年，失怙恃之爱。兄嫂所鞠，至于成人。唐季乱离，关右斯甚，俎豆之事，蔑无闻焉。既乏师友之规，但以畋游为事。二十有五，略未知书。”

905 年（唐哀帝天祐二年）王仁裕 26 岁，处于初学阶段，有“西江浣肠”之说，学识遂大进。《旧五代史》卷 128：“一夕梦剖其肠胃，引西江水以浣之，又睹水中砂石，皆有篆文，因取而吞之。及寤，心意豁然，自是资性绝高。”《王仁裕神道碑》：“因梦开腹浣肠，复睹西江碎石，皆有文字，梦中取而吞之。及觉，心识开悟，因慷慨自厉，请受经于季父。”

906 年（唐哀帝天祐三年）王仁裕 27 岁，学业大进，享誉秦陇。《新五代史》卷 57：“为人俊秀，以文辞知名秦、陇间。”《全宋文》卷 46《王仁裕神道碑》：“诗书一览，如有宿习，凡诸义理，洞究玄微。下笔成章，不加点窜。岁余著赋二十余首，甚得体物之妙。由是乡里远近，悉推重之。”

907 年（后梁太祖开平元年）王仁裕 28 岁，居秦州，任秦州节度判官职。仍然以文辞名秦陇。

908 年（后梁太祖开平二年，前蜀高祖武成元年）王仁裕 29 岁，记熊皦

---

① 侯忠义《隋唐五代小说史》，浙江古籍出版社，1997 年版，第 255 页。

② 汉阳里，即今甘肃省礼县石桥镇斩龙村，原属天水市辖区，1985 年划归陇南地区，现属陇南市。

隐居庐山事。《太平广记》卷357引《玉堂闲话》:“补阙熊皦云，庐山有上霄峰者，去平地七百仞，上有古迹，云是夏禹治水之时，泊船之所，凿石为窍，以系缆焉。磨崖为碑，皆科斗文字，隐隐可见。则知大禹之功，与天地不朽矣。”此可证皦确曾居庐山师事陈沆。

909年（后梁太祖开平三年，前蜀高祖武成二年）至911年（后梁太祖乾化元年，前蜀高祖永平元年）王仁裕30岁至32岁。仍为秦州节度判宫。本年有《玉堂闲话》文《麦积山》，为今天水麦积山石窟较早较完整的资料，学术价值很高；并有诗题于秦州麦积山天堂石壁。《太平广记》卷397引《玉堂闲话》:“麦积山者，……自此室之上，更有一龛，谓之天堂。空中倚一独梯，攀缘而上。至此，则万中无一人敢登者。……王仁裕时独能登之。乃题诗于天堂西壁上曰：‘蹑尽悬空万仞梯，等闲身共白云齐。檐前下视群山小，堂上平分落日低。绝顶路危人少列，古岩松健鹤频栖。天边为要留名姓，拂石殷勤手自题。’时前唐末辛未年，登此留题。”辛未年为梁乾化元年，秦州时为风翔李茂贞所有，故仍称唐。李昉《王仁裕神道碑》:“秦帅陇西公继崇闻之，以书币之礼，辟为从事。”《新五代史》卷57本传：“秦帅辟为秦州节度判宫，秦州入于蜀，仁裕因事蜀为中书舍人、翰林学士。”按：秦州于贞明元年(915）入蜀，据其读书和早期创作情况推算，仁裕为秦州判官，约始于本年前后。

912年（后梁太祖乾化二年，前蜀高祖永平二年）至915年（后梁末帝贞明元年，前蜀高祖永平五年）王仁裕33岁至36岁，为风翔秦州节度判官。十一月，秦州入于蜀，仁裕历佐蜀藩镇。

916年（后梁末帝贞明二年，前蜀高祖通正元年）至920年（后梁末帝贞明六年，前蜀后主乾德二年）王仁裕37岁至41岁。李昉《王仁裕神道碑》:“寻属王氏僭窃，奄有两川，陇右封疆．遂成睽隔。公因兹人蜀，连佐大藩。”《新五代史》卷57本传：“秦州入于蜀，仁裕因事蜀为中书舍人、翰林学士。”据《碑》，仁裕并未即至蜀都任职，而是历佐蜀藩镇，《新五代史》所载未确。

921年（后梁末帝龙德元年，前蜀后主乾德三年）王仁裕42岁，仕蜀为兴元节度判官，有诗题斗山观。《太平广记》卷397引《玉堂闲话》:“兴元有斗山观，……仁裕辛巳岁，于斯为节度判官，尝以片板题诗于观曰：‘霞衣欲举醉陶陶，不觉全家住绛霄。拔宅只知鸡犬在，上天谁信路歧遥。三清辽廓抛尘梦，八景云烟事早朝。为有故林苍柏健，露华凉叶锁金飚。’”创作虽有娱

乐消遣走向，但还是重于追求真情抒发，不乏细美深广。①

922 年（后梁末帝龙德二年，前蜀后主乾德四年）王仁裕 43 岁。二月，试制科，蒲禹卿对策切直，擢为右补阙。四月，蜀主王衍夺军使王承纲女，女自杀。事见《蜀梼杌》卷上。

923 年（后唐庄宗同光元年，前蜀后主乾德五年）至 924 年（后唐庄宗同光二年，前蜀后主乾德六年）王仁裕 44 岁至 45 岁，罢兴元节度判官，入蜀都，授礼部郎中。李昉《王仁裕神道碑》：“历伪尚书礼部郎中。”《太平广记》卷 397 引《玉堂闲话》：“仁裕癸未年入蜀。”卷 407 引《玉堂闲话》复云：“剑门之左峭岩问，有大树，生于石缝之中，大可数围，枝干纯白，皆传曰白檀树。……王仁裕癸未岁入蜀，至其岩下，注目观之。”癸未岁即本年。同书卷 446 引《王氏见闻》：“王仁裕尝从事汉中，家于公署。巴山有采捕者，献猿儿焉。怜其小而慧黠，使入养之，名曰野宾。……”则仁裕至本年始罢兴元节度判官职，入蜀都任礼部郎中。

925 年（后唐庄宗同光三年，前蜀后主咸康元年）王仁裕 46 岁，为蜀中书舍人、翰林学士。十月，侍从蜀主王衍北幸秦州，一路赋咏唱和。十一月，蜀亡，仁裕随衍降唐。李昉《王仁裕神道碑》：“历伪尚书礼部郎巾、中书舍人、翰林学士。……蜀后主衍好文工诗，偏所亲狎，宴游和答，殆无虚日。后主昏湎日甚，政教大隳，公屡陈谠言，颇尽忠节。既割席以难救，竟舁棺而纳降。”②

926 年（后唐明宗天成元年）王仁裕 47 岁，随王衍赴洛。六月，仁裕与百官至洛阳，授秦州节度判官。至秦州，撰《入洛记》1 卷，纪入洛途中事并其所著诗赋。李昉《王仁裕神道碑》：“蜀亡，入朝授雄武军节度判官。桑梓故里，樽俎上列，归与之乐，适我愿兮。”《郡斋读书志》卷 2 录《入洛记》一卷，云：“右蜀王仁裕随王衍降入洛阳，记往返途中事并其所著诗赋。”

927 年（后唐明宗天成二年）至 929 年（后唐明宗天成四年）王仁裕 48 岁至 50 岁，任后唐秦州节度判官。

930 年（后唐明宗长兴元年）王仁裕 51 岁，罢秦州节度判官职，居汉阳别墅，著《归山集》五百首。李昉《王仁裕神道碑》云：“职罢，归汉阳别

① 罗宗强《隋唐五代文学思想史》，中华书局 1999 年版，第 395 页。

② 《太平广记》卷 241 引《王氏见闻录·王承休》详记有王仁裕随主行秦州事，蜀主王衍骄傲自满，军事上的浅薄无能。唐军入蜀，王宗弼背蜀降唐，及衍（二十七岁）出降事，详见《通鉴》卷 274。

墅，有终焉之志，著《归山集》五百首以见其志。"《旧五代史》卷65《王思同传》："长兴元年，入朝，见于中兴殿。明宗问秦州边事，……授右武卫将军。八月，授西南面行营马步都虞候。"王思同于本年罢秦州节度入朝，仁裕罢节度判官，亦当在是时。《旧五代史》卷65《王思同传》："王思同，幽州人也。……性疏俊，粗有文，性喜为诗什，与人唱和，白称蓟门战客。……明宗在军时，素知之，即位后，用为同州节度使，未几，移镇陇右。恩同好文士，无贤不肖，必馆接贿遗，岁费数十万。在秦州累年，边民怀惠，华戎宁息。长兴元年。入朝，……授右武卫将军。"则是时秦州节度使为王思同。按：《归山集》，今不存，史籍亦只零星著录。

二、任职兴元至充翰林学士期间系年

931年（后唐明宗长兴二年）王仁裕52岁，仍居汉阳别墅。三月，为兴元节度使王思同辟为从事，有诗。李昉《王仁裕神道碑》："无何，南梁主帅王公思同以旧知之故，逼而起之，密奏授兴元节度判官。不获已而受命，非其志也。"《太平广记》卷397引《玉堂闲话》："兴元之南，有大竹路，通于巴州。……淮阴侯庙在焉。昔汉祖不用韩信，信遁归西楚，萧相国迫之，及于兹山，故立庙貌。王仁裕尝佐褒梁师（疑为帅）王思同，南伐巴人，往返登陟，亦留题于淮阴祠。诗曰：'一握寒天古木深，路人犹说汉淮阴。孤云不掩兴亡策，两角曾悬去住心。不是冕旒轻布素，岂劳丞相远追寻。当时若放还西楚，尺寸中华未可侵。'"按《旧五代史》卷42《明宗纪》：长兴二年三月，"以西京留守、权知兴元军府事王思同为山南西道节度使，充西面行营马步军都虞候。"

932年（后唐明宗长兴三年）王仁裕53岁，仍为王思同兴元节度判官。八月，思同拜京兆尹兼西京留守，仁裕复为其判官。《新五代史》卷57本传："思同留守西京，以为判宫。"《旧五代史》卷65《王思同传》："（长兴）三年，……八月，复为京兆尹兼西京留守。"

933年（后唐明宗长兴四年）王仁裕54岁，仍为王思同西京留守判宫。近两年间，撰《开元天宝遗事》四卷，并有诗题杜光寺。《郡斋读书志》卷2下录《开元天宝遗事》四卷，云；"右汉王仁裕撰。……蜀亡，仁裕至镐京，采摭民言，得开元天宝遗事一百五十九条。"按：天成元年（926）蜀亡后，仁裕随王衍及蜀百官赴洛，曾在长安羁留数月，但其时王衍一族被诛，唐内部亦正混战，蜀诸降宫前途莫卜，又在监禁之中，不可能有闲致作此书。而下年二月潞王叛，仁裕随王思同复卷入混战。故采摭民言及编撰成书，当在上年至

本年间。[①]《全唐诗补编·续拾》卷42录仁裕《长兴中题杜光寺》，亦当上年至本年间作于长安。

934年（后唐闵帝长应顺元年）王仁裕55岁，仍为王思同西京留守判官。二月，思同为西面行营马步军都部署，仁裕仍为其判官。三月，思同率诸军与潞王李从珂战，败死。潞王得仁裕，置于军中。仁裕随潞王入洛，沿路书诏，皆出其手。四月，出为魏博支使，改汴州观察判官。[②]《太平广记》卷204引《玉堂闲话》：“后唐清泰之初，王仁裕从事梁苑。”按：王思同，《全唐诗补编·续拾》卷41收其诗断句二。

935年（后唐末帝清泰二年）王仁裕56岁，仍为汴州观察判官，节度使范延光师之。后以延光荐，召为都官郎中，充翰林学士。夏秋后，曾出使冯翊。《太平广记》卷204引《玉堂闲话》：“后唐清泰之初，王仁裕从事梁苑，时范公延光师之。”《旧五代史》卷四七：清泰二年二月，“以枢密使、天雄军节度使范延光为检校太师兼中书令，充汴州节度使。”李昉《王仁裕神道碑》云：“改汴州观察判官，数月，征拜尚书都官郎中，召入翰林充学士，旌前劳也。”《册府元龟》卷550“选任”：“清泰中，范延光言其不可滞于宾佐，末帝亦知其才，乃召为司封员外郎、知制诰、翰林学士。”兹从《王仁裕神道碑》。《太平广记》卷314引《玉堂闲话》：“乙未岁，契丹据河朔，晋师拒于澶渊，天下骚然，疲于战伐。翰林学士王仁裕，奉使冯翊，路由于郑，过仆射陂。”是岁乙未，五月，契丹寇新州（今河北涿鹿）、振武（今山西朔县）、应州（今山西应县）；六月，石敬瑭广储军粮，潜蓄异志，见《通鉴》卷279。仁裕出使，当在夏秋后。

三、后晋后汉后周时期系年

936年（后晋高祖天福元年）王仁裕57岁，仍为都官郎中、翰林学士。十一月，唐亡，晋高祖石敬瑭入洛阳，仁裕罢学士，以本官归班。《太平广记》卷203引《玉堂闲话》：“丙申年春，翰林学士王仁裕夜直。”李昉《王仁裕神道碑》：“晋祚初改，以本官归班。”

---

① 参见傅璇琮、徐海荣、徐吉军等《五代史书汇编》，杭州出版社，2004年版。

② 王思同事，见《通鉴》卷279。李昉《王仁裕神道碑》：“潞王素闻公名，喜见公，而文翰之职一以委之。公自陈曰：‘府主渝盟，臣所赞也，请就鼎镬．速死为幸。词直色厉，潞王壮之，载以后车，俾随玉辂，教令诏诰，咸出于手。安慰京邑，先行榜谕，倚马吮笔，顷刻而成。潞王览之，大称厥旨。及即帝位，方将升玉堂之深严，备宣室之顾问，旋为近臣排斥，出为魏博支使，改汴州观察判官。”

937年（后晋高祖天福二年）王仁裕58岁，任都官郎中。时杨凝式65岁，九月，授晋检校兵部尚书、太子宾客。和凝40岁，为晋翰林学士、礼部侍郎。六月，拜端明殿学士。

938年（后晋高祖天福三年）王仁裕59岁，仍为都官郎中。秋，奉使荆南，一路赋咏。至江陵，高从诲出妓弹胡琴，仁裕有诗美之。归，编《南行记》三卷，收出使途中赋咏及饮宴酬唱诗百余篇。《郡斋读书志》卷2下录《南行记》三卷，云：“右王仁裕撰。晋天福三年，仁裕被命使高季兴，记自汴至荆南，道途赋咏及饮宴酬唱殆百余篇。”①《十国春秋》卷101系此事于开运元年（944），误。

939年（后晋高祖天福四年）王仁裕60岁，任都官郎中。冯道58岁，二月，自契丹使还至京师，有诗。仍为晋相。八月，封鲁国公，当时宠遇，群臣无与为比。和凝四十二岁，仍为晋端明殿学士、户部侍郎。四月，改翰林学士承旨。八月，奉诏撰《调元历序》。

940年（后晋高祖天福五年）王仁裕61岁，已为司封郎中。七月，有论乐语。《五代会要》卷6《论乐》上：“晋天福五年七月，……宴群臣于永福殿，奏黄钟之乐。司封郎中王仁裕曰：‘音不纯肃，声不和展，其将有争者。’或问之：‘奚知其然?’对曰：‘夫有天地辰宿……。’俄而有军校斗殴于升龙门外，厉声称反，有司执之以闻。人以为神。”李昉《王仁裕神道碑》：“稍迁左司郎中。”

941年（后晋高祖天福六年）至942年（后晋出帝天福七年）王仁裕62岁至63岁，仍为司封郎中。

943年（后晋出帝天福八年）王仁裕64岁，为左司郎中，三月，迁右谏议大夫。《旧五代史》卷81：天福八年二月，“左司朗中王仁裕为右谏议大夫。”

944年（后晋出帝开运元年）王仁裕65岁，仍为左司郎中、右谏议大夫。六月，拜给事中。《旧五代史》卷82：开运元年六月，“以右谏议大夫王仁裕为给事中”。本年孟宾于、李昉等十三人登进士第。礼部侍郎符蒙知贡举。

---

① 《诗话总龟》前集卷22引《杂咏（一本作谈）》：“王仁裕使荆诸，从诲出十妓弹胡琴。仁裕有诗美之”又云：“《天下大定录》载王仁裕两篇．一篇已载于此，今录所遗一篇云：‘玉纤挑落断冰声，散入秋空韵转清。三五指中匀塞雁，十三弦上啭春莺。谱从陶室偷将妙，曲向秦楼写得成。无限细腰宫里女，就中偏惬楚王情。’按：从诲在位，《杂咏》所载是。后诗云“秋空”，则出使是秋。参见吴在庆、傅璇琮《唐五代文学编年史（晚唐卷）》，辽海出版社，1998年版。

945年（后晋出帝开运二年）至947年（后汉高祖天福十二年）王仁裕66岁至68岁，仍为给事中，五月，迁左散骑常侍。《旧五代史》卷84：天运二年五月，“以给事中王仁裕为左散骑常侍”。和凝四十八岁，仍为晋相。八月，罢守右仆射。冯延巳四十三岁，自户部侍郎、翰林学士承旨进中书侍郎。事载陆游《南唐书》卷11。两年后，汉高祖入汴，拜仁裕户部侍郎，充翰林学士承旨。《旧五代史》卷100：天福十二年六月，“以左散骑常侍王仁裕为户部侍郎，充翰林学士承旨”。

948年（后汉高祖乾祐元年）王仁裕69岁，仍为翰林学士承旨、户部侍郎。春，知贡举，擢王溥等登第。与诸门生会饮赋诗，时称得人。四月，拜户部尚书。《新五代史》卷57本传：“仁裕与和凝于五代时皆以文章知名，又尝知贡举，仁裕门生王溥，凝门生范质，皆至宰相，时称其得人。”宋叶梦得《石林诗话》（卷下）：“五代王仁裕知贡举，王丞相溥为状元，时年二十六。溥初拜相，仁裕犹致仕无恙，尝以诗贺溥。溥在位，每休沐必诣仁裕，从容终日。今王丞相将明、霍侍郎端友榜南省奏名时，知举四人，安枢密处厚、刘尚书彦修，与今邓枢密子常、范右丞谦叔。我亦忝点检试卷官。邓、范不惟及见其登庸，可以继仁裕，且同在政府，则仁裕所不及也。”《宋史》卷265本传：“汉乾祐举进士，为秘书郎。”《全宋文》卷46昉《王仁裕神道碑》：“昔公之滨贡闱也，中进士第者凡二十有三人……小子固陋，亦须搜罗。”王仁裕本年知举。《通鉴》卷288：乾祐元年十一月，“秘书郎真定李昉诣陶穀。”《五代史补》卷4“王仁裕贼头”条：“王尚书仁裕，乾祐初放一榜二百一十四人，乃自为诗云：‘二百一十四门生，春风初动羽毛轻。掷金换却天边桂，凿壁偷将榜上名。’陶穀为尚书，素好谈论，见诗佯声曰：‘大奇大奇，不意王仁裕今日做贼头也。’闻者皆大笑。”①《旧五代史》卷101：乾祐元年四月，“以翰林学士承旨、户部侍郎王仁裕为户部尚书”。

949年（后汉隐帝乾祐二年）王仁裕70岁，仍为翰林学士承旨、户部尚书。本年，撰《玉堂闲话》10卷。《太平广记》卷203引《玉堂闲话》：“丙申年春，翰林学士王仁裕夜直。……迄今十三年矣。”丙申年为清泰三年（936），下推十三年为本年。《崇文总目》卷2录王仁裕《玉堂闲话》十卷，

① 《全唐诗》卷736录此诗题为《示诸门生》，后四句为：“何幸不才逢圣世，偶将疏网罩群英。衰翁渐老儿孙小，异日知谁略有情。”表现作者在现实中的一些困境，流露人生冷暖、宿世真情的忧伤。《全唐诗》另录其《与诸门生春日会饮繁台赋》诗，可谓姊妹篇。

《宋史·艺文志》录为三卷。据上文，可知《玉堂闲话》撰于本年。玉堂，指翰林院。①

950年（后汉隐帝乾祐三年）王仁裕71岁，仍为翰林学士承旨、户部尚书，四月罢职守兵部尚书。《旧五代史》卷103：乾祐三年四月，“翰林学士承旨、户部尚书王仁裕罢职，守兵部尚书。”宋代江少虞《宋朝事实类苑》：“王公终于太子太保，七十后精力不衰。每天气和暖，必乘小辇，从二四老苍头，携照袋，以皮为之，四方有盖，其中可容一斗以来，中贮笔砚，韵略、刀子、镇石，笺纸数十幅，并小乐器之属，备酒炙三五人之兴，门生侍行，出郊野，遇圆亭有竹之处，燕食终日。赋诗，品小管，尽醉而归。”

951年（后周太祖广顺元年）王仁裕72岁，仍为兵部尚书，二月，改太子少保。《旧五代史》卷111：广顺元年二月，“以兵部尚书王仁裕为太子少保。”明代胡孝辕《癸签》：“公宴合乐，每酒行一终，伶人必唱嗺酒，然后乐作。此唐人送酒之调，本作碎音，今多作平声，文士亦惑之。”

952年（后周太祖广顺二年）王仁裕73岁，任太子少保。时常王溥三十一岁，仍为周左谏议大夫、枢密院直学士。三月，为中书舍人，充翰林学士，显诗、乐之才。宋代王举《天下大定录》：“仁裕荆渚，从诲开宴，出十妓弹胡琴，为诗美之。”

953年（后周太祖广顺三年）王仁裕74岁，仍任太子少保。王溥三十二岁，仍为周翰林学士、中书舍人。三月，迁户部侍郎充职。八月，为端明殿学士。上年至本年间，集翰林院学士唱和之作，有《翰林酬唱集》一卷。

954年（后周世宗显德元年）王仁裕75岁，仍为太子少保。正月，王溥拜相，仁裕以诗贺之，溥亦酬和。仁裕与王溥唱和事：王溥三十三岁，正月，拜中书侍郎、平章事，有诗与王仁裕唱和。事见《通鉴》卷291、292。

955年（后周世宗显德二年）王仁裕76岁，仍为太子少保。四月，进回文《金镜铭》。九月，进自制诗赋写图。《册府元龟》卷97《奖善门》：“显德二年四月，太子公司少保王仁裕进回文《金镜铭》上之，赐帛百匹。九月，

① 按《玉堂闲话》宋元之际已佚，今有陈尚君、蒲向明辑本。明初陶宗仪编纂《说郛》等所辑范质《玉堂闲话》一卷，系明人崇尚篡改前人著述恶习所致。遍查史料，未有范质撰《玉堂闲话》的任何可靠记载。《说郛》所资范质《玉堂闲话》一卷云，因《广记》卷461辑录出《玉堂闲话》“范质”条、《类说》卷54辑出《玉堂闲话》“燕继室害诸雏”条有“范质言”等内容，陶宗仪未加仔细斟酌，妄断而成渊源。由此以降，不少文献至今还张冠李戴，引用时称范质《玉堂闲话》云者，错误已久，不加详查，以致悠谬流传、迁延。

仁裕又自制诗赋写图上进，赐银器五十两，衣著五十匹。”

956 年（后周世宗显德三年）王仁裕 77 岁，仍为太子少保。七月，卒。《旧五代史》卷 116：“显德三年秋七月庚戌，太子太保王仁裕卒。”李昉《王仁裕神道碑》：“周太祖即位，进太子少保。……以显德三年七月十九日寝疾，终于京师宝积坊私第，享年七十有七。……诏赠太子少师。”则当以太子少保为是。……平生所著《秦亭篇》《锦江集》《归山集》《东南行》《紫泥集》《华夷百题》等共 685 卷。又撰《周易说卦验》3 卷、《转轮回纹金鉴铭》、《二十二样诗赋图》，并行于世。著述之多，流传之广，近代以来，乐天而已。”①《新五代史》本传；“仁裕与和凝于五代时皆以文章知名。”《十国春秋》卷 44 本传：“生平作诗满万首，蜀人呼曰‘诗窖子’。”《西江集》今不传。《崇文总目》卷五别集类录其《紫阁集》10 卷，《乘辂集》5 卷，《通志》录《乘辂集》1 卷于章表类。《宋史・艺文志》别集类录其《紫泥集》5 卷、《紫泥后集》40 卷。②《崇文总目》总集类另录其所编《国风总类》50 卷。今并不传。《郡斋读书志》卷 2 下录其《开元天宝遗事》四卷，《直斋书录解题》卷 7 录为二卷。此集撰于长兴中，今存。《崇文总目》卷 2 录其《玉堂闲话》十卷，《诗菇・杂编》卷四：“王仁裕……《玉堂闲话》尚行世，中载七言律数首，皆清雅，特格卑弱耳。”此书撰于乾祐二年（949），今不传。《太平广记》《资治通鉴考异》《绀珠集》《类说》等书中引有佚文一百余条。《宋史・艺文志》录其《见闻录》三卷，《唐末见闻录》八卷。今并不传。《太平广记》《资治通鉴考异》等书引有《王氏见闻》《王氏见闻录》《唐末见闻录》佚文数十条。《郡斋读书志》卷 2 录其《入洛记》一卷，此书撰于天成元年（926），宋人王明清在《挥麈录》后录卷 5 载王仁裕著《洛城漫录》，此二书均今不传。同书卷二下又录其《南行记》3 卷，撰于天福三年（938），参其年条。今亦不传。《通志》于《南行记》外，另录其《王氏东南行》1 卷，疑即同一书。《全唐诗》卷 736 存其诗一卷，《全唐诗补编・续拾》卷 42 补二首，一首实为佚名王承旨作。

---

① 王仁裕有极高深的音乐修养，《册府元龟》卷 857《知音》篇有载他音乐观的翔实论述，在该论中，王仁裕把音乐五音和传统哲学结合起来，以音乐感知天地、阴阳、顺逆、离合，达到“触于耳而彻于心”的境界，在古代作家中有如此音乐艺术修养者，真不多见。参见本书后文相关章节。

② 王仁裕《紫泥集》和《紫泥后集》均并不传，内容应该是与书法篆刻有关。在宋人看来，他的书法技艺颇有特色，堪称一家。《宣和书谱》卷六有载，参见本书后文所论。

第二章

王仁裕诗歌创作研究

王仁裕工诗文，晓音律，与和凝等以文章知名于五代，写作范围遍及诗、文、游记、笔记小说、金石文字和解经文字等，著作集总数超过685卷，是一个非常多产的作家，在文学史上占有一定地位。但他生活在由唐入宋的纷乱五代，作品佚失严重，“如果放在唐、宋治平时期，他不逊色于任何一个大家。”《全唐诗》卷736收王仁裕诗一卷，其中大多出自其笔记《玉堂闲话》和《王氏见闻录》的称引，少数来自宋初《先公谈录》、《广卓异记》、《天下大定录》等书的引录；《全唐诗补编》补诗二首，题杜光寺的一首录自《类编长安志》，可以确定是长兴末在长安所作；《戮后主出降》是宋代流传很广的诗，复旦大学陈尚君根据《豪异秘纂》确定是王仁裕作品①；《全唐文》未收王仁裕的文章，《全唐文补编》也仅录一篇。王仁裕诗文集虽然极其丰富，但其今存的所有诗文作品，几乎全部来源于笔记小说和地志，因此，作为陇右文化重要部分的王仁裕笔记小说，研究其文化蕴涵及文学价值，很有必要。

第一节　王仁裕的诗歌创作概说

王仁裕的诗歌创作，主要包括各类史籍记载的他的诗集（包括诗文集）的基本情况和现存诗歌作品两大类。就其诗集（包括诗文集）而言，均已在他亡故后的一段时间里散佚，无完整诗集收入类书或见于别集，今据史料记载可知其大概情况。王仁裕现存诗歌作品，经过反复搜求，截至目前不足20首，但我们从中可以窥见王仁裕诗歌的艺术风貌和思想内容，甚至一些作品可以是考证作者生平事迹的主要内证材料。

① 陈尚君《唐诗人李昂、綦毋潜、王仁裕生平补考》，载《苏州科技学院学报》（社科版）1993第4期。

一、王仁裕诗集史籍载录汇要

1.《西江集》一百卷（今佚）

【考述】《旧五代史》本传载文曰：仁裕“有诗万余首勒成百卷，目之曰《西江集》，盖以尝梦吞西江文石，遂以为名焉。”《新五代史》本传同。《十国春秋》本传载曰：“生平作诗满万首，蜀人呼之曰‘诗窖子’。”所著有《西江集》和王氏其它著述并举。顾氏《补五代史艺文志》归诗文集，然作十卷。《甘肃通志·书目》著录，作一百卷。《崇文总目》、《通志略》、《宋志》均未见著录。

【评记】西江，即西汉水一段，因水流向西南得名，在今甘肃礼县。《秦州直隶州新志》载元张仲舒《新建西江灵济庙记》注曰“西汉水至礼县城南，土人谓之西江。”（今礼县石桥乡清水沟村西江神庙遗址尚存该记残碑，笔者最近田野考察时间2012年5月）庙记追叙仁裕吞西江文石、自是文章焕发之事，所以其《西江集》实乃追念怀思故土而命名焉。五代后周高若拙《后史补》所记云“王仁裕著诗一万首，朝中谓之‘诗窖子’”之记载，依据即《西江集》一百卷。新旧《五代史》本传、《续世说》等史书均云王仁裕平生所作诗万余首，为百卷，号曰《西江集》，由此可知《西江集》应为王仁裕总诗集名。《宋志》和《十国春秋》所著《乘轺集》等应该系分集。《旧五代史考异》引《舆地纪胜》云：“仁裕所著有《紫泥集》、《西江集》、《入洛集（记）》共百卷”，并列述录，误。《十国春秋》沿袭此说，亦误。

2.《秦亭篇》卷数不明（今佚）、《锦江集》卷数不明（今佚）、《归山集》五百首（今佚）、《华夷百题》卷数不明（今佚）

【考述】《秦亭篇》，《王仁裕神道碑》载，《甘肃通志·书目》同，无卷数。《宋志》等其它史传书目未见著录，今不存。《锦江集》，《王仁裕神道碑》有载，《甘肃通志·书目》同，无卷数。《宋志》等其它史传书目亦未见著录。按：锦江，一称流江，在四川省成都市南。盖此书当作于仁裕仕蜀期间内容不详。《归山集》，《王仁裕神道碑》载500首。文曰：“职罢归汉阳别墅，有终焉之志，著《归山集》五百首以见其志。”则该书撰于仁裕罢秦州节度判官期间（931～932），该书今不存，其它史籍亦未有著录。《华夷百题》，《王仁裕神道碑》有载，不存撰书时间，不明其它，史传书目亦未见著录。

【评记】秦亭，故址在今甘肃清水县境。周孝王封非子为附庸，邑之秦。秦国，秦朝皆源于此。《汉书·地理志》曰：“今陇西秦亭，秦谷是也。”《水经注》云：“清水经清水城南又西与秦水合。水出东北大陇山秦谷，历二泉合成一水而历秦川。川有故亭，秦仲所封也，秦之为号始也。"王仁裕 41 岁前一直居秦州，《秦亭篇》应创作于他 25 岁至 41 岁之间，为诗文合集，内容或以颂扬秦人历史事实，以彰进取之心。上举其他王氏著述，李昉《王仁裕神道碑》云："公秉天地和气负文章人名……平生所著《秦亭篇》、《锦江集》、《入洛记》、《归山集》、《南行记》、《东南行》、《紫泥集》、《华夷白题》、《西江集》共六百八十五卷。"查究史料，十之八九已亡佚无考。

3.《紫泥集》十二卷（佚）、《紫泥后集》四十卷（佚）、《诗集》十卷（佚）

【考述】《紫泥集》，《宋志》别集类作十二卷，王仁裕著；又《紫泥后集》四十卷、《诗集》十卷。《补五代《史艺文志》入诗文集类，余同。《王仁裕神道碑》载《紫泥集》、《舆地纪胜》亦著录二书，均无卷数，亦不载《后集》和《诗集》。

【评记】"紫泥"之说，源于秦汉"封泥"、"泥封"习俗，是一种官印的印迹，为古代缄封简牍钤有印章以防私拆的信验物，后因皇帝诏书用紫泥封，故称皇帝诏书"紫泥诏"或简称紫泥。王国维《简牍检署考》云："古人以泥封书，虽散见于载籍，然至后世其制久废，几不知有此事实。……封泥之出土，不过百年内之事，当时或以为印范。及吴式芬之《封泥考略》出，始定为封泥。"可见封泥之事虽早，但人们认识并加以研究不过百余年的时间。

《新五代史》本传曰："废帝举兵凤翔，思同战败，废帝得仁裕，闻其名不杀，置之军中。自废帝起事，至其入位，驰檄诸镇诏书、告命皆仁裕为之。"思同与潞王李从珂战，败死之事在后唐闵帝应顺元年（934）三月。又《王仁裕神道碑》曰："潞王素闻公名，喜见公，而文翰之职一以委之。""诏诰教令咸出于手。安慰京邑，先行榜谕倚马吮笔，顷刻而成，潞王览之，大称厥旨。"结合著述名称则可推知《紫泥集》和《紫泥后集》殆撰于后应顺元年至后晋高祖天福元年（936）间，王仁裕仕后唐时，此两集或为他替潞王所撰诏诰敕令为主的诗文集。《诗集》撰写时间不明，应该是诗歌集。

4.《乘轺（辂）集》五卷（佚）、《紫阁集》五卷（佚）

【考述】《乘轺（辂）集》，《宋志》别集类著录《乘辂集》、《通志略》章表类著录为《乘轺集》均作五卷，王仁裕著。清顾櫰三《补五代史·艺文志》卷数同，但入诗文集类；《十国春秋》本传载，无卷数，二书载述名称同《通志略》。《紫阁集》，《宋志》别集类著录作五卷，王仁裕著。《崇文总目》亦入别集类，作十一卷，《通志略》同。顾氏《补五代史·艺文志》归诗文集

作十卷。《十国春秋》载无卷数。

【评记】轺（yáo），《说文》："轺，小车也。"古轻便小马车。辂（lù），《说文》："辂，车軨前横木也。"后引申为古代的大车，多指帝王用。《国语·晋语》："辂车十五乘。"《论语》："乘殷之辂。"宋李宗谔《先公谈录》（载《宋朝事实类苑》卷三十九）云："恩门王公（仁裕），终于太子少保。七十后，精力犹不衰。每天气和暖，必乘小驷，从三四老苍头，携照袋，中贮笔砚、《韵略》、刀子、砺石、笺纸数十幅，并小乐器之类，后别置游春盛随事，备酒炙三五人之具，门生在京者多侍行。"可见，名《乘轺集》为确。李昉《王仁裕神道碑》载，潞王获仁裕后"公（仁裕）自陈曰：'府主渝盟，臣所赞也。请就鼎镬，速死为幸。'词直色厉，潞王壮之，载以后车，俾随玉辂，诏诰教令，咸出于手。"可知王仁裕当时乘辂的情况也多，但多为配角，误《乘轺集》为《乘辂集》或为后出，作时应晚于《紫泥集》。

紫阁，指金碧辉煌的楼阁，多指帝王所居，借用来代指仙人或隐士所居。汉崔琦《七蠲》："紫阁青台，绮错相连。"但此《紫阁集》之紫阁，指宰相府。唐开元间改中书省为紫微省，中书令为紫微令，后因称宰相府为紫阁。《旧五代史》卷一百载，后汉高祖天福十二年（947）六月"以左散骑常侍王仁裕为户部侍郎充翰林学士承旨"，一直到后周世宗显德三年（956）王仁裕卒，他一直充任翰林学士承旨，时间长达九年，同时还兼任过户部侍郎、户部尚书，成为皇帝的秘书、顾问，官位显赫、参与机要，实有"宰相"之位。故推《紫阁集》当撰于此期间或稍晚。

5.《国风总类》五十卷（佚）

【考述】《崇文总目》和《通志略》总集类著录，王仁裕编均作五十卷。《补五代史·艺文志》入声乐类，亦五十卷。《十国春秋·王仁裕传》载曰："又辑《国风总类》五十卷，时多称道之。"

【评记】《王仁裕神道碑》未及此集，新旧《五代史》本传也未提及。可知，宋以后《国风总类》已亡佚，内容不详。考著录情况，盖《国风总类》为仁裕编选的历代具有"风"性质之诗文集，并非全是唐诗，也不能排除有他本人作品入集的可能。贺中复先生认为《国风总类》是五代人编唐诗选本，意在播扬唐风（贺中复《五代十国诗坛概说》，载《北京社会科学》1996年4期），不确。

二、王仁裕诗歌今存作品集评

1.《全唐诗》载其诗歌一卷14首及2句

（1）从蜀后主[1]幸[2]秦川[3]上梓潼山

彩仗[4]拂寒烟，鸣驺[5]在半天。黄云生马足，白日下松巅。
盛德安疲俗，仁风扇极边。前程问成纪[6]，此去尚三千。

【注释】［1］蜀后主，即前蜀后主王衍，王建子。918 年即位，在位 8 年。他贪淫好色，穷奢极欲，被后唐所灭，死时 28 岁。［2］幸，旧指皇帝亲临某地。［3］秦川，此指秦州。［4］彩仗，彩饰的仪仗。［5］鸣驺，古代随从显贵出行并传呼喝道的骑卒。［6］成纪，代指天水。

【评记】《广记》卷 241 引《王氏见闻录》“王承休”条。文记前蜀后主咸康元年（925）幸秦州兵败亡国事，非异文。文曰：“上梓潼山少主有诗云。中书舍人王仁裕和之曰。”可知，本作为王衍之作的和诗。《王仁裕神道碑》曰：仁裕“历伪尚书礼部郎中、中书舍人、翰林学士。……蜀后主衍好文工诗，偏所亲押，宴游和答，殆无虚日。……公（仁裕）屡陈谠言，颇尽忠节。既割席以难救，竟异棺而纳降。”由此看来，本诗的夸饰背后，还是颇有些委婉而深沉的讽刺意味和隐忧在其中。

（2）和蜀后主题剑门[1]

孟阳[2]曾有语，刊在白云棱。李杜[3]常挨托，孙刘[4]亦恃凭。
庸才安可守，上德始堪矜。暗指长天路，浓峦蔽几层。

【注释】［1］剑门，此指剑门关。位于四川省剑阁县城南 15 公里处，地处四川盆地北部边缘断褶带，大、小剑山中断处，两旁断崖峭壁，峰峦似剑，两壁对峙如门，故称“剑门”，是我国最著名的天然关隘之一，有“剑门天下险”之称。［2］孟阳，西晋文学家张孟阳有《剑阁铭》，刻于岩壁。云：“惟蜀之门，作固作镇，是曰剑阁，壁立千仞，穷地之险，极路之峻。”［3］李杜，李白、杜甫。［4］孙刘，孙权、刘备。

【评记】本诗亦为和诗。“王承休”条文曰：“至剑门，少主乃题曰。王仁裕和曰。”但诗中提出“庸才安可守，上德始堪矜”的观点，至诚和谠言意味十分明显。

（3）荆南席上咏胡琴妓二首[1]

其一

红妆齐抱紫檀槽，一抹朱弦四十条。湘水凌波惭鼓瑟，秦楼明月罢吹箫。

寒敲白玉声偏婉，暖逼黄莺语自娇。丹禁旧臣来侧耳，骨清神爽似闻韶[2]。

其二

玉纤挑落折冰声，散入秋空韵转清。二五指中句塞雁，十三弦上啭春莺。

谱从陶室偷将妙，曲向秦楼写得成。无限细腰宫里女，就中偏惬楚王情。

【注释】 ［1］原题注：一作“奉使荆南高从诲筵上听弹胡琴”。荆南（924～963）又称南平、北楚，是五代时十国之一。由高季兴所建，国土辖荆、归（今湖北秭归）、峡（今湖北宜昌）三州，统治范围包括今湖北的江陵、公安一带。实力弱小，因对南北称帝诸国，一概上表称臣，得以留存。季兴亡（929年），其子高从诲继立，后经五主，于宋太祖建隆四年（963）纳地归降。［2］闻韶，喻听到或看到极美妙、极向往的音乐或事物。《论语·述而》：“子在齐闻《韶》（舜时乐曲），三月不知肉味，曰：不图为乐之至于斯也。’”南朝梁张率《楚王吟》：“不惜同从理，但使一闻韶。”

【评记】王仁裕后晋入仕，曾出使南平国，因他通晓音律，深得当时南平王高从诲的赏识，引为“知音”。《新五代史·王仁裕传》曰：“仁裕性晓音律。”当时互为唱和的诗，成了他描写音乐的传世之作，流传至今。《诗话总龟》前集卷22宴游门引《杂咏》曰：“王仁裕使荆诸从诲出十妓弹胡琴，仁裕有诗美之曰。”又《天下人定录》载仁裕两篇，已载于此，今录所遗一篇云，《全唐诗》所录即此两首。《十国春秋》卷101荆南二“高从海”条注曰：《韵府群玉》载，从海有句云“红妆齐抱紫檀槽，一抹朱弦四十条。”疑误。

（4）题麦积山[1]天堂

蹑尽悬空[2]万仞梯，等闲[3]身共白云齐。檐前下视群山小，堂上平分落日低。

绝顶[4]路危人少到，古岩[5]松健[6]鹤频栖。天边为要留名姓，拂石[7]殷勤身自题。

【注释】［1］麦积山，在今甘肃省天水市东南，固峰峦突起．形如麦草垛，故名。山有石窟，是我国著名石窟之一。《玉堂闲话·麦积山》说：“麦积山者，北跨清（今甘肃清水）、渭（今甘肃天水、陇西一带），南渐两当。因峦崛起，一石高万寻。其青云之半，梯空架险，有散花楼。由西阁悬梯而上，有万菩萨堂，并就石凿成。自此室之上，有一龛，谓之天堂，空中倚一独梯，至此万中无一人敢登者，仁裕独登之，仍题诗于天堂西壁。前唐末年辛未年也。”［2］蹑，踩、踏；悬空，悬挂在空中。［3］等闲，寻常，不在乎；共，同，与。［4］绝顶，最高峰。［5］古岩，古老而险峻的山崖。［6］松健，高大雄伟的松树；栖，栖息。［7］拂石，拂去石壁上的尘土；自题，指把自己的诗题在天堂西壁。

【评记】本诗作是他三十二岁当秦州节度判官时的作品。在描写麦积山巍峨险峻的自然景观的同时，也抒发了他登万仞而小天下，期望大展宏图的凌云壮志。这一诗另一记（见《玉堂闲话》）给麦积山保留了珍贵的史料。王仁裕登上麦积山最高一级佛龛——天堂，题此诗于壁。虽因此山石质松碎，题诗真迹今天看不到了，但是他笔下的山势陡绝“梯空架险”的景象，使今天的游人仍不免感同身受。王诗从“万仞梯”、“白云齐”、“群山小”、“落日低”、“人少到”、“鹤频栖”六个角度，描写了天堂的高险。尽管天堂今不存，但是，王仁裕的诗和出色的记述仍可给我们提供想象的凭借。稍低一级的“万菩萨堂”（即今之万佛堂）和散花楼，仍以它特有的姿容和宝藏吸引千千万万游客。本诗《广记》卷397引《玉堂闲话》“麦积山”条。文曰：麦积山者，北跨清渭，南渐两当。冈峦崛起，一石高万寻，其青云之半，梯空架险，有散花楼。……文末云：时前唐末辛未年（王仁裕）登此留题，于今二十九载矣。按辛未年为梁乾化元年（911）时年31岁，仕秦州。麦积山，在今甘肃天水东南。仁裕为天水人，故便于登此山。

（5）题斗山[1]观

霞衣欲举醉陶陶，不觉全家住绛霄[2]。拔宅只知鸡犬在，上天谁信路岐遥。

三清辽廓抛尘梦，八景云烟事早朝。为有故林苍柏健，露华凉叶锁金飙。

【注释】［1］斗山，在今陕西汉中。唐宋时有名胜斗山观，后毁于兵燹。［2］绛霄，指天空极高处。天之色本为苍青，称之为“丹霄”、“绛霄”者，因古人观天象以北极为基准，仰首所见者皆在北极之南，故借南方之色以为喻。

【评记】本诗《广记》卷397引《玉堂闲话》引“斗山观”条。文曰：汉乾佑中翰林学士王仁裕云：兴元有斗山观，自平川内耸起一山，四面悬绝，其上顶一于斗底，故号之。又曰：仁裕辛巳岁（921）于此为节度判官，尝以片板题诗于观曰。癸未年入蜀，因谒严真观见斗山诗牌在焉。公元915年，蜀主王衍部攻取岐王李茂贞领地，陇南、陕南、四川皆为前蜀所辖。公元921年，王仁裕离家赴兴元（今汉中）任节度判官。他在游览兴元名胜斗山观时作此诗。作品一方面流露出他抛却尘梦、拔宅成仙的思想；另一方面又以“故林”喻故乡，用留恋故乡的感情来缅怀以往的太平盛世，又表现了他入世进取的思想。这种退隐与进取的矛盾心理正是对中、晚唐士大夫阶层心理机制的生动写照。社会动荡，战乱不息，民不聊生，他对当时的统治者不满，不愿与之同流合污；然而，又逃不脱这个人世的大罗网，于是，只有在佛学、道教、禅宗中寻找解脱。这种解脱，已不完全是对政治杀戮的恐惧退避，而是对整个人生、尘世的纷纷扰扰之目的和意义根本的怀疑、厌倦，甚至舍弃。然而，现实不全是这样，于是，便转向了对以前太平盛世的怀念，希冀政治清明，百姓再可安居乐业。

（6）题孤云[1]绝顶淮阴祠

一握寒天[2]古木深，路人犹说汉淮阴[3]。孤云不掩兴亡策[4]，两角[5]曾悬去住心。

不是冕旒[6]轻布素，岂劳丞相[7]远追寻。当时若放还西楚[8]，尺寸中华[9]未可侵。

【注释】［1］孤云，孤云岭，在今陕西省汉中市南，岭上修有淮阴侯韩信祠。《玉堂闲话》云：“兴元之南，有大竹路，通巴州，深谷峭岩，扪萝一上，三日达山顶。复登岭，其绝顶谓之孤云两角。彼中谚云：‘孤云两角，去天一握。’淮阴侯祠在焉。昔汉祖不用，韩信遁归西楚，肖相国追之，及于兹山，故立庙貌。仁裕尝佐褒梁帅王思同南伐巴人，往返登陟，留题于祠。”兴元，唐代府名。治所在南郑（今陕西汉中市东），辖境相当今陕西城固以西的汉江流域。［2］一握寒天，谚曰：“孤云两角，去天一握。”是说孤云岭两角极高，离天只有一拳头的距离。［3］汉淮阴，汉代大将韩信，淮阴（今江苏省清江西南）人，初属项羽，继归刘邦，被任为大将。楚汉战争时，向刘邦献策攻占关中，后刘邦封他为齐王。汉朝建立后，改封楚王。后因有人告他谋反，被降为淮阴侯。［4］兴亡策，指韩信向刘邦献攻占关中的计策。［5］两角，即孤云岭两角。去住心，指韩信当时去汉与否的复杂心理。［6］冕旒，古代帝王、诸侯及卿大夫的礼冠。这里借指刘邦。轻，看不起，轻视。布素，平民。原指没有做官的读书人，这里指韩信。［7］丞相，指刘邦丞相萧何。［8］西楚，指项羽。秦亡后，项羽自立西楚霸王。韩信原是他的部下，后归刘邦。［9］尺寸中华，一尺一寸的中华土地。中华，古代华夏族、汉族多建都于黄河南北，在四夷之中，后因称其地为中华。

【评记】《广记》卷397引《玉堂闲话》“大竹路”条。文曰：兴元之南，有大竹路通巴州深溪峭岩，一上二日达山顶，复登顶其绝顶，谓之孤云两角。淮阴侯祠在焉。仁裕尝佐褒梁帅王思同南伐巴人，往返登陟，留题于祠。仁裕为兴元节度王思同判官，在后唐长兴二年（931）。《王仁裕神道碑》曰：“无何南梁主帅王公思同以旧知之故，逼而起之，密奏授兴元节度判官。不获已而受命，非其志也。”此前928年，他接受山南节度使王思同的招聘，再度南下兴元为从事。此间，他曾瞻仰兴元商山之淮阴侯庙，赋诗怀古。本诗指责刘邦在起用韩信问题上的过失，颇有见地。他指明：若无萧何的荐贤，韩信这个帅才还不知为谁所用呢！以古喻今，王仁裕当时的忧国忧民之情，可见一斑。

（7）和韩昭[1]从驾过白卫岭[2]

龙旆飘飖[3]指极边，到时犹更二三千。登高晓蹋巉岩石，冒冷朝冲断续烟。

自学汉皇开土宇[4]，不同周穆[5]好神仙。秦民[6]莫遣无恩及，大散关[7]东别有天。

【注释】［1］韩昭，字德华，长安人。为蜀后主王衍狎客，累官礼部尚书、文思殿大学士。唐兵入蜀，王宗弼杀之。韩昭原诗《从幸秦川过白卫献诗》如下：

吾王巡狩为安边，此去秦亭尚数千。夜照路岐山店火，晓通消息戍瓶烟。

为云巫峡虽神女，跨凤秦楼是谪仙。八骏似龙人似虎，何愁飞过大漫天。

［2］白卫岭，在四川昭化城西20公里朝阳堡，是唐、宋驿道的必经之地。其岭，东抵嘉陵江，西抵高庙铺，长岗连绵10公里。据《蜀中名胜记》载：唐明皇幸蜀过此，自白卫岭而下，示取绿山之兆，遂封岭神白卫。当地人刻石记其事，白卫岭之名流传于世。此地是唐宋时一大名胜，不少文武官员在

此咏诗作赋，已载入《昭化县志》。但庙宇已毁，旧址犹在，松柏长势茂盛，几块残碑尚存。［3］飘飖，飘荡、飞扬。汉边让《章华台赋》："罗衣飘飖，组绮缤纷。"［4］土宇，疆土、国土。刘知几《史通·杂述》："九州土宇，万国山川，物产殊宜，风化异俗。"［5］周穆，指周穆王。周昭王之子，曾西击犬戎，东征徐戎。《穆天子传》载有他乘八骏西行见西王母的故事。［6］秦民，此处指天水百姓。［7］大散关，为周朝散国之关隘，故名散关，设于秦汉，废弃于明末，位于今宝鸡市南郊秦岭北麓，自古为"川陕咽喉"。

【评记】《广记》卷 241 引《王氏见闻录》"王承休"条。文曰：过白卫岭大尹韩昭进诗曰。王仁裕和曰。比较原诗与和诗，高下之分不难辨识。原诗阿谀之旨意昭然，而本诗自有高格，诗眼"自学汉皇开土宇，不同周穆好神仙"之句不免寄托了作者的仁君思想，有着进步意义。

(8) 贺王溥[1]入相

一战文场拔赵旗[2]，便调金鼎佐无为。白麻[3]骤降恩何极，黄发初闻喜可知。

跛敕案前人到少，筑沙堤上马归迟。立班始得遥相见，亲洽争如未贵时。

【注释】［1］王溥（922～982），字齐物，宋初并州祁人。历任后周太祖、世宗、恭帝、宋太祖两代四朝宰相。948 年仁裕知贡举，王溥甲科进士第一名，任秘书郎。故仁裕称其为门生。［2］拔赵旗，此处指获胜。《史记·淮阴侯列传》："共候赵空壁逐利，则驰入赵壁，皆拔赵旗，立汉赤帜二千。"［3］白麻，唐、宋册立皇后、太子，任免将相，决定重大征战等一朝大事，皆由翰林学士以白麻纸书写诏令，不用印，称为白麻。此处指进士榜。

【评记】《石林诗话》（卷下）云：仁裕知贡举，王溥为状元，时年二十六。溥初拜相，仁裕犹致政无恙，以诗贺之云。又曰：溥在位每休沐必诣仁裕，从容终日。盛唐以来坐主门生之礼尤厚。《诗话总龟》前集卷 14 唱和门引《广卓异记》曰：乾佑元年，户部侍郎王仁裕放王溥状元及第。溥不数年拜相，仁裕时为太子少保，有诗贺曰。亦录有王溥的和诗《和座主王公仁裕见贺入相诗［题拟］》曰："挥毫文战偶搴旗，待诏金华亦偶为。白社遽当宗伯选，赤心旋遇圣人知。九霄得路荣虽极，三接承恩出每迟。职在台司多少暇，亲师不及舞雩时。"（见《广卓异记》卷六，又见《增修诗话总龟》卷十四引）可以互为参照。

(9) 与诸门生春日会饮[1]繁台[2]赋

柳阴如雾絮成堆，又引门生[3]饮古台。淑景即随风雨去，芳樽宜命管弦开。

谩夸列鼎鸣钟[4]贵，宁免朝乌夜兔[5]催。烂醉也须诗一首，不能空放马头回。

【注释】［1］会饮，聚饮。《史记·廉颇蔺相如列传》：“秦御史前，书曰：‘某年月日，秦王与赵王会饮，令赵王鼓瑟。’”唐沈既济《任氏传》：“崟与郑子偕行于长安陌中，将会饮于新昌里。”［2］繁台，古台名。在今河南省开封市东南禹王台公园内，相传为春秋时师旷吹台，汉梁孝王增筑，后有繁姓居其侧，故名。［3］门生，中国东汉称儒学宗师亲自授业者为弟子，转相传授者为门生。东汉中后期，渐与宗师形成私人依附关系；魏晋南北朝时期，作为依附人口的门生，与宗师有世袭的臣属关系，对门阀大族的形成和发展起了重要作用。唐代科举考试，考生得中进士后，对主考官亦称门生，虽有投靠援引之意，已非依附关系。后世门生，主要是指学术上的师承关系。［4］列鼎鸣钟，指贵族大家。唐王维《寓言》诗：“列鼎会中贵，鸣珂朝至尊。”［5］朝乌夜兔，朝乌有两解：其一曰鸟名。《梁书·诸夷传·高昌国》：“有朝乌者，旦旦集王殿前，为行列，不畏人，日出然后散去。”其二，古代传说日中有三足乌，故称太阳为金乌，朝乌，即早晨的太阳。夜兔，传说月中有玉兔，借指月亮。此处指日出月落，形容光阴迅速。唐·韩琮《春愁》：“金乌飞，玉兔走，青鬓常青古无有。”

【评记】后汉乾佑元年（948），王仁裕的门生王溥任后汉高祖的宰相，王仁裕以太子少保致仕，定居汴梁。《诗话总龟》前集卷22宴游门引《拾遗》曰：公知举时年已老，诸子皆亡惟有幼孙，又与诸门生春日会饮于繁台赋诗曰。他的政治生活走上了赋闲阶段，然而，他的诗文创作仍未停息，这首诗即是他晚年生活的写照。其中“烂醉也须诗一首，不能空放马头回”之句，表明了他虽养尊处优，但勤奋创作的思想观念，从一个侧面反映了生平作诗数量巨大和名号“诗窖”的历史真实性。

(10) 示诸门生

二百一十四门生，春风初长羽毛成。掷金换得天边桂[1]，凿壁[2]偷将榜

上名。

何幸不才逢圣世，偶将疏网罩群英。衰翁[3]渐老儿孙小，异日知谁略有情。

【注释】［1］天边桂，代指月亮，传说月中有桂树。宋晏殊《秋蕊香》词："何人翦碎天边桂，散作瑶田琼蕊。"五代？顾封人《月中桂树》："芬馥天边桂，扶疏在月中。"［2］凿壁，"凿壁偷光"之省，《西京杂记》卷二："匡衡，字稚圭，勤学而无烛。邻舍有烛而不逮，衡乃穿壁引其光，以书映光而读之。"后即以"凿壁偷光"为刻苦攻读之典故。"。《敦煌曲子词·菩萨蛮》："数年学剑工书苦，也曾凿壁偷光路。"［3］衰翁，王仁裕自指。

【评记】本诗有当时文坛一段佳话逸闻。《五代史补》曰：王尚书仁裕乾佑初放榜二百一十四人，乃自为诗云。陶穀为尚书，素好诙谐，见诗佯声曰："大奇！大奇！不意王仁裕今日做贼头也。"闻者皆大笑。《诗话总龟》前集卷22宴游门引《拾遗》李文正公曰："少保王仁裕与诸门生饮，出一诗板拄于坐次曰。《谈录》曰：仁裕知贡举时己年高，有数子皆早亡，诸孙并幼。一日生徒毕集出诗笺曰。"从"衰翁渐老儿孙小，异日知谁略有情"的具体描写看，晚年王仁裕在叹吁门生之众的乐怀时，也表现了他暮年的寂寥、无奈与人生的怅惘。

（11）过平戎谷[1]吊胡翙[2]

立马荒郊满目愁，伊人何罪死林丘。风号古木悲长在，雨湿寒莎[3]泪暗流。

莫道文章为众嫉，只应轻薄是身雠。不缘魂寄孤山下，此地堪名鹦鹉洲[4]。

【注释】［1］平戎谷，史载不详。据《太平广记》卷266轻薄二"胡翙"条的记载看，平戎谷应在大梁（今开封）附近。［2］胡翙，生卒不详。王仁裕《王氏见闻录》："有胡翙者，佐幕大藩，有文学称，善草军书，动皆中意。"因狷介之气，为五代后唐节度使张筠酒醉斩杀并诛没全家，悉数填埋平戎谷口。［3］寒莎，衰草。《说文》：莎，镐侯也。亦名沙随，一名地毛，其实附根而生，谓之缇，即今香附子。《汉书·司马相如传》：薛莎青薠。［4］此引祢衡被黄祖杀害葬于鹦鹉洲的典故。鹦鹉洲，原在武昌城外江中，相传由汉末年祢衡在黄祖的长子黄射大会宾客时，即席挥笔写就一篇“锵锵戛金玉，句句欲飞鸣”的《鹦鹉赋》而得名。隋唐至宋皆为名家登临赋唱，此洲在明末渐沉没。

【评记】《广记》卷266引《王氏见闻》“胡翎”条。文曰：有胡翙者，佐幕人藩，有文学称。善草军书，动皆中意。翙常少其帅，蔑视同辈，不为礼构之主帅，尽室坑平戎谷。仁裕过而吊之。后晋立，迁都开封，王仁裕初任郎中，后升任谏议大夫，这期间，曾奉命出使南平国。途中知书生胡翙因恃才傲物而全家被杀的冤案，激起了他对统治者强烈的不满，遂赋诗凭吊。本诗充溢着王仁裕对自己的同类因才遭祸的恻隐之情，客观上反映了封建社会扼杀、压抑人才，致使奴才得以衍生的政治特征。该作有浓厚的人文色彩，在当时兵乱不断、朝代更迭的特殊时代，更有着不一般的思想意义。

(12) 奉诏赋剑州[1]途中鸷兽

剑牙钉舌血毛腥，窥算劳心岂暂停。不与大朝除患难，惟馀当路食生灵。从将户口[2]资馋口，未委三丁税几丁。今日帝王亲出狩，白云岩下好藏形。

【注释】[1] 剑州，以境内的剑阁（即当时的剑阁道）而得名，盛时包括今梓潼县、江油市东部等地区，州治普安县（今剑阁县普安镇）。剑州从唐初先天二年（713）首置一直到民国2年（1913）改为剑阁县，其建制历史近1200年，因此渊源，今剑阁县又别称“剑州”。[2] 户口，此处指人口。贾谊《新书·匈奴》：“窃料匈奴控弦大率六万骑，五口而出介卒一人，五六三十，此即户口三十万耳，未及汉千石大县也。”

【评记】《广记》卷241引《王氏见闻录》“王承休”条。文曰：蜀后主幸秦川至剑州西，鸷兽于路左丛林间跃出搏一人去。至行宫，顾问臣僚皆陈恐惧。主寻命从臣令各赋诗，王仁裕诗曰，翰林学士李浩弼进诗曰。后主览之大笑曰：“此二臣之诗各有旨也。”即只该作。诗以吃人的恶虎影射凶残成性的军阀，“不与大朝除患难，惟馀当路食生灵”之说，流露了他对只图白己称霸，不顾人民死活的军阀的极度不满，虽用笔诙谐，但有着鲜明的进步思想。

(13) 放猿

原注：“仁裕从事汉中，有献小猿者，伶其黠慧[1]，育之，名曰野宾。经

年壮大，跳踯[2]颇为患，系红绡[3]于颈，题诗送之。”

放尔丁宁[4]复故林，旧来行处好追寻。月明巫峡堪怜静，路隔巴山莫厌深。

栖宿免劳青嶂[5]梦，跻攀应惬白云心。三秋果熟松梢健，任抱高枝彻晓吟。

【注释】［1］黠慧，狡猾聪慧。唐崔颢《邯郸宫人怨》诗：“七岁丰茸好颜色，八岁黠惠能言语。”［2］跳踯，上下跳跃。韩愈《答柳柳州食虾蟆》诗：“跳踯虽云高，意不离泞淖。”［3］红绡，红色薄绸。白居易《琵琶行》：“五陵年少争缠头，一曲红绡不知数。”［4］丁宁，言语恳切貌。唐张籍《卧疾》诗：“见我形顦顇，劝药语丁宁。”［5］青嶂，如屏障的青山。《文选·沉约》：“郁律构丹巘，崚嶒起青嶂。”吕向注：“山横曰嶂。”杜甫《月》诗之一：“若无青嶂月，愁杀白头人。”

【评记】《广记》卷44引《王氏见闻》“王仁裕”条。文曰：仁裕从事汉中，有献猿儿者，怜其黠慧，育之，名曰“野宾”。经年壮大，跳踯颇为患，系红绡于颈，题诗送之。《诗话总龟》前集卷29书事门引《脞说后集》曰：王仁裕尝养一猿，名之曰“野宾”。久而放之因作诗曰。汉中，即兴元。李昉文曰“从事汉中”、“罢职入蜀”等皆合仁裕履历。本诗具有重要的人文地理学研究价值，反映了人猿和谐和作者对猿的期许、殷殷之情，读来令人感动。

（14）遇放猿再作

原注：“仁裕罢职入蜀，行次汉江[1]壖[2]嶓冢[3]庙前，见一巨猿舍群而前，于道畔古木间垂身下顾，红绡宛在，以野宾呼之，声声如应。立马移时，不觉恻然，遂继题一篇云。”

嶓冢祠前汉水滨，饮猿连臂下嶙峋[4]。渐来子细[5]窥行客，认得依稀是野宾。

月宿纵劳羁绁[6]梦，松餐非复稻粱身。数声肠断和云叫，识是前时旧主人。

【注释】［1］汉江，汉水。［2］壖，河边的空地或田地。《汉书》：“故尽河堧弃地，民茭牧其中耳。”［3］嶓冢，山名。在今甘肃天水、礼县、徽县之间，今齐寿山，古人称是汉水上源，山上有庙，名“嶓冢祠”。［4］嶙峋，形

容山势峻峭、重叠、突兀的样子。[5]子细，小心，留神。宋罗大经《鹤林玉露》卷十：“相公且子细，秀才子口头言语，岂可便信?”[6]羁绁，亦作“羁絏”。拘禁；系缚。欧阳修《答圣俞白鹦鹉杂言》诗：“渴虽有饮饥有啄，羁绁终知非尔乐。”

【评记】《王氏见闻录》(《广记》卷44引)云：仁裕罢职入蜀，行次汉江壖、嶓冢庙前，见一巨猿舍群而前，于道畔古木间，垂身下顾，红绡仿佛而在，以野宾呼之，声声应和，立马移时，不觉恻然，遂继之一篇云。《诗话总龟》引《脞说后集》曰：仁裕后入蜀，过嶓冢祠前，汉水之阴，有群猿联臂而下，饮洁流。有巨猿舍群而前从者指之曰：“此野宾也。”呼之犹应，哀吟而去。又作一篇云。本诗写人猿故交，颇为感人。人猿之情如此相通，感人至深，读来不觉为之落泪。此作千余年来为人颇多摘引，堪称佳构。

(15) 句

铁锁寨门肩[1]白日，大张旗帜插青天。《大散关》[2]

【注释】[1]肩，担荷。[2]大散关，位于陕西省宝鸡市南大散岭上。北连渭河支流，南通嘉陵江上源。散关当山川之会，扼西南、西北交通要道枢纽，亦称崤谷。

【评记】此句出于王仁裕《大散关》诗，作品全貌虽不可见，但因此看得出作者诗力雄厚，对仗工整且意境颇高远，独有气势。

2.《全唐诗补编·续拾》卷四十二（五代下）载其诗歌2首

(1) 戮后主[1]出降诗

蜀朝昏主出降时，衔璧牵羊[2]倒系旗。二十万军高拱手，更无一个是男儿。

【注释】[1]蜀朝昏主，前蜀后主王衍，918～925年在位，共七年。王衍（899～926），字化源，王建第十一子，许州舞阳人（其故里今属河南舞钢市），母亲是王建宠妃徐氏。后唐攻蜀，重兵而乱，遂出降，封为通正公。后在被送赴洛阳途中，李存勖遣人灭其一族，死年二十八岁。有文才，能为浮艳之词，著有《烟花集》，词存二首。王衍及时行乐的思想，是倾覆社稷、身死人手的主因。欧阳修《新五代史·伶官传序》云：“忧劳可以兴国，逸豫可以

亡身，自然之理也。”一语中的。[2] 衔璧牵羊，为“面缚衔璧”之典故。两手反绑而面向前，口含碧玉以示不生。古人用以表示投降请罪。《左传·僖公六年》：“许男面缚衔璧，大夫衰绖，士舆榇。”《史记·宋微子世家》：“周武王克殷，微子乃持其祭器造于军门，肉袒面缚，左牵羊，右把茅，膝行而前以告。”北齐·杜弼《为东魏檄梁文》：“若吴之王孙，蜀之公子，顿时以动，见机而作，面缚衔璧，肉袒牵羊，归款军门，委命下吏。”别作“肉袒面缚，衔璧牵羊”。《资治通鉴·后唐庄宗同光三年》：“蜀主白衣，衔璧，牵羊，草绳萦首，百官衰绖，徒跣，舆榇，号哭俟命。”即五代前蜀后主王衍投降的情况。

【评记】据五代何光远《鉴诫录》所载：故兴圣太子随军王承旨（失名）有咏后主出降诗曰，即引此诗。涵芬楼排印本《说郛》卷三十四《豪异秘纂》引王仁裕《蜀石》有此。此诗《鉴诫录》卷五《徐后事》谓王承旨作，《后山诗话》则以为花蕊夫人作，文字略异。《全唐诗》卷七九八收花蕊名下，另注“一作蜀臣王承旨诗”。《全唐诗续补遗》卷十一据《鉴诫录》收归王承旨。今检《说郛》所引与《鉴诫录》所载较相似，而于此诗作者则云为“兴圣太子随军仁裕”。王仁裕初仕前蜀，尝随侍王衍作诗，蜀亡入洛，仕后唐。《说郛》所载可从此确正。王仁裕小说《蜀石》被收今人宁稼雨《中国文言小说总目提要》（齐鲁书社 1999 年版）第二编唐五代传奇类。北宋无名氏编撰的传奇小说选集《豪异秘纂》（又名《传记杂编》），虽只收录有张说《扶余国主》（即唐传奇名篇《虬髯客传》）、郑文宝《历代帝王传国玺》、从孙无释《祖伯》、罗隐《仙种稻》、王仁裕《蜀石》等五篇传奇小说，但它是宋代唯一一部传奇小说选集，以“传记”命名，颇能反映北宋人对单篇传奇的看法。与《太平广记》“杂传记”所体现出来的传奇小说的文体规范相一致，可与之互证。

(2) 长兴中题杜光寺[1]（题拟）

上尔高僧更不疑，梦乘龙驾落沉晖。寒暄晕映琉璃殿，晓夜摧残毳衲衣[2]。金体几生传有漏，玉容三界自无非。莓苔满院人稀到，松畔香台野鹤飞。

【注释】[1] 杜光寺，在长安近郊。宋张礼《游城南记》：“杜光村有义善寺，俗谓之杜光寺，贞观十九年建，盖杜顺禅师所生之地。顺解《华严经》，著《法界观》，居华严寺，证圆寂，今肉身在华严寺。”［2］毳衲衣，即毳褐，毛织的僧衣。《说文》：“毳，兽细毛也!”《字林》：“毳，细羊毛也。”

【评记】本诗见元代骆天骧《类编长安志》寺观类“杜光寺”条云，长兴中王仁裕题诗云云。今据黄永年先生《述〈类编长安志〉》（见《中国古都研究》（第一辑）中国古都学会第一届年会论文集，浙江人民出版社 1985 年版）转录。据《王仁裕墓志铭铭文》后唐明宗长兴四年（933），王仁裕五十四岁，仍为王思同西京留守判官。此诗当作于长安时在前一年间，表达了作者对杜光寺向往和对僧家环境的赞美。

3.《全唐诗续拾》卷五十八谚语

（1）王仁裕引谚一

一饮一啄，系之于分。

【评记】该谚见《太平广记》卷一五八《玉堂闲话》引，表明厌苦求乐乃人之常情。

（2）王仁裕引谚二

孤云两角，去天一握。

【评记】该谚见《类说》卷五四《玉堂闲话》引，这句谣谚指山势雄壮高拔，突出一个“高”字。

4.《全唐诗续拾》卷五十四无世次下

王仁裕句

早角树[1]头悬拍板，葫芦架上钓茶锤[2]。

【注释】［1］早角树，即皂角树，是我国特有的苏木科皂荚属树种之一，生长旺盛，雌雄异株。皂荚结子，触碰易落。［2］茶锤，古时礳窝（木臼或石臼）的捣捶器具，另作“礳棰”、“礳槌”，质量沉重。

【评记】该句见曾慥《类说》卷五四引王仁裕《玉堂闲话》，以悬物忌讳比喻情势危急。

5. 宋代周密《浩然斋雅谈》录

望春明门[1]哭蜀后主

九天冥漠信沉沉，重过春明泪满襟。齐女叫时魂已断，杜鹃啼处血尤深。

霸图倾覆人全去，寒骨飘零草乱侵。何事不如陈叔宝[2]，朱门流水自相临。

【注释】［1］春明门，古长安城门名，为城东三门之中门。刘禹锡《和令狐相公别牡丹》："莫道两京非远别，春明门外即天涯。"［2］陈叔宝，即陈后主（553～604），字元秀，南朝陈国皇帝，582～589年在位时大建宫室，生活奢侈，不理朝政，日夜与妃嫔、文臣游宴，不一而足。隋军南下，自恃长江天险，不以为然。祯明三年（589），隋军入建康，陈叔宝被俘，后病死洛阳，追赠大将军、长城县公。

【评记】此作出自（宋）周密《浩然斋雅谈》卷中，载"王仁裕过关中望春明门，蜀后主被诛之地，乃作诗哭之"。但《全唐诗》、《全唐诗补编》及《续拾》均未辑录（见赵军仓硕士学位论文《王仁裕及其作品研究》，四川师范大学2010年中国知网版，第56页）。此作表达了作者对亡国之君无限的感慨和悲伤，通过对比陈叔宝，对王衍不能善终表示了极其深沉的惋惜。

第二节 王仁裕诗歌的思想性和艺术性

王仁裕在文学上先以诗名，北宋时学界于此即颇为看重，欧阳修《新五代史》载"集其平生所做诗万余首为百卷，号《西江集》"，明人由看重而至于推崇，程登吉《幼学须知》称："汉晁错多智，景帝号为'智囊'；王仁裕多诗，时人号为'诗窖'"，将其与晁错想提并论。至清代，吴任臣《十国春秋》云："其生平做诗逾万首，蜀人呼之曰'诗窖子'"。稍后，邹圣脉增补《幼学须知》易名《幼学琼林》，成为蒙学经典，因其沿袭明人之辞，王仁裕"诗窖"美誉随之广泛传扬开来。但是，在清初王仁裕诗作遗存已成寥落之势，《全唐诗》736卷，且只有15首完整诗作和2首残诗，其余或见者属于零星，而且真伪难辨，不好定论。这种现状延续至今，难以与"诗窖"之誉持衡。相比之下，其笔记小说留存较多，在文学史上占有一定地位，有丰富的文化内涵和很高的文学价值，呈现一种与诗作遗存及其成就悬殊的不对称状态①。

① 蒲向明《王仁裕的文学成就》，《天水行政学院学报》2003年第3期。

一、王仁裕诗歌的思想性

宋以后，由于王仁裕子嗣住址的南迁、战争的频繁和人世变迁，王仁裕的著述亡佚甚多。以王仁裕自己结集的《西江集》为例，“有诗万余首，勒成百卷”（《旧五代史·周书》）。《全唐诗》仅编其存诗一卷。尽管如此，我们仍然可以从现有王仁裕作品中“触摸”到其诗歌具有的思想性。

首先，匡扶济世的雄心、建功立业的抱负，贯穿于王仁裕全部作品之始终。王仁裕 20 多岁的诗作，还未脱书生的稚嫩，思想内容仅限于描摩叙述、状物寄情方面“著赋二十余首，甚得体物之妙”。在入仕秦州之后，追思秦先祖精神（《秦亭篇》），抒发他的政治抱负（《题麦积山天堂》）。南下兴元（今汉中）时，在刘邦称过汉王的故地，瞻仰孤云岭，咏怀月光下为萧何所追的韩信，感怀中莫不蕴涵图佐明君，昌国盛帮的思想（《题孤云绝顶淮阴祠》）。在洛阳、开封的大部分作品也未离这一主线。如《过平戎谷吊胡翙》、《与诸门生春日会饮繁台赋》等作品。新近学界别集辑出的诗《望春明门哭蜀后主》：

九天冥漠信沉沉，重过春明泪满襟。齐女叫时魂已断，杜鹃啼处血尤深。
霸图倾覆人全去，寒骨飘零草乱侵。何事不如陈叔宝，朱门流水自相临。

表现了作者过关中望春明门——蜀后主被诛之地时复杂的内心感触，有往事伤怀的酸楚，也有霸业毁没的遗憾和感慨，也有对蜀后主不重贤明、贪图安逸的暗暗责问。该诗出自宋周密《浩然斋雅谈》卷中，载“王仁裕过关中望春明门，乃蜀后主被诛之地，乃作诗哭之”。①

其次，关心国事，分辨忠奸，指斥昏庸腐朽的佞臣权贵乃至人君，始终是王仁裕作品内容的的一个重要部分。他入蜀事王衍，对这个选择了竞豪逐奢、最后走上不归路的君主“屡陈谠言，颇尽忠节”，他在《从蜀后主幸秦州上梓潼山》里说：

綵仗拂寒烟，鸣驺在半天。黄云生马足，白日下松巅。
盛德安疲俗，仁风扇极边。前程问成纪，此去尚三千。

① 见赵军仓硕士学位论文《王仁裕及其作品研究》，四川师范大学 2010 年中国知网版，第 56 页。

这首诗，起落似均盛赞幸驾秦州的铺张盛况，但仔细研读，就会发现其中作者的憎恶、轻篾意味："盛德""仁风"，岂是一个苟安偷生、醉生梦死、钟情风月的小皇帝所能有？诗的最后两句，已应了前程渺茫的史实，幸秦州未遂，半途而废，等待这位主儿的，是国破家亡。后唐时（931～934）他随王恩同往返兴元、西京之间，得以有机会写成《开元天宝遗事》，在记述宫中琐闻杂事、风俗习尚之中，多涉猎王公贵族的淫靡之行，如其中的《渔池鱼》写到：

明皇欲以李林甫为相，后因召张九龄问可否，九龄曰："宰相之职，四海俱瞻，若任人不当，则国受其殃，只如林甫为相，然宠擢出宸衷，臣恐他日之后祸延宗社。"帝意不悦。忽一日，帝曲宴近臣于禁苑中，帝指示九龄、林甫曰："槛前盆池中所养鱼数头，鲜活可爱。"林甫曰："赖陛下恩波所养。"九龄曰："盆池养鱼，犹陛下任人，他但能装景致助儿女之戏耳！"帝甚不悦。时人皆美九龄之忠直。

这段叙写，虽断续五端，但于简明情节中塑造了三个鲜活人物形象：张九龄深明大理，知人荐任，忠直不阿；李林甫谄媚奉承、甘言诱人；唐明皇用人不当，刚愎自用，不察忠言逆耳。整段叙述褒贬分明。王仁裕在罢职闲居时写的《归山集》500 首，寄托过他欲与昏聩朝纲决裂的"终焉之志"，由此获知，他对李存勖立国后期的无道治世已大失所望。

第三，王仁裕的部分诗作表现了他心谐自然、酷爱自由的性格追求，这继承了古贤"物我一理、万类平等"的思想。其《放猿》诗以猿为主题写道：

放尔丁宁复故林，旧来行处好处寻。明日巫峡堪怜静，路隔巴山莫厌深。
棲宿免劳青嶂梦，跻攀应惬白云心。三秋果熟松梢健，任抱高枝徹晓吟。

是时仁裕任事汉中，有人以幼猿作为礼物。他受而育之，并不为自己一时之娱。待到幼猿长大"跳掷颇为患"之时，他给猿项系红绡为记，并题诗送猿归于自然的怀抱。诗中犹如一个仁慈的长者对长足远行的后生谆谆嘱咐，对猿之关爱确有令人感动之处。人以友善之心待裸毛鳞介，裸毛鳞介才能用信任的态度待人。此诗题旨与古语所谓“鸥鹭忘机”①、超脱世俗之心相合，使人油然悟到“人鸟不相乱，见兽皆相亲”的佳句②。还有《遇放猿再作》、《奉诏赴剑州途中鸷兽》等诗，其中深含着重视生命、尊重自然而非人为扭曲的生命形态，尊重人与其他生命体和谐关系的思想。

第四，王仁裕一生大半为宦于府，也有不少时间奔波于长道、秦州、兴元、洛阳、开封之间，由此写下了许多游历名胜显迹的篇章。这些作品体现了一定的哲学思想。试看《题赠斗山观》：

霞衣欲举醉陶陶，不觉全家住绛宵。拔宅只知鸡犬在，上天谁信路歧遥。
三清辽阔抛尘梦，八景云烟事早朝。为有故林苞柏健，露华凉叶锁金飙。

思考人存在的意义，思考人在宇宙中的位置，似在一千多年前王仁裕笔下酝酿再三。“天人合一”的观念，自西周始出，从不同角度被给予很不相同的阐释。但心融自然，物我合一的核心寓意，在这首诗中得到完美体现，天道人悟在这里水乳交融。《春秋繁露·阴阳尊卑》中说：“夫喜怒哀乐之发，与清暖寒暑，其实一贯也。”正是依了这种性格的感应，950年，年事已高的王仁裕在《玉堂闲话》中以“一登群山皆如庵楼”的豪迈之情写下了名篇《麦积山》，使远古的杰作能与现代人相通，与《庾信铭》成为麦积山诗文中的两璧之作。他最早留下有关甘肃天水名胜麦积山的完整资料，对麦积石窟在20世纪30～40年代名闻全国不无贡献。

此外，王仁裕写音乐的作品，营造亦幻亦真的艺术氛围，描述诗人对艺术的感悟和心灵理念的自由驰骋，有独到的感人之处；他记述与后人交往的作品，表明了他唯贤能是举的选人用人原则，体现了他尽全力奖掖后进的师者风范，从一定意义上表现了他为国为民的爱国思想。王仁裕时称“诗窖子”，言其写作之勤奋，作品数量之巨大。但归根结底是因为他的复杂经历和艰深涉世，造就了他的诗人和学者风范，这也是其作品思想性的渊源之所在。

但是，王仁裕毕竟是一个遽变无常的封建时代的作家。那个时代造就了

---

① 见《列子·黄帝》：“海上之人有好沤（鸥）鸟者，每旦到早上，从沤鸟游，沤鸟之至者百住（数）而不止。其父曰，吾闻沤鸟皆从汝游，汝取来吾玩之。明旦之海上，沤鸟舞而不下也。”《三国志·魏志·高柔传》引孙盛语：“鸥鹭忘机，乃下”云。

② 王维《戏赠张五弟湮》“机心内萌，则沤鸟不下。”《全唐诗》卷一百二十五，见中华书局排印本，1979年版。

他，也使他免不了那个时代的烙印，使他在创作上无法超越时代和社会视野的局限。他的进取、他的叛逆多是针对于他那个利益集团内部的种种情况，针对妨碍他个人保留闲适和荣耀的种种波折和束缚。他作品中的思想追求有和当时大众相同的地方，也有与民众存在的思想上本质的区别。一些抒发个人闲情逸致和自由舒适的思想倾向，当然现在看来，是一种士大夫养尊处优所特有的遐思和恬淡，是不太容易引起后学共鸣的①。而他在诗歌、宫闱和官场故事中流露出来的宿命庸俗思想和荒诞的因果报应观念是不足取的。

二、王仁裕诗歌的艺术性

《苕溪渔隐丛话》中说："古今诗人，以诗名世者，或只一句，或只一联，夫岂在于多哉?"王仁裕存世作品虽少，其在文学史上却能占一席之地位，不仅是因了他创作鲜明的思想性，而且也由于他作品特有的艺术性。

第一、其诗作、轶事小说、杂记均有和谐地寓主观于客观的特点。如《开元天宝遗事·香肌暖手》写玄宗之弟歧王李范的生活琐事，于冷静叙述中蕴涵作者心机：

> 歧王少惑女色，每至冬寒手冷，鲜近于火，惟于妙妓怀中揣其肌肤，称为"暖手"，当日日如是。②

这段文字，似属不经意的记述，但"惑"、"惟"、"揣"几个动词的妙用，不难体味到作者的哂斥之情。他的笔记《麦积山》虽显平笔直叙，但从始至终漫浸着一种豪迈之情。笔记《大竹路》仅用200余字，就把韩信庙所在的"孤云绝顶"用作者的眼光，以和谐之笔托画在读者面前。笔记《杀妻者》，以现实客观的笔法，塑造了一位执法如山、细致入微、精明强干的官吏形象，实际是倡扬调查研究的重要性。《伪蜀主舅》记述从天水到成都移栽牡丹的事情，华丽的府第，却带有一种巧合，实则反映了历史宿命的必然。

第二、叙写善于捕捉细节。王仁裕罢职入蜀，途中作《遇放猿再作》，写到故猿与旧主见面：

> 潘冢祠前汉水滨，饮猿连臂下嶙峋。渐来子细窥行客，认得依稀是野宾。

① 宗白华《略谈敦煌艺术的意义和价值》，载上海《新观察》周刊第5卷第4期（1948年）。另见《艺境》，北京大学出版社1997年版。

② 亦见于二卷本《顾氏文房小说》，中华书局点校本1980年版。

这里不仅生动地描写了猿“连臂”而下的天真活泼，而且捕捉到了人、物之间乍喜乍惊的复杂心情。其作品“甚得体物之妙”，也就是细节描写给读者留下了深刻的印象。笔记《颜真卿》抓住人物刚正、豁达大度的细节，刻画了一位学识渊博、忠于职守的朝臣形象。《刘钥匙》采自民间，用细节表现微旨，尖刻讽刺高利贷者刘钥匙。《村妇》、《邹仆妻》用细节表现几位有胆有识的女子。轶事小说《吹火照书》用细节写苏颋好学的动人故事。《四香阁》、《楼车载乐》以特写手法揭露杨氏姊妹骄奢淫逸的生活。

第三、语言风格多样，使作品显现苍郁浑厚的风格。这一点，在他中后期的作品中尤其明显。时代的急遽动荡，个人生活的时起时落，闲适生活的从容不迫，文人生涯的涵养，驾驭文字的老道蕴藉，是这种风格的成因。写剑门，是“暗指长天路，依峦蔽几层”，写胡琴伎之音乐，却道“无限细腰宫里女，就中偏狭楚王情”。小说《传书燕》用老辣笔墨写民情风俗，燕子为守闺少妇千里传书，感动了羁留外地的丈夫回家团圆，叙述柔婉动人。而《鹦鹉告事》述奸杀疑案为鹦鹉揭破，语言冷静，环环扣人心弦。《乞巧楼》、《蛛丝才巧》、《喜鹊报春》、《击鉴救月》等民俗篇，语言无不带着鲜明的活泼、轻快气息。

第四、作品具有浓厚的民俗特征。除了上述写民俗的作品外，尤其要提到王仁裕最早记述的“压岁钱”风俗。在其轶事小说集《开元天宝遗事》中记载：“（唐玄宗）天宝间，内庭嫔妃，每至春时，各于禁中结伴三人至五人掷钱为戏”。《资治通鉴》卷二十六对此提供了实证，有“杨贵妃生子，玄宗亲往视之，喜赐杨贵妃洗儿金银钱”的记述，这里所说的“金银钱”，其用途是作护身符给孩子镇邪去魔的。王建《宫词》有“妃子院中初降诞，内人争乞洗儿钱”诗句。后来，除夕赐孩儿钱的风俗由宫内传到民间，到宋代成了民间重要风俗之一。宋、元以后，春节散钱风俗与“洗儿钱”风俗逐渐溶为一体，演变成后来的“压岁钱”风俗。但真正被叫做“压岁钱”，是在清代。那时，儿童过年，长者给些钱，用红绳串之，放在住所，曰“压岁钱”。《燕京岁时记·压岁钱》记载：“以彩绳穿钱，编作龙形，置于床脚，谓之压岁钱；尊长之赐小儿者钱，亦谓之压岁钱。”压岁钱是一种特制的铜钱，其形状虽也是“孔方圆钱”，但文字内容却很是讲究，格调独特，每枚钱币都赋予求吉呈祥、消灾造福之意。压岁钱亦称“过年钱”，古代是用红线穿一百个铜钱，表示可以长命百岁；现在就只将纸币装进红包或直接将崭新纸币散给年少晚辈，数目取偶，以求吉利。王仁裕对春节散钱风俗的记载，成为民俗“压岁钱”来历之滥觞，是对陇南地方民俗史的一大贡献。

除此以外，语言上的雅俗相映，用情上的顺势行笔都是他作品的显著特色，这是与他的精思妙想、勤于砚墨的进取意识，“行路深闺，无所不讽”的立世态度分不开的。

王仁裕有“诗窖子”之称，当时“作诗逾万首”，其诗的成就，至少应和有“诗囊”之称的齐已能相提并论。这一点，从清人王世祯撰、郑方坤删补的《五代诗话》、清人李调元百二十卷《全五代诗》等著作中可以看得清楚，他的思想与人格受儒家文化影响较深，兼济天下、建功立业的思想与独善其身、自伤自怜的心理交互共生。作品在提炼口语上近于晚唐杜荀鹤，比之于齐已耽于空门、与世无争、禅味浓烈似要高出一筹。所以说他在五代文坛“鸿笔丽藻，独步当时”（《五代诗话》）是并不过分的。

他的文学成就在中国古代文学史上有承前启后的地位，他诗歌中表现的矛盾性格：如以接近皇帝、权贵，有姻带门生为荣，对豪奢富贵表示羡慕和留恋（尤其晚年）；但又不满执政者的侈靡浮华、不思进取。他一方面欣慰于携伎品乐的闲适生活，频于出行，存于歌咏；又存有老归乡里、昏饮逃世（尤其挂职归家）的心念。这些都明显承袭了李白、李商隐诗歌的创作范式。另一方面，运用诗体写游记、自传、题赠、书札、寓言、评论……即“以诗为文”之法明显续接了杜甫及新乐府运动作家的传承。晚唐韦庄一宗的悯乱、感叹之制，没落、空虚的气氛，和现实诗人聂夷中、皮日休、杜荀鹤等的用辞平实、棱角分明的特点，在王仁裕作品中更是有直接的杂揉交融。因他“知贡举”后门生甚多，故他的诗风直接影响到了北宋诗坛，如李昉、王溥等人的创作，甚至在《太平广记》这样大容量的集子中，也可以觅到王仁裕影响的痕迹。其214位门生都是榜上有名的佼佼者，在宋初以后的几十年里，形成了不小的一股创作势力运行在朝堂之上，并挟带着王仁裕“诗文为世”的种种教益。“何幸不才逢盛世，偶将疏纲罩群英”（《示诸门生》）只不过是他自满、自谦兼有自豪的感情流露而已。

我们明白王仁裕出仕为宦是他生活的主体，作为诗人、作家只不过是他不经意的收获。他经历过人生波礫，但和那些经历过人生巨大落差的作家如杜甫、李贺自然不能相提并论。就是与其同时的齐已相比，于作品中所有的思想感悟有所不及，甚至《全唐诗》仅存诗8首的同期作家孟宾予写出了有民本思想的“不识农夫辛苦力，骄骢蹋烂麦青青”① 诗句，在王仁裕的作品中是较少有的。他的作品多流连忘返于眼前的悠然光景，即使触景生情，也不少平庸肤浅之处，很多与君主、同僚的往复酬唱，往往不免衿奇衒博，“为文造情”。这不能不影响他的文学声望，可能是其作品流传至今寡淡和巨大的创作量太不相称的直接原因。

① 亦见于二卷本《顾氏文房小说》，中华书局点校本1980年版。孟宾予《公子行》，见清李调元《全五代诗》，巴蜀书社1992年版。

第三章

王仁裕笔记小说和其他著述

王仁裕笔记小说是今天可以看到的他最丰富的文学遗存，在中国小说史、风俗史和人文史地研究方面有重要地位。笔记小说《玉堂闲话》有今人整理单行本传世，《开元天宝遗事》因不同类书或大型汇书的收录而基本完整地保留下来，《王氏见闻录》也有不少作品留存今世，还有一些小说作品如《蜀石》等需要挖掘研究，《五代史考异》、《资治通鉴考异》均有一些王仁裕笔记小说存留，需要辑佚并加以研究。王仁裕其他著述主要是音乐、书学、记游、金石和札记等，虽不能尽数搜列，一网打尽，但我们遗漏并不多，可从整理研究中获知他在文学之外的禀赋和成就，也极有学术意义。

第一节　王仁裕的笔记小说创作

与王仁裕的诗歌创作相比，其笔记小说留存较多，在文学史上占有一定地位，有丰富的文化内涵和很高的文学价值。

一、王仁裕笔记小说的文学价值

王仁裕笔记小说明显体现出唐代传奇向宋代传奇的蜕变，鲁迅说：“宋好劝惩，摭实而泥，飞动之致，眇不可期，传奇命脉，至斯已绝”（《中国小说史略》），《玉堂闲话》、《开元天宝遗事》、《王氏见闻录》中的记实性明显增强，但也有许多依传说渲染造作的痕迹。一些篇目情节奇特，叙写曲折，对后代小说产生了不小的影响，如《刘崇龟》、《杀妻者》所写的断狱故事，情节扑朔迷离，直接脱化了明凌濛初《二刻拍案惊奇》卷28故事“程朝奉单遇无头妇/王通判双雪不明冤”，被程毅中先生认为是“宋代以后公案小说的先驱，是由唐到宋小说题材扩大的一个迹象。”① 《裴度》由弱者的角度检视宰相微服私访的风度和体察民情的胸怀，不禁令读者为不幸之人重获幸福和贤明权者成人之美而称快，明冯梦龙《古今小说》袭用其题材，改为《裴晋公义还原配》。《葛周》通过不以小节损才的用人策略，揭示了葛从周为后梁名将，威名著于敌中的原因，作者以《韩诗外传》“楚庄绝缨”和《史记》“秦缪释盗”的典故点题，还显出“大者无所不容”和“以德惠人”的特殊意义，为《古今小说·葛令公生遣弄珠儿》所本。

由此看来，在中国小说的历史演变中，王仁裕也应占有他一席不可或缺之地，这是其现存诗歌所不能比拟的。

“笔记小说”之称经历了一个由古到今的演变过程，王仁裕笔记小说占据着承唐启宋转型期的重要角色。“笔记”溯源于先秦诸子散文，语录体的《论语》似可称为笔记。因上古散文称“笔”，与韵文相对称“笔记”。刘勰《文心雕龙·总术》说：“今之言者，有文有笔，以为无韵者笔也，有韵者文也。”《艺文类聚》卷49南朝梁王僧孺《太子敬化府军传》称赞任昉“词赋及其精深，笔记尤尽典实”，但正式以“笔记”作为书名则始于北宋宋祁著《笔记》3卷。“笔记小说”之名，最早见于南宋史绳祖的《学斋占毕》，其卷2有“前辈笔记小说固有字误”一语。细究起来，还是有笔记与小说并列的嫌疑。“笔记小说”作为一种文体指称，在20世纪初（1903年）梁启超《新小说》杂志第8号开始设立“札记小说”专栏，20世纪20年代上海书局出版《笔记小说大观》，“笔记小说”遂作为文体概念很快被人们接受而且普及开来。唐代社会的繁荣，推动了文体的成熟与更替，“小说”在此进入文学创作的自觉阶段，鲁迅称“有意为小说”，主要是传奇与志怪表现出了小说的品格，王国维誉唐传奇为“一代之文学”。可是“笔记”在此间一改其散文特质，吸纳了更多的叙事文学特征，与小说处于杂糅共生状态，一些作品如段成式《酉阳杂俎》假笔记之名，行小说创作之实，笔记小说此间在创作实质上应运而生。“唐人笔记小说的创作是从开元盛世之后才开始的。”②

王仁裕笔记小说步唐人后尘而又有创新，其代表作《玉堂闲话》更具有小说的特性，以人物为中心去安排曲折复杂的情节，形象鲜明，篇幅较长，虚构成份明显增多，因而更具有文学价值。在思想内容、题材选择和艺术技巧等

① 程毅中《唐代小说史话》，文化艺术出版社1990年版，第292页。

② 周勋初《唐人笔记考索》，江苏古籍出版社1996年版，第24页。

方面对后世的小说创作，如对“三言二拍”的素材来源和情节生成、《聊斋志异》鬼狐形象塑造、《儒林外史》讽刺艺术展现等起到先知先导作用，《陈癞子》篇写陈“切讳癞字”，对鲁迅《阿 Q 正传》不无启示。其《开元天宝遗事》在搜集民间传闻的基础上着重记述唐代由盛而衰玄宗朝的轶闻琐事，又以唐玄宗、杨贵妃的风流情事为最多，体现了作者特有的“讽寓”用意和“笔开一面”的独立创作意识，其中有关民间传说的篇章，故事情节曲折，结构完整，为后世的小说、戏曲提供了大量素材，影响重大。唐后五代尽管只历时 50 余年，却产生了不少的笔记小说，袁行霈、侯忠义《中国文言小说书目》开列五代笔记小说总有 50 余种集子。王仁裕笔记小说现有的集子《玉堂闲话》、《开元天宝遗事》和《王氏见闻录》等在其中担当着重要角色。

二、王仁裕笔记小说集的经济文化价值

王仁裕，字德辇，唐秦州长道县汉阳川（今礼县石桥乡）人。生于唐僖宗广明元年（公元 880 年），卒于五代后周显德三年（956），为唐末秦州节度判官，后入蜀，蜀亡则历仕后唐、后晋、后汉、后周诸朝，任左散骑常侍、翰林学士承旨、户部尚书、兵部尚书、太子少保等职，后加封太子太保终。他在文学上先以诗名，《新五代史》载“集其平生所做诗万余首为百卷，号《西江集》”，《十国春秋》说：“其生平做诗逾万首，蜀人呼之曰‘诗窖子’”。但现在所能看到的王仁裕诗作主要集中在《全唐诗》736 卷，且只有 15 首完整诗作和 2 首残诗。其余或见者属于零星，而且真伪难辨，不好定论。相比之下，他的笔记小说留存较多，在文学史上占有一定地位，有很高的文化价值，对提升陇南的文化知名度，开发文化旅游产业，加快经济社会发展具有现实意义。

“笔记”溯源于先秦诸子散文，语录体的《论语》似可称为笔记。因上古散文称“笔”，与韵文相对时就称“笔记”。刘勰《文心雕龙 · 总术》说：“今之言者，有文有笔，以为无韵者笔也，有韵者文也。”《艺文类聚》卷 49 南朝梁王僧孺《太子敬化府军传》称赞任昉“词赋及其精深，笔记尤尽典实”，但正式以“笔记”作为书名则始于北宋宋祁著《笔记》3 卷。唐代社会的繁荣，推动了文体的成熟与更替。“小说”在此进入文学创作的自觉阶段，鲁迅称“有意为小说”，主要是传奇与志怪表现出了小说的品格，王国维誉唐传奇为“一代之文学”。可是“笔记”在此间一改其散文特质，吸纳了更多的叙事文学特征，与小说处于杂糅共生状态，一些作品如段成式《酉阳杂俎》假笔记之名，行小说创作之实，笔记小说此间在创作实质上应运而生。“笔记小说”之名，最早见于南宋史绳祖的《学斋占毕》，其卷 2 有“前辈笔记小说

固有字误”一语。细究起来，还是有笔记与小说并列的嫌疑。“笔记小说”作为一种文体指称，在20世纪初1903年梁启超《新小说》杂志第8号开始设立“札记小说”专栏，20世纪20年代上海书局出版《笔记小说大观》，“笔记小说”遂作为文体概念很快被人们接受而且普及开来。

唐后五代尽管历时50余年，却产生了不少的笔记小说。据袁行霈、侯忠义《中国文言小说书目》开列，五代笔记小说总有50种集子。王仁裕笔记小说集史载较多，但现在能见到具体作品的集子是《玉堂闲话》、《开元天宝遗事》和《王氏见闻录》。

《玉堂闲话》在《宋史·艺文志》子类小说作3卷，但原书久佚，散见于《太平广记》、《类说》、《绀珠集》、《说郛》和《唐语林》等“类书”中，尤以《太平广记》居多。“玉堂”是翰林院的代称，历史上有人怀疑《玉堂闲话》非王仁裕所作，宋人吴曾《能改斋漫录》卷14《诉失蔬圃》云：“国初范质《玉堂闲话》”，元代陶宗仪《说郛》竟称《玉堂闲话》系无名氏手笔，其多有舛误。已遭前人诘难，至今王仁裕作《玉堂闲话》已成定论。刘世德《中国小说百科全书》、98年新版《辞海》均已明了。《玉堂闲话》现存文170篇左右，内容驳杂，多记怪异之事，常标言者姓名，以示有据，其中大部分采录现实生活中发生的事情，从中可以窥见唐代后期及五代时期天水、陇南、汉中和成都一带的社会状况和风土人情，很有现实意义。作品多数叙事简洁，不乏曲折起伏之笔，刻画人物性格如见其人，语言平易晓畅，有较高的文学艺术价值。顾青《中国小说史》评五代笔记小说称：“五代时期的笔记小说集以王仁裕《玉堂闲话》为代表，其间还留有唐人小说的遗风，对后世小说影响不少，曾为明代拟话本小说提供了素材”①。这个评价是很高的。北京大学李剑国论及五代小说云：“王仁裕《玉堂闲话》一流闲话式小说，前承《戎幕闲谈》、《剧谈录》一脉而下之，专叙命定报应者亦颇有述作。”② 虽然不如顾青所说褒意直接，语意也有保留，但肯定《玉堂闲话》之承前启后的作用，文化价值亦高的用意是很明显的。笔者曾询教于五代文学研究专家、南京大学博导周勋初先生，唐文学研究专家、陕西师大博导霍松林先生，他们认为《玉堂闲话》辑佚、注译后，形成一个完整的本子面世，很有必要。

《开元天宝遗事》今存全本，《四库全书》亦有收录，有很高的小说史地

① 参见顾青《中国小说史》，（台北）文津出版社1995年，第206页。

② 见李剑国《唐五代志怪传奇叙录》，南开大学出版社1993年版，第158页。

位。此书据社会传闻，列146个标题，分别记述唐开元天宝年间轶事，内容以奇异物品为多，人物事迹也是以传说为主。故《四库全书总目》说此书："盖委巷相传，语多失实，仁裕采摭遗民之口，不能证以国史。"但其中"妙笔生花"、"传书燕"等篇含有一定的社会史料；索斗鸡、肉阵、肉腰刀、风炭、楼车载乐等内容，暴露了权臣杨国忠、李林甫等人的昏朽荒淫的生活，也有一定的参考价值。山东大学丁如明教授《开元天宝遗事十种》按语说："其对地方风物、民俗记写较多",① 有不少的文史典故亦出于《开元天宝遗事》。这特别有益于陇南的地方人文建设。此书卷数诸书著录不一，有1卷本、2卷本、4卷本，但只是分卷不同，无多大缺失。现存主要有《历代小史》、《顾氏文房小说》、《唐代丛书》等本，1985年上海古籍出版社点校本等。

《王氏见闻录》3卷，《崇文总目》入史部传记类，也已经散佚。其名称先后已有所变化，别称为《王氏见闻》者有之。上世纪80年代中期复旦大学朱东润、胡裕树、陈允吉等专家校点薛居正《旧五代史》时已经注意到了这个情况，根据武英殿藏本和《太平广记》等文献给予认定，《王氏见闻》即《王氏见闻录》之名阙字，实为一书。从现存30余篇章看，《王氏见闻录》因为是记写王仁裕自己的亲身经历，内容更显生动并且更富于地缘化。如《竹騮》篇写晚唐五代今天水、陇南熊猫的生存和当时人对其捕杀的情况，有助于人们了解一千多年来地缘风物、珍稀物种生存的变化。《王承休》篇则通过记述蜀后主王衍游秦州一事，反映了秦州、成州、阶州在五代前期的政治、军事、经济、文化生活实际，对今天水、陇南、汉中和四川区域风物研究有极高的文化价值。

总之，王仁裕笔记小说的经济文化价值是很高的，在地方产业发展中，可以充分发掘其所具有的文化内涵，依据文学描写开发新产品、开发旅游点，使之在陇南全面建设小康社会的进程中发挥重要作用。

第二节　王仁裕的其他著述

王仁裕著作除诗集《西江集》等外，还有诗文集《紫泥集》、《紫泥后集》、《紫阁集》、《乘辂集》等，有音乐著作《国风总类》、记游著作《入洛记》和《南行记》、书法作品《送张禹偁诗》等。

---

① （五代）王仁裕等撰、丁如明辑校《开元天宝遗事十种》，上海古籍出版社1985年版。

他的诗集《西江集》，《旧五代史》王仁裕本传："有诗万余首，勒成百卷，目之曰《西江集》。"《新五代史》本传："仁裕乃集其平生所作诗万余首为百卷，号《西江集》。仁裕与和凝于五代时皆以文章知名。"《十国春秋》卷44本传："生平作诗满万首，蜀人呼之曰：'诗窖子'。"王仁裕还有诗文集《紫泥集》、《紫泥后集》、《紫阁集》、《乘辂集》、《诗集》。《舆地纪胜》云："仁裕所著有《紫泥集》《西江集》《入洛记》共百卷。"《崇文总目》卷五"别集类二"著录其《紫阁集》11卷，《乘辂集》5卷。《四库阙书目》卷1"别集类"著录《王仁裕诗》11卷。《通志》卷70《艺文略》8"别集类"录其《紫阁集》11卷、又《乘辂集》五卷。宋《志》同，又《紫泥集》12卷、《紫泥后集》40卷、《诗集》10卷。《国史经籍志》同。《西江集》为诗歌总集，100卷。今均不传。

一、王仁裕的音乐著作

王仁裕音乐著作《国风总类》。《崇文总目》卷5"总集类下"录著其所编《国风总类》50卷。《通志》卷70《艺文略》8"诗总集"、《国史经籍志》卷5"总集类"并著录其所编《国风总类》50卷。宋《志》同。今皆不传。但从现存的有关文献记载，可知其音乐造诣之深和音乐理论之独到，他把音乐乐理同人生遭际、社会变化、时事迁移联系起来，形成一种音乐道统理论。例如《册府元龟》记载：

晋高祖天福五年（940）八月戊申，宴群臣于永福殿，乐奏黄钟。

仁裕曰："音不纯肃，声不和振，其将有争者乎？"

或问之曰："奚以知其然？"

对曰："夫乐有天地辰宿，有轨数形色，有阴阳逆顺，有离合隐见。天数五、地数六，六五相台，十一月而生黄钟。黄钟者，同律之主，五音之元宫也。子寅卯巳未酉戌谓之羽，子寅辰午末酉亥谓之宫，子丑卯巳未申戌谓之角，子卯辰巳末酉戌谓之商，四者靡靡成章，峻而且厉，郑卫之音，此之谓也。虽高有所忽微，中有所阙漏，与夫推历生律，以律合吕，九六之偶，旋相为宫。

三正生天地之美，七宗同阳阳之序者，于其通人神，宣岁功，生成轨仪之德。纪协长大之筭，则精粗异矣。在乎审治乱，察盛衰，原性情，应形兆，则殊途而同归也。三正者，一为天，二为地，三为

人；七宗者，黄钟为宫，太簇为商，姑洗为角，林钟为徵，南吕为羽，应钟为变宫，蕤宾为变徵。角为木，商为金，宫为土，变徵为日，变宫为月，徵为火，羽为水。

龙角元龟天豕井候主乎角，平亢河鼓娄聚舆鬼主乎商，天根须女庖俎乌喙主乎宫，辰马阴虚旄头天都主乎变徵，大火丘封天高乌搏主乎变宫，龙尾玄室四兵文昌主乎变徵，天津东壁参代辐车主乎羽。

角之数六十有四，商之数七十有二，宫之数八十有一，变徵之数五十有六，变宫之数四十有二，徵之致五十有四，羽之数四十有八，极商之数九十，阳之数一百二十有八，阴之数一百一十有二，五音之数毕矣。

神无形而有化，处乎声数之间，故昭之以音，合之以算，音以定主，算以求象，触于耳而彻于心，由是而知也，夫何疑哉?"①

上文所载，是现今已知有关王仁裕音乐著述最多的文字，但仅为王仁裕的音乐理论体系之一角，管中窥豹，以此我们可以知道：他的音乐理论体系以传统哲学的阴阳、五行之说和四时变化、季节交替理论为哲学基础，把五音，即宫、商、角、徵、羽的音型变化和“勾通人神”、“轨仪之德”和“审治乱、察盛衰、原性情、应形兆”联系起来，达到“昭之以音，合之以算，音以定主，算以求象”的理论境界，在今天研究音乐理论的人来看，过于高深，甚至是有些玄之又玄了。但在五代那个特定时期和传统哲学构建人们思想的时代，他在继承的同时又有创新，形成他独到的音乐理论和音乐思想，也是处于领先地位的。

一些史料记载，王仁裕深厚的音乐素养，已经达到了可以从音乐中预知社会机变、人之祸福生死的程度，有预测学和未来学的色彩。《太平广记》卷203《乐》一“王仁裕”条：

晋都洛下，丙申年春。翰林学士王仁裕夜直，闻禁中蒲牢每发声，如叩项脑之间。其钟忽撞作索索之声，有如破裂，如是者旬余。每与同职默议，罔知其何兆焉。其年中春，晋帝果幸于梁汴。石渠金马，移在雪宫，迄今十三年矣。索索之兆，信而有徵。（出《玉堂闲

---

① 载《册府元龟》卷857《知音》，另参见胡文楷《薛史〈王仁裕传〉辑补》，载《中华文史论丛》1980年第3辑第197至201页，中国人民大学复印报刊资料1980年第10期第79~80页全文转载。

话》)

这个记载所说，系公元936年春天，翰林学士王仁裕在五代后晋都城洛阳夜晚值班（夜直）所经历的一件奇事。皇宫之中的洪钟提钮蒲牢（龙生九子之四，掌钟鸣之声远扬）发声特别，如叩项脑之间，而钟声却不洪亮，他以为肯定有所征兆，不料真发生朝廷大事。《太平广记》卷204《乐》二有类似记载：

> 后唐清泰之初，王仁裕从事梁苑，时范公延光师之。春正月，郊野尚寒，引诸幕僚，饯朝客于折柳亭。乐则于羽，而响铁独有宫声，洎将掺执，竟不谐和。王独讶之，私谓戎判李大夫式、管记唐员外献曰：“今日必有诪张之事，盖乐音不和。今诸音举羽，而独扣金有宫声。且羽为水，宫为土，水土相克，得无忧乎?”于时筵散，朝客西归。范公引宾客，绁鹰火，猎于王婆店北。为奔马所坠，不救于荒陂。自辰巳至午后，绝而复苏。乐音先知，良可至矣。（出《玉堂闲话》）①

上引史事在公元934年，师从王仁裕的显宦范延光（先任枢密使兼天雄军节度使，此翌年任检校太师兼中书令）遭遇劫难，却是音乐不合有所征兆。以乐音之奇变，预知人的安危，在古籍中不乏记载，但王仁裕从乐理不合和阴阳相克的对应规律上推敲，却更显新见过人。

再如《五代会要》、《新五代史》有同类型的记载：

> 仁裕性晓音律，晋天福五年七月，晋高祖初定雅乐，宴群臣于永福殿，奏黄钟之乐。司封郎中王仁裕闻之曰：“音不纯肃，声不和展，其将有争者起于禁中。”或问之：“奚知其然?”对曰：“夫有天地辰宿……。”俄而有军校斗殴于升龙门外，厉声称反，声闻于内，有司执之以闻。人以为神。②

对于王仁裕来说，他的艺术境界已到了欣赏乐声是不仅为肉体的耳朵所闻的，它还更多存在于心灵的通感与想象和分析之中。大概是缘于他超出当时一般人的、那种玄奥无极的乐声浸润熏陶，他蕴涵深刻的心灵总是触摸旋律的是否和谐，伴随他高深的哲学思想腾空飘逸，执意去发掘现实生活之中可能的异

---

① 此两则所引见蒲向明《玉堂闲话评注》，中国社会出版社2007年版，第105~106页。

② 载《五代会要》卷六《论乐（上）》，据《新五代史》卷五十七杂传“王仁裕”条增补。

象，正如德国哲学家狄尔泰所说："最高意义上的诗和音乐是在想象中创造一个新的世界"①，以致达到"神用象通，情变所孕"② 的境界。

明朱承爵《存余堂诗话》收录有王仁裕听琵琶诗句"寒敲白玉声何缓，暖逼黄莺語自娇"，堪比白居易《琵琶行》句，可知音乐欣赏水平之高。

二、王仁裕的法书作品和书学观点

在历史上能够长远流传，供后人作为楷模取法的书法，称为法书。据史料记载，王仁裕的法书，至少在北宋末还存于皇家府库。

《宣和书谱》卷六有记载：

> （王仁裕）洞晓音律，作诗数千篇，目之曰《西江集》。尝观《列御寇》言神遇为梦，谓以一体之盈虚消息，皆通于天地，应于万物，非偶然也。王献之梦神人论书而字体加妙。李峤梦得双笔而为文益工，斯皆精诚之至而感于鬼神者也。仁裕翰墨虽无闻于时，观其《送张禹偁诗》，正书清劲，自成一家，岂非濯西江水之效欤？今御府所藏正书一：送张禹偁诗。③

可惜，实物今天已经是无法看到了。但由此可知，王仁裕翰墨以楷书见长，风格劲健、清雅，就像曾给他"浣肠"之梦的西江之水一样，通于天地，虽在于勤奋，也不免天成，终非偶然所得，颇具特色。我们从他的法书作品《送张禹偁诗》可以知道他的书学观点：正书为先，崇尚劲健。

三、王仁裕的记游著作

王仁裕记游著作《入洛记》、《南行记》。《崇文总目》卷2"传记类下"著录其《入洛记》10卷，钱东垣按云："《读书志》、《宋志》并一卷"。《郡斋读书志》卷2上录《入洛记》一卷，志云："右蜀王仁裕随王衍降入洛阳，记往返途中事并其所著诗赋。"同书卷2下又录其《南行记》3卷，且云："右王仁裕撰。晋天福三年，仁裕被命使高季兴，记自汴至荆南，道途赋咏及饮宴酬唱，殆百余篇。"今并不传。但我们可以从其他著作中辑出《入洛记》部分内容可感受其记游著作的风格，如清陈元龙《格致镜源》卷二十，宋程

---

① 狄尔泰《论德国诗歌和音乐》，1933年德文版，第341页。转引自陈剑晖《现代批评视野与诗性散文理论建构》，《文艺争鸣》2011年第3期。

② 《文心雕龙·神思》。见周振甫《文心雕龙今译》，中华书局1986年版。

③ 见中国书学丛书（宋）佚名《宣和书谱》，上海书画出版社1984年版。

大昌《雍录》卷三均引出自《入洛记》对于大明宫含元殿的记述：

> 含元殿玉阶三级。其第一级可高二丈许，每间引出一石螭头，东西鳞次而排，一一皆存，犹不倾垫。第二三级各高五尺许，莲花石顶亦存。阶两面龙尾道各上六七十步方达第一级。皆花砖微有污损。（见赵军仓论文《王仁裕及其作品研究》，中国知网数据库 2010 年版）

含元殿是唐大明宫的前殿，也是唐初期的朝会之所及政治中心，在唐僖宗光启二年（886 年）毁于战火，显然王仁裕在长安时看到的含元殿已是后唐倾颓遗址，但还尚具规模。后来，程大昌在《演繁录》卷 11 中再引《入洛记》这段话时，已经和其他著作做了比较：

> （含元殿）曰玉阶三级，第一级可高二丈许，每间引出一石螭头，东西鳞次而排，一一皆存，犹不倾垫。第二、三级各高尽许。莲花石顶亦存，阶两面龙尾道各上六七十步方达，第一级皆花砖，微有亏损。贾黄中《谈录》：含元殿前龙道，自平地凡诘曲七转，由丹凤门北望宛如龙尾下垂于地，雨垠栏悉以青石为之，至今石柱犹有存者。仁裕所见后唐时也，黄中所见本朝初也。合二说验之：则龙尾道夹殿阶旁上，而玉阶正在道中，阶凡三大层，每层又自疏为小级，其下二大层，两旁虽皆设扶栏，栏柱之上但刻为莲花形，无压顶，横石其上一大层者，每小级固皆有栏，栏柱顶更有横石，通豆压之而刻，其端为螭头溢出柱外，是其殿陛所谓螭首者也。（见《四库全书》光盘版，武汉大学出版社 1998 年版）

程大昌结合王仁裕《入洛记》所录后唐时含元殿景况和宋初贾黄中《谈录》所载，得出了含元殿前的龙尾道在北宋后期仍保有皇家宫殿的气势雄伟的格局，但南宋人已经很少看到了。又他途经骊山华清池时记录华清池有七圣堂“当堂塑玄元皇帝，以太宗、高中、睿、玄、肃及窦太后两面行列侍立，俱冠纫衮冕，洒扫甚严”（程大昌《考古篇》引王仁裕《入洛记》，见同上《四库全书》），说明唐代对于道教的崇敬，而且华清宫到五代之时破坏还不算太过严重。宋人王明清在《挥麈录》后录卷五云：“顷见（王）仁裕《洛城漫录》云：‘张全义为京留守，识黄巢于群僧中。’”这是今所见黄巢起义失败脱战袍挂僧衣的最早记录，历来为史家之一说。明徐应秋《玉芝堂谈荟》卷七注：“《洛城漫录》一书史书皆不见记载，疑出《入洛记》。”至少说明王仁

裕《洛城漫录》一书在晚明时代还完整存在并在文坛流传，但关于黄巢起义的记载，实际同样出于《入洛记》。由此可知，王仁裕的记游类著作《入洛记》可以堪称代表，当时人物地理、重大历史事件的记述颇为详尽，并且繁简得当，富有文采。

《通志》于《南行记》外，另录其《王氏东南行》一卷，疑即同一书。

《开元天宝遗事》武英殿本《四库全书总目提要》引晁公武《读书志》曰："蜀亡，仁裕至镐京，采摭民言，得开元天宝遗事一百五十九条，分为四卷。"《通志》、《宋史》、焦竑《国史经籍志》均著录王仁裕《开元天宝遗事》。明叶盛《菉竹堂书目》、清赵士炜《中兴馆阁书目辑考》考列《开元天宝遗事》1 卷，释曰："五代（唐）王仁裕采摭前史不载者，凡一百五十九条。"善本除有明顾氏文房小说本、明建业张氏铜活字本、嘉靖六年黄廷鉴抄本外，还有日本宽永十六年（1639）刻本（今藏西南大学）。① 《玉堂闲话》《崇文总目》卷 2 "传记类下"著录王仁裕撰《玉堂闲话》10 卷。《宋志》"杂家类"载《玉堂闲话》3 卷。《国史经籍志》录王仁裕撰《玉堂闲话》10 卷。《诗菇》卷四"杂编"称："王仁裕《玉堂闲话》尚行世，中载七言律数首，皆清雅，特格卑弱耳。"《太平广记》、《资治通鉴考异》、《绀珠集》、《类说》等书中引有佚文一百余条。原书无存。《国史经籍志》录《唐末见闻录》八卷，未注撰人；《王氏见闻集》3 卷，注"王仁裕记前蜀事。"《四库阙书目》卷 2、《通志》卷 68《艺文略》6 "小说类"并著录王仁裕《续玉堂闲话》1 卷。

四、王仁裕的金石札记著作

据《册府元龟》卷 97《奖善门》记载："显德二年四月，太子少保王仁裕进《回文金镜铭》（别称《转轮回纹鉴铭》——笔者注），上善之，赐帛百匹。"但《回文金镜铭》今已不存，具体内容如何，已经无从查考了。《全唐诗补编・续拾》卷 42 补诗二首，与此有关。还有《秦亭篇》、《锦江集》、《紫泥集》、《华夷百题》、《周易说卦验》3 卷，赋、图并行于世，当时流传甚广，少有其比。但均今已不存，已无从知晓其本来面目和具体内容了。

---

① 周勋初先生发现《唐语林》中采录《开元天宝遗事》中文字甚多，且自宋以来的流传过程中，有人因《玉堂闲话》一名颇有吸引读者的诱惑力，竟把《开元天宝遗事》一书改称《玉堂闲话》，以广招徕，也有书贾任意增减卷数重新编纂，且改易署名迷惑读者的情况。见周勋初《文史探微》，上海古籍出版社 1987 年版，第 213 页。

总之，他的笔记、小说，虽然文实简率，没有志怪诡谲的形质，不如唐传奇那样情节曲折、缠绵、形象鲜明，但它处于向宋时笔记小说“可信”的过渡时期，为文学史上小说发展链条不可或缺的环节。他的《开元天宝遗事》等著作，载录了王公贵族的淫靡之风，为后世戏曲、小说家、掌故家所重，有较高的文学地位和较大影响，而且其具备的教化、育人功能也是不可忽视的。苏轼在宋仁宗嘉佑七年（1062 年）出任凤翔判官，身临王仁裕宦游故地，读《开元天宝遗事》，颇有感触，以诗表达了他对这本书的感想。① 他的笔记、小说是了解唐五代社会生活和风俗人情的优秀作品，艺术上有别于其以前的同类创作，更近于今天的小说体式。他的学术著作《周易说卦验》、《转轮回纹金鉴铭》、《国风总类》等，主要是资料的整理，其中保存了大量历史故事，民间传说或当时社会的重大事件，所以，王仁裕的学术地位也有值得重视之处。

令人费解的是，王仁裕当时属“儒者耆龟，一代雄才”；他“旷大高怀，世无与比，篇章赋咏，尤是所长”。以其数目惊人的创作，诗歌竟无留存有一个专集，甚至别集，而只散存于《唐诗品汇》、《唐诗归》、《全五代诗》、《全唐诗》等诗总集中。他的笔记、小说如《开元天宝遗事》、《玉堂闲话》等未载入文学史，散见于《太平广记》的作品，可能还是学生李昉在太平兴国二年（977 年）始奉诏编书时设法集入的。李昉对王仁裕的作品应该是清楚的，他作“王仁裕神道碑铭文”时，时间上刚刚编就《太平广记》，前后有所大量比较，他明白先师的文学地位，虽然不免怀着“讵敢忘于所自”的心情，褒扬先师。但是，“礼乐崩坏，文章断绝”之时，王仁裕“鸿笔丽藻，独步当时”的文学影响应该是不能动摇的。但文学史中为何多有李珣、花蕊夫人、欧阳炯、和凝、孙光宪等名气逊于王仁裕的五代作家，甚至生平不详者如薛昭蕴、齐己、张泌也载文史志中，而竟然不见声名显赫的王仁裕？这，确实是个谜。个中原因不妨推识如下：

1. 王仁裕虽多史有载，但各有所异，且语焉不详。又缺乏更为翔实的资料，近年有所发掘，却因实物地处偏远，专家新识者寡，深刻且广泛的研究不足。

2. 王仁裕的作品主要是诗歌和笔记、小说以及学术整理。唐诗延及五代已是强弩之末（宋诗突起另有成因，且诗性别于唐宗，近论者甚多，无由再赘。），而作为“一代之文学”的词在这时已渐成气候。建安诗人之于五言诗，

① （清）冯应榴《苏文忠诗合注》，中华书局 1986 年版。

初唐诗人之于七言诗，五代作家之于词有其共同的意义。艺术上的不断探索积累创作经验，吸收前代作家的艺术成就，改变传统题材、手法的局限，使之较为自由地表情达意，造就一个又一个艺术探索的波次。五代的词人，文学史志载者，有名如冯延巳、牛希济、牛峤、李璟，二流者如和凝、李珣、张泌，这些作家已启开了辉煌宋词的门隙。但王仁裕在词上几无建树，或许坚持正统，对“长短句”不屑一顾，恰恰在此形成空白，缺失了体现创作档次的亮点。即使是诗，王仁裕在《全唐诗》中所存不及时号“诗囊”的诗僧齐己，有诗十卷；也不及谭用之，有诗四十首，留下“秋风万里芙蓉国，暮雨千家薜荔村”（《秋宿湘江遇雨》）这样耐人咀嚼的佳句。

3. 至于笔记、小说，李昉刊《太平广记》，为稗说家之渊海。《太平广记》以500卷之书，在后传过程中，散佚、残缺、或被篡改者层出不穷。且五代笔记、小说，正如鲁迅指出：“然其文实简率，既失六朝志怪之古质，复无唐人传奇之缠绵。当宋之初，志怪又欲以‘可信’见长，而此道不复振也。”① 真是一针见血。王仁裕以其五代笔记、小说自身存在的原因，和所处的文体、题旨转折时期，处于唐、宋的夹缝之中，也再不能振其奋羽。所以王仁裕的笔记、小说，还是充满着一种主、客关联的不幸和悲凉。

4. 子孙后裔不注重先祖文籍的流传和保存，亦是王仁裕失位于文学史的原因之一。王仁裕有两个儿子，长子傅珪初为成州军事判官，次子傅璞初为秦州长道令。但王仁裕逝后暂厝于开封期间不知何往，以后护柩返原籍的是他的长孙、宋秘书郎王永锡。另一个孙子王全禧却任绵州西昌令。子嗣流离，王仁裕作品集多数系自编本，未刊行于世，也随之散佚了。这也许是他作品至今存留很少的原因。

当然，这些推识还需实物资料的进一步验证。王仁裕的文学史地位，随着研究的不断深入，会有更新论述；王仁裕的作品，还会被更多的研究者发掘出来，以名后学。我们拭目以待。

---

① 鲁迅《中国小说史略》，人民文学出版社1958年版。

第四章

王仁裕笔记小说的文学史地位

王仁裕的诗名，北宋学界颇为看重，明人由看重而至于推崇，程登吉《幼学须知》称：“汉晁错多智，景帝号为‘智囊’；王仁裕多诗，时人号为‘诗窖’”，将其与晁错想提并论。稍后，邹圣脉增补《幼学须知》易名《幼学琼林》，成为蒙学经典，因其沿袭明人之辞，王仁裕“诗窖”美誉随之广泛传扬开来。但是相比之下，其笔记小说留存较多，在文学史上占有一定地位，有丰富的文化内涵和很高的文学价值。从现存《玉堂闲话》187 条（蒲向明《玉堂闲话评注》中国社会出版社 2007 年版辑得 186 条，2008 年复旦大学中文系金程宇教授在日本又辑得 1 条，总计达到 187 条）、《开元天宝遗事》145 条、《王氏见闻录》33 条等作品内容看，王仁裕笔记小说的记实性明显增强，但也有许多依传说渲染造作的痕迹。

第一节　笔记小说概念简释

笔记小说是文言小说的一大门类。关于文言小说的分类，从古至今，说法纷呈，一直未有定论。最先专门论及笔记小说的，应该是唐代刘知几。他说：“偏记小说，自成一家，……爰及近古，斯道渐烦，史氏流别，殊途并骛，榷而为论，其流有十焉：一曰偏记，二曰小录，三曰逸事，四曰琐言，五曰郡书，六曰家史，七曰别传，八曰杂记，九曰地理书，十曰都邑簿。”① 这个观点是从杂史流别的角度探讨了笔记小说小说，罗列的特征十分明显，仅偏记、逸事、琐言、别传、杂记等类可以和笔记小说有联系，其中不乏小说成分，尤其是他所说“偏记”，除了稍有历史记述的痕迹外，恐怕还可有虚构和创作的成分。所以，明代论者再进一步，从笔记小说的文学层面加以分析论证。胡应

① 见刘知几《史通》第十篇《杂述》，上海古籍出版社 2008 年版。

麟说："小说家一类，又自分数种：一曰志怪，《搜神》《述异》《宣室》《酉阳》之类是也。一曰传奇，《飞燕》《太真》《崔莺》《霍玉》之类是也。一曰杂录，《世说》《语林》《琐言》《因话》之类是也。一曰丛谈，《容斋》《梦溪》《东谷》《道山》之类是也。一曰辨订，《鼠璞》《鸡肋》《资暇》《辨疑》之类是也。一曰箴规，《家训》《世范》《劝善》《省心》之类是也。"① 这个小说概念应该是不纯粹的，传奇列入小说无误，但丛谈、辨订、箴规并不属于小说范畴。这种观点，仍在沿袭旧说，此"小说"范畴包含丛谈、辨订类的杂说杂考等，至少和《新唐书·艺文志》的分类观点是一脉相承的。胡应麟还说："小说，子书流也。然谈说理道，或近于经，又有类注疏者；纪述事实，或通于史，又有类志传者。他如孟棨《本事》、卢瓌《抒情》，例以诗话文评附见集类，究其体制，实小说流也。至于子类杂家，尤相出入。"（同前注）此论表明，胡应麟的小说概念虽不纯粹，但实近于"笔记"概念。箴规属于训导劝诫的专书，当然不应在笔记范畴，而他所云志怪、杂录、丛谈、辨订四类，应在笔记小说研究的考察之列。

一、笔记小说概念的提出和界定

笔记之称，始于六朝。《南齐书·丘巨源传》说："笔记贱伎非杀活所待；开劝小说，非否判所寄。"所称"笔记"、"小说"均非文体。"笔记"指执笔记录，掌文书之事；"小说"则指非庄重、正式的言谈。王僧孺《任府君传》中"辞赋极其清深，笔记尤尽典实"，《文心雕龙·才略》中"温太真之笔记，循理而疗通"，所说的"笔记"，则指所记录的文字。从语义学考察"笔"不只指书写工具，又有书写、记载和散文的意思。《释名》曰："笔，述也，述事而书之也。"六朝时，论文者往往以"文""笔"对称。"文"指注重词藻、讲求声韵对偶的文章，"笔"指随意记录的散行文字。如《文心雕龙·总术》称："今之常言，有文有笔，以为无韵者笔也，有韵者文也。"后来便把信手拈来，随笔记录，不拘体例的杂记见闻、心得体会等统称为笔记。宋代的宋祁著《笔记》一书，分释俗、考订、杂说三卷，开始以"笔记"作为书名。笔记小说称"笔记"者，则有题名苏轼的《仇池笔记》、纪昀的《阅微草堂笔

① 胡应麟《少室山房笔丛》卷二九《九流绪论下》。胡应麟将小说分为六类，包罗之广，超过历来的公私书目，其中志怪、传奇、杂录三类属于今人认为的古小说范畴。传奇小说自成一体，志怪、杂录是笔记体之书，杂录相当于刘知几所说的琐言与逸事，包含了杂史性笔记的内容。参见严杰《唐五代笔记考论》，中华书局2009年版。

记》等。与之相类的称呼，则有随笔、笔谈、笔录、笔丛、谈丛、丛说、漫录等。在传统目录学中，并没有“笔记”一体，各类笔记多归于小说家或杂家。

今见首先提出笔记小说概念的，是北宋史绳祖的《学斋占毕》。但它不曾作出解释，而在其实际运用中，所指则为一般笔记。其卷二《陵薐二物》条曰：“前辈笔记小说固有字误或刊本之误，因而后生末学不稽考本出处，承袭谬误甚多。”讲的是知识考证，而非人物故事，故不曾产生什么影响。本世纪二十年代，上海进步书店刊行《笔记小说大观》，汇集自晋至清二百余种作品，开始引起人们的重视。如《历代笔记概述》归纳自魏晋到明清的笔记为小说故事、历史琐闻和考据辨证三大类，① 而小说故事类多为笔记小说，历史琐闻类有些也属于笔记小说。

笔记小说是以笔记形式创作的小说，对它的界定，关键在于区别非小说的笔记和非笔记的小说。作为叙述性文学体裁的小说，是指有人物有故事，以散文语言为主要表现手段，从不同角度反映社会生活及作者的社会理想、审美理想的作品。所以，笔记小说与非小说的笔记的区别，在于古今小说概念的含义不同。在中国古代，最早提出小说概念的是庄周。《庄子·外物》说：“饰小说以干县令，其于大达亦远矣。”所讲的“小说”并非文体，而是指与“大达”相对的琐屑言词。《汉书·艺文志》后，小说作为文体，仍包括不本经典的论述、非正史的琐闻，以及随笔札记、辨订考证等文字，以今天的观点看，很多仅为笔记，而非小说。

二、区分非小说的笔记和非笔记的小说

要区分非小说的笔记，从是否记叙人物、故事界分，便可把一大批单纯记叙典章制度、风物习俗、医药技艺的著作及阐释经史、考据文字、天文历算等著作从笔记小说中根除。比较难的是，笔记小说与历史琐闻类笔记的区别，因后者亦有人物，有故事，故《四库全书总目小说家类》也说：“案记录杂事之书，小说与杂史最易相淆，诸家著录，亦往往牵混。今以述朝政军国者入杂史，其参以里巷闲谈、词章细故者，则均隶此门。”② 显然，这样区分有其合理性。小说是文学创作，虽亦以现实生活为依据，但必然融入作者的主观色彩，借助想像虚构，再现生活画面，与历史著作要求尽可能客观地记录评述发

① 刘叶秋《历代笔记概述》，北京出版社2003年版。

② 四库全书总目提要（影印本）卷141：子部小说家类二，中华书局1965年版。

生过的事件不同。因此，是否有自觉或不自觉的想像虚构，是否有程度不同的艺术加工，便成为笔记小说与杂史琐闻的重要区别。《四库全书总目》所说的“里巷闲谈”，在口耳相传中，必然有取舍增减，有不自觉的想像虚构和艺术加工；至于“词章细故”，则更属于文学创作的内容了。

所谓区别非笔记的小说，是指与文言传奇小说相区别。目前通行的文言小说分类为志怪、志人与传奇，缺陷在于区分标准不一。前二者的区别在题材内容，一记神鬼怪异，一记人间轶事；后者特点在描写方法。如果说传奇与志怪的不同在于记述现实成分较大，则传奇中也不乏写神鬼精怪的名篇；如果说传奇中的现实成分，之前已有志人小说较为成熟且范围加大。从内容说，传奇“尚不高于按奇记逸，仍为志怪、志人。倡导此种分类的鲁迅在论及《聊斋志异》时，曾推许蒲松龄“用传奇法，而以志怪，分明说传奇是“法”，是表现方法。说传奇是“法”并不始于鲁迅，乾隆年间纪昀非议《聊斋志异》时，就说其“一书而兼二体”，“随意装点”，“细微曲折，摹绘如生”，是“才子之笔，非著书人之笔也”。鲁迅《中国小说史略》所说的“体”与“笔”，也就是“法”。以表现方法为标准来划分，文言小说只能分为笔记小说与传奇小说两大类型。汉魏六朝的志怪、志人及其后相类的小说，均属笔记小说。唐代传奇勃兴，延续到《聊斋志异》及其仿效者的作品，均屑传奇小说。两大类型内，尚可据题材内容再作区分。

笔记小说是中国古典小说的最初形式，后来虽也有发展变化，但总的来说，仍保持了笔记的特点。它也注重艺术技巧，讲究布局谋篇，推敲斟酌文字，但不像传奇那样铺排渲染，“施之藻绘，扩其波澜”，描写细腻，情节曲折，文辞华美，而往往是粗陈梗概，所以篇幅一般都比较短，大体在数百字左右，故有“丛残小语”之讥。篇幅短小亦是相对而言，个别亦有文字较长的，如连缀若干故事的《燕丹子》，以散记笔触记事抒情的《影梅庵忆语》、《浮生六记》等。因此，以字数多寡区分笔记笔记与小说，则失之宽泛，势必把不少传奇小说当成笔记小说。

概括说来，笔记小说是文言小说的一种类型，是以笔记形式所写的小说。它以简洁的文言、短小的篇幅记叙人物（包括幻化的鬼神精怪和拟人的动植物与器物等）的故事，是中国小说史中最早产生并贯串始终的小说文体。

三、笔记小说的特点与价值

从笔记小说的特点可以看到笔记小说的价值与作用。

第一，基于耳闻目睹的现实性。笔记小说大多记述作者“一耳一目之所亲闻睹”，植根生活，不虚美，不隐恶，内容充实。在各种小说中，笔记小说是最贴近生活的，除了其本身的价值外，又为其他形式的小说和戏剧、诗文等文学创作提供了极其丰富的素材。现存王仁裕《玉堂闲话》、《开元天宝遗事》、《王氏见闻录》等笔记小说集的作品就是极好的范例。在反映历朝历代社会生活方方面面的丰富性、具体性上，笔记小说是任何其他文学形式所不能比拟的，甚至封建时代的正史，也每每从笔记小说中摘取材料。历史学家刘知几十分强调博闻的重要，他说：“然则刍荛之言，明王必择；葑菲之体，诗人不弃。故学者有博闻旧事，多识其物，若不窥别录，不讨异书，专治周、孔之章句，直守迁、固之纪传，亦何能自致于此乎？且夫子有云：‘多闻，择其善者而从之，’‘知之次也。’”他所说的“别录”、“异书”，许多便是笔记小说。

第二，“杂”与内容的丰富性。笔记小说比白话小说幸运之处，在于尚可入正史的“艺文志”、“经籍志”，《四库全书》以此收录，但一直被视为“小道”，不像经史和其他子集那样流传百代。所以笔记小说的创作，多在追逐名利和潜心著述之余，信笔直书，无所拘束，非经非史，亦经亦史，古今中外，大事小情，方方面面，无不涉及，故称其为“杂”。“杂”确是笔记小说的特点，体现其题材的广泛性和内容的丰富性。如王仁裕《玉堂闲话》虽然一篇一则文字无多，所涉不广，但总体来看，则不可小觑：朝政军国之大局，市井乡村之细故，三教九流之轶事，东西南北之趣闻，中外四方之珍奇，名山大川之异宝，鬼神精怪之灵迹，等等，凡耳闻目睹心想之所及，无不汇录笔下。可以说，各朝各代的政治状况、思想潮流、典章制度、民情风俗、宗教信仰、学术科技、文化艺术等等，在笔记小说中部有所反映。笔记小说立意虽有不同，所书虽各有侧重，但内容丰富。这种内容的丰富性，正是笔记小说的价值所在。笔记小说的作者和读者都是文人雅士，主要体现文人的审美意趣。曾慥说笔记小说“可以资治体，助名教，供谈笑，广见闻”（《类说序》），大体可以反映当时人的认识。而今，笔记小说的作用更多在于认识价值，即了解离我们远去社会的方方面面。

第三，“小说”、“小语”与形式的灵活性。笔记小说是中国古典小说的最初形态，称其为“小说”、“小道”、“丛残小语”，固然含有鄙薄眨斥之意，却也抓住了它的一些特点。笔记小说在发展中虽也曾出现过如洪迈《夷坚志》那样数百卷的巨著，但都是杂凑汇集而成，少有体大思精之作。笔记小说一般均篇幅短小，基本上是一事一记，合而成帙，虽“小说”、“小语”，却有其灵活性，不拘形式，不拘体例，挥洒自如，气韵生动。虽然传奇小说、白话小说

后来居上，但笔记小说仍风行不衰。笔记小说的知识性、趣味性、灵活性，其他小说不能替代，因而它仍拥有广大读者，具有发展的余地。与传奇小说比，笔记小说篇幅短小，粗陈梗概，少委婉细腻的描写和精雕细刻的加工，显得“简”与“粗”。笔记小说并非不讲艺术性，虽粗亦精，简而不陋。多数笔记小说均创作于作家艺术上最成熟的时期，有的作家甚至倾毕生精力而为之。笔记小说基于自身的积累并借鉴其他小说艺术，其艺术水平也是不断提高的。

四、笔记小说的分类

鲁迅在笔记小说分类中，于志怪、志人之外，又列出“杂俎”一类，这种分法有笼统之嫌。① “杂俎”，谓如菜杂陈于俎，杂录诸体汇为一编，正是一书之中二事甚至多事并载，不免饾饤之学。应主张“举其重”，或归于志怪，或归于志人，对其非小说成分，尤其不宜以“杂俎”之名硬拉进来。

笔记小说从题材、内容上可划分为志怪小说与志人小说两大门类。“志怪”一语首见于《庄子·逍遥游》，六朝时多用作书名，唐段成式《酉阳杂俎序》开始用于小说类型，胡应麟将其作为小说家六种之一，并举《搜神记》《述异记》《宣室志》《酉阳杂俎》为代表，《四库全书总目》则归于“异闻”。志人小说之称是鲁迅在《中国小说的历史的变迁》一文中提出来的，当代一些文学史、小说史论著或称轶事小说、志轶小说，但不如志人小说准确，如作为志人小说一个分支的笑话类作品，不能用轶事来概括，故本书仍取志人小说之称。论者或将志怪与志人小说限于魏晋六朝，其后则绝口不谈，这不符合中国小说史的实际。虽然六朝之后出现了新的小说种类，并且成就斐然，但志怪与志人小说并未绝迹，仍在继续发展，成就亦不容低估。即如《聊斋志异》，其多数篇章是用传统笔记法，而非用传奇法，此点后文将论及，兹不赘述。笔记小说贯串中国古代小说史始终，志怪、志人小说决非某一阶段所持有，而是笔记小说的基本类型。

在笔记小说的发展中，唐代及其以后便涉及到它与传奇小说的区别，历来习惯于称“笔记体”与“传奇体”。唐宋时期在笔记小说史上是又一个重要阶段。此时期小说的发展出现两次重大分化，一是文言小说中传奇的勃兴，二是在唐代说经、俗讲基础上出现白话小说，从此中国小说史便形成文言与白话两

① 鲁迅《中国小说史略》第十篇《唐之传奇集及杂俎》，见上海古籍出版社1998年版郭豫适导读本。杂俎，也是一种笔记样式，代表著作有唐段成式《酉阳杂俎》、明谢肇淛《五杂俎》、明刘凤《杂俎》等，鲁迅将其归为一类，亦应有这方面的考虑。

大系统。这两次分化都直接或间接地以笔记小说为基础。在两次分化的冲击和刺激下，笔记小说也得到进一步发展。因此，这一时期既是笔记小说的大分化时期，也是大发展时期。唐代是中国封建社会的鼎盛时期，国力强盛，思想解放，文学艺术繁荣，私人修史成风，刺激了历史琐闻题材的笔记小说的发展；而古文运动又为小说提供了便利的表达工具。故虽有传奇小说产生，但笔记小说创作势头未减，题材内容也较前期扩大，并受传奇影响，在艺术性上也有所提高。宋初朝廷组织编纂《太平广记》，汇集自汉代到宋初的文言小说，对其后的小说创作有所推动。王仁裕笔记小说在整个时代文风的影响下，更注重平实的文风，理性成分有所增强。

笔记小说诸如王仁裕作品的价值，并没有随文言的退出历史舞台而消亡，除了供学者们研究，总结其发展现律外，其创作经验，今天仍可资当今的散文、杂文、随笔、小小说、报告文学等创作者借鉴。同时，由于笔记小说内容丰富，形式活泼，因而仍有其认识和欣赏价值。

第二节　王仁裕笔记小说的文学史地位

王仁裕笔记小说留存较多，在文学史上占有一定地位，有较为丰富的文化内涵和很高的文学价值。

一、《玉堂闲话》的文学史地位

《玉堂闲话》一些篇目情节奇特，叙写曲折，对后代小说产生了不小的影响。如《刘崇龟》、《杀妻者》所写的断狱故事，情节扑朔迷离，直接脱化了明凌濛初《二刻拍案惊奇》卷28故事“程朝奉单遇无头妇/王通判双雪不明冤”，被程毅中先生认为是“宋代以后公案小说的先驱，是由唐到宋小说题材扩大的一个迹象。”① 故事叙述皆具体生动，对后来的公案小说颇有影响。李伐桃僵，在被诬者临刑之际，作案者因不平而自首的模式，为不少小说所借鉴，如《古今小说·陈御史巧勘金钗钿》《聊斋志异·胭脂》等。《型世言》第三十一回《匿头计占红颜，发棺立苏呆婿》即以“杀妻者”条为主要情节来源。

此外，书中还写了一些胆识过人，坚强不屈的妇女形象，如“邹仆妇”

① 程毅中《唐代小说史话》，文化艺术出版社1990年版，第292页。

条写女主角在丈夫被盗杀害的危机时刻，从容镇定，骗得脱身后即去告发，使夫仇得报。“歌者妇”条，写南中大帅为霸占歌者妇而杀其夫，歌者妇伪为顺从，伺机欲刺杀大帅，事不成而自杀，亦令人赞叹敬佩。宋话本《错斩崔宁》中王氏大娘子骗静山大王一节，颇与“邹仆妇”条相类；《聊斋志异·庚娘》则吸收“歌者妇”条伪为顺从，谋刺并自杀的情节。《裴度》由弱者的角度检视宰相微服私访的风度和体察民情的胸怀，不禁令读者为不幸之人重获幸福和贤明权者成人之美而称快，明冯梦龙《古今小说》袭用其题材，改为《裴晋公义还原配》。《葛周》通过不以小节损才的用人策略，揭示了葛从周为后梁名将，威名著于敌中的原因，作者以《韩诗外传》“楚庄绝缨”和《史记》“秦缪释盗”的典故点题，还显出“大者无所不容”和“以德惠人”的特殊意义，为《古今小说·葛令公生遣弄珠儿》所本。《玉堂闲话》中讽刺游丐文士的作品影响了《儒林外史》的创作，陈癞子切讳“癞”字的情节，自然使读者想到鲁迅笔下的阿Q。

但是，《玉堂闲话》有些条目系采录或模仿前人之作，如“颜真卿”条，早见于韦绚的《戎幕闲谈》；“灌园女婴”条，模仿李复言的《定婚店》而不如其生动。但总的说来，书中所叙见闻可谓简练有致，有的如“刘崇龟”条，称得上曲折生动，前所提及的几篇，也能写出人物性格来。在五代小说中，此书属于较好的一种。

另有《续玉堂闲话》一卷，今已亡佚。《秘书省续编到四库阙书目》及《通志略》均入小说类，注云王仁裕撰，作一卷，而其他书籍未见著录，亦未见佚文。如确为《玉堂闲话》续书，内容应相近，艺术上或可略弱。李昉等编撰《太平广记》时，采录《玉堂闲话》颇多，但未见采录续书。《王仁裕神道碑》铭文也未载该书，由此推断，如确有其书，当编撰于宋太宗兴国二年（977）后，或宋雍熙二年（985）后。也有学者认为，《续玉堂闲话》为后人所作之书，如周勋初先生认为：“王仁裕见闻甚广，文名倾动一时，所著之书，定然风行于朝野。他又经历几个朝代，长期担任翰林学士之职，这样书贾们自然会采用《续玉堂闲话》问世了。”（周勋初《玉堂闲话考》，载《西北师范学院学报》1993年第3期）此说作为推论也有合理成分，但乏史料支持。从今不见其佚文的事实看，或许该书在流传过程中已混同于《玉堂闲话》之中，难觅踪迹。要之，关于该书有四种情况：曾有过，但后亡失；成书较晚，为后学整理；书贾一介续写而成；曾有过，但后来混同于《玉堂闲话》，难辨真伪。

二、《开元天宝遗事》的文学史地位

《开元天宝遗事》不同版本所标卷数不尽相同，或一卷、或二卷、或四卷，但最早确本应该是收有159条作品。日本宽永十六年（1639）依宋绍定戊子本翻印王仁裕《〈开元天宝遗事〉自序》云：

> 仁裕破蜀之年，入见于明天子（唐明宗），假途秦地，振辔镐都（在今西安至咸阳之间），有唐之遗风，明皇之故迹，尽举目而可观也。因得询求事实，采摭民言，开元天宝之中影响如数百余件，去凡削鄙，集异编奇，总成一卷，凡一百五十九条，皆前书之所不载也，目之曰《开元天宝遗事》。虽不助于风教，亦可资于谈柄，通识之士，谅无诮焉。①

此序指明《开元天宝遗事》的作时在天成年间，因为后唐同光三年（925年）灭蜀，四年李存勖在洛阳为乱兵射杀，李嗣源即位称唐明宗，改同光四年为天成元年。王仁裕自序还说明了创作《开元天宝遗事》所涉及的地域和创作方式、分卷以及全书共收159条故事的情况。南宋晁公武《郡斋读书志》对此证言说：“蜀亡，仁裕至镐京，采摭民言，得开元天宝遗事一百五十九条，分为四卷。”可见，原书确有159条，但不知流传过程中发生了怎样的变故，今天只能看到146条作品，尚有13条（篇）不知所终，对其后续的搜求补正，以俟来者。从前文所述版本文化的形成看，《开元天宝遗事》不同版本诸多差异的存在，似与其被多种丛书收录有关，因为编丛书者往往有所删削，不免造成条目的减少和内容的萎缩。

《开元天宝遗事》的真伪之辩也是其区别于王仁裕别种笔记小说所特有的文化现象。由于其中部分内容虚诞，宋时即引起学者的怀疑，洪迈《容斋随笔》卷一《浅妄书》所指四点虚诞之处确实存在，着眼点在于其记载不符史实，还由此书“文章乏气骨”而认定系托名王仁裕之作，内容鄙浅而延误后学者，应当禁毁。其实，《开元天宝遗事》的舛谬也不仅洪迈所指四条，如《花上金铃》篇“天宝初，宁王日侍，好声乐，风流蕴藉，诸王弗如也”。据《旧唐书》卷95本传载，宁王李宪于开元二十九年冬十一月薨。此篇称“天宝初”显然有误。明胡应麟也说：

① 陈尚君《玉堂闲话评注序二》，见蒲向明《玉堂闲话评注》，中国社会出版社2007年版，第5页。

仁裕为伪蜀学士，所著有《玉堂闲话》，今尚载《广记》中，而《开元遗事》绝不经见。其书浅俗鄙陋，盖效陶氏《清异录》而愈不足观者。仁裕能诗，《西江集》至万首，今一二散见于《闲话》中，虽卑弱，尚可吟讽，书事亦清婉。但乏气骨，不应至是。第以浅陋，故世或好之，今尚传云。①

胡应麟认为《太平广记》征引《玉堂闲话》等王仁裕著作，却不引《开元天宝遗事》，足以证明此书并非王仁裕所撰，其撰作时间可能更晚于北宋初，效法五代陶穀《清异录》却托名王仁裕。自此以降，《开元天宝遗事》因之被列为伪书，清初姚际恒《古今伪书考》首列，晚清张心澂《伪书通考》、今人郑良树《续伪书通考》继之。近年有人把《开元天宝遗事》指为"伪典小说"，指明其写作目的是"专门为了诗文创作而编造杜撰新奇的典故"，"向壁虚造，且带游戏意味"。② 这个证伪似乎比清人更进一步，意在说明该书不符史实虽然难免，就是其中典故也属于虚妄捏造。

但是，凡此等等不足以证明此书讬名王仁裕，系伪书当毁。先看五代同期撰作的印证。《旧唐书·宋璟传》载"璟因极言得失，特赐彩绢等"，而"仍手制曰：'所进之言，书之座右，出入观省，以诫终身'"，可与《开元天宝遗事》中《金函》篇所记"明皇尤勤国政，谏无不从，或有章疏规讽，则探其理道优长者，贮于金函中，日置于座右，时取读之，未尝懈怠也"相印证。再看关于卢奂的记载二书如出一辙。《开元天宝遗事》中《立有祸福》篇记卢奂事迹：

卢奂为陕州刺史，严毅之声闻于关内。玄宗幸京师、次陕城顿，知奂有神政，御笔赞于厅事曰："专城之重，分陕之雄。人遇惠爱，性实谦冲。亦既利物，存乎匪躬。斯为国宝，不坠家风。"寻除兵部侍郎。

《旧唐书·卢奂传》则曰：

（奂）开元中，为中书舍人、御史中丞、陕州刺史。二十四年，玄宗幸京师，次陕州顿，审其能政，于厅事提赞而去，曰："专城之

① （明）胡应麟《少室山房笔丛》卷 32《四部正讹》（下），中华书局 1958 年版，第 319 页。

② 罗宁《论五代宋初的"伪典小说"》，见《中国中古文学研究——中国中古（汉—唐）文学国际学术研讨会论文集》，学苑出版社 2005 年版。

重，分陕之雄。人多惠爱，性实谦冲。亦既利物，存乎匪躬。斯为国宝，不坠家风。"寻除兵部侍郎。

《旧唐书》撰者刘昫（刘昫为五代后晋宰相）和《开元天宝遗事》撰者王仁裕是同时代的人，他们对卢奂的记载如此相似，可以认为《开元天宝遗事》所述史事有相当的可靠性，而这确实得到后世的认同。苏轼有《读〈开元天宝遗事〉》三首：

其一：姚宋亡来事事生，一官铢重万人轻。朔方老将风流在，不取西蕃石堡城。

其二：潭里舟船百倍多，广陵铜器越溪罗。三郎官爵如泥土，争唱弘农得宝歌。

其三：琵琶弦急衮梁州，羯鼓声高舞臂鞲。破费八姨三百万，大唐天子要缠头。

《开元天宝遗事》记唐玄宗轶闻旧事，多采自遗民之口，与正史多违异。苏轼读后，有感于《开元天宝遗事》，写了这三首诗。第一首诗是说唐玄宗初践皇位，任用姚崇、宋璟为相，一度出现"开元之治"；而天宝年间先后任用李林甫、杨国忠为相，沉缅声色，奢侈荒淫，朝政日趋腐败，"一官铢重"是指无限信用胡人安禄山，终于养虎遗患，酿成安史之乱。"朔方老将"是指安禄山叛乱时任朔方节度史的郭子仪，平息安史之乱功居第一。第二首写唐玄宗恣意游乐，滥封官爵，以至于"三郎官爵如泥土，争唱弘农得宝歌。"第三首写谢阿蛮《凌波舞》，唐玄宗击羯鼓，杨贵妃弹琵琶："破费八姨三百万，大唐天子要缠头。"当时观看者仅八姨秦国夫人一人，"曲罢，上戏曰：'阿瞒（李隆基自称）乐藉，今日幸得供养夫人，请一缠头！'秦国曰：'岂有大唐天子阿姨，无钱用耶?'遂出三百万为一局焉。"（见《杨太真外传》，作者乐史与王仁裕同时）。这三首诗极写唐玄宗的奢靡生活，警为后人之戒，也由此证明《开元天宝遗事》在北宋文坛已经颇为流行。又司马光撰《资治通鉴》，其中《唐纪》32 天宝十载下记"自是安禄山出入宫掖不禁，或与贵妃对食，或通宵不出，颇有丑声闻于外，上亦不疑也。"对此记载，司马光《资治通鉴考异》曰：

王仁裕《开元天宝遗事》云："禄山常与妃子同食，无所不至。帝恐外人以酒毒之，遂赐金牌子系于臂上，每有王公召宴，欲沃以巨觥，禄山即以金牌试之，云'准敕段酒'。"今略取之。

《考异》这段话明确无误的说明王仁裕撰写了《开元天宝遗事》，并且引用了其中的故事《金牌断酒》约略用于《资治通鉴》的情况。《唐纪》天宝十一载下记：

> 或劝陕郡进士张彖谒国忠，曰：“见之，富贵立可图。”彖曰：“君辈倚杨右相如泰山，吾以为冰山耳。若皎日既出，君辈得无失所恃乎？”遂隐居嵩山。

此记述与《开元天宝遗事》中《依冰山》的部分内容相同，司马光出于前文《考异》有所说明，则此未交待取于何书，而张彖亦不见于《旧唐书》。就是这一点，使得认定《开元天宝遗事》系托名王仁裕为浅妄之书的洪迈百思不得其解，发问道：惟张彖指杨国忠为冰山事，《资治通鉴》亦取之，不知别有何据？① 司马光作为史学家以严谨著称于事，他对史料可靠与否的裁定，是有权威性的，《资治通鉴》采用《开元天宝遗事》的记载，充分肯定了《开元天宝遗事》的史料价值。南宋晁公武《郡斋读书志》正是因为相同的情况，才在卷二下载录：“《开元天宝遗事》，右汉王仁裕撰”；南宋郑樵《通志》卷65《艺文略》三“杂史”著录：“王仁裕撰《开元天宝遗事》六卷”。元人脱脱等在撰《宋史》也肯定了这一观点，在卷203《艺文志》二“故事类”载：“王仁裕撰《开元天宝遗事》一卷”；明人焦竑也并未像他同时期稍后的胡应麟一样否定《开元天宝遗事》，而是在卷三《国史经籍志》“杂史类”著录：“王仁裕《开元天宝遗事》一卷”。清代学者纪昀（晓岚）等发现了自苏轼以来的种种证据，肯定了洪迈置疑属实外，也肯定了王仁裕撰《开元天宝遗事》的史实，《四库提要》澄清说：

> 其书（《开元天宝遗事》）实在二人（苏轼、司马光）以前，非《云仙散录》之流，晚出于南宋者可比。盖委巷相传，语多失实，仁裕采摭於遗民之口，不能证以国史，是即其失。必以为依托其名，则事无显证。刘义庆《世说新语》，刘孝标注往往摘其牴牾，要不以是谓不出义庆手也。故今仍从旧本，题为仁裕撰焉。

真是对疑古派欲证此书系伪作的一个否定性的总结。现代学者认为它既然是小说，传闻异词，不必强调其真实性，因其创作方式是采录民间传闻，语言出现失实，与史书相矛盾也是在所难免，王仁裕撰《开元天宝遗事》已成

---

① （南宋）洪迈《容斋随笔》，上海古籍出版社1978年版，第6页。

定论。

三、《王氏见闻录》等的文学史地位

《王氏见闻录》、《见闻录》、《唐末见闻录》是王仁裕的另几部笔记小说，文字洗炼，篇幅短小，但内容却十分丰富，惜其早已散佚。

《王氏见闻录》别称《王氏见闻集》、《王氏见闻》。五代南唐刘崇远《金华子杂编》卷3著录《王氏见闻集》三卷，注云：“王仁裕记前蜀事”；宋初李昉《太平广记》称引该书或云《王氏见闻录》，或云《王氏见闻》；南宋初郑樵《通志》卷65《艺文略》三“杂史”著录王仁裕撰《王氏见闻集》三卷，清初吴任臣《十国春秋》卷44“王仁裕传”列有《王氏见闻录》。今有论者称：“《王氏见闻录》《崇文书目》归入史部传记类，《通志》、《通考》均未收录，《宋志》归入子部小说类。”① 未知此论所据者何，谬误是显而易见的。《王氏见闻录》佚文最多见于《广记》，也有见于宋无名氏《分门古今类事》中者。陈尚君据《广记》在《五代史书汇编》（杭州出版社2004年5月版）中钩辑到31条，也有辑本得32条者，② 但本人以为，可以从《广记》中钩辑到《王氏见闻录》佚文33条：依陈本31条，可以加上《李龟祯》、《陈洁》2条。摘引如下：

《李龟祯》条：

> 乾德中，伪蜀御史李龟祯久居宪职。尝一日出至三井桥，忽睹十余人，摧头及被发者，叫屈称冤，渐来相逼。龟祯慑惧，回马径归，说与妻子。仍诫其子曰：“尔等成长筮仕，慎勿为刑狱官，以吾清慎畏惧，犹有冤枉，今欲悔之何及。”自此得疾而亡。

《陈洁》条：

> 伪蜀御史陈洁，性惨毒，谳刑定狱，尝以深刻为务。十年内，断死千人。因避暑行亭，见蟢子悬丝面前，公引手接之，成大蜘蛛，衔中指，拂落阶下，化为厉鬼，云来索命。惊讶不已，指渐成疮，痛苦十日而死。

因这两条紧跟在标明出自《王氏见闻》的《萧怀武》篇后面，都是写

① 陈见微《辑本〈王氏见闻录〉序》，《古籍整理研究学刊》，1986年第1期。

② 同上。

“前蜀事”，虽未指明出于何书，但理解为蒙后省略了篇章来源应该是情理之中的。

《王氏见闻录》的作品事涉怪诞，篇幅远较《开元天宝遗事》为长，纪实用笔的过程中带有明显的虚构成分，故事情节生成多依赖于逸闻，描写也很有生动之处。如《潞王》篇中何某两次见阴君的事，明显具有逸闻的性质，写人物言行也很传神；《伪蜀主舅》篇写从秦州往成都运送红牡丹移栽的事情，着墨不多，但情节构成自然流畅。《竹骝》篇首先“描写的可能就是珍异的熊猫”①，实际从内容详细推敲，应该是关注到小熊猫在秦陇一带的生存状况，该篇关涉公元910～918年的事情，时作者还在天水，任职秦州，应该认为是真实的生态情况记录，说明那时天水的植被状况非常之好，以至于当时的平民捕食小熊猫成为寻常事，这是其他史料笔记所没有的。《温造》篇写人物的机智多谋，《成都丐者》写行乞者的狡黠，《窦少卿》篇写人物亡故噩耗的误传，细节和行动描写颇为生动，有鲜明的文学性，很接近现代意义上的小说。《封舜卿》篇具体描写了在成都官署设厅观看戏剧演出的场景，其中长吹《麦秀两歧》的情景，反映了当时民间曲子之创作十分旺盛的情况。《长须僧》、《功德山》、《青城道士》等作品向人们展示了在那个动乱年代，有佛道外衣掩盖下的种种秽行，最后得以铲除的情形。尤其是《王仁裕》篇借豢养猿猴“野宾”之事写别离和悲苦之情，不仅是研究王仁裕生平的珍贵文献，而且文笔璨然，余情袅袅，千百年后读来仍惆怅满怀，特别是用琐碎小事写作者眼中野宾的顽皮可爱，字里行间所表述的人与猿的友情、亲情让人恻然心恸，作品想象飞驰，感人至深，其文学性堪与名篇媲美。

有论者以其中的长篇《王承休》为例说明《王氏见闻录》与现代意义上的小说差距很大，认为一篇近五千字的作品刻画人物并不鲜明，故事性也差，只有篇末一节比较生动有趣。② 这是对作品缺乏全面考察以偏概全所致。

《唐末见闻录》别称《唐末见闻》、《唐末见闻记》。北宋《崇文总目》卷二“传记类下”著录《唐末见闻录》八卷，清钱东垣按云：“《通志略》不著撰人，《宋志》作王仁裕撰。”宋官修《四库阙书目》卷二“小说类”著录《唐末见闻录》八卷，未著撰人。南宋初郑樵《通志》卷65《艺文略》三“杂史”著录《唐末见闻》八卷，注云：“记僖、昭两朝事。”不著撰人。明

---

① 吴月、王会绍、王明庸、余贤杰《甘肃风物志》，甘肃人民出版社1985年版，第122页。

② 邵宁宁、王晶波《说苑奇葩——晋唐陇右小说》，甘肃教育出版社1999年版，第204页。

焦竑《国史・经籍志》卷三“杂史”类录有《唐末见闻》八卷，未注明撰人。《十国春秋》未著录《唐末见闻录》。今人有人认为《唐末见闻录》非王仁裕撰，① 但没有可靠的证据。后人仍按照《宋志》判定其为王仁裕所作。《唐末见闻录》现存近20条，见于《资治通鉴考异》，篇章情况较为破碎，如《资治通鉴考异》卷262引《唐末见闻录》载全忠回书云：“前年洹水，曾获贤郎；去岁青山，又擒列将。盖梁之书檄，皆此类也。”其详细情况和文学价值还需进一步研究。

王仁裕《见闻录》三卷，《四库阙书目》卷二“小说类”和《宋史・艺文志》均有收录，并和《唐末见闻录》八卷一起并列，可见它并不是《唐末见闻录》的简称。而其它史书和类书不见收录《见闻录》，所以今天学界多数人认为它实际上是《王氏见闻录》的省称，因为这两种书里没有提到《王氏见闻录》，至今也找不到有什么书收录了《见闻录》的作品，具体情况如何，以俟来者。

总之，我国的小说，至唐代开创了一个新局面，虽尚“不离搜奇记异”，但已进入了“有意小说”的时代，这一时期作品繁多，人才济济，许多佳作一直流传至今而占有文学史显著地位，王仁裕笔记小说即为其中之一。王仁裕身处战火纷乱、礼乐崩坏的唐末五代，与李德裕、郑处诲比，少有顾忌，而能秉笔直书，故其揭露部分，较先前的作品更为广泛有力，但已时过境迁，故缺少李、郑面对庸室衰败的怅惘怀旧之情，只是较平淡的谈往事、叙掌故而已，思想的深度显出浮泛和乏力，加之笔记小说的“残丛小语”形式，厚重感仍显不足。但是，从唐宋传奇间他的笔记小说作为重要一环起到了过渡作用，并且对后来的小说创作产生了持久影响却是不争的事实。

---

① 张兴武《五代艺文考》，巴蜀书社2003年版，第152页。

第五章

《开元天宝遗事》研究

王仁裕为唐末秦州节度使判官，后入蜀，蜀亡则历仕后唐、晋、汉三朝，至周官翰林学士，显德三年（956）卒。

此书据社会传闻，列 146 个标题，分别记述开元天宝时期遗事，内容以奇异物品为多，人物事迹也是以传说为主。故《四库全书总目》说此书："盖委巷相传，语多失实，仁裕采摭遗民之口，不能证以国史。"但其中豪支、传书燕等项含有一定的社会史料；索斗鸡、肉阵、肉腰刀、风炭、楼车载乐等项内容，暴露了权臣杨国忠、李林甫等人的昏朽荒淫的生活，也有一定的参考价值。① 此书卷数诸书著录不一，有 1 卷本、2 卷本、4 卷本，但只是分卷不同，无多大缺失。现有版本主要有《历代小史》、《顾氏文房小说》、《唐代丛书》等本，1985 年上海古籍出版社点校本，据《顾氏文房小说》本。据王仁裕《〈开元天宝遗事〉自序》最早确本应该有 159 条作品，本著作采录最新研究成果，辑录到 149 条，尚有 10 条待考。

第一节　《开元天宝遗事》的成书和流传

《开元天宝遗事》今存全本，《四库全书》亦有收录，有很高的小说史地位。此书据社会传闻，列 146 个标题，分别记述唐开元天宝年间轶事，内容以奇异物品为多，人物事迹也是以传说为主。故《四库全书总目》说此书："盖委巷相传，语多失实，仁裕采摭遗民之口，不能证以国史。"但其中"妙笔生花"、"传书燕"等篇含有一定的社会史料；索斗鸡、肉阵、肉腰刀、风炭、

① 陈尚君辑校《全唐诗补编》（上中下）全三册，中华书局 1992 年 10 月出版；陈尚君辑校《全唐文补编》（上中下）全三册，中华书局 2005 年 8 月出版。此二书的问世堪称二十世纪唐诗文整理研究的最大成就，其中不乏甄别、增补一些王仁裕的诗文作品，因此开阔了研究者解读王仁裕文学作品遗存的范围。

楼车载乐等内容，暴露了权臣杨国忠、李林甫等人的昏朽荒淫的生活，也有一定的参考价值。山东大学丁如明教授《开元天宝遗事十种》按语说：“其对地方风物、民俗记写较多”，有不少的文史典故亦出于《开元天宝遗事》。这特别有益于陇南的地方人文建设。此书卷数诸书著录不一，有1卷本、2卷本、4卷本，但只是分卷不同，无多大缺失。现存主要有《历代小史》、《顾氏文房小说》、《唐代丛书》等本，1985年上海古籍出版社点校本等。

一、《开元天宝遗事》版本与流传探赜

《开元天宝遗事》今存善本，版本较多，已形成其特有的版本文化现象，北京大学曾贻芬先生《〈开元天宝遗事〉点校说明》对此曾给予关注。①

按照《开元天宝遗事》的流传形式，其版本归为两类：一是单行本，一是丛书本。

单行本有三种：一是明建业张氏铜活字本。北京图书馆古籍善本书目著录此书二卷，有何焯、黄丕烈跋，实际只有黄丕烈跋三条：

其一

古书自宋元板刻而外，其最可信者莫如铜板活字，盖所据皆旧本，刻亦在先也。诸书中有会通馆、兰雪堂、锡山安氏馆等名目，皆活字也。此建业张氏本仅见于是书，收之与《西京杂记》并储，汉唐遗迹略据一二矣。荛夫

其二

此书旧藏周文香严书屋中，余于嘉庆壬申岁借校一过，所校者为埭川顾氏家塾梓行本，彼此互有得失，惟此是覆严州本，故重视之。卷中向有旧校之字，大约据顾本。如上卷二页三行，“牧”原作“守”，后七行第五字“便”原作“须”。九页八行第三格第一字“馋”原作“乾”，后七行第二字，“法”原作“铁”。余借校时尚然，不知香严身后，后人重装竟将旧校之字挖入，殊失活本真面目。余得此后出校本证之，悉知其妄，犹幸余见真本在前，可据旧校一一

① 曾贻芬点校王仁裕撰《开元天宝遗事》和唐姚汝能撰《安禄山事迹》，两书合为一册，由中华书局2006年3月出版。曾校本专门附录了王仁裕《〈开元天宝遗事〉自序》这一文献资料，显得弥足珍贵，该本优于上海古籍出版社1985年1月出版的山东大学丁如明辑校《〈开元天宝遗事〉十种》中的王仁裕《开元天宝遗事》，应该是目前最可靠的本子。

标明也。其余增补钩乙，未经改易，存之以见校者手笔，差为可喜。忆己卯春香严作古，遗书分散，其目颇流转于坊间，独此书不著录，或遗其家固守，或已属他人，竟于无意中遇之，虽重直弗惜矣。辛巳三月荛夫

其三

此书估人传示。周氏所开目录注云：某人题签，某家藏弆，皆自有迹者言之也。最后标目一行下有雌黄楷字二行，余审视之，知系义门手书，倘起香严而质之，想亦以为是也。又记。

跋语提及何焯："最后标目一行下有雌黄楷字二行，余审视之，知系义门手书，倘起香严而质之，想亦以为是之。"此本卷末有绍定戊子（1228）陆子适（当即陆游之子陆子遹）题记，可信出于宋刊本。记曰：

此书所载明皇时事最详，至一话言、一行事，后人文字间所引，大抵出于此书者多矣。绍定戊子刊之桐江学宫。山阴陆子遹书。

这说明是此本是据宋绍定戊子（1228）本翻印的。二是日本宽永十六年（1639）刻本。卷末亦有此木记，也是绍定本的重印本，缪荃孙亦持此说。此本与中国诸传本不同处有二：卷首有王仁裕撰自序，正文前有目录。目录列146条，正文仅有145条，缺《暖玉安》一篇。三是缪氏艺风堂抄本《开元天宝遗事》。现藏北京大学图书馆，后有李木斋（清李盛铎）跋。

据《中国丛书综录》著录，《开元天宝遗事》丛书本有明刊《续百川学海》本、清顺治三年宛委山堂刊印《说郛》本、《五朝小说大观》本、清道光二十三年序《唐人说荟》本、《唐代丛书》本、民国四年上海文明书店石印的《说库》本、《顾氏文房小说》本（《丛书集成初编》本即采此本）、《四库全书》本、《旧小说》本以及元明善本《历代小史》本。据《中国科学院藏中文古籍善本书目》记载：明抄本《类说》今存二十六卷，其中有《开元天宝遗事》；明末刻王世贞编《艳异编》中《开元天宝遗事》一卷，题杜牧撰；明抄本《说集六十种》和明末刻清初印本《唐人百家小说》亦收《开元天宝遗事》。

《开元天宝遗事》不同版本所标卷数不尽相同，或一卷、或二卷、或四卷，但最早确本应该是收有159条作品。王仁裕《〈开元天宝遗事〉自序》云：

仁裕破蜀之年，入见于明天子（唐明宗），假途秦地，振辔镐都（在今西安至咸阳之间），有唐之遗风，明皇之故迹，尽举目而可观也。因得询求事实，采摭民言，开元天宝之中影响如数百余件，去凡削鄙，集异编奇，总成一卷，凡一百五十九条，皆前书之所不载也，目之曰《开元天宝遗事》。虽不助于风教，亦可资于谈柄，通识之士，谅无诮焉。①

此序指明《开元天宝遗事》的作时在天成年间，因为后唐同光三年（925年）灭蜀，四年李存勖在洛阳为乱兵射杀，李嗣源即位称唐明宗，改同光四年为天成元年。王仁裕自序还说明了创作《开元天宝遗事》所涉及的地域和创作方式、分卷以及全书共收159条故事的情况。南宋晁公武《郡斋读书志》对此证言说：“蜀亡，仁裕至镐京，采摭民言，得开元天宝遗事一百五十九条，分为四卷。”可见，原书确有159条，但不知流传过程中发生了怎样的变故，今天只能看到146条作品，尚有13条（篇）不知所终，今人赵军仓近著据清人著作辑得3条，后续的搜求补正，以俟来者。从前文所述版本文化的形成看，《开元天宝遗事》不同版本诸多差异的存在，似与其被多种丛书收录有关，因为编丛书者往往有所删削，不免造成条目的减少和内容的萎缩。

二、《开元天宝遗事》被指伪书寻迹

《开元天宝遗事》的真伪之辩也是其区别于王仁裕别种笔记小说所特有的文化现象。由于其中部分内容与史实有错讹，宋时即引起学者的怀疑。洪迈《容斋随笔》卷一《浅妄书》言之凿凿云：

俗间所传浅妄之书，如所谓《云仙散录》、《老杜事实》、《开元天宝遗事》之属，皆绝可笑。……《开天遗事》托云王仁裕所著。仁裕五代时人，虽文章乏气骨，恐不至此。姑析其数端以为笑。其一云：姚元崇开元初作翰林学士，有步辇之召。按元崇自武后时已为宰相，及开元初三入辅矣。其二云：郭元振少时美风姿，宰相张嘉贞欲纳为婿，遂牵红丝线，得第三女，果随夫贵达。按元振为睿宗宰相，明皇初年即贬死，后十年嘉贞方作相。其三云：杨国忠盛时，朝之文武争附之以求富贵，惟张九龄未尝及门。按九龄去相位十年，国忠方得官耳。其四云：张九龄览苏颋文卷，谓为文阵之雄帅。按颋为相

① 陈尚君《玉堂闲话评注序二》，见蒲向明《玉堂闲话评注》，中国社会出版社2007年版。

> 时，九龄元未达也。此皆显显可言者，固鄙浅不足攻，然颇能疑误后生也。惟张彖指杨国忠为冰山事，《资治通鉴》亦取之，不知别有何据。近岁兴化军学刊《遗事》，南剑州学刊《散录》，皆可毁。①

洪迈所指四点浅妄虚诞之处确实存在，着眼点在于其记载不符史实，还由此书“文章乏气骨”而认定系托名王仁裕之作，内容鄙浅而延误后学者，应当禁毁。其实，《开元天宝遗事》的舛谬也不仅洪迈所指四条，如《花上金铃》篇“天宝初，宁王日侍，好声乐，风流蕴藉，诸王弗如也”。据《旧唐书》卷95本传载，宁王李宪于开元二十九年冬十一月薨。此篇称“天宝初”显然有误。明胡应麟也说：

> 《开元天宝遗事》称王仁裕，《容斋随笔》辩之详矣。余按：仁裕为伪蜀学士，所著有《玉堂闲话》，今尚载《广记》中，而《开元遗事》绝不经见。其书浅俗鄙陋，盖效陶氏《清异录》而愈不足观者。仁裕能诗，《西江集》至万首，今一二散见于《闲话》中，虽卑弱，尚可吟讽，书事亦清婉。但乏气骨，不应至是。第以浅陋，故世或好之，今尚传云。②

胡应麟认为《太平广记》征引《玉堂闲话》等王仁裕著作，却不引《开元天宝遗事》，足以证明此书并非王仁裕所撰，其撰作时间可能更晚于北宋初，效法五代陶穀《清异录》却托名王仁裕。自此以降，《开元天宝遗事》因之被列为伪书，清初姚际恒《古今伪书考》首列，晚清张心澂《伪书通考》、今人郑良树《续伪书通考》继之，一时甚嚣尘上。近年有人称《开元天宝遗事》为伪，出现新说，把其称作“伪典小说”，指明其写作目的是“专门为了诗文创作而编造杜撰新奇的典故”，“向壁虚造，且带游戏意味”。③这个证伪似乎比清人更进一步，意在说明该书内容不符史实虽然难免，就是其中典故也属于虚妄捏造，并无史实基础，存之遗害深重。

---

① （宋）洪迈《容斋随笔》，上海古籍出版社1978年版，第6页。

② （明）胡应麟《少室山房笔丛》卷32，中华书局1958年版，第319页。张心澂《伪书通考》引胡应麟《四部正讹》这段话，以支持自己的观点，见商务印书馆1957年版该书下册，第889～890页。

③ 罗宁《论五代宋初的“伪典小说”》，见于《中国中古文学国际学术研讨会论文集》，学苑出版社2005年版。

三、《开元天宝遗事》非伪书确证

细究前述，皆不足以证明此书托名王仁裕，系伪书当毁。先看五代同期撰作的印证。《旧唐书·宋璟传》载“璟因极言得失，特赐彩绢等”，而“仍手制曰：‘所进之言，书之座右，出入观省，以诫终身’”，可与《开元天宝遗事》中《金函》篇所记“明皇尤勤国政，谏无不从，或有章疏规讽，则探其理道优长者，贮于金函中，日置于座右，时取读之，未尝懈怠也”相印证。再看关于卢奂的记载二书如出一辙。《开元天宝遗事》中《立有祸福》篇记卢奂事迹：

> 卢奂为陕州刺史，严毅之声闻于关内。玄宗幸京师、次陕城顿，知奂有神政，御笔赞于厅事曰：“专城之重，分陕之雄。人遇惠爱，性实谦冲。亦既利物，存乎匪躬。斯为国宝，不坠家风。”寻除兵部侍郎。

《旧唐书·卢奂传》则曰：

> （奂）开元中，为中书舍人、御史中丞、陕州刺史。二十四年，玄宗幸京师，次陕州顿，审其能政，于厅事提赞而去，曰：“专城之重，分陕之雄。人多惠爱，性实谦冲。亦既利物，存乎匪躬。斯为国宝，不坠家风。”寻除兵部侍郎。

《旧唐书》撰者刘昫（刘昫为五代后晋宰相）和《开元天宝遗事》撰者王仁裕是同时代的人，他们对卢奂的记载如此相似，可以认为《开元天宝遗事》所述史事有相当的可靠性，而这确实得到后世的认同。苏轼有《读〈开元天宝遗事〉》三首：

> 其一：姚宋亡来事事生，一官铢重万人轻。朔方老将风流在，不取西蕃石堡城。
>
> 其二：潭里舟船百倍多，广陵铜器越溪罗。三郎官爵如泥土，争唱弘农得宝歌。
>
> 其三：琵琶弦急衮梁州，羯鼓声高舞臂鞲。破费八姨三百万，大唐天子要缠头。

《开元天宝遗事》记唐玄宗轶闻旧事，多采自遗民之口，与正史多违异。苏轼读后，有感于开元天宝遗事，写了这三首诗。第一首诗是说唐玄宗初践皇位，任用姚崇、宋璟为相，一度出现“开元之治”；而天宝年间先后任用李林

甫、杨国忠为相，沉缅声色，奢侈荒淫，朝政日趋腐败，“一官铢重”是指无限信用胡人安禄山，终于养虎遗患，酿成安史之乱。“朔方老将”是指安禄山叛乱时任朔方节度史的郭子仪，平息安史之乱功居第一。第二首写唐玄宗恣意游乐，滥封官爵，以至于“三郎官爵如泥土，争唱弘农得宝歌。”第三首写谢阿蛮《凌波舞》，唐玄宗击羯鼓，杨贵妃弹琵琶：“破费八姨三百万，大唐天子要缠头。”当时观看者仅八姨秦国夫人一人，“曲罢，上戏曰：‘阿瞒（李隆基自称）乐藉，今日幸得供养夫人，请一缠头！’秦国曰：‘岂有大唐天子阿姨，无钱用耶?’遂出三百万为一局焉。”（见《杨太真外传》，作者乐史与王仁裕同时）。这三首诗极写唐玄宗的奢靡生活，警为后人之戒，也由此证明《开元天宝遗事》在北宋文坛已经颇为流行。又司马光撰《资治通鉴》，其中《唐纪》32 天宝十载下记“自是安禄山出入宫掖不禁，或与贵妃对食，或通宵不出，颇有丑声闻于外，上亦不疑也。”对此记载，司马光《资治通鉴考异》曰：

> 王仁裕《开元天宝遗事》云：“禄山常与妃子同食，无所不至。帝恐外人以酒毒之，遂赐金牌子系于臂上，每有王公召宴，欲沃以巨觥，禄山即以金牌试之，云‘准敕段酒’。”今略取之。

《考异》这段话明确无误的说明王仁裕撰写了《开元天宝遗事》，并且引用了其中的故事《金牌断酒》约略用于《资治通鉴》的情况。《唐纪》天宝十一载下记：

> 或劝陕郡进士张彖谒国忠，曰：“见之，富贵立可图。”彖曰：“君辈倚杨右相如泰山，吾以为冰山耳。若皎日既出，君辈得无失所恃乎?”遂隐居嵩山。

此记述与《开元天宝遗事》中《依冰山》的部分内容相同，司马光出于前文《考异》有所说明，则此未交待取于何书，而张彖亦不见于《旧唐书》。就是这一点，使得认定《开元天宝遗事》系托名王仁裕为浅妄之书的洪迈百思不得其解，发问道：惟张彖指杨国忠为冰山事，《资治通鉴》亦取之，不知别有何据?① 司马光作为史学家以严谨著称于事，他对史料可靠与否的裁定，是有权威性的，《资治通鉴》采用《开元天宝遗事》的记载，充分肯定了《开元天宝遗事》的史料价值。南宋晁公武《郡斋读书志》正是因为相同的情况，

① 洪迈《容斋随笔》，上海古籍出版社 1978 年版，第 6 页。

才在卷二下载录：“《开元天宝遗事》，右汉王仁裕撰”；南宋郑樵《通志》卷65《艺文略》三“杂史”著录：“王仁裕撰《开元天宝遗事》六卷”。元人脱脱等在撰《宋史》也肯定了这一观点，在卷203《艺文志》二“故事类”载：“王仁裕撰《开元天宝遗事》一卷”；明人焦竑也并未像他同时期稍后的胡应麟一样否定《开元天宝遗事》，而是在卷三《国史经籍志》“杂史类”著录：“王仁裕《开元天宝遗事》一卷”。清代学者纪昀（晓岚）等发现了自苏轼以来的种种证据，肯定了洪迈置疑属实外，也肯定了王仁裕撰《开元天宝遗事》的史实，《四库提要》澄清说：

> 其书（《开元天宝遗事》）实在二人（苏轼、司马光）以前，非《云仙散录》之流，晚出于南宋者可比。盖委巷相传，语多失实，仁裕采摭於遗民之口，不能证以国史，是即其失。必以为依托其名，则事无显证。刘义庆《世说新语》，刘孝标注往往摘其牴牾，要不以是谓不出义庆手也。故今仍从旧本，题为仁裕撰焉。

真是对疑古派欲证此书系伪作的一个否定性的总结。现代学者认为：据内容讹误而认定该书是伪，则无显证，从司马光、苏轼的记录说明，该书流传于五代宋初之时，与王仁裕年代相合，王谠《唐语林》所采文字称出于《玉堂闲话》者，且有十条属《开元天宝遗事》，可知在宋代，有《开元天宝遗事》被编入《玉堂闲话》的可能。（见《中国古代小说百科全书》第243页）它既然是小说，传闻异词，不必强调其真实性，因其创作方式是采录民间传闻，语言、时间出现失实，与史书相矛盾也是在所难免，王仁裕撰《开元天宝遗事》已定论，毋庸置疑。

四、《开元天宝遗事》文化价值申识

《开元天宝遗事》是王仁裕笔记小说中影响最大的一部作品，其中保存不少唐代社会史料，是从其他正史中所不能见到的，可补史之阙。如姚崇和宋璟是玄宗朝之重臣，他们辅佐玄宗进入盛唐最辉煌时期。《开元天宝遗事》中的《截镫留鞭》、《四方神事》记载姚崇从政为民，得到百姓爱戴。《步辇召学士》则记载姚崇超群的政治才能得到玄宗的器重。而《旧唐书》本传除具体描述姚崇减蝗的功绩外，其他记载基本就是一份为官升降表，很难展现一代名臣风采。宋璟为官正直，人心归美。《赐箸表直》记玄宗将金箸赐予宋璟，并称“所赐之物，非赐汝金，盖赐卿之箸，表卿之直也。”《旧唐书·宋璟传》有与此相类的记载“璟因极言得失，特赐彩绢等”，但还是失于简略，不够形

象生动。

王仁裕搜辑《开元天宝遗事》的时代，距开元、天宝已近二百年，史事传闻的艺术成分自然增多。它反映了盛唐社会的不同侧面，大体以玄宗宫廷生活为主，也旁及开元、天宝（713～756）四十四年间社会生活的许多内容。《开元天宝遗事》中《金笼蟋蟀》、《射团》、《半仙之戏》、《乞巧楼》诸篇记载了一些宫中游乐，其一旦走出宫门，即获庶民仿效，折射出世人对时尚的追求、各色情趣爱好等；《相风旌》、《占风铎》记述了用相同的原理不同的形式制作测风的装置，这说明唐代对于风的认识所达到的科技水平；《游盖飘青云》、《裙幄》、《探春》讲述的是游春，而春游习俗至今仍兴盛不衰；《冰兽赠王公》主要讲杨国忠子弟以奸媚结识朝士，但也告诉我们一个事实，即早在唐代就已经有冰雕艺术了；《传书鸽》记载唐代已利用鸽子传递书信，是关于信鸽的最早纪录。……这些记载对后世小说戏曲创作和唐明皇题材故事，产生了深远影响，如《梧桐雨》、《长生殿》，以及《醒世恒言》形成故事情节，也往往从此书采取素材。

《开元天宝遗事》所收唐明皇的故事，记录了他前期政治生活的英明睿智，也反映了他晚年的昏庸荒唐，《金函》、《痴贤》、《精神顿生》等篇就是唐明皇前期形象的写照。这些作品虽然篇幅短小，似乎都是琐屑之事，但能够以小见大，小处见真，使读者对开元盛世的历史成因有一些深切地认识。相比之下，其中写唐玄宗后期生活的作品占了更多份量，且涉及宫闱生活，如《助情花》、《被底鸳鸯》、《风流阵》、《随蝶所幸》、《助娇花》、《眼色媚人》反映了明皇纵情声色、任用奸佞的情况，表面上显得任性风流，实际上已经是昏庸颓败、愚顽痴昧之态，由此而酿成了安史之乱的大祸。《金鸡障》、《金牌断酒》等篇，已细致展示了安禄山的曲意奉承、滋生阴谋之心和玄宗对其丧失警惕的态势，预示了一种历史必然。从文学创作的角度看，这些篇章又善于抓住细节，表现掩映其中的生活意趣，特别是李、杨爱情生活的描写既有皇家的奢华色彩，又有平民的亲情氛围，吸引着无数的读者和写作者，从而在后来的诗文戏曲中新翻蕴含，迭出佳作，不免使人想起《浮生六记》情节和《石头记》里的大观园。

小说还记载了不少士人生活趣事和逸闻典故，如《惭颜厚如甲》、《敲冰煮茗》、《牵红丝娶妇》、《梦笔头生花》、《解语花》、《粲花之论》、《美人呵笔》等等，内容丰富、情节上动，颇有独到之处。有论者称，其中还有转述张说原作的故事,① 这是一个有趣的发现，留待以后深入研究。

《开元天宝遗事》还具有很高的民俗文化价值，为后世很多的文人雅士所摘引。如《戏掷金钱》是最早记载压岁钱风俗的作品;《半仙之戏》写寒食节时宫中及民间荡秋千的游戏;《探春》写长安仕女早春时节的郊游风气;《击鉴救月》写遇到月食之夜长安仕女击鉴而救月复明的习俗;《金龙蟋蟀》、《乞巧楼》等篇分别记载了民间养斗蟋蟀和七月七日夜乞巧的风习……这些涉及很多层面的民俗，其中相当一部分延续到了现在，赋予中国民间生活最富于传统的美学趣味，其所表达的中华民族特有的文化传统、心理机制、道德规范，至今仍具有宝贵的认识意义和研究价值。

从结构上看,《开元天宝遗事》与现代小说存在着较大差距，但从文化艺术趣味上看，它与现代小说的关系要比史传长篇又近得多。如果把全书看成一个整体，那些互不关联的片段只是读者所能看到的一组组关于盛唐社会发展状况的蒙太奇艺术镜头，贯穿其中的文化主线就会引领我们真正感受这部作品所具有的独特魅力。

第二节　《开元天宝遗事》的文本

《开元天宝遗事》今存全本,《四库全书》亦有收录，有很高的小说史地位。此书据社会传闻，列 146 个标题，分别记述唐开元天宝年间轶事，内容以奇异物品为多，人物事迹也是以传说为主。故《四库全书总目》说此书:“盖委巷相传，语多失实，仁裕采摭遗民之口，不能证以国史。”但其中“妙笔生花”、“传书燕”等篇含有一定的社会史料；索斗鸡、肉阵、肉腰刀、凤炭、楼车载乐等内容，暴露了权臣杨国忠、李林甫等人的昏朽荒淫的生活，也有一定的参考价值。山东大学丁如明教授《开元天宝遗事十种》按语说:“其对地方风物、民俗记写较多”，有不少的文史典故亦出于《开元天宝遗事》。这特别有益于陇南的地方人文建设。此书卷数诸书著录不一，有 1 卷本、2 卷本、4 卷本，但只是分卷不同，无多大缺失。现存主要有《历代小史》、《顾氏文房小说》、《唐代丛书》等本，1985 年上海古籍出版社点校本等。

一、四库全书提要评记《开元天宝遗事》

《开元天宝遗事》四卷，五代王仁裕撰。仁裕字德辇，天水人。唐末为秦

---

① 邵宁宁、王晶波《说苑奇葩——晋唐陇右小说》，甘肃教育出版社 1999 年版，第 194 页。

州节度判官，后仕蜀为翰林学士。唐庄宗平蜀，复以为秦州节度判断。废帝时以都官郎中充翰林学士，晋高祖时为谏议大夫。汉高祖时复为翰林学士承旨，迁户部尚书，罢为兵部尚书，太子少保。周显德三年乃卒。事迹具《五代史·杂传》。晁公武《读书志》曰：蜀亡，仁裕至镐京，采摭民言，得《开元天宝遗事》一百五十九条，分为四卷。洪迈《容斋随笔》则以为托名仁裕，摘其中舛谬者四事：一为姚崇在武后时已为宰相，而云开元初作翰林学士；一为郭元振贬死后十年，张嘉贞乃为宰相，而云元振少时，宰相张嘉贞纳为壻；一为张九龄去位十年，杨国忠始得官，而云九龄不肯及其门；一为苏颋为宰相时，张九龄尚未达，而云九龄览其文卷，称为文陈雄师。所驳诘皆为确当。然苏轼集中有读《开元天宝遗事》四绝句，司马光作《通鉴》亦采其中张彖指杨国忠为冰山语，则其书实在二人以前，非《云仙散录》之流，晚出於南宋者可比。盖委巷相传，语多失实，仁裕采摭於遗民之口，不能证以国史，是即其失。必以为依托其名，则事无显证。刘义庆《世说新语》，刘孝标注往往摘其牴牾，要不以是谓不出义庆手也。故今仍从旧本，题为仁裕撰焉。

二、《开元天宝遗事》简评

《开元天宝遗事》，五代王仁裕（880~956）撰。仁裕，字德辇，天水人。少不知书。以狗马弹射为乐，年二十五始就学，以文辞知名秦陇间。后随废帝于军中，凡传谕檄文、来往书函、诏令，多出其手。与和凝等以文章知名于五代。工诗文，通晓音律，尝集其平生所作诗万余首为百卷，号《西江集》，今佚。新旧《五代史》有传。是书共159条，记宫中琐闻杂事，尤留意宫内外风俗习尚之记载。如七月七日乞巧、红丝结禧、金钱卜、斗花、秋千、灵鹊报喜等，均有著录；唐明皇、杨贵妃、其他王公贵族淫靡之风，亦多涉略。故又为后世戏曲、小说家、掌故家所重。唯是书多采摭民间传闻，未能详核史实，故疏失舛误之处，亦所不免。洪迈《容斋随笔》摘其谬误者四事，良有以也。《开元天宝遗事》，宋《郡斋读书志》、《直斋书录解题》，清《补五代史艺文志》均有著录。传世刻本有：明张氏建业铜活字本、《顾氏文房小说》本，均二卷；《续百川学海》本、《说郛》本、《唐人说荟》本等，均一卷。还可见于《五朝小说大观》本、《唐代丛书》本。

三、《开元天宝遗事》文本内容校注与评记

此书参以《开元天宝遗事十种》（上海古籍出版社1985年版丁如明辑校）、《开元天宝遗事》（中华书局2006年曾贻芬点校本）146条，加赵军仓

新辑3条，共列149个标题（最后3条标题为本书著者蒲向明所加）。诸条校注与评记如下：

开元

1. 玉有太平字

开元元年，内中因雨过，地润微裂，至夜有光。宿卫者记其处所，晓乃奏之。上令凿其地，得宝玉一片，如拍板样，上有古篆“天下太平”字。百僚称贺，收之内库。

【评记】开元盛世在人们心目中铸就了神话，人们自觉不自觉地用神话去阐释它，神化它。当然，神道并兴，也深深地影响着王仁裕等文士资兴怪谭的写作态度——神道不诬且信而有征，在某种意义上就成为这类笔记最重要的话题。

2. 步辇召学士

明皇在便殿，甚思姚元崇论时务。七月十五日，苦雨不止，泥泞盈尺，上令侍御者抬步辇召学士来。时元崇为翰林学士，中外荣之。自古急贤待士，帝王如此者，未之有也。

【评记】该条所记虽有礼贤下士的鲜明意味，但也包含着浓厚的夸耀和欣美的口吻，也反映了太平盛世时期文人仕臣特有的“荣盛世”心态。

3. 赐箸表直

宋璟为宰相，朝野人心归美焉。时春御宴，帝以所用金箸令内臣赐璟。虽受所赐，莫知其由，未敢陈谢。帝曰：“所赐之物，非赐汝金，盖赐卿之箸，表卿之直也。”璟遂下殿拜谢。

【评记】筷子的使用是中国文化的代表特征之一，用筷子工具之外，还表现为“筷子”并不仅仅作为一个客观器物而存在，在它身上积淀了一定的传统文化的意味。筷子在外观上具有“直而不曲”的特点，这个特点便常常被移用来双关、象征人的某种心志或品格，本篇即此。唐玄宗在这里巧妙地通过“赐金箸”之举，对宋璟之“直”，表示了很高的嘉许。

4. 截镫留鞭

姚元崇初牧荆州，三年，受代日，阖境民吏泣拥马首，遮道不使去，所乘之马鞭镫，民皆截留之，以表瞻恋。新牧具其事奏之，诏褒美焉。就赐中金一千两。

【评记】此文载姚元崇有政声，后常用为对离职官吏表示挽留惜别的套语。

5. 惭颜厚如甲

进士杨光远，惟多矫饰，不识忌讳，游谒王公之门，干索权豪之族，未尝自足；稍有不从，便多诽谤，常遭有势者挞辱，略无改悔。时人多鄙之，皆曰杨光远惭颜厚如十重铁甲也。

【评记】颜甲（亦作“甲颜”）的典故即出于此条，谓脸厚如甲，不知羞耻。如明赵震元《为袁石复开封太府》：“甲颜十袭，羞兹友朋。”清王夫之《六十初度答徐蔚子启》：“拜登不言颜甲，念雉坛之存者几人。”

6. 七宝山座

明皇于勤政楼，以七宝装成山座，高七尺，召诸学士讲议经旨及时务，胜者得升焉。惟张九龄论辩风生，升此座，余人不可阶也。时论美之。

【评记】唐七宝为黄金、白银、琉璃、颇梨、美玉、赤珠、琥珀。

7. 痴贤

左拾遗张方回，精神不爽，时人呼为痴汉子。每朝政有失，便抗疏论之，精彩昂然，进不惧死。明皇常谓：“左拾遗张方回，忠贤人也。”

【评记】明皇能容忍张方回抗疏之论，还真有难能可贵之处，难怪会出现开元盛世。今一些地方领导多不能容忍持不同意见者，阿谀奉承已成风气。

8. 蜂蝶相随

都中名妓楚莲香者，国色无双，时贵门子弟争相诣之，莲香每出处之间，则蜂蝶相随，盖慕其香也。

【评记】唐代名妓楚莲香轶事，其他史料载之未详，本篇记其身香四溢，或为香料，或为自然，蜂蝶追随有所夸张，但定有过人之处无疑。

9. 扫雪迎宾

巨豪王元宝，每至冬月大雪之际，令仆夫自本家坊巷口扫雪为径路，躬亲立房巷前，迎揖宾客，就本家具酒炙宴乐之，为暖寒之会。

【评记】唐时大富豪能迎宾扫雪，巷前礼揖，并主办暖寒之会，为今之富豪不可比拟，这里一个为富且仁、颇有修养的富人形象，跃然纸上。

10. 梦虎之妖

周象者，好畋猎，后为汾阳令，忽梦一乳虎相逼，惊而睡觉，因兹染疾。后有僧海宁者，因过象门，谓邻叟曰：“此居有妖气，久则不可救也。”邻叟遂闻于象，象召僧令视之，僧曰：“当与君禳之”。遂择日设坛，持剑禹步诵咒，自大门而入，至于寝所，绕患人数遍而叱之。忽于床下作一虎声，家人悉惊奔散，周象亦不觉投床下，伏死于地。僧以水噀之，须臾如故。

【评记】古人对梦充满神秘感，而虎妖之梦是在此有了一种强大暗示作用的神秘力量，所以周象将虎梦和祸福联系起来，以致染病。抛开迷信因素和宗教的神秘感，僧人的禳解，实际是给患者一个心理的救赎，终归于过去的正常状态。

11. 记事珠

开元中，张说为宰相。有人惠说一珠，绀色有光，名曰“记事珠”。或有阙忘之事，则以手持弄此珠，便觉心神开悟，事无巨细，焕然明晓，一无所忘。说秘而至宝也。

【评记】人的智力和记忆力，古今不乏探讨者，绀珠助人增强记忆可能有限，但可使人“心神开悟”，显然是一种心理感受，可能有助于人加强记忆，击退遗忘。张说为唐代能臣，个人天赋不同一般人，此记事珠仅是一段逸闻而已。

12. 游仙枕

龟兹国进奉枕一枚，其色如玛瑙，温温如玉，其制作甚朴素。若枕之，则十洲三岛、四海五湖，尽在梦中所见。帝因立名为游仙枕，后赐与杨国忠。

【评记】唐沈既济《枕中记》传奇中，道士给卢生之枕类此。

13. 随蝶所幸

开元末，明皇每至春时旦暮，宴于宫中，使嫔妃辈争插艳花；帝亲捉粉蝶放之，随蝶所止幸之。后因杨妃专宠，遂不复此戏也。

【评记】此篇与“投钱赌寝”、“抛橘赌寝”题材相类，对玄宗朝皇宫侈靡浮风有鲜明的指斥意味。蝴蝶和皇妃两者共同成为皇家有闲阶层风流韵事的主要参与者，成为宫廷艳事的主角。在一个身迷五色、审美疲劳的皇帝面前，蝴蝶俨然成了最有权威的色估顾问。

14. 记恶碑

卢奂累任大郡，皆显治声，所至之处，畏如神明。或有无良恶迹之人，必行严断，乃以所犯之罪，刻石立本人门首，再犯处于极刑。民间畏惧，绝无犯法者。明皇知其能官，赐中金五千两，玺诏褒谕焉。故民间呼其石为记恶碑。

【评记】中国古代各朝有“旌表”惯例，但门前立起“记恶碑”，恐是卢奂首创，本篇首录。在惩治犯罪、渎职、腐败方面，给触犯者立了“记恶碑”后，再犯处以极刑，谁敢不常自省？实行这种治安措施的地方官，得到了唐明皇的赏识。

15. 自暖杯

内库有一酒杯，青色而有纹如乱丝，其薄如纸，于杯足上有缕金字，名曰“自暖杯”。上令取酒注之，温温然有气相次如沸汤，随收于内藏。

【评记】这是关于唐代使用青瓷的重要记载，表明越窑青瓷在唐代工艺水平已很高，使用很广泛。该酒杯能自暖温酒的情况，带有鲜明的传奇色彩。五代及宋以后人们审美兴趣转移，越窑青瓷渐渐衰落。

16. 辟寒犀

开元二年冬至，交趾国进犀一株，色黄如金；使者请以金盘置于殿中，温温然有暖气袭人。上问其故，使者对曰：“此辟寒犀也。顷自隋文帝时，本国曾进一株，直至今日。”上甚悦，厚赐之。

【评记】传说中的交趾国属于今越南一部，产犀牛角著称，但可御寒者，应为奇物。今天肯定没有这种效能的犀牛角。

17. 传书鸽

张九龄少年时，家养群鸽，每与亲知书信往来，只以书系鸽足上，依所教之处飞往投之。九龄目之为飞奴。时人无不爱讶。

【评记】有关信鸽的中外记载，如刘邦藏废井放鸽求救、古罗马奥维德记述染紫色鸽传讯等都早有佳话，但真正意义上的中国“信鸽”记载，就出于本故事。本故事表明唐代利用鸽子传递书信，在我国通信史上创造了书面文字传输的一种新手段。在今天，人类还利用信鸽进行隐蔽通讯。

18. 牵红丝娶妇

郭元振少时，美风姿，有才艺，宰相张嘉贞欲纳为婿。元振曰：“知公门下有女五人，未知孰陋。事不可仓卒，更待忖之。”张曰：“吾女各有姿色，即不知谁是匹偶。以子风骨奇秀，非常人也，吾欲令五女各持一丝，幔前使子取便牵之，得者为婿。”元振欣然从命，遂牵一红丝线，得第三女，大有姿色，后果然随夫贵达也。

【评记】月下老人牵红线的民俗典故，出自唐李复言的《续幽怪录·定婚店》(《玉堂闲话·灌园婴女》有及类似情节值得比较)，但现实中人用牵丝线确定妻子，本故事记载颇为殊异，应为当时雅士行规。

19. 豪友

长安富民王元宝、杨崇义、郭万金等，国中巨豪也，各以延纳四万多士，竞于供送。朝之名僚往往出于门下，每科场文士集于数家，时人目之为豪友。

【评记】招贤纳士，为朝廷输送人才，不虚“豪友”美名，今难有如此富庶大家。

20. 唤铁

太白山有隐士郭休，字退夫，有运气绝粒之术。于山中建茅屋百余间，有白云亭、炼丹洞、注《易》亭、修真亭、朝玄坛、集神阁。每于白云亭与宾客看山禽野兽，即以槌击一铁片子，其声清响，山中鸟兽闻之，集于亭下，呼为唤铁。

【评记】应为喂食山禽野兽时，击铁形成野物条件反射，应该如是。

21. 鹦鹉告事

长安城中有豪民杨崇义者，家富数世，服玩之属，僭于王公。崇义妻刘氏，有国色，与邻舍儿李弇私通，情甚于夫，遂有意欲害崇义。忽一日，醉归寝于室中，刘氏与李弇同谋而害之，埋于枯井中。其时仆妾辈并无所觉，唯有鹦鹉一只在堂前架上。洎杀崇义之后，其妻却令童仆四散寻觅其夫，遂经府陈词，言其夫不归，窃虑为人所害。府县官吏，日夜捕贼，涉疑之人及童仆辈，经栲棰者百数人，莫究其弊。后来县官等再诣崇义家检校，其架上鹦鹉，忽然声屈，县官遂于臂上，因问其故。鹦鹉曰：“杀家主者刘氏、李弇也。”官吏等遂执缚刘氏及捕李弇下狱，备招情款。府尹具事案奏闻，明皇叹讶久之。其刘氏、李弇依刑处死，封鹦鹉为“绿衣使者”，付后宫养喂。张说后为《绿衣使者传》，好事者传之。

【评记】本小说描述李弇（yǎn）与刘氏奸杀杨崇义疑案为鹦鹉揭破，语言冷静，环环扣人心弦，在追求情节的曲折性方面，对后世公案类小说发展有一定的启迪。张说是否据此作有小说《绿衣使者传》，今无实据可考，幸赖此书而得以流传。鹦鹉帮助县官破了杀人案件，唐玄宗封其为“绿衣使者”，指有功的传信人，典出于此。

22. 瑞炭

西凉国进炭百条，各长尺余，其炭青色，坚硬如铁，名之曰“瑞炭”。烧于炉中，无焰而有光，每条可烧十日，其热气逼人而不可近也。

【评记】西凉国故址在今甘肃河西，唐太宗时将西凉国辖地定为安西都护府，瑞炭，或可为今之无烟煤。

23. 敲冰煮茗

逸人王休，居太白山下，日与僧道异人往还。每至冬时，取溪冰敲其精莹者煮建茗，共宾客饮之。

【评记】这是一则关于煮茶用水的史料文字，在唐人的饮茶技艺中，特别重视用水，“啜茶思好水”（常达《山居八咏》）。因茶煎得好坏，与水质优劣

关系极大。陆羽曾对天下各种水质进行广泛考查，结论是：煎茶用水“山水上，江水中，井水下。”（《茶经·五之煮》）白居易《晚起》云“融雪煎香茗”，杜荀鹤《怀庐岳书斋》云“煮茶窗底水”均是煮茶用冰雪水的记述，也表明建茶（福建茶）的历史悠久。《幼学琼林》有云：“冬月邀宾，乃曰敲冰煮茗”句，即指王休冬天取冰煮茶款待客人。

24. 物外之游

王休高尚不亲势利，常与名僧数人，或跨驴，或骑牛，寻访山水，自谓结物外之游。

【评记】王休为雅士，结物外之游，意为一个人若超出个人利害得失，为普世忧患，无论游冶何处却不会不快乐。唐代雅士的这种人生态度，影响并延续到宋人。苏轼《超然台记》就自喻云：“游于物之外。”

25. 花妖

初有木芍药，植於沉香亭前，其花一日忽开一支两头，朝则深红，午则深碧，暮则深黄，夜则粉白，昼夜之内，香艳各异。帝谓左右曰：“此花木之妖，不足讶也。”

【评记】贵妃专宠，最喜牡丹（木芍药），所以即使异常的花妖，明皇却不足为怪。参见“醒酒花”、“四香阁”二条。

天宝上

26. 花上金铃

天宝初，宁王日侍，好声乐，风流蕴藉，诸王弗如也。至春时，于后园中，纫红丝为绳，密缀金铃，系于花梢之上，每有鸟雀翔集，则令园吏掣铃索以惊之，盖惜花之故也。诸宫皆效之。

【评记】以金铃之声护花，恐是宁王李宪的发明并传为宫中时尚。鲁迅光绪年间在南京矿路学堂读书所作《惜花四律——步湘州藏春园主人韵》（1901）有句：“戏仿唐宫护佳种，金铃轻绾赤阑边”，即化用了本条典故，表达了惜花爱花的心境。同年，周作人也写《惜花四律》有句云：“鸟啼铃语梦常萦，闲立花阴盼嫩晴。”可见周氏兄弟对《开元天宝遗事》研读之细。

27. 妖烛

宁王好声色，有人献烛百炬，似蜡而腻，似脂而硬，不知何物所造也。每至夜筵，宾妓间坐，酒酣作狂，其烛则昏昏然，如物所掩；罢则复明矣，莫测奇怪也。

【评记】本篇所记为唐代蜡烛中有所谓“膏烛”的情况，具有很浓的神秘成分。“膏烛”，即用动物脂肪制成的蜡烛。站在科学的立场上我们从蜡、脂两种不同的材料去判断宁王所用的蜡烛。所谓“似脂”指像动物脂肪而言，“似蜡”指像蜂蜡而言，抑或是两种材料按一定的混合比，结合用独特工艺制成了这种蜡烛。

28. 七宝砚炉

内库中有七宝砚炉一所，曲尽其巧。每至冬寒砚冻，置于炉上，砚冻自消，不劳置火，冬月帝常用之。

【评记】前有“七宝山座”，可互参。

29. 梦玉燕投怀

张说母梦有一玉燕自东南飞来，投入怀中而有孕，生说。果为宰相，其至贵之祥也。

【评记】玉燕投怀，后多用作贺人生子的颂语。

30. 馋鱼灯

南中有鱼，肉少而脂多，彼中人取鱼脂炼为油，或将照纺绢机杼，则暗而不明；或使照筵砚、造饮食，则分外光明。时人号为馋鱼灯。

【校注】丁如明辑校本标题作“馋灯”。该灯“取鱼脂炼为油”，故名“鱼灯”，以其所用燃料定名。因“照筵宴，造饮食，则分外光明”，故谓之为“馋”，所以标题也应为《馋鱼灯》更与内容贴切，《续百川学海》、《说郛》、《历代小史》诸本均如此作。

【评记】此篇所写颇有神秘色彩，可与前《妖烛》篇互参。

31. 助娇花

御苑新有千叶桃花，帝亲折一枝插于妃子宝冠上，曰：“此个花尤能助娇态也。”

【评记】红颜薄命，桃花历来被称为短命花，她和人间最美丽的女子分享了脆弱。风流天子唐明皇不懂其中的道理，称桃花为“助娇花”。

32. 照病镜

叶发善有一铁镜，鉴物如水，人每有疾病，以镜照之，尽见脏腑中所滞之物，后以药疗之，竟至痊瘥。

【评记】云此镜可照病人肺腑，定是传闻，言虚。

33. 助情花香

明皇正宠妃子，不视朝政。安禄山初承圣眷，因进助情花香百粒，大小如粳米而色红，每当寝处之际，则含香一粒，助情发兴，筋力不倦。帝秘之曰：

"此亦汉之慎恤胶也。"

【评记】安禄山因何得宠，此篇给出了答案，进而安禄山、玄宗与杨妃的三角关系暧昧朦胧之间，似乎顺理成章了。这种情况后世文学作品均有所表现，如元人王伯成《天宝遗事诸宫调》、白朴杂剧《唐明皇秋夜梧桐雨》等，都是靠传奇性情节满足观众的猎奇心理。

34. 眼色媚人

念奴者，有姿色，善唱歌，未尝一日离帝左右。每执板当席顾眄，帝谓妃子曰："此女妖丽，眼色媚人。"每啭声歌喉，则声出于朝霞之上，虽钟鼓笙竽嘈杂而莫能遏。宫妓中帝之钟爱也。

【评记】明皇洞晓音律，又倡音乐，《唐书》称其立梨园，选子弟亲教以音乐，号为皇帝梨园弟子，宫女数百，亦号梨园弟子。此故事中的"念奴"，即其梨园弟子。元稹《连昌宫词》自注云："念奴天宝中名倡，善歌，每岁楼下酺宴，万众喧溢，严安之、韦黄裳辈，辟易之不能禁，众乐为之罢奏。明皇遣高力士大呼楼上曰：'欲遣念奴唱歌，二十五郎吹小管逐，看人能听否?'皆悄然奉诏……"反映了当时音乐演奏与男女交往的自由。

35. 警恶刀

贵妃父杨玄琰，少时尝有一刀，每出于道途间，多佩此刀。或前有恶兽、盗贼，则所配之刀铿然有声，似警告于人也。玄琰宝之。

【评记】与前之"记恶碑"有异曲同工之妙。

36. 梦中有孕

杨国忠出使于江浙，其妻思念至深，荏苒成疾。忽昼梦与国忠交，因而有孕，后生男名月出。洎至国忠使归，其妻具述梦中之事，国忠曰："此盖夫妻相念情感所致。"时人无不讥诮也。

【评记】"梦中怀孕"不过是为出轨行为找个借口，杨国忠对老婆出轨不仅不怪罪，反而为其开脱，这除了顾及自己的名声外，只能说明夫妻间有一种不相干涉的默契。据《旧唐书·杨国忠传》载，杨国忠妻裴氏是妓女出身。既然杨国忠能包容裴氏的过去，再次宽容老婆的出轨，也就不足为奇了。无独有偶，敦煌文书 P3813 号《文明判集残卷》也有唐时梦中怀孕的案例，应该还是掩人耳目之事。

37. 金笼蟋蟀

每至秋时，宫中妃妾辈，皆以小金笼捉蟋蟀闭于笼中，置之枕函畔，夜听其声。庶民之家皆效之也。

【评记】“蟋蟀”是中国古老的文学意象。《尔雅·释虫》载：“蟋蟀，蛬也。”《礼记》云：“季夏之月，蟋蟀居壁。”《義疏》注释说：“蟋蟀似蝗而小，正黑，目有光泽如漆，有鱼翅，幽州人谓之趣织，督造之言也。俚语促织鸣，懒妇惊。”《碑雅》：“蟋蟀，一名吟蛩，秋初生，得寒而鸣。”《毛诗》曰：“蟋蟀在堂，岁聿云暮。”本篇为记载我国玩养蟋蟀的最早文献，它表明唐时玩养蟋蟀，开始为宫闱之乐，嗣后传于民间，一时成为风雅之士的乐事。自此以降，养斗蟋蟀，遂成气候，或玩物丧志，或风雅韵事，皆在素质与情趣之间。

38. 烛奴

申王亦务奢侈，盖时使之然。每夜宫中与诸王贵戚聚宴，以龙檀木雕成独发童子，衣以绿衣袍，系之束带，使执画烛，列立于宴席之侧，目为烛奴。诸宫贵戚之家皆效之。

【评记】王室之内，日常奢华远非一般平民所想象，由此形成的社会风气，其腐蚀作用也不可低估。此条可和《灯婢》条互为参政。

39. 醒醉草

兴庆池南岸，有草数丛，叶紫而心殷。有一人醉，过于草旁，不觉失于酒态。后有醉者摘草嗅之，立然醒悟，故目为醒醉草。

【校注】“不觉失于酒态”，句意费解。《续百川学海》、《说郛》、《唐人说荟》诸本均作“不觉失其酒态”，意思是醉者从草旁走过而酒态尽失，句意明确，且与下文意思贯通。

【评记】相对于今天饮水、吃水果、喝牛奶、食醋、服葡萄糖液诸法，嗅草而醒酒，颇有传奇色彩，而且应当无损于身体，妙极。

40. 盆池鱼

明皇以李林甫为相，后因招张九龄问可否，九龄曰：“宰相之职，四海具瞻，若任人不当，则国受其殃，只如林甫为相，然宠擢出身宸衷，臣恐他日之后祸延宗社。”帝意不悦。忽一日，帝曲宴近臣于禁苑中，帝指示于九龄、林甫曰：“槛前盆池中所养鱼数头，鲜活可爱。”林甫曰：“赖陛下恩波所养。”九龄曰：“盆池之鱼，犹陛下任人，他但能装景致助儿女之戏尔。”帝甚不悦。时人皆美九龄之忠直。

【评记】本篇写唐玄宗晚年昏庸、张九龄忠直、李林甫奸佞奉承，虽如特写、蒙太奇，但人物形象明晰，富有立体感。

41. 看花马

长安侠少，每至春时结朋联党，各置矮马，饰以锦鞯金革各，并辔于花树下往来，使仆从执酒皿而随之，遇好囿则驻马而饮。

【评记】开元天宝年间，游宴之风炽盛，唐人游宴活动多开展于春季，每值春暖花开，大地复绿，仕宦与平民走出居舍，成群结伴地奔向郊野，在明媚的春光中开怀畅饮。本篇记当时游宴情景。

42. 香肌暖手

岐王少惑女色，每至冬寒手冷，不近于火，惟于妙妓怀中揣其肌肤，称为“暖手”，当日如是。

【评记】岐王，中国古代王爵称呼之一，始见于唐。此指唐末藩镇、五代岐国君主李茂贞。

43. 金衣公子

明皇每于禁苑中见黄莺，常呼之为“金衣公子”。

【评记】黄莺在宫中的一个别名，无奇。

44. 花裀

学士许慎选，放旷不拘小节，多与亲友结宴于花园中，未尝具帷幄、设坐具，使童仆辈聚落花铺于坐下。慎选曰：“吾自有花裀，何消坐具?”

【评记】花裀，指以花做坐垫或褥子，此表许慎选的旷达和豪趣。

45. 销恨花

明皇于禁苑中，初有千叶桃盛开，帝与贵妃日逐宴于树下。帝曰：“不独萱草忘忧，此花亦能销恨。”

【评记】销恨花，千叶桃花别称。此条可和“助娇花”互参。

46. 醉舆

申王每醉，即使宫妓将锦綵结一兜子，令宫妓辈抬舁归寝室。本宫呼曰“醉舆”。

【评记】申王李成义，唐睿宗第二子，性格弘裕，仪貌环伟，善于饮啖，由此条可见一斑，病终天年。

47. 妓围

申王每至冬月，有风雪苦寒之际，使宫妓密围于坐侧，以御寒气，自呼为“妓围”。

【评记】李成义雅趣，却是宫妓挨冻，真是人间不平事。

48. 风流薮泽

长安有平康坊，妓女所居之地，京都侠少萃集于此，兼每年新进士，以红笺名纸游谒其中。时人谓此坊为“风流薮泽”。

【评记】唐代文人在婚姻以外的爱情生活中，与妓女的恋情是比较重要的组成部分。“唐人尚文好狎”，本篇故事所载，侠少与新进士都如此热衷于与妓女们混在一起，可见当时风气之盛。文人与艺妓的交往酬答在唐宋之际尤为密切，狎妓、蓄妓、携妓等成为文人风雅生活，社会上不认为这类事不道德，而当作风流高雅的表现和某种社会地位的象征。

49. 依冰山

杨国忠权倾天下，四方之士，争谒其门。进士张彖者，陕州人也，力学有大名，志气高大，未尝低折于人。人有劝彖令修谒国忠，可图显荣，彖曰：“尔辈以谓杨公之势，倚靠如太山，以吾所见，乃冰山也。或皎日大明之际，则此山当误人尔。”后果如其言，时人美张生见几。后年，张生及第，释褐受华阴尉。时县令、太守、俱非其人，多行不法。张生有吏道，勤于政事，每申举一事，则太守、令尹抑而不从。张生曰：“大丈夫有凌云盖世之志，而拘于下位，若立身于矮室中，使人抬头不得。”遂拂衣常往，归遁于嵩山。

【评记】本则故事塑造了一个刚直有远见的文士张彖（tuàn）形象，表达了权贵不可靠，就像依冰山不能见“皎日大明”一样。同时，又保存了“冰山难靠”、“张彖归隐”、“矮屋难抬头”等可贵的小说史料。“倚冰山”典故，常比喻关系不牢靠、不安稳。

50. 禽拥行车

李元纮，开元初为好畤令，赋役平允，不严而治，大有政声。迁润州司马，发离百里，士民号泣遮路，乌鹊之类飞拥行车，有诏褒美之。

【评记】虚妄传说，在于歌功颂德，有鲜明时代印迹。

51. 镜影成相字

宋璟未第时，因于日中揽镜，镜影忽成“相”字，璟因此自负，遂修相业，后如其志。

【评记】一些奇异现象，造成自悟过程的一种心理暗示，不少人因此而成功。其实，事情所虚，一想便知。

52. 知更雀

裴耀卿勤于王事，夜看案牍，昼决狱讼。常养一雀，每夜至初更时有声，至五更则急鸣，裴耀呼为知更雀。又于厅前，有一大桐树，至晓则有群鸟翔集，以此为出厅之候，故呼为报晓鸟。时人美焉。

【评记】鸟鸣报时或报晓，自然现象，只是殊异于常事时，人们归因时不

免胡乱联系。古人把小鸟统称雀，不分细类。

53. 枯松再生

明皇遭禄山之乱，銮舆西幸，禁中枯松复生枝叶，葱蒨宛若新植者。后肃宗平内难，重兴唐祚。枯松再生，祥不诬矣。

【校注】“禁中枯松复生枝叶，葱蒨宛若新植者”句，颇为勉强，读之虽可通，似与古人行文的语气、语义习惯不符，应标点为：“禁中枯松复生，枝叶葱蒨，宛若新植者。”

【评记】中国民间庭院中，很少种植松柏类植物，今人常误认为松柏乃坟地植物，不宜进阳宅。这里所说为宫苑，不似民间，但枯松枯荣，征兆吉凶，很有令人玩味之处。

54. 颠饮

长安进士郑愚、刘参、郭保衡、王冲、张道隐等十数辈，不拘礼节，旁若无人。每春时，选妖妓三五人，乘小犊车，指名园曲沼，藉草裸形，去其巾帽，叫笑喧呼，自谓之“颠饮”。

【评记】当此春游之际，人们常在自然美景之中举行野宴，放浪形骸，豪放不拘，可见当时晏游规模和为人们所崇尚，风气使然。当时有所谓“探春宴”，“花酒宴”等名目。

55. 选婿窗

李有女六人，各有姿色，雨露之家，求之不允。林甫听事壁间，开一横窗，饰以杂宝，缦以绛纱。常日使六女戏于窗下，每有贵族子弟入谒，林甫即使女于窗中自选可意者事之。

【评记】李林甫奸人权重，选婿也颇有心机。

56. 四方神事

姚元崇为宰相，忧国如家，爱民如子，未尝私于喜怒，惟以忠孝为意。四方之民，皆画元崇之真神事焉，求之有福。

【评记】姚元崇生人祠，为有民众好口碑者，如今人袁隆平，新闻称有人祠拜。

57. 立有祸福

卢奂为陕州刺史，严毅之声闻于关内。玄宗幸京师、次陕城，顿知奂有神政，御笔赞于厅事曰：“专城之重，分陕之雄。仁虽惠爱，性实谦冲。亦既利物，存乎匪躬。斯为国宝，不队家风。”寻除兵部侍郎。陕州之民多有淫祀者，州之士民相语曰：“不须赛神明，不必求巫祝。尔莫犯卢公，立便有福音。”

【评记】《旧唐书·卢奂传》所载几与此同，本篇可补史之阙。

58. 移春槛

杨国忠子弟，每春至之时，求名花异木植于槛中，以板为底，以木为轮，使人牵之自转。所至之处，槛在目前，而便即欢赏，目之为移春槛。

【评记】一种新发明，如果用于权奸奢华享受，读之并不觉得是一件惬意之事。槛车植花木，此为首创。唐以前槛车，多为囚笼车。《释名·释车》云：“槛，车上施栏，以格猛兽，亦囚禁罪人之车也。”

59. 冰山辟暑

杨氏子弟，每至伏中，取大冰使匠琢为山，周围于宴席间。座客虽酒酣而各有寒色，亦有挟纩者。其骄贵如此也。

【评记】以冰伏天降温，多见于古文献记载，此处却显尽得宠于皇帝的杨氏子弟奢华事，令人不觉得有何快意。

60. 戏掷金钱

内庭嫔妃，每至春时，各于禁中结伴三人至五人，掷金钱为戏，该孤闷无所遣也。

【评记】唐天宝年间宫中春时“掷金钱为戏”的风尚，与我国古代“压岁钱”风俗有关。压岁钱风俗最初起源于以钱镇邪的原始宗教仪式，《风俗通》、《舆地纪胜》等古代典籍有记载，过年给孩儿几枚“压岁钱”作镇“鬼”避“年”的护身符，也是“打鬼”活动的一项。唐时钱币流通发展，以钱镇邪已经很普遍，在上流社会尤盛。王建有《宫词》诗云：“寒日内人长白打，库中先散与金钱”，“妃子院中初降诞，内人争乞洗儿钱”即记述当时俗情。到宋代已成民间重要风俗之一。宋、元以后，春节散钱风俗与“洗儿钱”风俗逐渐溶为一体，演变成后来的“压岁钱”风俗。但真正被叫做“压岁钱”，是在清代。那时，儿童过年，长者给些钱，用红绳串之，放在住所，曰“压岁钱”。《燕京岁时记·压岁钱》记载：“以彩绳穿钱，编作龙形，置于床脚，谓之压岁钱；尊长之赐小儿者钱，亦谓之压岁钱。”古代的压岁钱是一种特制的铜钱，其形状虽也是“孔方圆钱”，但文字内容却很是讲究，格调独特，每枚钱币都赋予求吉呈祥、消灾造福之意。压岁钱亦称“过年钱”，明清讲究用红线穿一百个铜钱，表示可以长命百岁。

61. 射团

宫中每到端午节，造粉团、角黍贮于金盘中，以小角造弓子，纤妙可爱，架箭射盘中粉团，中者得食，盖粉团滑腻而难射也。都中胜于此戏。

【评记】唐朝时端午已成重要节日，宫廷中有种种庆祝活动，此条所记即为其中一例。不过，射团活动只是豪奢皇家才玩得起的游戏，一般人家在端午只以实惠的“射扇子”来应景。《唐会要》、《秦中岁时记》等有相关记载。此条“粉团”即今元宵、汤团雏形，别写作“糰”。宋吴氏《中馈录》：“煮沙团方：沙糖入赤豆或绿豆沙，煮成一团，外以生糯米粉裹作大团，蒸或滚汤内煮亦可。”

天宝下

62. 探宫

都中每至正月十五日，造面玺，以官位帖子，卜官位高下，或赌筵宴，以为戏笑。

【校注】丁如明辑校《开元天宝遗事十种》，误为“爾”下“虫”，似本无其字。查《四库全书》子部十二·小说家类一，该字应为“玺”。蒲向明案。

【评记】正月十五，以面玺卜官位高下，是一种宴席游戏形式，属于真正的文化餐，比之今流行的“人体盛”，可感慨着良多。“面玺”，别注为“面蚕”、“面茧”。吕原明《岁时杂记》载：“捻头杂肉煮汤，谓之盐豉汤，又如人日造蚕，皆上元节食也。”《辞源》解曰：“面茧即包以馅的馒头，俗称厚皮馒头。”

63. 撤去灯烛

苏颋与李乂对掌文诰，玄宗顾念之深也。八月十五夜，于禁中直宿，诸学士玩月，备文酒之宴。时长天无云，月色如昼，苏曰：“清光可爱，何用灯烛?”遂使撤去。

【评记】《韩非子·外储说左上》有“举烛”典故，高灯下亮，学士赏月，却赏清光，唐时文士率真，于此可见一斑。本条是宫廷“月饮”之宴最早的记录。

64. 刀枪自鸣

武库中刀枪自鸣，识者以为不祥之兆。后果有禄山之乱、大驾西幸之应也。

【评记】异象显不吉之兆，他处记载也多。

65. 富窟

王元宝，都中巨豪也。常以金银叠为屋。壁上以红泥泥之。于宅中置一礼贤室，以沉檀为轩槛，以碔砆甃地面，以锦文石为柱础，又以铜线穿钱甃于后园花径中，贵其泥雨不滑也。四方宾客，所至如归。故时人呼为王家富窟。

【校注】礼贤室，丁本作“礼贤堂”。

【评记】砆，同玞。见《正字通》。碔砆，似玉的美石。甃（zhòu），砌，垒。开元间宏富之人王元宝，炫富堪比今富二代。

66. 床畔香童

元宝好宾客，务于华侈，器玩服用，僭于王公，而四方之士尽归而仰焉。常于寝帐床前雕矮童二人，捧七宝博山炉，自暝焚香彻晓，其娇贵如此。

【评记】可与后文宁王“灯婢”相类，竞豪奢。

67. 龙皮扇

元宝家有一皮扇子，制作甚质。每暑月宴客，即以此扇子置于坐前，使新水洒之，则飒然风生，巡酒之间，客有寒色，遂命撤去。明皇亦曾差中使去取看，爱而不受，帝曰：“此龙皮扇子也。”

【评记】富家扇子奇异，但皇帝不夺人所爱，不与民争利，确实有可观之处。

68. 梦笔头生花

李太白少时，梦所用之笔头上生花，后天才赡逸，名闻天下。

【评记】此为成语“妙笔生花”出处，既称人才思日进，也用其称赞人的文章写得好。

69. 醒酒花

明皇与贵妃幸华清宫，因宿酒初醒，凭妃子肩同看木芍药。上亲折一枝，与妃子递嗅其艳，帝曰：“不惟萱草忘忧，此花香艳，尤能醒酒。”

【评记】此则记杨贵妃尤好牡丹（木芍药）。史载开元天宝年间，宫廷内开始重视牡丹，并在兴庆东沉香亭前、骊山行宫等处，栽植数种红、紫、浅红、通白等色牡丹。花初开，杨贵妃带众宫女游赏花间，如醉如痴。

70. 蛛丝卜才巧

帝与贵妃，每至七月七日夜在华清宫游宴。时宫女辈陈瓜花酒馔列于庭中，求恩于牵牛、织女星也。又各捉蜘蛛闭于小合中，至晓开视蛛网稀密，以为得巧之候；密者言巧多，稀者言巧少。民间亦效之。

【评记】从本故事看，明皇时“牛郎织女传说”已经和“乞巧”活动交融在一起，供果馔求牵牛、织女星以降恩，最直接的表现不是给予姻缘爱情，而是巧心巧手。蟢子（一种细足小蜘蛛）在瓜果上结网，是女子已得“巧”的吉兆。本篇和后面的《乞巧楼》篇是对民俗乞巧活动的重要记载，历来为

文士引用，其现实意义在于人们利用牵牛、织女神话故事的影响，进行女红才艺竞赛，树立榜样，导引女子安于妇道，其政教意蕴似与《关雎》媲美。

71. 夜明杖

隐士郭休有一拄[一]杖，色如朱染，叩之则有声。每出处遇夜，则此杖有光，可照十步之内。登危陟险，未尝足失，则[二]杖之力焉。

【校注】[一] 拄，丁本作“柱”，蒲向明案。[二] 则，丁本作“盖”。

【评记】可与后文“夜明枕”互参。

72. 郡神迎路

张开为荆州刺史，至郡界，风雨瞑晦，唯闻空中有殿喝之声相次，云中有衣紫披甲胄者十数人。开问其故，对曰：“某荆州内外所主之神，久仰使君令名，故相率迎引。”到任谒庙后，各致祭谢及建饰庙貌，自此政誉尤善也。

【评记】此记神道之不诬，正体现笔记小说“残丛小语”的特点，为宣扬人物政声张目。

73. 县妖破胆

李杲迁洛阳令，严刑峻法，民吏畏服，县之积弊，杲尽革之，逾月之中，县务清简。时有进士刘兼，赴举上都，舍于村邸。至夜中，闻户外街衢中有数人相语曰：“李令今古正人也，吾辈见其行事威猛，令人破胆，此中不可久居，宜迁于他邑，可求血食也。”兼讶其事，遂启门视之，寂无影响，方知乃邑之妖神也。兼遂书赞一首于村邸之壁云：“狡吏畏威，县妖破胆，好录政声，闻于御览。”后明皇旌其能，赐金百两及章服焉。

【评记】本条意在补史之遗缺。此类撰载常常语涉神怪，并非皆能补史乘之失。但撰录者仍然强言记述的信实，表明此作者欲攀史乘以自重的心理，目的在于能名留青史。千余年来，人们仍可读到这类作品，显然，王仁裕的目的是达到了。

74. 泥金帖子

新进士及第，以泥金书帖子附家书中，用报登科之喜。至文宗朝，遂寝削此仪也。

【校注】“寝”，丁本作“宀”下“浸”，似无此字，四库全书作“寝”。蒲向明案。

【评记】凡应进士试得中，即称登科或登第。泥金书，用金箔和胶水制成的金色颜料书写。泥金书帖子，泥金红喜帖，宋张元干《喜迁莺慢》词：“姓标红纸，帖报泥金，喜信归来俱捷。”宋时沿袭此惯例。

75. 喜信

新进士每及第，以泥金书帖子附家书中，至乡曲亲戚，例以声乐相庆，谓之喜信也。

【评记】喜信，即新进士报家泥金帖子。同上条。

76. 被底鸳鸯

五月五日，明皇避暑游兴庆池，与妃子昼寝于水殿中。宫嫔辈凭栏倚槛，争看雌雄二溪鸟鶒，戏于水中。帝时拥贵妃于绡帐内，谓宫嫔曰："尔等爱水中溪鸟鶒，争如我被底鸳鸯？"

【评记】溪鶒（xīchì），古书上指象鸳鸯的一种水鸟。《埤雅》："五色尾有毛，如船舵，小于鸭。"唐以后文官缀绣的补子图案七品为溪鶒。

77. 半仙之戏

天宝宫中，至寒食节，竞竖秋千，令宫嫔辈戏笑，以为宴乐。帝呼为"半仙之戏"，都中士民因而呼之。

【评记】唐朝的寒食、清明习俗多采多姿，除继承历来的寒食习俗外，人们在清明节清晨点燃新火，以示去旧迎新。清明时值暮春三月，正是风光明媚的时节，庆祝活动都倾向于户外游乐，如蹴鞠、斗鸡、拔河、秋千等等，相对於蹴踘，斗鸡的热闹激烈，优雅潇洒的秋千，就成了妇女专属的清明活动。明清以降，秋千之戏在民间更为盛行，呼清明作"秋千节"。

78. 相风旌

五王宫中，各于庭中树长竿，挂五色旌于竿头。旌之四垂，缀以小金铃，有声，即使侍从者视旌之所向，可以知四方之风候也。

【评记】此则记宫中测风向，已有专用的旗子，说明观测气象开始专门化，气象学已有很大进展。

79. 占雨石

学士苏颋，有一锦纹花石，镂为笔架，常置于宴席间，每天遇雨，即此石架津出如汗，逡巡而雨，颋以此常为雨候，固无差矣。

【评记】纹花石笔架，应是石质有花纹、造型似群山起伏的笔格（亦称"笔搁"）。石头预报天气，应该有这种特异的自然现象。近有报道称爱尔兰都柏林有类似石头，可预报天气。

80. 向火乞儿

张九龄见朝之文武僚属趋附杨国忠，争求富贵，惟九龄未尝及门，杨甚衔之。九龄常与识者议曰："今时之朝彦，皆是向火乞儿，一旦火尽灰冷，暖气

何在？当冻死裂体，弃骨于沟壑中，祸不远矣。”果然因禄山之乱，附炎者皆罪累族灭，不可胜数。九龄之先见，信夫神智博达也！向火言附炎也。

【评记】寓劝戒于史记之中，是自《春秋》以来的历史学传统。修史、取鉴、求治成为王仁裕等身居高位贤达士大夫的一种学术精神。自五代至宋，王仁裕等的这种学术精神引导了一种文化潮流，并启发和助长了文人的一种写作导向：以史事资时政，凭劝戒于当朝。他的门生王溥撰《五代会要》、李昉等奉敕编撰《太平御览》和《太平广记》，正是这一学术精神的体现。

81. 结棚避暑

长安富豪子刘逸、李闲、卫旷，家世巨豪，而好接待四方之士，疏财重义，有难必救，真慷慨之士，人皆归仰焉。每至暑伏中，各于林亭内植画柱，以锦绮结为凉棚，设坐具，召长安名妓间坐，递相延请，为避暑之会。时人无不爱羡也。

【评记】本篇虽在客观记事，但对某些遗事的荣羡心态或轻薄意味，读来跃然纸上，反映了作者世界观的局限和时代的烙印。

82. 冰箸

冬至日大雪，至午雪霁，有晴色，因寒，所结檐溜，皆为冰条。妃子使侍儿敲下二条看玩。帝自晚朝视政回，问妃子曰：“所玩何物耶？”妃子笑而答曰：“妾所玩者，冰箸也。”帝谓左右曰：“妃子聪惠，比象可爱也。”

【评记】玩闲，但出冰箸典故。

83. 鸡声断爱

长安名妓刘国容，有姿色，能吟诗，与进士郭昭述相爱，他人莫敢窥也。后昭述释褐，授天长簿，遂与国容相别。诘旦赴任，行至咸阳，国容使一女仆驰矮驹赍短书云：“欢情方浓，恨鸡声之断爱；思怜未洽，叹马足以无情。使我劳心，因君减食，再期后会，以结齐眉。”长安子弟多诵讽焉。

【评记】鸡声断爱，马足无情，写尽男女无限情。炼句新奇。

84. 占风铎

岐王宫中于竹林内悬碎玉片子，每夜闻玉片子相触之声即知有风，号为“占风铎”。

【评记】《玉堂闲话》有“驱山铎”，赖一古老传说。而此占风铎，出现在岐王宫中的新发现，与众不同。

85. 山猿报时

商山隐士高，累征不起，在山中构道院二十余间。太素起居清心亭下，皆茂林修竹、奇花异卉。每至一时，即有猿一枚诣亭前，鞠躬而啼，不易其候。太素因目之为报时猿，其性度有如此。

【评记】前文有鸟雀报时，此处有报时猿。虽俱云报时，但差别很大。

86. 游盖飘青云

长安春时，盛于游赏，园林树木无闲地，故学士苏颋《应制》云：“飞埃接红雾，游盖飘青云。”帝览之嘉赏焉。遂以御花亲插颋之巾上，时人荣之。

【评语】唐文人浪漫一事，春天游赏无闲地，确实令人吃惊。

87. 红冰

杨贵妃初承恩召，与父母相别，泣涕登车。时天寒，泪结为红冰。

【评记】贵妃天热流红汗（见后“红汗”条），而哭泣时流红泪，果见与众不同。她专宠于佳丽芸芸的宫中，定然有特异之处，或红泪、红汗是一重要方面。

88. 投钱赌寝

明皇未得妃子，宫中嫔妃辈投金钱赌侍帝寝，以亲者为胜。召入妃子，遂罢此戏。

【评记】“掷钱为戏”前文有所载，由此条看明皇时“投金钱赌”游戏在宫内已经很普遍，只是投钱游戏的规则和玩法鲜有记载，对其认识就只能停留在一种笼统感觉上。王建《宫词》四十五云：“丛丛洗手绕金盆，旋拭红巾入殿门。众里遥抛新橘了，在前收得便承恩。”抛橘赌寝，与此相类。

89. 精神顿生

明皇每朝政有阙，则虚怀纳谏，大开士路。早朝百辟趋班，帝见张九龄风威秀整，异于众僚，谓左右曰：“朕每见九龄，使我精神顿生。”

【评记】如明皇不要偏信安禄山，虚怀纳谏，断不会酿成“安史之乱”大患。此记述美言皇帝，但有张九龄这样仪貌不俗、颇有韬略的能臣，也是盛世出现的重要条件。

90. 口案

张九龄累历刑狱之司，无所不察。每有公事赴本司行勘，胥吏辈未敢讯劾，先取则于九龄。囚于前而分曲直，口撰案卷，囚无轻重，咸乐其罪。时人谓之张公口案。

【评记】写张九龄掌刑狱，有实际做法，应该是难能可贵的实笔。

91. 言刑

张燕公说，有宰辅之才，而多诡诈，复贪财贿。时人亦多之，亦污之。每

中书议事，及众僚巡听，或有所忤，立便叱骂，为众所嫌。故朝彦相谓曰："张公之言，毒于极刑。"言好面辱人也。

【评记】张说，字道济，一字说之，号燕公，著有《张燕公集》二十五卷。其文章典丽宏赡，当时与苏颋并称。朝廷述作多出二人之手，因此说封燕国公，苏铤封许国公，所以当时并称二人为"燕许"。对矫正陈、隋以来的浮艳文风，重视实用和风骨有重大影响。

92. 销魂桥

长安东灞陵有桥，来迎去送皆至此桥，为离别之地，故人呼之"销魂桥"也。

【评记】灞陵，汉文帝陵寝，因靠近灞河得名，位于今西安东郊白鹿原东北角。别作"霸陵"。

93. 逐恶如驱蚊蚋

袁光庭累典名藩，皆有异政。明皇谓宰辅曰："袁光庭性逐恶如扇驱蚊蚋。"

【评记】袁光庭，初为河西戍将，天宝末为伊州刺史，有政声。安史乱后，西北边戎入内赴国难，河、陇郡邑，都为吐蕃所拔。唯袁光庭守伊州累年，外救不至。吐蕃百端诱降，终不屈，部下如一。及矢石既尽，粮储并竭，城将陷没，光庭杀妻及子女，遂自焚而死。朝廷闻之，赠工部尚书。

94. 歇马杯

长安自昭应县至都门，官道左右村店之民，当大路市酒，量钱数多少饮之，亦有施者与行人解之，故路人号为"歇马杯"。

【评记】本篇所写为当时唐代酒行业盛况，从城市到乡村僻野，各种大大小小的酒肆星罗棋布。酒肆不仅是唐代饮料店肆中的主要行业，而且也是整个饮食行业最突出的部门之一。由于酿酒业和城市经济的发展，唐代的酒肆业也得到了很大发展，酒肆的开设空前普遍和繁盛，对唐帝国的经济发展和平民生活丰盛有很高贡献率。

95. 吹火照书

苏颋少不得父意，常与仆夫杂处，而好学不倦。每欲读书，又患无灯烛，常于马厩灶中，旋吹火光照书诵焉。其苦学如此。后至相位。

【评记】苏颋，唐朝名臣、文学家。武后朝，举贤良方正异等，有政声，官至中书舍人。玄宗时袭封国公，进同紫黄门平章事。此载马厩灶吹火照书，为勤学典故，如同锦囊映雪之类。

96. 金牌断酒

安禄山受帝眷爱，常与妃子同食，无所不至。帝恐外人以酒毒之，遂赐金牌子，系于臂上。每有王公召宴，欲沃以巨觥，禄山即以牌示之，云准勅断酒。

【校注】勅，丁本作“敕”。

【评记】此篇写明皇宠幸安禄山已超出常情。据清吕种玉《言鲭》载安禄山见贵妃洗澡“复行手抓贵妃胸乳间”，“贵妃虑帝见胸乳痕，乃以金钶子遮之”，即写贵妃为安禄山干娘秽乱事。金钶之，即以金线锦缎之“抹胸”，为今胸罩的雏形。又“一日，贵妃浴出，对镜匀面，裙腰褪，微露一乳，帝以手扪弄，出对子曰：“软温新剥鸡头肉”，安禄山从旁对曰：“润滑初来塞上酥”。（鸡头肉，即芡实，一种水生植物的果实）该记载已显示玄宗溺爱安禄山而至于不知耻的程度，而《资治通鉴》（卷216）言：“自是禄山出入宫掖不禁，或与贵妃对食，或通宵不出，颇有丑声闻于外，上亦不疑也。”说明大唐帝国的隐患已由明皇亲手培植，后来酿成的“安史之乱”，不仅国破家亡，也使整个中国封建社会由强盛下行向衰落。

97. 文阵雄帅

张九龄常览苏颋文卷，谓同僚曰：“苏生之俊赡无敌，真文阵之雄帅也。”

【评记】虽残丛小语，但记文臣相惜甚妙。

98. 射飞毛

羽林将刘洪，喜骑射，常对御，使人于风中掷鹅毛，洪连箭射之，无有不中。帝赏叹厚赐焉。

【评记】古代有善射者，弓百步，射叶断发无不中的。但有人认为，真正善射的人，发无形之箭，越众众之间，落万里之靶者方谓善射，是存帝王之心。

99. 泪妆

宫中嫔妃辈，施素粉于两颊，相号为泪妆。识者以为不祥，后有禄山之乱。

【评记】此泪妆，表明后宫生活精神追求的畸形和空虚，物极必反。错不在宫女。

100. 索斗鸡

李林甫为性狠狡，不得士心，每有所行之事，多不协群议，而面无和气。国人谓林甫精神刚戾，常如索斗鸡。

【评记】李林甫为唐宗室，善音律，会机变，善钻营。此故事显示，其人品确有缺陷。

101. 肉阵

杨国忠于冬月，常选婢妾肥大者，行列于前，令遮风。盖藉人之气相暖，故谓之“肉阵”。

【评记】此条揭示了杨国忠生活的豪奢荒淫。

102. 传书燕

长安豪民郭行先，有女子，适巨商任宗，为贾于湘中，数年不归，复音信不达。绍兰目睹堂中有双燕戏于梁间，兰长吁而语于燕曰：“我闻燕子自海东来，往复必经由于湘中。我婿离家不归数岁，蔑有音耗，生死存亡，弗可知也，欲凭尔附书投于我婿。”言讫泪下。燕子飞鸣上下，似有所诺。兰复问曰：“尔若相允，当泊我怀中。”燕遂飞于膝上。兰遂吟诗一首云：“我婿去重湖，临窗泣血书。殷勤凭燕翼，寄与薄情夫。”兰遂小书其字系于足上，燕遂飞鸣而去。任宗时在荆州，忽见一燕飞鸣于头上，宗讶视之，燕遂泊于肩上，见有一小封书系在足上，宗解而示之，乃妻所寄之诗。宗感而泣下，燕复飞鸣而去。宗次年归，首出诗示兰。后文士张说传其事，而好事者写之。

【校注】“我婿离家不归数岁，蔑有音耗”句，应标点为“我婿离家不归，数岁蔑有音耗”，才符合古人行文习惯。

【评记】本故事具有社会史料价值，也成为“燕（雁）传书”文学母题的一个重要来源。故事通过燕子传书离奇情节的描写和对兰女神态、语言细致入微地刻画，借物咏情，词浅情深，成功塑造了一个典型的哀怨思妇的艺术形象，有完整的故事结构和曲折的故事情节。本条目的出现，表明《开元天宝遗事》中笔记小说和传奇文学的合流。柳永词《玉蝴蝶》“念双燕、难凭远信，指暮天、空识归航”句，即典出于此。

103. 灯婢

宁王宫中，每夜于帐前罗列木雕矮婢，饰以彩绘，各执华灯，自昏达旦，故目之为灯婢。

【评记】雕成婢女形象的灯架，应自唐始，此篇为最早记录。此条可与《烛奴》条互参。

104. 解语花

明皇秋八月，太液池有千叶白莲数枝盛开，帝与贵戚宴赏焉。左右皆叹羡。久之，帝指贵妃示于左右曰：“争如我解语花?”

【评记】“解语花”字面义应是会说话的花，以其比喻美人的典故即出于本篇。后来用以借代指美人的能言善语，如《红楼梦》十九回“情切切良宵花解语”，即以解语花比喻袭人。与之相对，称美男子，即其风美之声流於天下者为“荔枝香”。《唐书·乐志》：“帝幸骊山，贵妃生日，命小部张乐长生殿，奏新曲，未有名，会南方进荔枝，因名《荔枝香》。”明王嗣皒《密娱斋诗集》（卷一）《登采石矶有怀李白》句“娟娟解语花，明明断肠草”即化而用之。

105. 油幕

长安贵家子弟，每至春时，游宴供帐于园圃中，随行载以油幕，或遇阴雨，以幕覆之，尽欢而归。

【评记】以篷布遮雨，今天已不算新鲜事。但在一千多年前的唐代，应该是了不起的事，故作者据传闻记之。

106. 斗花

长安王士安，春时斗花，戴插以奇花多者为胜，皆用千金市名花植于庭院中，以备春时之斗也。

【校注】此处“王士安”应为“士女”。版本流传中抄写或刊刻“王”与“士”形近而衍，“安”与“女”形近而误。斗花就是赛花，不是个人的活动，否则何辨胜负，而且王士安一人“用千金市名花植于庭苑中，”前面就不该再有“皆”字了。所以“王士安”应据《唐人说荟》、《说库》本改为“士女”，才符合戴插奇花多者“簪花仕女”之实际。

【评记】唐代的“斗花”与“斗草”风俗，遍及宫中及京城，敦煌歌词《斗百草》一套四首云：建寺祈长生，花林摘浮郎。有情离合花，无风独摇草。喜去喜去觅草。色数莫令少。（《敦煌歌辞总编》编号1504，下同）佳丽重名城，替花竟斗新。不怕西山白，惟须东海平。喜去喜去觅草，觉走斗花先。（1505）望春希长乐，南楼对百花，但看结李草，何时染缬花。喜去喜去觅草。斗罢且归家。（1506）庭前一株花，芬芳独自好，欲摘问旁人，两两相捻笑。喜去喜去觅草，灼灼其花报。（1507）据此可知当时盛况。

107. 裙幄

长安士女游春野步，遇名花则设席藉草，以红裙递相插挂，以为宴幄，其奢逸如此也。

【评记】唐代女性比以往任何朝代的女性都活得更自尊、自信。她们可以外出活动，抛头露面，如到郊外、娱乐场所、市街等地，去野游、看戏、赏

灯。每年春季，也可以和男人们一起到风光胜地踏青、尽兴游玩。杜诗《丽人行》和本篇描述的就是野外郊游的欢乐场景。《朝野佥载》云正月十五“妙简长安、万年少女妇千余人，衣服、花钗、媚子亦称是，于灯轮下踏歌伞日夜，欢乐之极，未始有之。”

108. 凤炭

杨国忠家，以炭屑用蜜捏塑成双凤，至冬月，则燃于炉中，及先以白檀木铺于炉底，余炭不可参杂也。

【评记】宠臣如此奢靡，可见天宝后期统治集团腐败的程度，国家倾覆的危险因此而造就。

109. 文帅

明皇常谓使臣曰：“张九龄文章，自有唐明公皆弗如也，朕终身师之，不得其一二。此人真文场之元帅也。”

【评记】张九龄，唐开元尚书丞相，诗人，其诗风清淡，有《曲江集》。政治上忠耿尽职，秉公守则，直言敢谏，选贤任能，不徇私枉法，不趋炎附势，敢与恶势力作斗争，为“开元之治”作出了积极贡献。

110. 乞巧楼

宫中以锦结成楼殿，高百尺，上可以胜数十人，陈以瓜果酒炙，设坐具，以祀牛、女二星。嫔妃各以九孔针、五色线，向月穿之，过者为得巧之候。动清商之曲，宴乐达旦，士民之家皆效之。

【评记】此篇所记风俗，盛况非凡，可与《蛛丝卜才巧》篇互参，南宋赵与时《宾退录》所述王建遗诗一首“画作天河刻作牛，玉梭金镊采桥头。每年宫女穿针夜，敕赐新恩乞巧楼”可作参考。

111. 吸花露

贵妃每宿酒初消，多苦肺热，尝凌晨独游后苑，傍花树，以手攀之，口吸花露，藉其露液，润于肺也。

【评记】花露，即花上的露水。韦庄《酒泉子》词云：“柳烟轻，花露重。”后以花露指借指美酒。陆游《林间书意》诗有句：“红螺杯小倾花露，紫玉池深贮麝煤。”

112. 含玉咽津

贵妃素有肉体，至夏苦热，常有肺渴每日含一玉鱼儿于口中。盖藉其凉津沃肺也。

【评记】在中国玉文化中，用玉可有益于健康，此篇即为一例。宋人著

《圣济录》有处方云：“面身瘢痕，真玉日日磨之，久则自灭。”类此。

113. 红汗

贵妃每至夏月，常衣轻绡使侍儿交扇鼓风，犹不解其热。每有汗出，红腻而多香，或拭之于巾帕之上，其色如桃红也。

【评记】杨贵妃香汗红腻的特异生理现象，据说为明皇宠幸原因之一。但也不排除她使用特制胭脂的可能，王建《宫词》中也有类似的描写。《红楼梦》44 回关于胭脂的描写，反映了特制胭脂的突出功效。自汉代以来，妇女作红妆者与日俱增，胭脂的推广流行，经久不衰，诗书作品多有记写。另，一个人的手帕上总有她的独特气味，男子又可常携怀袖，故以帕相赠遂为常事。

114. 金函

明皇尤勤国政，谏无不从，或有章疏规讽，则探其理道优长者，贮于金函中，日置于右，时取读之，未尝懈怠也。

【评记】据媒体报道，金函实物 1987 年法门寺地宫曾有出土，为特制器，器、盖间有子母口，扣合严密。明皇虽勤政，但奢靡过度，宠幸失察，酿安禄山之乱，于国于家，罪莫大焉。

115. 击鉴救月

长安城中，每月蚀时，即士女取鉴，向月击之，满郭如是，盖云救月蚀也。

【评记】救月习俗，古已有之。《周礼·秋官·庭氏》：“掌射国中之夭鸟。若不见其鸟兽，则以救日之弓，与救月之矢，夜射之。”郑玄注：“日月之食，阴阳相胜之变也。日食则射太阴，月食则射太阳。”敲铜镜救月，已是当时常见民俗，今天一些地方还有月蚀敲盆盘的遗风。

116. 歌直千金

宫妓永新者善歌，最受明皇宠爱，每对御奏歌，则丝竹之声莫能遏。帝尝谓左右曰：“此女歌直千金。”

【评记】此条载明皇时著名宫中歌者许和子。唐段安节在《乐府杂录·歌》有载：“内人有许和子者，……既美且慧，善歌，能变新声。遇高秋明月，台殿清虚，喉转一声，响传九陌。明皇尝独召李漠吹曲逐其歌，曲终管裂，其妙如此。”唐冯诩子《桂苑丛谈》载，后其所唱歌曲编为国乐曲，名《永新妇》。

117. 肉腰刀

李林甫妒贤嫉能，不协群议，每奏御之际，多所陷人，众谓林甫为肉腰

刀。又云林甫尝以甘言诱人之过，谮于上前，时人皆言林甫甘言如蜜。朝中相谓曰："李公虽面有笑容，而肚中铸剑也。"人日憎怨，异口同音。

【评记】肉腰刀，即用阴谋来陷害别人。"口蜜腹剑"的典故即出于这条记载，当面嘴上说的很甜美，暗里却想着害人的主意。可见，人心有时是最难捉摸的。

118. 隔障歌

宁王宫有乐妓宠姐者，美姿也，善讴唱。每宴外客，其诸妓女尽在目前，惟宠姐客莫能见。饮欲半酣，词客李太白恃酒戏曰："白久闻王有宠姐善歌，今酒肴醉饱，群公宴倦，王何吝此女示于众。"王笑谓左右曰："设七宝花障，召宠姐于障后歌之。"白起谢曰："虽不许见面，闻其声亦幸矣。"

【评记】此条所记李白轶事，可见诗人率性憨直。天宝元年，因道士吴筠的推荐，李白被召至长安，供奉翰林，文章风采，名震天下。但他的率性和恃才不能见容于权贵，仅三年，弃官离帝京。

119. 楼车载乐

杨国忠子弟，恃后族之贵，极于奢侈，每春游之际，以大车结彩帛为楼，载女乐数十人，自私第声乐前引，出游园苑中，长安豪民贵族皆效之。

【评记】官员行为的示范和引领作用，是不能低估的。杨国忠的奢靡，败坏世风，在此一目了然，腐败就这样消解了一个社会的崇高和进取意识，可叹。

120. 猧子乱局

一日，明皇与亲王棋，令贺怀智独奏琵琶，妃子立于局前观之。上欲输次，妃子将康国猧子放之，令于局上乱其输赢，上甚悦焉。

【评记】猧（wō）子，别称"猧儿"，即今叭儿狗。段成式《酉阳杂俎·忠志》："上夏日尝与亲王棋，令贺怀智独弹琵琶，贵妃立於局前观之。上数枰子将输，贵妃放康国猧子於坐侧。猧子乃上局，局子乱，上大悦。"可与此条互参。

121. 决云儿

申王有高丽赤鹰，歧王有北山黄鹘，上甚爱之，每弋猎必置之于驾前，帝目之为决云儿。

【评记】黄鹘，此处应是一种黄羽猎鹰。唐郑嵎《津阳门诗》："赤鹰黄鹘云中来，妖狐狡兔无所依。"

122. 长汤十六所

华清宫中除供奉两汤外，而别更有长汤十六所，嫔御之类浴焉。

【校注】此篇记华清池，若与《谭宾录》等文字互参，且与《津阳门诗注》中的有关记载对照，即可明其出自《国史》。

【评记】王仁裕访于镐京故老而有此记录，那么这些民间传说也应渊源很长了。唐郑处诲《明皇杂录》卷下：“又尝於宫中置长汤屋数十间，环回甃以文石。为银镂漆船及白香木船置於其中。”亦省称“长汤”。

123. 锦雁

奉御汤中以文瑶密石，中央有玉莲，汤泉涌以成池，又缝锦绣为凫雁于水中，帝与贵妃施钑镂小舟，戏玩于其间。宫中退水，出于金沟，其中珠缨宝络流出街渠，贫民日有所得焉。

【评记】南宋程大昌《考古篇》引王仁裕《入洛记》（见《四库全书》），记载了他后唐时经过华清池的所见，本篇表现了对昔日华清池富艳繁华的追思和过眼烟云的感叹。

124. 夜明枕

虢国夫人有夜明枕，设于堂中，光照一室，不假灯烛。

【评记】杜甫《丽人行》写过虢国夫人杨氏游春，锦绣珠玉，鲜华夺目。她得皇恩宠幸，有夜明枕并不为奇，但裙带关系造成的政治生态已昏暗无救，预示着一个天翻地覆的时机即将来到。

125. 金鸡障

明皇每宴，使禄山坐于御侧，以金鸡障隔之。

【评记】姚汝能《安禄山事迹》所记明皇封赏杨贵妃众目睽睽之下为安禄山洗澡一事，殊实怪异，此篇述“金鸡障”，说明还在通君臣有别之理，但离出现昏乱为期不远了。

126. 百枝灯树

韩国夫人置百枝灯树，高八十尺，竖之高山上，元夜点之，百里皆见，光明夺月色也。

【评记】唐代的元宵灯节、灯会中，制灯工艺更趋精美，文化内涵更为丰富，远非前代所能比拟。本篇所记，即为一例。据《广德神异录》载，每元宵灯节，玄宗下令“大张灯彩，自禁中至殿庭皆设蜡炬，连属不绝，洞照宫殿，荧煌如画”。在元宵灯节之后，玄宗还“张临光宴，白露转花，黄龙吐水，金凫银燕，浮光洞、攒星阁，皆灯也。”可见当时灯品之精妙，已臻美轮美奂之境地，能制作可以启动、转动、制动的灯组了。

127. 千炬烛围

杨国忠子弟，每至上元夜，各有千炬红烛围于左右。

【评记】宫中极尽奢华，上行下效，元宵灯会就成了王公贵族们斗富的场所。杨国忠子弟所为，考验今人几多想象。

128. 有脚阳春

宋璟爱民恤物，朝野归美，时人咸谓璟为有脚阳春，言所至之处，如阳春煦物也。

【评记】此旧时用为称颂官吏行德政之辞。清孟文瑞辑成《春脚集》四卷，刊于道光二十六年（1846）。书名“春脚”，非谓著手成春，谓玉堂春满，得此以导之，庶几不胫而走尔，取“到处皆春”之意。

129. 粲花之论

李白有天下俊逸之誉，每与人谈论，皆成句读，如春葩丽藻，粲于齿牙之下，时人号曰：“李白粲花之论。”

【评记】李白与人谈论，出口成章，如口吐春花丽藻。时人以“粲花之论”称赞他言论的典雅隽妙。

130. 醉圣

李白嗜酒不拘小节，然沉酣中所撰文章，未尝错误，而与不醉之人相对议事，皆不出太白所见，时人号为“醉圣”。

【评记】李白诗盛，其酒亦盛，可以说饮酒与其诗句齐名。李白一生创作了大量优美的诗句，其中咏酒诗尤为突出。如“莫惜连船沽美酒，千金一掷买春芳”、“为君下箸一餐饱，醉著金鞍上马归”、“人生飘忽百年内，且须酣畅万古情”等诗句皆表现了李白的豪迈、任性和无奈。“三杯通大道，一斗合自然。但得醉中趣，勿为醒者传”，表现了李白世人皆醉我独醒的傲慢性格，有众多盛传不衰的咏酒名篇，明人周履靖曾辑李白咏酒为《青莲觞咏》一书。本则故事说明唐人对李白酒后作文的才华有很高评价。

131. 云鹊报喜

时人之家闻鹊声，皆为喜兆故谓“云鹊报喜”。

【评记】在唐代，吉祥已融入民间文化中，本传说记载的吉祥物主要题材之一的鹊，被视为报喜鸟，俗称喜鹊，成为有“喜”的寓意的事物。鹊为“报喜”，两只鹊为“双喜”，这类题材在宋代以后文学创作中多有表现。

132. 走丸之辩

张九龄善谈论，每与宾客议论经旨，滔滔不竭如下阪走丸也，时人服其俊辩。

【评记】下阪走丸，指顺着斜坡朝下滚动弹丸，比喻说话流利。

133. 探春

都人士女，每至正月半后，各乘车跨马，供帐于园圃，或郊野中，为探春之宴。

【评记】探春活动，唐宋颇为流行。宋黄庶《探春》诗：“今朝庭柳枝，拗折丝已柔。东风弄五色，渐落草木稠。我营赏春资，瓮盎蚁已浮。山川天开画，只拟酩酊游。”可见一斑。

134. 冰兽赠王公

杨国忠子弟，以奸媚结识朝士，每至伏日，取坚冰令工人镂为凤兽之形，或饰以金环彩带，置之雕盘中，送与王公大臣，惟张九龄不受此惠。

【评记】虽写冰兽，却是张九龄为政轶事的记载，古之能臣，均有独立不倚之人格。

135. 嚼麝之谈

宁王骄贵，极于奢侈，每与宾客议论，先含嚼沉麝，方启口发谈，香气喷于席上。

【评记】宁王李宪奢靡之事，《开元天宝遗事》载录最多，此“让皇帝”生活虽优裕奢华，但并不能因此长寿，年六十三终。

136. 醉语

李林甫每与同僚议及公直之事，则如痴醉之人，未尝问答；或语及阿徇之事，则响应如流。张曲江常谓宾客曰：“李林甫议事如醉汉脑语也，不足可言。”

【评记】阿徇，亦作“阿狥”，迎合曲从之意。李林甫谈正常公事装糊涂，但对阿谀之术却极有修炼，此类人物当今也不乏人。

137. 暖玉鞍

岐王有玉鞍一面，每至冬月则用之，虽天气严寒，则在此鞍上坐，如温火之气。

【评记】玉鞍严冬坐上如温火，却是奇事，值得一记。但今天以科学观之，断无可能。

138. 百宝栏

杨国忠初因贵妃专宠，上赐以木芍药数本，植于家，国忠以百宝妆饰栏楯，虽帝宫之内不可及也。

【评记】栏楯（shǔn），栏杆。杨国忠富豪，来自于贵妃专宠和明皇的人格缺陷，由此酿成国恨。

139. 四香阁

国忠又用沉香为阁，檀香为栏，以麝香、乳香饰土和为泥饰壁。每于春时木芍药盛开之际，聚宾友于此阁下赏花焉，禁中沉香之亭远不侔此壮丽也。

【评记】贵妃喜欢牡丹（木芍药）最甚，“杨国忠初因贵妃专宠，上赐以木芍药（即牡丹）数本，植于家。”因贵妃专宠，喜爱牡丹，唐明皇也作为宠爱之物把牡丹赐给了其兄国忠，不料宫中牡丹竟不丽于臣子牡丹，士人看来非吉兆。可参见“醒酒花”条。

140. 任人如市瓜

明皇召诸学士宴于便殿，因酒酣顾为李白曰：“我朝与天后之朝何如?”白曰：“天后朝政出多门，国由奸幸，任人之道，如小儿市瓜，不择香味，为拣肥大者；我朝任人如淘沙取金，剖石采玉，皆得其精萃者。”明皇笑曰：“学士过有所饰。”

【评记】李白亦媚上，由此可见。

141. 雪刺满头

宋璟《求致仕表》云：“臣窃禄簪裳，备员郎庙，霜毫生颔，雪刺满头，求退归耕，养慵严穴，乐生尧世，死荷圣恩。”

【评记】雪刺满头，即满头白色短发。

142. 忍字

光禄卿王守和，未尝与人有争，常于案几间大书“忍”字，至于帏幌之属，以绣画为之。明皇知其姓字，非时引对，问曰：“卿名守和，已知不争，好书‘忍’字，尤见用心。”奏曰：“臣闻坚而必断，刚则必折，万事之中，‘忍’字为上。”帝曰：“善。”赐帛以旌之。

【评记】万事之中，“忍”字为上，但在今天看来，遇有是非，还是要坚持原则。曾国藩家书云：忌多言、不纠缠、少争论，可以借鉴。

143. 风流阵

明皇与贵妃，每至酒酣，使妃子统宫妓百余人，排两阵于掖庭中，目为“风流阵”。以霞被锦被张之，为旗帜攻击相斗，败者罚之巨觥以戏笑。时议以为不祥之兆，后果有禄山之乱，天意人事不偶然也。

【评记】宫妓对阵，严肃的征战竟为粉脂气所迷，其行为显然在消解崇高，以为不吉利。打斗为戏，显“禄山之乱”的前兆，二者类别，以至于暗示天意不可违。

144. 望月台

玄宗八月十五日夜与贵妃临太液池，凭栏望月不尽，帝意不快，遂敕令左右：“于池西岸别筑百尺高楼，与吾妃子来年望月。后经禄山之兵，不复置焉，惟有基础而已。”

【评记】王权并不是绝对的，望月台所留的基础，昭示着历史规律不可违背。

145. 竹义

太液池岸有竹数十丛，牙筍未尝相离，密密如栽也。帝因与诸王闲步于竹间，帝谓诸王曰：“人世父子兄弟，尚有离心离意此竹宗本不相疏，人有怀贰心生离间之意，睹此可以为鉴。”诸勗王皆唯唯，帝呼为“竹义”。

【校注】“诸勗王，”不词。《历代小史》本作“‘……睹此可以为鉴最。’诸王皆唯唯，”意亦不明。《续百川学海》、《说孚》、《唐人说荟》诸本均无“勗”或“最”字，而于“王”前有“亲”字，义较通顺，似应从之。

【评记】现实说法，敲山震虎，在一个“义”字之下，是暗示诸王勿生异心，政治意义不言自明。

146. 美人呵笔

李白于便殿对明皇撰诏诰，时十月大寒，笔冻莫能书字。帝敕宫嫔十人，侍于李白左右，令各执牙笔呵之，遂取而书其诏，其受圣眷如此。

【评记】李白高才，受到明皇如此赏识，也算后无来者。明皇虽是亡国之君，但也有爱才的过人之处，今之掌权者识才、爱才者鲜有。

147. 丁香子

明皇令方士以药傅荔支根，得核，小宫人呼为“丁香子”。

【评记】本条及以下两条，均出自赵军仓所辑，见四川师范大学2010年硕士学位论文赵军仓《王仁裕及其作品研究》第56页，发表于中国知网“中国优秀硕士学位论文全文数据库”。本条原载于清刘灏《御定佩文斋广群芳谱》卷六十《果谱》，云出自《开元天宝遗事》。原载无题，为求体例一致，题目为本书著者所加。

148. 道士嗅柑

明皇食柑千余枚皆缺一瓣，问进柑使者，云：“途中有道士嗅之。”盖罗公远也。

【评记】来源同上，本条原载于（清）刘灏《御定佩文斋广群芳谱》卷

六十五《果谱》。云出自《开元天宝遗事》。原载无题，为求体例一致，题目为本书著者所加。罗公远（618－758），唐名道士，别名思远，彭州（今四川彭县）人，筑空修炼，道行与法果、叶法善各名，玄宗时显法于朝，赐紫衣。著有《天真皇人九仙经》一卷归《道藏》洞真部传世。唐张鷟《朝野佥载》有“罗公远”条可参阅。

149. 枯松复生

明皇銮舆西幸，禁中枯松复生，枝叶葱蒨，宛若新植。后肃宗平内难，重兴唐祚，枯松再生，祥不诬。

【评记】来源同上，本条原载于（清）刘灏《御定佩文斋广群芳谱》卷六十八《木谱》。云出自《开元天宝遗事》。原载无题，为求体例一致，题目为本书著者所加。此条与前53条“枯松再生”内容相近，可视为同一作品，有少许异文而已。

第三节　《开元天宝遗事》思想内容和艺术价值

晚唐五代政治黑暗、社会矛盾激化，盛唐的兴盛和现实的衰败，造成士子巨大的心理落差，激发了士子对“开元盛世”的无限追忆和向往。因此，这一时期出现了许多记载开元天宝遗事类的笔记小说。唐五代笔记小说创作上虽趋向杂史，题材多取于《国史》，有浓郁的史学成分，但“依傍史实，但有文字加工，并吸取传说，因而有所虚构。故有些篇亦具有一定小说成分，论者或亦视为小说”①。并且“道听途说，街谈巷议”，悉可入录。从遵循“文疑则阙”的史学原则来说，笔记小说材料的真实性是不足与杂史相比的。因此，王仁裕的笔记小说《开元天宝遗事》历来为史学家或批评家所非议。《四库全书总目》提要批评称：“盖委巷相传，语多失实，仁裕采摭遗民之口，不能证以国史，是即其失”。洪迈在《容斋随笔》指出舛谬者四事为多家首肯，考之史料，此四错误确系史实。不仅如此，“花上金铃”条所写宁王事亦与史实相悖。但应当看到，《开元天宝遗事》虽多取材于《国史》，有很高的史料价值，但它毕竟只是笔记小说而非信史，不能从史学的角度去苛求笔记小说一定要遵循力求真实的原则。

① 苗壮《笔记小说史》，浙江古籍出版社1998年版，第40页。

一、《开元天宝遗事》的思想内容

丁如明辑校《开元天宝遗事十种》按语，“是书共159条，记宫中琐闻杂事，尤留意宫内外风俗习尚之记载。如七月七日乞巧、红丝结褵、金钱卜、斗花、秋千、灵鹊报喜等，均有著录；唐明皇、杨贵妃、其他王公贵族淫靡之风，亦多涉略”。可以说，《开元天宝遗事》是展示唐玄宗时代社会政治生活的历史画卷，它以开元、天宝为界，以宫廷生活为主，反映了盛唐时期社会生活的各个侧面。

（一）唐玄宗的明君形象和群臣的勤政为民群像刻画

开元初年，唐玄宗依靠姚崇、宋璟等贤相，采取了一系列措施来稳定政局、整顿朝纲、发展经济、完善体制。君主英明臣子贤能，朝廷上下洋溢着为新政权建功立业、积极向上的清新气息。

步辇召学士、七宝山座、精神顿生、金函写玄宗知人善任、勤于政事；赐箸表直、痴贤写宋璟、张方回忠信刚直、犯颜直谏而受褒奖，赞美了玄宗虚心纳谏；记恶碑、立有祸福、县妖破胆、逐恶如驱蚊蚋记卢奂、李杲、袁光庭等人令行禁止、铁腕严毅，民吏诚服，鬼神敬畏；口案写张九龄刑狱神明；截镫留鞭、四方神事、有脚阳春、禽拥行车、郡神迎路记姚崇、张九龄、张开、李元纮等为官贤能，爱民恤物，深受百姓拥戴。

上述条目，篇幅短小，只展现人物某一侧面的性格特征，缺乏形象性，但从近乎春秋笔法中还是能够见微知著，上至君王下到各级官吏，无一不勤于政、忠于事、爱民恤物，他们身上表现出的勤、忠、刚、仁、贤、严的品质，就不难理解“开元盛世”的历史成因了。

（二）对唐玄宗晚年昏庸失道的批判，对奢靡宫廷生活的揭露

天宝年后，唐玄宗先后任用李林甫、杨国忠为相，好大喜功，沉湎声色，骄奢淫逸，朝政日趋腐败。

盆池鱼通过玄宗两次问对张九龄两次不悦，文字上表现的是张九龄的忠直，实际是对晚年的明皇昏庸失道、宠信奸佞、喜爱奉承以及好大喜功的批判。金鸡障、金牌断酒表现安禄山曲意奉承、包藏祸心的奸诈和玄宗晚年的昏朽。助情花香、眼色媚人、被底鸳鸯、锦雁、望月台反映了玄宗纵情声色，骄奢淫逸，疏于理政的颓废心态。烛奴、醉舆、妓围、花上金铃、灯婢、嚼麝之谈表现申王、宁王生活之奢侈；肉阵、移春槛、冰山辟暑、楼车载乐、千炬烛围、四香阁揭示杨国忠及其子弟恃后族之贵，极于奢侈的糜烂贵族生活。看花马、富窟、油幕、裙幄表现奢侈的世风。

从作者对材料的选择和编排看，玄宗晚年的昏庸失道、宠信奸佞已祸延宗社；纵情声色、骄奢淫逸生活态度，使朝廷上下充斥着追求物欲享受、荒唐颓废的污浊风气，从根本上揭示了唐代由盛迅速转衰的深层社会原因。

（三）表现风流名士的生活情趣和逸闻琐事

我国古代品鉴人物言谈举止、逸闻琐事的传统始于汉代察举制度，形成于对东汉党锢之祸前后“节名士”的精神气度、魏晋名士风度的品评。刘义庆的《世说新语》是品鉴汉末至东晋以来名士逸闻琐的集大成者。自此，品鉴名士风韵成为我国古代各个朝代批评人物不可或缺的一种文化现象。《开元宝遗事》中记载盛唐名士逸闻琐事有以下门类。

栖逸：唤铁、敲冰煮茗、物外之游、山猿报时写隐士郭休、王休和高自得其乐的隐居生活。

言语：花裀、撤去灯烛、游盖飘青云选录名士言谈高雅，或应对机敏。

识鉴：依冰山写张象见微知著、卓识远见和急流勇退、避祸全身的机智决断。

任诞：颠饮写进士郑愚等人不拘礼节、藉草裸形的任达。

夙惠：梦笔头生花写李白年少时因梦笔头生花而名闻天下。

赏誉：吹火照书、粲花之论、醉圣、走丸之辨、文阵雄帅、文帅等对苏颋、李白、张九龄等人苦学、俊逸、辩才和文章的称赏赞誉。

巧艺：射飞毛写刘洪精妙的箭术。歌直千金、隔障歌记乐妓善歌。

品藻：任人如市瓜写李白评明皇任人皆得精萃，频多过誉之辞；忍字记王守和名如其人，守和不争受到明皇的褒奖。

规箴：竹义记明皇借竹“牙笋未尝相离”喻孝悌之义。

上述门类，或叙自适其乐的隐士生活，或写放诞、任达的名士风度，或记人物对世事的洞悉，或展人物的才性，或阐发儒家思想之精要，较全面地反映了盛唐时期人物的不同精神风貌、文化思想和风俗时尚。

（四）表现盛唐时期宫廷内外的风俗习尚

风俗在传统社会中的政治文化意义大于其学术意义。孔子的兴观群怨说是最早强调风俗教化意的学说之一。汉魏六朝，学者明确从政教角度探讨风俗的文化特征，强调统治者对风俗的社会规范和导引作用。刘勰说：“风有薄厚，俗有淳浇，明王之化，当移风使之雅，易俗使之正，是以上之化下，亦为之焉，民习而行，亦为之俗焉。”① 广教化，美风俗，风俗实际成为统治阶级进行政治教化的工具，具有较强的整合社会的政治功能。

历代统治者会因时因势对风俗进行变易和建设，目的是为了促使良风美俗之形成。如我国传统俗寒食节，在开元之前一直被视为“野祭”。开元二十年，唐玄宗敕令将寒食节编入五礼之一，才给世追贤思孝的“野祭”正名，后有追悯先贤、追求政治清明之意。

蛛丝卜才巧和乞巧楼借七月七日夜祀牵牛、织女星形式，表达人们对忠贞爱情的向往，更重要的利用牵牛、织女神话故事的影响，进行女红才艺竞赛，树立榜样，导引女人安于妇道，其中的政教意蕴以与《关雎》媲美。

半仙之戏记寒食节时宫中及民间荡秋千的游戏，探春、游盖飘青云、裙幄写游春习尚。健康向上文娱游艺活动，既陶冶性情，又对形成良好的社会风气有极大的推动作用。

销魂桥写离别悲忧。古代长安灞桥两岸，堤长十里，一步一柳，来迎送去的人多在此惜别，折柳枝别亲友，“柳”与“留”谐音，以表挽留之意，表现我们的民族崇尚礼节、重视人际的优良传统。

其他如击鉴救月、云鹊报喜、金笼蟋蟀等，都成为良风美俗的重要组成部分，有些风俗一直延续到在，形成了我国民间独特的审美情趣。

（五）记录开、天时期的奇珍异宝，表现盛唐帝国的物阜民丰

《开元天宝遗事》中所记的奇珍异宝，多传奇特质，荒诞不经。记事珠有“或有阙忘之事，则以手持此珠，便觉心神开悟，事无巨细，焕然明晓，一无所忘”的功能。瑞炭长尺余，置于炉中，可烧十日，“其气逼人而不可近也”。自暖杯，置酒其中，酒能至沸汤温度。七宝砚台，外形精巧，“每至冬寒砚冻，置炉上，砚冻自消，不劳置火”。夜明杖、夜明枕，至夜，一个可照十步，一个光照一室。占雨石能准确预天气阴晴。警恶刀，“或前有恶兽、盗贼，则所配之刀铿然有声，似警告于人也”。更神奇的是照病镜，“每有疾病，以镜照之，尽见脏腑中所滞之物，后以药疗之，竟至痊瘥”，类似今天 B 超一类的医疗设备。

显然，宫廷珍宝在民间传述过程中，人们感性的不断加以想象、不断赋予它奇异特性，以增强其实性，寄予某种愿望和理想。这与“金扁担”心理同

① （北齐）刘昼《刘子新论》（卷第九）风俗第四十六·汉魏丛书，吉林大学出版社 1992 年版影印本，第 685 页。

出一辙，从一个侧面反映了农业民族固有的重实际的心理特质。同时，从开元、天宝两时期记录的珍宝数量来看，开元时期珍宝数量少，或秘藏不露，或收入国库，如记事珠“说秘而至宝也”，自暖杯“随收于内藏”，这与开元初推行节用省费的政策是相吻合的。天宝年间，珍宝数量大，多为私人赏玩，反映了帝国物阜民丰以及尚奇追异的宫廷习尚。

除上述五部分内容之外，《开元天宝遗事》还记载了祥瑞灾异故事，如梦玉燕投怀、镜影成相字、刀自鸣、泪妆、风流阵，充满了谶纬迷信思想；志怪小说梦虎之妖受唐传奇的影响，人物、情节描写趋于细腻，体现了五代时期志人志怪小说合流的趋势；公案小说鹦鹉告事，在追求情节曲折性方面对后世公案类小说发展有一定的启迪。

二、《开元天宝遗事》的艺术特点

艺术上《开元天宝遗事》的撰录趋向于史传，篇幅短小、内容丰富、政治性强。尽管琐事轶闻未必符合历史事实，但在材料的选择、编排上反映了作者一定的史学观和政治观。同时，它又受唐传奇写法的影响，突破了史学“写实”的羁绊，想象、虚构成分多了，少量篇章“不仅变采记为描写，重辞彩，讲谋篇，追求语言的优美、情节的曲折和结构的完整，而且注重人物形象的完整、丰满、生动”。① 总之，受史学尚实之风与传奇作品尚虚之风的影响，其艺术特点如下。

（一）作品虽然篇幅短小，但每条有精心提炼的标题

标题是故事的内核，故事围绕标题而展开。多数条目结构体例采用“某人事 + 评论 + 人事原委或某人事 + 人事原委 + 评论”的叙事模式，以叙述为主，少量篇章有言语记录。这种叙事模式显然受到了编年体史书编排体系的影响，篇幅短小，以七八十字者居多，少的仅有 10 几个字，多的达 300 余字。

多数篇章尽管故事情节简单，但能够揭示人物某个侧面的个性特征。如步辇召学士，“七月十五日，苦雨不止，泥泞盈尺，上令侍御者抬步辇召学士来”。到便殿论时务的情节描写表现了明皇礼贤下士、勤于政事的性格特征，作者由衷地赞叹，“自古急贤待士，帝王如此者，未之有也”。痴贤以“左拾遗张方回，精神不爽，时人呼为痴汉子”和“每朝政有失，便抗疏论之，精彩昂然，进不惧死”的鲜明对比，表现了左拾遗张方回敢于直谏的刚直品德。

---

① 引自蔡静波博士学位论文《唐五代笔记小说研究》，陕西师范大学 2006 年中国知网版，第 8 页。

走丸之辩通过“滔滔不竭如下坂走丸”的形象和贴切的比喻表现了张九龄善于言辞的性格特征。

有些篇章只叙人事原委，少描写，无情节，没有故事性。如金衣公子，“明皇每于禁苑中见黄莺，常呼之为‘金衣公子’”，内容只起到解释金衣公子名称来源的作用。云鹊报喜条，“时人之家闻鹊声，皆为喜兆，故谓云鹊报喜”，只叙述了当时民间的风俗习惯。千炬烛围，通过“杨国忠子弟，每至上元夜，各有千炬红烛围于左右”的简要叙述，表现了杨国忠子弟糜烂奢华的贵族生活。

（二）突破了史学“写实”的羁绊，想象、虚构的成分增多

周勋初提出，“从源流上看，篇幅短的传奇即是笔记小说，篇幅长而带有故事性的笔记小说就是传奇”①。唐传奇脱胎于笔记小说，又影响笔记小说的发展。受传奇影响，《开元天宝遗事》中虚构、想象成分明显增多。如富窟，作者极尽铺张之能事，描绘出京都富豪王元宝家室的豪华，为了泥雨不滑，竟“以铜线穿钱甃于后园花径中”；游仙枕，“其色如玛瑙，温温如玉”，“若枕之，则十洲三岛、四海五湖，尽在梦中所见”，想象之丰富，毫不逊色于今天的科幻小说。

少数篇章非常讲求语言的优美、情节的曲折和结构的完整，运用叙述、描写、对话等小说常用的叙述方式，塑造了比较丰满的艺术形象。妖烛中作者用拟人化的写法，烛、人物与场景相互映衬，“酒酣作狂，其烛则昏昏然”，“罢则复明矣”，情、景、物融合为一体，把宁王纵情声马犬色、心迷情乱的骄逸生活揭示得淋漓尽致。传书燕通过燕子传书离奇情节的描写和对兰女神态、语言细致入微地刻画，借物咏情，词浅情深，成功塑造了一个典型的哀怨思妇的艺术形象，有完整的故事结构和曲折的故事情节。传书燕条目的出现，表明《开元天宝遗事》中笔记小说和传奇文学的合流。

（三）语言简洁，书事清婉

语言上《开元天宝遗事》兼取史家笔法简括而不繁饰和唐传奇“叙述宛转，文辞华艳”② 语言特点的长处，加之“采摭遗民之口”，虽为文言小说，实际是当时口头语言和书面语言的交融，语言简洁、文辞清丽、叙事委婉。

有些篇章中使用了典故，如销恨花，“明皇于禁苑中，初有千叶桃盛开，

① 周勋初《周勋初文集》（五），江苏古籍出版社2000年版，第24页。

② 鲁迅《中国小说史略》，人民文学出版社1973年版，第54页。

帝与贵妃日逐宴于树下。帝曰：‘不独萱草忘忧，此花亦能销恨。’”萱草即谖草（忘忧草），最早记载见于《诗经·卫风·伯兮》“焉得谖草，言树之背”。明皇“不独萱草忘忧，此花亦能销恨”，桃花人面相映红，言在此意在彼，意蕴深远，文辞婉转、清丽，叙事凝练。

善于运用比兴手法，如采用当时俗谚的惭颜厚如甲条，用“惭颜厚如甲”喻进士杨光远“多矫饰，不识忌讳”，“常遭有势者挞辱，略无改悔”厚颜无耻之形，语言形象、通俗明畅。赐箸表直，以箸之直喻宋璟性格的刚直；以依冰山喻依杨国忠为靠山，“或皎日大明之际，则此山当误人尔”，形象生动；赞美“宋璟爱民恤物，朝野归美”，则以有脚阳春喻宋璟，“言所至之处，如阳春煦物也”，语言通俗简洁，叙事委婉。

一些篇章穿插了诗歌，借以表情达意，辞简意丰，蕴涵深刻。如立有祸福，明皇盛赞卢奂的四言诗，“专城之重，分陕之雄。仁虽惠爱，性实谦冲。亦既利物，存乎匪躬。斯为国宝，不队家风。”文辞典雅厚重。鸡声断爱，注重对偶和炼字，“欢情方浓，恨鸡声之断爱；思怜未洽，叹马足以无情”。“恨”“叹”两字生动细腻的表现了长安名妓刘国容怨恨、无奈的心理，营造了哀怨凄美的意境。传书燕，“我婿去重湖，临窗泣血书。殷勤凭燕翼，寄与薄情夫”。“临”“薄”两字倾诉了兰女的悲情之苦、思情之切，让人为之动容，表达了闺中思妇盼望夫君早日归来的哀怨之情。

从上述分析可以看出，《开元天宝遗事》素材虽多取于《国史》，依傍史实，但又超越了史实。它汲取了史传文学、唐传奇、唐诗以及前人志人、志怪小说的营养，说理、实录减弱，叙事、虚构和想象增强，艺术地再现了唐玄宗时代的宫廷生活、政治生活、社会风俗时尚和各种文化思潮，是一幅反映玄宗时代的社会全景图，具有很高的文学价值和史料价值，在笔记小说艺术上取得了很高的成就。

第六章

《玉堂闲话》研究

上世纪九十年代以来，学者对《玉堂闲话》的文学地位日渐看高。顾青《中国小说史》在论及“五代杂事小说集”时认为：“五代时期的杂事小说集以《玉堂闲话》为代表。”① 程毅中《唐代小说史话》称，《玉堂闲话》中的作品如《刘崇龟》，“可以说是宋代以后公案小说的先驱，是由唐到宋小说题材扩大的一个迹象。”② 刘世德《中国古代小说百科全书》评为：《玉堂闲话》“叙事简洁，不乏起伏曲折之笔；刻画人物性格，如见其人、如闻其声，语言平易晓畅，有较高艺术价值。”③ 侯忠义《隋唐五代小说史》更是以不小的篇幅分析《玉堂闲话》对后世小说创作的影响。④ 董乃斌《古代小说鉴赏辞典》也对《玉堂闲话》颇有赏评。⑤ 陈尚君有评云：“《玉堂闲话》记录唐末五代时期的史事和社会传说极其丰富，且大多为王仁裕亲身经历及得自当事人叙述的记录，具有很高的文学价值和史料价值。”⑥ 凡此等等，不胜枚举。

可是，细究起来，专门深入一些研究过《玉堂闲话》的，截止目前，大概只有周勋初先生和陈尚君先生。早在上世纪八十年代，周勋初就撰有《〈玉堂闲话〉考》一文⑦，为迄今为止最早、也是唯一能检索到的专门考察《玉堂闲话》的论文。陈尚君先生整理了《玉堂闲话》的文本，收录在傅璇琮、徐海荣、徐吉军主编的《五代史书汇编》（2004 年由杭州出版社出版）里，可以说是在彼时之前做过的最扎实的工作。通考《玉堂闲话》的研究，在此

---

① 顾青《中国小说史》，台北文津出版社 1995 年版，第 206 页。

② 程毅中《唐代小说史话》，文化艺术出版社 1990 年版，第 292 页。

③ 刘世德《中国古代小说百科全书》，中国大百科全书出版社 1993 年版，第 711 页。

④ 侯忠义《隋唐五代小说史》，浙江古籍出版社 1997 年版，第 260～264 页。

⑤ 董乃斌《古代小说鉴赏辞典》（上），上海辞书出版社 2004 年版，第 448 页。

⑥ 陈尚君《玉堂闲话评注序言二》，蒲向明《玉堂闲话评注》，中国社会出版社 2007 年版，第 6 页。

⑦ 周勋初《〈玉堂闲话〉考》，《西北师范学院学报》1988 年第 3 期。

还需做一些系统的梳理。

第一节 《玉堂闲话》的成书与散佚

汉魏以来小说更多的是在民间传播与影响，许多小说是民间流传的异事奇谈，多为士大夫所鄙视：“夫《易》象一车之言，近于怪也；诗人南箕之奥，近乎戏也。固服缝掖者，肆笔之余，及怪及戏无侵于儒，无若诗书之味太羹，史为折桂，子为醯醢也，炙鸭羞鳖，岂容下箸乎？固役而不耻者，抑志怪小说之书也。”（段成式《〈酉阳杂俎〉自序》）小说虽然于儒学无有大妨，但终不过是“炙鸭羞鳖”，岂可与诗、史同登大雅之堂？这或许能很好地解释为什么《新旧五代史》、《王仁裕神道碑》不载录《玉堂闲话》等王仁裕小说创作的原因了。

一、《玉堂闲话》的成书与《太平广记》

《玉堂闲话》成书应在晋汉年间，这个可以从《帝羓》、《蕃中六畜》、《耶孤儿》、《胡王》等篇的记载得到一些印证。如陈尚君先生所论，它的散佚应该在宋元之间，计有《太平广记》、《类说》、《说郛》、《资治通鉴考异》、《竹庄诗话》、《锦绣万花谷》、《岁时广记》、《永乐大典》、《唐诗纪事》、《能改斋漫录》等古籍收录了《玉堂闲话》的篇章，其中北宋《太平广记》为收录《玉堂闲话》最多的文献。因此，《玉堂闲话》成书和流传的最直接关系链条就是《太平广记》的版本和流传问题。

《太平广记》最早的著录见于北宋仁宗庆历元年（1041）编成的《崇文总目》。接着，出生于徽宗宣和年间的晁公武，在《郡斋读书志》中著录：“《太平广记》五百卷。右皇朝太平兴国初，诏李昉等取古今小说编纂成书，同《太平御览》上之。”晁氏所谓“同《太平御览》上之”自然是误记，据宋陈振孙《直斋书录解题》卷11：“太平兴国二年（977），诏学士李防、扈蒙等修《御览》，又取野史、传记、故事、小说撰集，明年书成，名《太平广记》。”又据《四库全书总目》卷142：“以太平兴国二年三月奉诏，三年八月表进，六年正月敕雕板印行。凡分五十五部，所采书三百四十五种，古来轶闻琐事、僻笈遗文咸在焉。卷帙轻者往往全部收入，盖小说家之渊海也。其书多谈神怪，与太平御览，文苑英华，册府元龟合称为四大类书。”可知《太平广记》为宋太宗身临君位之初，下诏修《太平御览》的副产品，于太平兴国三年（978）编成，历时不到一年半，成书时间早于《太平御览》。宋王应麟

《玉海》（江苏古籍出版社、中国书店1988年影印本）卷54：《太平广记》镂板之后，“言者以为非学者所急，收墨板藏太清楼。”《广记》谈恺序：“（御览）盛传，而《广记》）之传鲜焉。”鲁迅《中国小说史略》：“后以言者谓非后学所急，乃收版贮太清楼，故宋人反多未见。”据张国风《〈太平广记〉在两宋的流传》（见2002年第4期《文献》）所论：北宋是否刊刻过《太平广记》尚不能定论，但其在北宋有所流传却是不争的事实，① 钱钟书《管锥编》第二册《太平广记二一五则》于此提供了很多材料。从张国风先生的结论看，《太平广记》至少在仁宗以后已开始在士大夫间有所流传，至于流传的是抄本还是刻本，亦不能确定。至于南宋，从现存的清人陈鳣校宋本，可以得知，南宋初高宗时刻过《太平广记》。南宋尤袤《遂初堂书目》著录有《京本太平广记》，程毅中先生认为“它以‘京本’为标榜，大概是东京汴梁书坊翻刻的版本，不会是指馆阁刻印的本子”，也有人认为是南宋临安的刻本。无论如何，南宋时《太平广记》不同刻本、抄本的存在和流传已较常见。而且到宋元之际，《太平广记》多种本子的流传和影响已不局限于士大夫、文人，而是进入到平民阶层。《醉翁谈录·舌耕叙引》提到说话人所需要的文化修养时说：“夫小说者，虽为末学，尤务多闻。非庸常浅识之流，有博览该通之理。幼习《太平广记》，长攻历代史书。”② 元末明初《太平广记》传本的阅读已很普及。陶宗仪《说郛》（重编本）卷24有《王氏谈录》（王氏指王洙），附“编录、观览书目”，是为王洙编录之书目录和阅读书目，其中有《太平广记》五百卷等。综上所述，明代以前《太平广记》流传以抄本居多，刻本少见，流传中内容缺佚舛误亦很多。

明嘉靖四十五年（1566），谈恺据抄本《太平广记》加以校补，刻版重印，成为现存最早的版本。谈恺，嘉靖进士，字守教，锡山（今江苏省无锡市）人。本传似不见于《明史》，但任职和事迹可散见于《明史》其他篇章：累官至南赣巡抚、广东巡抚、两广总督都御史、兵部右侍郎、兵部尚书、布政副使等职。政绩主要是平叛，降仇赣叛众李文彪等和沿海叛众，平定壁溪、峒山、大罗山叛乱。如《明史》卷171孙瑾传：“三十五年春，瑾与巡抚都御史谈恺檄诸路土兵诛其魁陈以明，悉平诸巢。”但其仕途亦有坎坷，《明史》卷210叶经传：“提调陈儒及参政张臬，副使谈恺、潘恩，皆谪边方典史，由嵩

① 张国风《〈太平广记〉在两宋的流传》，见《文献》2002年第4期。

② （宋）罗烨《醉翁谈录》，古典文学出版社1957年版。

报复也。”文学方面，《明史·艺文志》录其著作《虔台续志》五卷、《前后平粤录》四卷，多写征战平叛生活。与此相关连，介于文学与军事之间，他在《孙子集注十三卷·自序》中说：“孙子上谋而后攻，修道而保法，论将则曰仁智信勇严，与孔子合。”认为《孙子兵法》无论对武备军旅，还是文事人生，都具有教化作用，这个观点还是很有见地的。谈恺据抄本校补《太平广记》，其时版本状况已经很糟糕，正如他在《太平广记表中》所言：“近得太平广记观之，传写已久。亥豕鲁鱼，甚至不能以句。因与二三知己秦汝山、强绮塍、唐石东，互相校对。寒暑再更，字义稍定。尚有阙文阙卷，以俟海内藏书之家，慨然嘉惠，补成全书。庶几博物洽闻之士，得少裨益焉。”也说明整个校补过程是颇费工夫和周折的。

谈本《太平广记》，几乎将宋以前的文言小说精华一网打尽，使六朝志怪和唐人传奇的面貌，由一片模糊变得清晰而鲜亮，后世小说乃至各种戏曲，不少由此汲取素材，在文学和史学上有很高地位，影响深远。但是，谈本《广记》仍存在诸多问题，张国风《〈太平广记〉陈校本的价值》（见《中国人民大学学报》1994 年第 5 期）就谈本和宋刻残本做过细致的比较认为：

> 将残宋本的总目录和谈本、明钞本、许本的总目录进行比较，可以发现，后世的《太平广记》之所以出现歧异，主要原因不在雕刻中的错讹，而是由于诸本没有完整的宋本作依据。后人采用各种办法来凑足 500 卷之数，于是出现了版本上总目录、篇目多寡、卷次分合、篇目出处乃至正文的种种歧异。这种歧异和雕刻中难免的错讹结合在一起，造成了不同的版本。

这就是说，谈本存在的需要校订的错讹还是很多，后人还需细心鉴别。再者，谈本还羼入了一些以后的内容，张国风先生指出：

> 谈刻的某些印本中，发现有《广记》成书后的材料，说明谈刻补充的材料未必就是《广记》原先的文字。诸本歧异集中在 261、262、263、264、265、269、270 等 7 卷。根子在于明钞本、谈本、许本都未看到宋本的这 7 卷。

此论十分中肯。《广记》的宋刻本今已不可见，只有清人吴骞旧藏的一个许自昌刻本，曾经陈鳣（仲鱼）用残宋本校过。根据这个陈校本，今人才得以一窥宋本《广记》的大致面貌。陈校本在总目录、卷的分合、篇目的多寡、出处、正文诸方面，都提供了很多异文。这些异文可以帮助今人纠正目前通行

的本子中的一些错误。所以，谈本《广记》存在的需要校订的错讹，就不可避免地出现在《玉堂闲话》中，如今见谈本《广记》卷55所引《玉堂闲话》“伊用昌”篇，残宋本作“尹用昌”，显然谈本有误，我在本书中据此作了校订。还有《李行修》篇，谈本《太平广记》卷160定数十五云出《续定命录》，中国人民大学张国风《韩国所藏〈太平广记详节〉的文献价值》一文云：《太平广记详节》卷11定数二作《李行修》篇出《玉堂闲话》，且直接源于宋本，显然谈刻本有误。① 依此我们可以将《李行修》篇辑入《玉堂闲话》。

汪本《广记》是现在《太平广记》最通行的版本，1959年由人民文学出版社出版，1961年由中华书局重印的新一版，又稍有修订。汪绍楹校注古籍以精审著称，遗作宏富，程毅中先生称他为“古籍整理专业户（见《书品》2003年第6期《怀念古籍整理专业户汪绍楹先生》）”。他广泛地参考了有关《太平广记》的各种版本，校勘工作做得相当严谨。可是，限于严格遵依谈恺本的体例，汪校本《太平广记》未能充分吸收其他诸本有价值的异文，也未能充分吸收谈恺本不同印本中的异文，给人以美中不足之感，这一点张国风《中华书局本〈太平广记〉辑补》（载《铁道师院学报》1994年第1期）有详论，无需饶舌。但就汪校《玉堂闲话》的篇章而言，些许纰漏还是比较明显的。如《玉堂闲话》“老蛛”篇，起首所写地点《广记》谈刻本原作“秦岳”，汪绍楹点校据明抄本改为“泰岳”。据本篇内容，显然并非写泰山岱岳庙，况五代时泰山岱岳庙规模已很宏大，其经楼为大风吹倒恐不可能，且未有相关记载。王仁裕“系秦州人，多喜言秦州事”（见李剑国《唐五代志怪传奇叙录》南开大学出版社1993年版），原作“秦”当无谬，且秦州（今天水）现有泰山庙，历史上屡有废兴。我们在本研究中依谈刻本原作“秦岳”，即指邽山，摈除了汪本于此的矫枉过正。

二、《玉堂闲话》的散佚情况

南开大学朱一玄等《中国古代小说总目提要》对《玉堂闲话》有一段绍介：

> 本书原书已佚，现存《类说》本存23条，《资治通鉴考异》及《绀珠集》中也有佚文，所存最多为《太平广记》，共收160条，但

① 张国风《韩国所藏〈太平广记详节〉的文献价值》，见《文学遗产》2002年第4期。

这些文字未必全系王仁裕所为。《广记》所收本书数目已远远超过晁公武所说三卷本百余篇之数，况《广记》不会将本书全部收入。另晁公武还称本书系作者自汴至荆南道途赋咏及饮宴酬唱，故列入史部地理类，但《广记》所引文字或有远离此路途如番禺、新罗者，还有数条已直称"翰林学士王仁裕"，说明《广记》所引似有后人补入者，或许王仁裕原书三卷，后经别人补为十卷，而此人或即范质。①

上说颇新，但部分内容对《玉堂闲话》的散佚和留存情况不明所以，甚至有些几近臆断妄说。

其一、上引文字所提及的四种书，收录《玉堂闲话》篇章，内容并不完全相异。如《类说》卷54、《绀珠集》卷12均收《笙唤凤》（《类说》作《吹笙唤凤》），内容大同小异，篇幅均极其简短，几句话而已。显然是收入此二书时编者的刻意摘录，这可以从《太平广记》卷266收《轻薄士流》看的出来。《轻薄士流》不仅包含有《笙唤凤》或《吹笙唤凤》的内容，而且内容远比它们复杂，情节也曲折了很多。再如《类说》的《驴马驹》条在《绀珠集》中称作《随母》。实际上《玉堂闲话》在上所引文字的具体数目是：《类说》卷54存24条，《资治通鉴考异》卷28存1条，《绀珠集》存3条，《太平广记》收161条，总计达189条。再加上《说郛》卷48下存9条和见于其他典籍的收录，总数至200多条，这当然就"远远超过晁公武所说三卷本百余篇之数"。所以，造成现存《玉堂闲话》文字条目较多的主要原因，一是辑录入典的抽取和摘录，二是各书选取的重复和交叉。这样，现存《玉堂闲话》文字还是在百余篇的范围之内，所以仅依其佚文情况断定现存《玉堂闲话》文字"未必全系王仁裕所为"是欠说服力的。

其二、上引文字所提及的晁公武述论《玉堂闲话》事，与《郡斋读书志》有关。察《郡斋读书志》录王仁裕著作共三种：卷6录《入洛记》入史部杂史类。卷8录《南行记》入史部地理类，并云："《南行记》三卷，右王仁裕撰。晋天福三年，仁裕被命使高季兴，记自汴至荆南道涂赋咏及饮宴酬倡，殆百余篇。"卷8录《开元天宝遗事》入史部传记类。看来，《郡斋读书志》并未录《玉堂闲话》！朱说不加探究，张冠李戴，将《南行记》误作《玉堂闲话》，在这个错误的基础上演绎出一个更为严重的错误结论：现存《玉堂闲

① 朱一玄、宁稼雨等《中国古代小说总目提要》，人民文学出版社2005年版，第135页。

话》的佚文数量、创作题材的范围、甚至作者问题都变得不好确定。这是很令人费解的。

其三、在现有文言小说、唐五代小说、五代文学等层面的学术著作中，错讹《郡斋读书志》录《玉堂闲话》的情况并不多，最早应该是北京大学袁行霈、侯忠义《中国文言小说书目》述录《玉堂闲话》的文字。① 当我们就此致信询问侯忠义先生时，先生复信说经复查"此条当失于考订"，但想来不会将《玉堂闲话》当作《南行记》著录。其实，晁公武搜求补缀南宋井度藏书时，未曾见到《玉堂闲话》。所以北宋《崇文总目》卷二史部传记类下录王仁裕撰《玉堂闲话》十卷（粤雅堂丛书本），应该是最早而且可信的记录，由此看来，现存的这 186 条《玉堂闲话》佚文不是多了，而是少了，复旦大学金程宇教授在日本辑得一条《玉堂闲话》佚文②，为国内所未见，就是很好的说明。

第二节　《玉堂闲话》的研究与整理

截止目前，专门深入研究过《玉堂闲话》并参与辑本整理的，主要有南京大学周勋初教授、复旦大学陈尚君教授和陇南师专蒲向明教授。

一、周勋初对《玉堂闲话》的研究

早在上世纪八十年代，周勋初就撰有《〈玉堂闲话〉考》一文（《西北师范学院学报》1988 年第 3 期）。是迄今为止最早、也是唯一能检索到的专门考察《玉堂闲话》的论文，尽管他在给笔者的信中说，"以前因整理《唐语林》涉及《玉堂闲话》一书，遂有所论述，实对王氏的情况未作全面考量。"但是，我们以为那篇文章解决了有关《玉堂闲话》的几个重要问题。

第一，关于"玉堂"指翰林院的确定时间问题。玉堂，在古籍中含义较多，指宫殿、官署、宠妃住所、神仙居处、豪贵宅第、经穴等。玉堂最早指玉饰的殿堂，或为宫殿的美称。宋玉《风赋》："然后徜徉中庭，北上玉堂，跻于罗帷，经于洞房。"见于宋李槩等《太平御览》所引。至汉则玉堂有三说：一为宫殿名。《三辅黄图·汉宫》："建章宫南有玉堂……阶陛皆玉为之。"《汉

① 袁行霈、侯忠义《中国文言小说书目》，北京大学出版社 1981 年版，第 90 页。

② 见金程宇著，《韩国古籍〈太平广记详节〉新研》，金程宇著《域外汉籍考》，中华书局 2007 年版，第 68～88 页。

书·李寻传》："哀帝初，待诏黄门，故云'食太官，衣御府，久汙玉堂之署。'"颜师古注："玉堂殿在未央宫。"二为官署名，汉侍中有玉堂署。《太平御览》卷219引《汉官仪》："黄门有画室署、玉堂署，各有长一人。"三为嫔妃的居所，借指宠妃。《汉书·谷永传》："抑损椒房玉堂之盛宠。"颜师古注："玉堂，嬖幸之舍也。"从《山海经》、《淮南子》到《神异经》，神仙居处皆称玉堂。唐僧诗人寒山《诗三百三首》云："玉堂挂珠帘，中有婵娟子。其貌胜神仙，容华若桃李。"玉堂还指豪贵的宅第。如唐卢纶《送绛州郭参军》："送客今何幸，经宵醉玉堂。"玉堂作为经穴名，指两处。《伤科补要》卷2："玉堂，在口内上腭，一名上含，其窍即颃颡也。"《难经·三十一难》：玉堂，亦称"玉英"。于胸正中线，平第三肋隙间。此外，鲜为人知的是在敦煌卷子的写本中，玉堂和麒麟、凤凰、章光作为四吉神，[①] 在六甲八卦冢方而用于卜定吉穴，在亡人下葬时还有引道、跃途、启路、回车的作用。（季羡林主编，上海辞书出版社1998年版《敦煌学大辞典》将该卷文定名为《堪舆书》，为古代阴阳风水著作的一个大类，且历史久远，如东汉郑玄即案《堪舆书》。）

玉堂代称翰林院，清人何焯有一说法："汉时待诏于玉堂殿，唐时则待诏于翰林院。至宋以后翰林遂并蒙玉堂之号耳。"（叶调生、胡心耘《石林燕语》合校本引何焯语）何焯之说后人大多采信，辞书也多用这一结论。周勋初先生对此做了切合历史的分析，否定了何焯之论，他指出：

> 这一名词，到了唐代末年时已经用作翰林院的代称，如郑畋曾任翰林学士，著有《玉堂集》五卷；韩偓任翰林学士时，有《雨后月中玉堂闲坐》诗，内云："夜久忽闻铃索动，玉堂西畔响丁东。"自注："禁署严密。非本院人，虽有公事，不得遽入。至于内夫人宣事，亦先引铃。每有文书，即内臣立于门外，铃声动，本院小判官出受；受讫，授院使，院使授学士。"凡此均可说明晚唐之时已经普遍运用"玉堂"一词代替翰林学士院。[②]

这个结论我以为是正确的，远较现行的"玉堂是唐宋时翰林学士院代称"这一笼统说法准确清楚得多。不过，所引上文前面周先生称到唐末用玉堂作翰林院的代称，时间断限还是晚了些；后面重申在晚唐之时已经普遍运用"玉

① 金身佳《敦煌写本P.2831〈卜葬书〉中的麒麟、凤凰、章光、玉堂》，《敦煌学辑刊》2005年第4期。

② 周勋初《〈玉堂闲话〉考》，《西北师范学院学报》（社会科学版）1988年第3期。

堂”一词代替翰林学士院，我觉得是恰当的。但问题是，我们能知道究竟在晚唐的什么时间吗？

在唐有无玉堂殿名，宋时就有不同看法。北宋施青臣《继古藂编》称唐白玉堂如古乐府，非翰苑之玉堂。南宋程大昌《雍录》卷4称唐并无玉堂殿名，① 而欧阳修《归田录》卷2云：

> 唐翰林院在禁中，乃人主燕居之所，玉堂、承明、金銮殿皆在其间。应供奉之人自学士已下，工会群官司隶籍其间者皆称翰林，如今之翰林医官、翰林待诏之类是也，惟翰林茶酒司止称翰林司，盖相承阙文。唐制：自宰相而下，初命皆无宣召之礼，惟学士宣召。盖学士院在禁中，非内臣宣召，无因得入，故院门别设复门，亦以其通禁庭也。又学士院北扉者，以其在玉堂之南，便于应诏。今学士初拜自东华门入，至左承天门下马待诏，院吏自左承天门双引至阁门，此亦用唐故事也。唐宣召学士自东门入者，彼时学士院在西掖，故自翰林院东门赴召，非若今人之东华门也。至如挽铃故事，亦缘其在禁中，虽学士院吏亦止於玉堂门外，则其严密可知。如今学士院在外与诸司无异，亦设铃索，悉皆文具故事而已。②

这段文字还见于北宋沈括《梦溪笔谈》卷1和南宋江少虞《皇宋类苑》卷29。它很明白地告诉我们这些信息：其一、唐翰林院为皇帝“燕居之所”，有玉堂殿且和翰林院同在宫禁。其二、唐朝百官，只对翰林学士有宣召礼，学士院离玉堂殿很近，以便应诏。其三、唐帝挽铃宣召学士入玉堂很为严密，其他官员止於玉堂门外，即使学士院吏也不能例外。其四、宋时翰林学士院的一些规章沿袭唐制，但严密程度与在外诸司无异。从所处时间和环境较之，程大昌显然是犯了臆断的毛病。遗憾的是欧阳修并未明确是在唐代哪一段。从唐张怀瓘著有《玉堂禁经》的情况看，至少《归田录》所云不会晚于玄宗与肃宗朝，即中唐时期。稍后，唐德宗时所设东翰林院有北厅五间，正厅一间称“玉堂”。③ 为玉堂实设翰林院之始。北宋叶梦得《石林燕语》卷七引唐元和时李肇“《翰林志》末言：‘居翰苑者，皆谓凌玉清，溯紫霄，其止于登瀛洲哉，亦曰登玉堂焉。’自是遂以‘玉堂’为学士院之称，而不为榜”的说法，

---

① 唐春生《唐宋学士院及翰林学士别称考》，《重庆师范大学学报》，2005年第2期。

② 《欧阳修集》卷一二六，刘扬忠编选《欧阳修集》凤凰出版社2006年版。

③ 袁刚《唐代的翰林学士》，《文史》1990年出版，第33辑，第101~105页。

就是一个很好的注脚。至于叶梦得所云宋太宗题“玉堂之署”事，只是皇帝赏赐御笔的一个佳话而已。

因此，用玉堂作翰林院的代称，应该在中唐末、晚唐初。

第二，周先生肯定了《玉堂闲话》的作者为王仁裕而非其他人。《崇文总目》卷2史部传记类下云：《玉堂闲话》十卷，王仁裕撰（粤雅堂丛书本）。《宋史》卷206《艺文志》子部小说家类云：《玉堂闲话》三卷，王仁裕撰。据此，周先生说：“《玉堂闲话》的作者为王仁裕，应当是不成问题的。”他对南宋人吴曾《能改斋漫录》误题《玉堂闲话》作者为范质的原因作了分析，还通过对《玉堂闲话》作品叙事主人公的考察证明了该书著者为王仁裕无疑。可是，后人沿用吴曾错讹至今未绝，甚至有的再错范质为范资撰《玉堂闲话》，形成至今《玉堂闲话》作者有三说的局面，这是需要进一步关注的。

范质（911～964），字文素，大名宗城（今河北威县）范家营人。历经后梁、后唐、后晋、后汉、后周、北宋六朝，五朝为官，位至宰辅。据《宋史》卷249《范质传》：范质自幼聪明好学，9岁时能作诗文，14岁始授徒。后唐长兴四年（933）中进士。担任忠武节度使推官，后升任封邱令。晋天福中，以文章为宰相桑维翰深器之，即奏为监察御史。后汉初，加中书舍人、户部侍郎。后周以质为兵部侍郎、枢密副使。周广顺初，加拜中书侍郎、平章事、集贤殿大学士。加开府仪同三司，封萧国公。宋初，加兼侍中，罢参知枢密。为太子太傅，封鲁国公。卒年五十四。范质以开进折子先例、废坐论之礼留名于史，著有《五代通录》等。但遍查有关范质的史传或书目，除《能改斋漫录》外，其他各种文献均未有范质作《玉堂闲话》的记载。周先生论证后指出，由于《玉堂闲话》中有许多范质介绍的故事，所以，吴曾误认为此书作者是范质，① 换言之南宋吴曾为炮制范质撰《玉堂闲话》这一错讹的始作俑者。这个结论无疑是正确的。

范资，《新旧五代史》和《宋史》未传其人，其他史传或书目也未有范资撰《玉堂闲话》的记载。因为五代“范资”本就纯属子虚乌有，为后人以讹传讹、刊刻笔误的一个产物。“范资”源出范质撰《玉堂闲话》之讹，因“質”、“資”形近而在刊刻或抄录时将范质误刊为“范资”。这个错讹最早起于何时？始作俑者为谁？考之未确，但至少在明代就已经有了。《玉堂闲话》的《葛周》篇（亦见于《太平广记》卷177），被冯梦龙收入《情史》第4卷

① 周勋初《〈玉堂闲话〉考》，《西北师范学院学报》（社会科学版）1988年第3期。

“情侠类”（文字略有删节），注作“范资《玉堂闲话》”，同时改写作白话短篇小说《葛令公生遣弄珠儿》，编入《古今小说》第六卷。清王仁峻辑《经籍佚文》本《玉堂闲话》题五代范资撰。由此形成浊流，漫漶至今。

令人吃惊的是，在《玉堂闲话》作者“王仁裕说”、“范质说”、“范资说”三者中，“范质说”、“范资说”现今影响还很大。下面是笔者从互联网上检索到的有关数据。以“王仁裕《玉堂闲话》”、“范质《玉堂闲话》”和“范资《玉堂闲话》”作为词段在“Google 搜索”、“百度搜索”、“中国知网”上搜索的结果数如表 1（检索日期为 2008 年 5 月 8 日）：

检索词段	Google 搜索	百度搜索	中国知网
王仁裕《玉堂闲话》	531	944	775
范质《玉堂闲话》	111	299	1158
范资《玉堂闲话》	116	97	1148

表 1 反映的是在大众信息“Google 搜索”、“百度搜索”中“王仁裕说”远较其他两说占优势，而在以学术信息为主的“中国知网”中，“王仁裕说”远较其他两说占劣势。如果在上面的检索词段前加上“五代”，结果如表 2：

检索词段	Google 搜索	百度搜索	中国知网
五代王仁裕《玉堂闲话》	318	411	390
五代范质《玉堂闲话》	2160	13	436
五代范资《玉堂闲话》	2210	92	462

表 2 反映的信息是“Google 搜索”和“中国知网”出现了相同的趋势，即“王仁裕说”远较其他两说占劣势，这里不排除 Google 并联结果或相似结果较多的情况，但基本能说明“范质说”、“范资说”今天仍甚嚣尘上，大有淹没“王仁裕说”之势的情形。下表 3 是表 2 三个检索词段在“中国知网”中的子项统计结果：

中国知网检索词段	中国期刊 全文数据库	中国博硕论文 全文数据库	其他
五代王仁裕《玉堂闲话》	100	286	4
五代范质《玉堂闲话》	75	359	2
五代范资《玉堂闲话》	107	352	3

表3说明在中国学术期刊数据库的影响因子“范资说”是最高的，但与“王仁裕说”差别不是太远。比较而言，在博硕论文数据库中“范质说”、“范资说”影响因子几乎接近，且远高于“王仁裕说”。这就给我们一个启示：在学术届要完全推翻范质、范资撰《玉堂闲话》之谬说，还归周先生主张的王仁裕作《玉堂闲话》说之本位还是任重道远的事情。例如早在1981年袁行霈、侯忠义《中国文言小说书目》（北大出版社）就指出：《玉堂闲话》，王仁裕撰。但《汉语大词典》1990年版第十册第538页“蹒跚”条第五义项引作五代范资《玉堂闲话·高辇》：“梦见一老僧著屐，于卧榻上蹒跚而行。”①再如1998年版《辞海》“王仁裕”条注明：王仁裕又撰笔记《玉堂闲话》等，但四川大学宗教学研究所张泽洪《閤皂山灵宝派初探》（《中国道教》2004第2期）还称：“《玉堂闲话》一卷，为五代范资所撰。”。

第三，周先生论证了《〈唐语林〉原序目》中的《玉堂闲话》即《开元天宝遗事》。原因是《永乐大典》的编者工作草率，误题《玉堂闲话》书名而羼入《唐语林》，四库全书馆臣不加细察，因而错编。这是非常正确的。另外，周先生还指出，《玉堂闲话》当是一个总名，内部包含着王仁裕的好几种著作，所以会有十卷之多。换言之，《崇文总目》所云《玉堂闲话》十卷是指一个汇编本而言。《宋志》、宋晁公武《郡斋读书志》所云《玉堂闲话》三卷才是一个真正的单行本。我亦赞同此说，故不再赘述。

第四，周勋初先生指出，今所见《太平广记》等书所引用的《玉堂闲话》非王仁裕原著，编入他书时为后人所改写。除了周先生指出的在名前加职衔等问题外，我在辑读《玉堂闲话》时还发现一些在宋代才有可能的内容被窜入其中。如《太平广记》卷219《高骈》篇所说“福田院”，在北宋以前没有这个确定的机构称谓。还有《太平广记》中标作“出《玉堂闲话》”的两篇名《王仁裕》的作品，显然是宋人断章而成。另外，我对周先生《玉堂闲话》一书宋初已有定本的论断，在赞同之外，还要加点补充。

如果说南宋晁公武《郡斋读书志》言王仁裕《玉堂闲话》有定本的说法为时已晚的话，《诗菇·杂编》卷4云：“王仁裕……《玉堂闲话》尚行世，中载七言律数首，皆清雅，诗格卑弱耳。”② 就提供了更新的信息。《诗菇》撰成于后汉乾祐二年（949），离后周显德三年（956）王仁裕去世尚有七年。

① 见《汉语大词典》第十册第538页“蹒跚”条第五义项引，汉语大词典出版社1990年版。

② 吴在庆、傅璇琮《唐五代文学编年史》，辽海出版社1988年版。

如此看来，《玉堂闲话》的定本至少在乾祐二年以前（但不会早于后唐清泰二年始任翰林学士）就已经行世，且是由王仁裕亲自编定的。那么《太平广记》卷80征引《玉堂闲话》“赵圣人”篇中“宰相范质”的说法该作何解释呢？据两《五代史》、《资治通鉴》，后周广顺元年（951）六月，范质被“加拜中书侍郎、平章事、集贤殿大学士”，即为宰相，时年王仁裕任兵部尚书，二月改太子少保。从时间上看，王仁裕不可能会在《玉堂闲话》中称“宰相范质”。那是不是王仁裕晚年身体孱弱犯糊涂而有此说呢？《册府元龟》卷97《奖善门》：“显德二年四月，太子公司子少保王仁裕进回文《金镜铭》上之，赐帛百匹。九月，仁裕又自制诗赋图上进，赐银器五十两，衣著五十匹。”这说明在王仁裕逝世前一年，他的创作活动还是很活跃的，不存在犯糊涂的问题。就是他的去世，李昉《王仁裕神道碑》铭文（亦见于《全宋文》卷46）称：“王仁裕以显德三年七月十九日寝疾，终于京师宝积坊私邸……”也是未曾辗转病榻迟滞时日的。看来，《太平广记》引《玉堂闲话》“宰相范质”的说法，为后人窜释，并非原作。这个窜释，我认为不一定就是北宋李昉等奉敕编纂《太平广记》时所为，一是李昉为王仁裕门生，了解《玉堂闲话》的情况，没必要篡改；二是在嘉靖四十五年（1566），谈恺刻本出现以前，《太平广记》已有缺佚舛误，不能排除这期间近600年有人注解窜错的可能。

二、陈尚君对《玉堂闲话》的研究与整理

陈尚君先生对《玉堂闲话》的研究，主要是系统地辑校了《玉堂闲话》，使之形成了一个完整的本子。我们获知董乃斌先生在《古代小说鉴赏辞典(上)》中说王仁裕《玉堂闲话》已有辑本的消息，即致信在上海大学执教的董乃斌教授讯问，得悉傅璇琮、徐海荣、徐吉军主编的《五代史书汇编》收有陈尚君先生《玉堂闲话》辑本。

正如《五代史书汇编》在收入陈先生《玉堂闲话》辑校本时于前言评论所说：“五代王仁裕《玉堂闲话》原为10卷，宋时已佚，复旦大学陈尚君教授这次就从《太平广记》、《永乐大典》、《锦绣万花谷》、《岁时广记》、《能改斋漫录》等书中辑出183条，使长期佚失的书重现原貌。”① 这确实是一个很大的贡献，它使得《玉堂闲话》作为一个完备的整体出现在读者的面前，我的《玉堂闲话评注》也很是得益于陈先生的辑本，尤其是辑自《竹庄诗话》、

① 傅璇琮、徐海荣、徐吉军《五代史书汇编》，杭州出版社2005年版，第1821页。

《太平广记详节》、《岁时广记》的《玉堂闲话》佚文很是开人耳目，尤其令人叫绝的是依据李剑国《唐五代志怪传叙录》所论，将《广记》标明出自《鉴戒录》卷10的《刘自然》一篇归还《玉堂闲话》。凡此等等，不一而足。陈先生是肯定王仁裕作《玉堂闲话》的。他在《〈玉堂闲话〉辑校说明》中指出：“（《玉堂闲话》）作者一说为后周宰相范质，见《能改斋漫录》卷14、《说郛》卷94引《厚德录》等。但宋人书志如《崇文总目》、《通志·艺文略》、《宋史·艺文志》等均作王仁裕撰，今存逸文中有十多条记王仁裕亲历见闻，相信原书中为第一人称叙述，他书称引时虽有所改动，但撰成于王仁裕则可确知。”① 这个论断可以作为我前面有关论述的论据。陈先生认为“《玉堂闲话》大约亡失于宋元之间”，而傅璇琮等《五代史书汇编·前言》称《玉堂闲话》“宋时已佚”，此两说差别较大。我以为陈先生所言是准确的，因为南宋晁公武《郡斋读书志》载有《绀珠集》13卷中，卷12曾采录《玉堂闲话》，而到元陶宗仪《说郛》（重编本）卷48亦有采录，此后再未见有别录者，可知《玉堂闲话》约亡失于宋元之间无疑。

尽管如此，我还是觉得有些地方需要做一些补充。

第一、《广记》卷459有“牛存节”一条，说的是郓州节度使牛存节杀蛇十数车遭果报的事。陈先生辑“又”一条随其后，讲人身于棺中化大蛇的事。细究起来，很显然这两条故事在主题线索上不是一回事。我以为，将“又”条置于《张氏》篇后，甚至与其合为一篇，前后就一致了，内容也会饱满许多。

第二、关于《颜真卿》篇。《太平广记》卷32引此则云“出《仙传拾遗》及《戎幕闲谭》、《玉堂闲话》”，殆据三书拼合而成，不尽据王书。至于哪些出于《玉堂闲话》，不好定论。陈先生辑录《玉堂闲话》时，未录本篇，附录于出自《类说》卷54的《颜鲁公尸解》一则以后。另从内容上看，至少本则最后两段可以和《类说》载《颜鲁公尸解》一则互证，且此描写更为生动细腻，符合王仁裕笔法。侯忠义《隋唐五代小说史》认为该篇“写颜刚直忠贞，足智多谋，很有特色”，“可作正史的参证和补充”。据此，《玉堂闲话评注》还是把《颜真卿》篇按独立篇章收入，在校订时做了说明。

第三、《广记》卷461有“范质”一条，《类说》卷54作“燕继室害诸雏”，从命题风格上看，《广记》所收更近于作品的本来面貌。拙作据《广记》

① 傅璇琮、徐海荣、徐吉军《五代史书汇编》，杭州出版社2005年版，第1822页。

收入“范质”条，仅以《类说》作为校订参考。

第四、陈先生《玉堂闲话》辑本的条数，《五代史书汇编》前言说“辑出183条”，陈先生本人也在《〈玉堂闲话〉辑校说明》中说：“在宋元各种著作中，引录本书逸文颇多，今辑得183则，编为五卷。”但我遍查陈先生辑本目录和正文，只有182条，尚缺一条，是否忘记辑入？我的这个本子除了在局部几处异于陈先生辑本外，加上《颜真卿》、《蔷薇诗》两条，总数是186条。

第五、陈先生“从存文来看，记事迄于广顺二年（952），可知为其晚年撰成”的说法还需商榷。不知陈先生依何据认为“记事迄于广顺二年”，但我以为《玉堂闲话》中《玄宗圣容》、《袁继谦（一）》、《范质》等篇都写到了学士张沆的言行，而《旧五代史》卷131《张沆传》云：“广顺二年秋，命（张沆）为故齐王高行周册赠使，复命而卒。”这说明《玉堂闲话》的撰写确实不能晚于广顺二年，但这不能作为其为王仁裕晚年撰成的依据。

第六、王仁裕于后唐清泰二年（935）受汴州节度使范延光器重推荐，“征拜尚书都官郎中，召入翰林充学士”（见李昉《王仁裕神道碑》）起，直至去世，任翰林学士达21年。如前所论《诗菇》有“《玉堂闲话》尚行世”的说法，那么至少在乾祐二年（949）以前数年《玉堂闲话》就已经撰成了。这个时间断限不会早于后唐高祖天福四年（939）王仁裕由学士改任学士承旨，因《范质》篇有“学士承旨王仁裕”的称谓。

三、蒲向明对《玉堂闲话》的研究与整理

蒲向明对《玉堂闲话》的研究，集中表现在《玉堂闲话评注》一书和发表的有关论文中。《玉堂闲话评注》已于2007年5月由中国社会出版社出版，这是第一部独立研究《玉堂闲话》的学术著作，如北京大学侯忠义所评云：“《玉堂闲话评注》是目前最完整、最可信的辑佚本。”“编撰这部创新的著作，填补了小说研究的空白，也给广大读者提供了一部可鉴赏和品评的小说读本，十分可贵”。而且，该作“认真踏实地做乡邦前贤遗著的整理和阐发，细致客观地做文本诠解”，① 于建设文化陇南也有着特别的意义。

《玉堂闲话评注》的校订《玉堂闲话》佚文，主要体现择善而从、取长补短的特点。如《玉堂闲话评注·颜真卿》篇，陈尚君辑本是作为附录放在注中的，蒲本校订认为，《太平广记》卷32引此则云“出《仙传拾遗》及《戎

---

① 侯忠义《玉堂闲话评注·序一》，蒲向明《玉堂闲话评注》，中国社会出版社2007年版，第2页。

幕闲谭》、《玉堂闲话》"。殆据三书拼合而成，不尽据王书。至于哪些出于《玉堂闲话》，不好定论。从内容上看，至少本则最后两段可以和《类说》载《颜鲁公尸解》一则互证，且此描写更为生动细腻，符合王仁裕笔法。陈尚君于此亦认为，系学术见解不同，在此全篇录入，当然也可以。① 蒲书校订《刘自然》篇时，点明《广记》此则注明出《儆戒录》，李剑国《唐五代志怪传叙录》以为此即前《刘钥匙》篇所言刘自然事，因仁裕系秦州人，多喜言秦州事，《鉴戒录》卷 10 录此事，当转自《玉堂闲话》。《广记》所云《儆戒录》，应即《鉴戒录》之误，蒲本从其说辑入。言之有理，持之有故。

在篇名甄别上，蒲书能从蛛丝马迹中剔除疑点。《玉堂闲话评注·尹用昌》篇，校订时吸收了张国风的新发现，指出谈本《广记》卷 55 所引作《伊用昌》篇，清陈鳣据残宋本校作"尹用昌"，依残宋本改。② 还有《郑雍》篇，应作《郑致雍》，据《册府元龟》卷 939，郑致雍为封舜卿知举时门人，后与封同命为翰林学士。根据新、旧《五代史》，蒲书校订《葛周》，即《葛从周》，使流传深远的原本错讹，得以纠正。

别本漏收的，蒲书广取材料，否定而当，使人知误信服。《李行修》篇谈本《太平广记》卷 160 定数 1 云此作出《续定命录》，但张国风称：《太平广记详节》卷 11 定数二作出《玉堂闲话》，且直接源于宋本，应比明刊本可靠。③ 蒲本吸收此新成果辑入，是对其他未收此文的一个前所未有的补充。别本出错，蒲书力争纠缪。《老蛛》篇"秦岳之麓"句，《广记》谈刻本原作"秦"，汪绍楹点校据明抄本改为"泰"。蒲书据李剑国王仁裕"系秦州人，多喜言秦州事"（见《唐五代志怪传奇叙录》）之说，再考察一些历史纪录，认为原作"秦"当无谬，依谈刻本改作"秦"。因此，蒲书校订方面的创获还是很明显的。

蒲书在整理校订《玉堂闲话》使散佚之作归于一统的同时，作了细致的注释并对其进一步的解说，形成注疏，并且有着与原作内容相适应的变化。如《新罗》、《狨》等篇的注疏，这种特点尤为突出。

《新罗》篇写唐僖宗时六军使西门思恭出使新罗的外交事件，其中关于大人的描写，类似于十八世纪英国作家斯威夫特《格列佛游记》的"大人国"，

① 陈尚君《玉堂闲话评注·序二》，同上，第 6 页。

② 张国风《〈太平广记〉陈校本的价值附录三》，《中国人民大学学报》1994 年第 5 期。

③ 张国风《韩国所藏〈太平广记详节〉的文献价值》，《文学遗产》2002 年 4 期。

是我国宋以前小说中所罕见的。吴庚舜、董乃斌《唐文学史》给予特别的评价，尤其引人注目。① 蒲书是对它首次详细注释，比较全面。不避艰深，迎难作释。不是泛说大意，而是同古代典籍《旧唐书》、《资治通鉴》联系起来，引述《纪闻》、《酉阳杂俎》、《云溪友议》等的相关内容。这样，使注疏直接、准确，具有厚重感，而且以少知多，由点知面，使一般读者能了解到这方面的背景及相关的信息，也就使之超出孤立、简单地释词义，对于阅读文本更显实惠。

《狨》是我国最早记写川金丝猴的小说作品，其中对金丝猴的生活习性描写细致入微，对古人猎杀金丝猴表示谴责，表现出鲜明的人文主义关怀。本书援引相类作品内容，细致介绍“狨”、“暖座”、“邓芝射猿”等，供读者参比。多见不为怪，加深了领会，增添了情趣，潜移默化，对读者有助于理论上和情感上的深入认识。可以说这种独特的注解，在艺术欣赏方面也有微妙的助读提高作用。

麦积山今天能蜚声中外，《玉堂闲话》的记述功不可没。或许蒲书考虑了乡土因素，抑或就是为了一种桑梓情结，对《麦积山》篇的注疏尤其用功。从庾信《秦州天水郡麦积山崖佛铭》到杜甫《山寺》诗、宋李师中《麦积山寺》诗，尽可涉猎，不厌细说。如转录庾信铭记全文，如解释“古记”、七佛阁、“培塿”等等，所引资料如串珠玑，娓娓道来，不免使人生出思古之幽情。

又如《大竹路》，“孤云两角”之注疏，引《海录碎事》记载：

> 兴元府之南，有路通巴州，三日而达于山顶，其高处谓之“孤云两角，去天一握”，意者韩信逃于深僻之处。刺史杨师谋就其所逃之处而刻石焉。两角山既非通衢，故碑不显。今碑在难江县学。而两角山、米仓山之间有淮阴公庙，又有截贤岭，则其迹可考矣。近者开禧逆曦之变，士大夫之逃难者亦多由米仓以东归此，正趋荆楚之路，与大安之西走不同矣。惟此山追韩信之事不显，而大安之人，遂至附会溪桥，立庙以自夸诧，而非其实也。

读注至此，难免不使人产生探究之心而立意思考的。

---

① 吴庚舜，董乃斌《唐代文学史》（下），人民文学出版社 1998 年版，第 669～670 页。

该书对事类典故的揭示也是多有新发的。如“雪宫”一词，有些书避而不谈，有些读物上只是笼统的解释为皇帝的离宫。而《玉堂闲话评注》却予以特别的解释：“雪宫，古行宫名，遗址位于今山东临淄皇城镇曹村（原名雪宫村）以东。春秋战国时，为齐王的离宫别馆，因近齐国故城东北门——雪门而得名。”不仅如此，接着作者还举出了《晏子春秋》、《孟子·梁惠王章句下》等文献的具体用法。同时还纠正了阎若琚《四书释地》中的错误。

同样，对于官职也是详细考辨中寓新见。例如“中书令”，首先指出此职官“始于汉。汉武帝时以宦官担任，掌传宣诏令。司马迁被刑后，曾担任此职”，接下来作者从两汉、曹魏、南北朝直至唐代中书令地位的攀升，五代后中书令更名为右相、凤阁令、紫薇令等等，用了200余言，颇为详尽。又如释“节度使”（28页），以300余字的容量，从官职的得名到唐宋两朝的沿革演变直到元朝废黜，比之一般词书要详尽得多。而对“翰林学士”的注释长达800余字，简直就是一篇考证文章。

如对“宣和库副使”（《谢彦璋》篇）的设注是：

> 官职名，负责宣和国库事务的副职官员。宣和库，负责泉货、币余、服御、玉食、器贡等应奉司贡财物的管理，主要官员设使和副使兼别职务。《旧五代史》“末帝纪”：“以宣和库使、守右领卫将军李严权知兖州军州事。”

还有《颜燧》篇“活变起虢肉徐甲之骨”的作注是：

> 晋葛洪《神仙传》：“老子有客徐甲，少赁于老子，约雇百钱。计欠甲七百二十万钱。甲见老子出关游行，速索债，不可能，乃请人作辞，诣关令尹喜，以言老子。老子问甲曰：‘汝久应死，吾以太玄请生符与汝。’乃令甲张口向地，符立出，甲成一具枯骨矣！喜为甲叩头请命，老子复以符投之，甲立更生。喜以钱二万与甲，遣之而去。”

此注中徐甲为人神共存一身的形象，但与“闾山宗祖”或“九郎法主徐甲”，为建阳道坛宗师的记述有区别，故又引宋张君房辑《云笈七签》卷四云：徐甲系老子之弟子之一。又其出身见于道坛科仪《少谢本》：“说起洞主有言（原）因，十磨九难受苦心。家住北番江州城，父亲姓徐给石人。朝中工作三年满，却被邪鬼害他身。太上老君城下过，仙舟度起此人身。老君便问交名姓，江州姓徐名甲城（身）。老君当时随带去，教他罡法救良民。”以使注疏前后相继，臻于完善。

该著注疏还有一个特点，就是恰切地对于今天水、陇南的地名沿革考证得十分翔实。例如该书第 44 页，对"天水"这一词条的注释，用了将近 800 字，对天水从汉代置郡以来，依据《汉书·地理志》、《秦州记》、《湘州记》、《隋书·经籍志》、《水经注·渭水条》、《类聚》、《明统一志》、《嘉庆重修一统志》、《甘肃通志》、《巩昌府志》、《汉书·郊祀志》、《旧五代史·郡县志》等十几种文献，对其沿革、称谓、置所所在地等等进行了详尽的考证，这对我们今天阅读古代文献提供了极大的便利。又如对古"河池县"（即今陇南市徽县）的注释，虽然不算太长，但释义仍不失其要害：

> 河池县，置所在今甘肃徽县银杏镇，所辖约相当于今甘肃徽县。《旧唐书》卷 44 地理志：汉河池县地，属武都郡。隋大业三年（607 年）罢凤州，于里梁泉置河池郡。河池县与两当、同谷并属河池郡。唐武德元年（618 年），改河池郡为凤州。天宝元年（742 年），复改为河池郡。乾元元年（758 年）又改为凤州，隶属山南西道。辖梁泉、黄花和两当、河池四县。文德元年（888 年），升凤州为节度府，辖兴、利（今四川广元市）二州及梁泉、两当、河池三县。五代河池县属凤州。历史上全国三个地方置河池县，其中甘肃的徽县，陕西凤县至元朝改为凤州。明朝有广西河池县，今名河池市。(97 页)

真可谓切中肯綮，乃至于"陇右"（33 页）、"成纪"（35 页）、"秦城"（46 页）、"武都"莫不如此。

赵逵夫指出："这本书与地方文化的研究方面意义更大。"蒲书是在整理古籍的同时，把目光凝视在发掘地方文学遗产的视阈内，寻求一个平衡点，这种研究方法在别处不是很鲜见，在甘肃学界似乎也还不是很多，因而本书带有开拓的启示性。特别是古代陇土小说著作的研究，把别集里的作品根据最新研究成果归于陇土、陇南，如《刘自然》篇，在甘肃古代小说研究史上却是首先由蒲书以此来实践的。

《玉堂闲话评注》，对散见于《太平广记》、《类说》、《绀珠集》、《说郛》、《资治通鉴考异》、《竹庄诗话》、《锦绣万花谷》、《岁时广记》、《永乐大典》、《唐诗纪事》、《能改斋漫录》等古籍中的 186 篇《玉堂闲话》作品，进行了细致的辑佚、校订和整理，其意义不仅在于使一部散佚七八百年、几近埋没的轶事小说集重新复归于完整和独立成书，而且甚至在某些方面又有重新发现，这

主要是通过作者的评记来实现的。换言之，蒲书的新见不全在于对原作文学性或文章性的校订、诠释和显示，而在于文献性和文物性视阈的开掘和拓展。

涉及《玉堂闲话》神巫文化、镜像文化、“夜叉”文化、“胡”文化、鬼狐文化、“游丐”文化、“骗局”文化等方方面面的，蒲书不仅作个体性的异同叙述指说，而且带有散在性或随机性，有见则言，无见则阙。“王仁裕等虽属五代养尊处优的人物”，且“虽无富国强兵之策，但于学术文化建设却十分用力。”① 蒲书具体篇章中评记达到总体规律性概括的，即或言及，补漏纠误，或补力证，发明甚多。有时综合讨论，总结规律，提纲挈领，也是可贵自不待言。评记约占全书四分之一左右的篇幅，亦见对作品文献性和文物性开掘的重视，举大端如下：

其一、《颜真卿》篇在注疏 1 中对颜真卿就做了一个简约而全面的说明，突出了他在抗击安史之乱时的历史贡献，劝谕李希烈时的忠烈，他在书法艺术上的贡献，以及“他秉性正直，笃实纯厚，有正义感，从不阿谀权贵，忠贞不屈”的性格特征。在后面的“评记”中，作者又用了将近 600 字的篇幅，指出该篇“有别于史书”的“笔记小说手法”，“突出颜真卿运筹帷幄、指挥若定的军事才能”和“他因刚直而连遭贬谪，”“最终以身殉职的情节”。同时从中国文化的层面，尤其是从儒、道两种文化思想对“忠义”进行论述，寻找二者的契合点，对其书法艺术成就，则是从艺术和哲学的角度进行点评。这就给予了读者诸多的启示，引发读者对某些问题的探讨。

其二、《秦城芭蕉》篇蒲书评记指出，这是一则有关晚唐五代时期天水风物不可多得的记述资料，故事生动地描述了当时天水气候异常春暖的情景，有较高的史料价值和地方风物价值，可用以研究作者本人的重要内证资料，也可由此了解古代，特别是五代时期天水的风土人情。

其三、《裴度》评记云，本篇为《玉堂闲话》的重要作品，对后世小说创作影响较大，明冯梦龙《古今小说》袭用本故事，改著成了拟话本《裴晋公义还原配》。

其四、对《刘崇龟》作评指出，本故事为《玉堂闲话》之名作，情节构思与生成在后代小说、戏曲创作中多有模拟，成为宋明公案小说的一种写作模式。我国短篇文言公案小说的源头在早秦时期，天水放马滩出土秦简《墓主记》就具备了公案小说的特征。而后刘向《说苑·贵德》所载《于公》篇，

---

① 张兴武《五代作家的人格与诗格》，人民文学出版社 2000 年版，第 45～46 页。

干宝《搜神记》对该篇补充，由此至唐这类小说渐趋成熟，如唐陇西人李公佐《谢小娥传》催生了后来元杂剧《窦娥冤》。以《刘崇龟》为代表的这类作品，“情节曲折离奇，内容生动感人，篇幅较前也大为延长，非汉代之简短记事可比”。①

其五、《杀妻者》篇的评记，在考察了“仵作”之源后，② 还指出，这是我国公案断狱小说故事“无头案”题材的最早源头，同时也是公案小说常见情节的生成模式。

其六、《葛周》有评称，在文学方面，故事情节颇有曲折，细节描写也有细致生动之处，人物形象虽着笔简练，但有着较好的立体感，被明冯梦龙《古今小说》改写为《葛令公生遗弄珠儿》。

其七、《村妇》评记的新见是，小说写以特殊方式抗匪，刻画了一个女中豪士的形象和极有特色的人物性格，显示了她非凡的胆识和智慧，歌颂了成州远村这位女子的机智和勇敢。本篇于方志也有重要的史学意义，证明成州在距今1100年以前酿酒技术已经达到很高水平，至少可以佐证现在所说“成州老窖”近千年酿酒史的流行说法是不确切的。

其八、《大安国寺》的评记，对骗子小说作了一个简略回顾，接着指出，这篇小说以骗局本身所具备的精巧、缜密、复杂、紧凑诸特征，具备了独特的文学意义与审美价值，虽然它篇幅短小，只是一个相对独立的片断，但作品所追求并造成的那种环环相扣、瞬间出人意料的审美感觉却是很耐人寻味的。

其九、《东柯院》评记考察东柯院的前后历史沿革后指出，“妖”术无边，人皆无法，这或许是作者认定的公理。所以，对道士、县令、巡官描写，带有明显的戏弄色彩，虽描写生动，叙述简洁，主次分明，但作品思想性上的缺陷还是很明显的。

其十、《麦积山》篇评记探讨了“庾信铭”刊刻对麦积山的文化、历史意义，对该作由宋人篡改提出了独特的看法：本文多次出现“王仁裕”之称，

---

① 柳依《浅论我国古代的公案小说》，《学术月刊》1998年第2期。

② 学界认为：“仵作，最早见于王仁裕《玉堂闲话》”，见贾静涛《中国古代法医史》，群言出版社1984年版，第59页。徐忠明引《简明法制史词典》（河南人民出版社1988年版）有关内容，认为“仵作”作为古代法医，即“官署中检验死伤的吏役”，虽名宋代，但还是出于《玉堂闲话》，并引宋代郑克《折狱龟鉴》加以说明，见徐忠明《“仵作”源流考证》，载《政法学刊》1996年第2期。经查郑克《折狱龟鉴·释冤下·府从事》引《玉堂闲话》中“杀妻者”篇：“然后遍勘在城伍作行人，令各供通近日与人家安厝坟墓多少去处文状。”见刘俊文《折狱龟鉴译注》，上海古籍出版社1988年版，第61页。

若自撰，恐非通情理，作者疑本篇收入《太平广记》时，或为宋人篡改而谬悠至今。

其十一、《狨》篇评记指出，从文学上来看，本篇有着一定的结构和情节，故事性强，感情充沛，语言生动传神，为《玉堂闲话》中重要的作品之一，也是笔记小说中唯一留下的一千多年前陇坂之南、蜀北地区金丝猴生存状况的重要资料和文献。

其十二、《民妇》的评记，注意到了狐魅文化在文学创作中的影响，指出：狐魅之说，由来已久，六朝志怪小说就有描写，至中唐遂盛。本篇所写狐怪，虽有媚态，但还未入幻化成精之象，以狐形始，亦以狐态毙，与其说是民妇刻意捕捉狐媚，倒不如说是一只对民妇有恋情的人情化了的狐狸为民所枉杀。这是蒲书对文本文献性内涵的新挖掘。

就是细小的地方，只要是关涉到文献性和文物性视阈的开拓的，蒲书也不轻易忽略而过。就《番禺》篇而言，作者认为它是记录我国水上栽培、种植情况的最早文献，同时，对南宋吴曾《能改斋漫录》卷 14《类对》称该篇题为"诉失蔬圃"，并有"国初范质《玉堂闲话》云……"始开《玉堂闲话》为范质所作之谬先，给以纠正，指出查考其他史料，可证此说属误。

蒲书后面还附录了《周故少师王公神道碑碑文》（即《王仁裕碑》碑文）和《王仁裕墓志铭》拓片，释文并作了注解，以及作者俩研究文章《王仁裕年谱稿》、《王仁裕生平著作考》，为读者了解和研究王仁裕及其轶事小说提供了极大的便利。可见蒲书在这些方面的细致准确，由校订而继注疏，又以评记回应校、注的双兼而周密吻合，并且触类旁及，对其他一些争议之处或讹误也很有益言、创获。

同任何一部辑评专著一样，本书尚有一些可商讨或不足之处，如对《玉堂闲话》中的"鬼狐故事是《聊斋志异》等同类小说的先导，《郡牧》、《轻薄士流》等篇的讽刺艺术影响了《儒林外史》，《陈癞子》一篇，写陈'切讳癞字'，对鲁迅《阿 Q 正传》不无启示"① 等文学史传承方面的影响关注不够，还有部分注文过繁，校对个别存在疏漏和遗憾等等，需要后续再做工作。

① 吴庚舜，董乃斌《唐代文学史》（下），人民文学出版社 1998 年版，第 670 页。

第三节 《玉堂闲话》的思想内容和艺术特色

《玉堂闲话》在《崇文总目》“传记类”作10卷，而《宋史·艺文志》子类“小说类”作3卷。由《唐语林》原序目中所说之《玉堂闲话》实即《开元天宝遗事》可以推知，《崇文总目》所著录之《玉堂闲话》10卷，似含著作数种。《宋志》作3卷应该是《玉堂闲话》单行本或摘录本的实际面目。考虑到这种情况，《玉堂闲话评注》将辑到的186篇（条）《玉堂闲话》故事，校注后编为六卷。南宋初《秘书省续编四库阙书目》“小说类”著录王仁裕《续玉堂闲话》一卷，当为后人编定，可惜已散佚，未见别书征引，难窥其貌。

以“玉堂”为文学创作背景，始于唐末，如郑畋曾任翰林学士，著有《玉堂集》五卷。玉堂闲坐、闲谈之习也应该出现于同时。韩偓任翰林学士时，有《雨后月中玉堂闲坐》诗，内云：“夜久忽闻铃索动，玉堂西畔响丁东。”自注：“禁署严密。非本院人，虽有公事，不得遽入。至于内夫人宣事，亦先引铃。每有文书，即内臣立于门外，铃声动，本院小判官出受；受讫，授院使，院使授学士。”如此看来，玉堂翰林院在唐末作为禁署，对外极其严密，但本院人闲坐而闲谈是常常有的。这种闲谈应该是以解闷、笑乐为主要目的的。到五代战乱频仍，玉堂翰林院的严密性有所下降，这可以从《玉堂闲话》的一些内容看得出来。到了宋代玉堂笑谈已成为佳话盛事。欧阳修《归田录》云：“嘉佑八年上元夜，赐中书、枢密院御筵于相国寺罗汉院。因相与道玉堂旧事为笑乐，遂皆引满剧饮，亦一时之盛事也。”① 南宋俞文豹《吹剑续录》载：“东坡在玉堂，有幕士善讴，因问：‘我词比柳词何如?’对曰：‘柳郎中词，只合十七八女孩儿，执红牙板，唱‘杨柳岸，晓风残月’。学士词须关西大汉，执铁板唱‘大江东去’。公为之绝倒。”就是谈玉堂旧事为乐的真实记载。由此以降，这种风气相沿成习，产生为数不少的玉堂谈资作品，形成“玉堂文学”源流，归纳起来大致还有：南宋王应麟《玉堂类稿》、南宋周必大《玉堂杂记》、元王恽《玉堂嘉话》、元宇文公谅《玉堂漫稿》、元佚名《玉堂诗话》、明焦竑《玉堂丛话》（亦题《玉堂丛语》）、明陆深《玉堂漫笔》、明杨士聪《玉堂荟记》、明梅诞生《玉堂字汇》、清汪士宏《玉堂掌

---

① （宋）欧阳修《归田录》（卷2），中华书局1981年版，第231页。

故》、清佚名《玉堂暖话》（见明末清初董说《西游记补》12回所引）等，蔚为大观。由于玉堂翰林院背景和环境的特殊性，加上玉堂文学“朝廷之遗事，史官之所不记，与夫士大夫笑谈之余而可录者，录之以备闲居之览也”的创作目的，就形成了这类文学在内容生成上文字简洁、题材广泛、内容驳杂的共同特征。

一、《玉堂闲话》的思想内容

《玉堂闲话》作为“玉堂文学”源流中处于源头位置的作品，除了具备上述内容构成的共有特征外，作为杂史琐闻性质的笔记小说，多记怪异之事，常标言者姓名，以示有据，为其显明的思想内容特征。《玉堂闲话》所录较多神异传闻和果报故事，于五代文学研究也颇有意义。其思想内容可以大概分为以下几个方面：

（一）《玉堂闲话》中记录王仁裕平生亲历见闻的作品，使读者从中可以了解作者生活和创作的详细情况，了解作者的思想风貌和精神境界，从而感知那个时代庙堂儒士阶层的思想特征。如《王仁裕》篇一，以其亲身听到的禁中蒲牢发声异响，为国柄更替之兆，试图说明征兆之间的必然联系，旨在言铭其创作并不虚妄，而是信而有征。《王仁裕》篇二，尽管故事情节有别于前篇，且创作主题和叙写手法与前并无二致，但内容的特别之处在于反映了他当时的生活状况：他受范延光器重，在清雅消闲的氛围中记述由乐音的异常预知人间祸福的事。《范质》以雏燕遇害，试图证明所有生命体都有憎爱嫉妒之心，很有令人深思之处。还有《麦积山》篇，由于亲身经历，内容很为传神引人，为现代人了解麦积山石窟历史的重要文献。

（二）《玉堂闲话》中详细记载唐末五代时期秦陇、蜀地南中山川风物的作品，可使读者窥见那个时代秦陇、蜀中的风俗人情，颇有文学、社会学和风俗学意义。《玉堂闲话评注》所辑186篇《玉堂闲话》作品中，写秦陇风物，以写秦州或天水者居多，约有22篇作品题材涉及天水、陇右、秦州，占全书总篇数的12%，这个比例和作者桑梓秦州有关。如《械虎》、《王行言》篇，是有关汉中及其邻近地区的虎患资料，虽故事离奇，但内容中关于当时华南虎生存的真实性不可怀疑，“尤其当时猛虎横行四境的情况，是足以凭信认可的”。[①]《权师》写秦州长道县（今西和、礼县部分地区）山野巫师“权师”

① 陶喻之《汉中历代虎患钩沉》，《汉中师范学院学报》1997年第3期。

预知祸福的神异，以致其发家大富，牛马资财遍山盈室，由此可见那个时代长道民众对先验观念的尊崇和偶然机遇的热衷。《薛昌绪》在细节和过程的叙述中展示了“秦陇人妖”的乖僻。《劫鼠食仓》反映的是饥荒之年破鼠穴求食于田的情况，读来令人酸楚甚多。《蕃中六畜》述说西蕃大饥，乞食秦陇事件，那些仆倒在途的饿殍说明，那是一个怎样让人无奈的时代。《道流》用回忆笔法委婉戳穿伪秦州道者的伎俩。《秦骑将》对秦将刺杀妻子，选择了冷静的叙述，但其中妇女表现出的勇敢，震撼人心。《石从义》写秦州吏豢养家犬以颂母子情深事，颇有感人之喻。《隗嚣宫》通过秦州古迹，想说明神仙风度的高妙。《安道进》以在天水营长道县杀人之事，预示了安道进下场的残败结局。《老蛛》篇，汪绍楹点校本据明抄本改谈刻本原作“秦岳”为“泰岳”，未明所据何处。但我以为原“秦岳”的说法是正确的。老蛛的传奇恶行应该是发生在秦州。

（三）《玉堂闲话》出于对晋、汉、周代之间同僚、朋友间各种异闻和谈议的记叙，虽不免虚构和润色，却很有文学意义，于五代文学研究也甚堪重要。如《灌园婴女》先写秀才问卜婚缘，遂访灌叟之女，因门第之见，设法以针穿女子囟门暗害，不料该女未死，为廉使收养，终成秀才婚配，由此证明婚姻前定的观念，类同于《前定录》之《柳及》，《续定命录》之《李行修》，尤其在情节的生成上相似于唐李复言传奇集《续玄怪录》之《定婚店》，虽然描写稍欠，但由此可以感受到对后世诸如元白朴、尚仲贤《崔护谒浆》乃至郑光祖《倩女离魂》杂剧和明拟话本小说创作的潜在影响。再如《新罗》篇，写大人国故事，六军使西门思恭出使新罗，因风漂泛海湾，误入大人国，经历了一系列紧张惊险的事件。不免使人想到十八世纪英国作家斯威夫特《格列佛游记》中“大人国”的情节。该篇显露的异乎寻常的想象力比《格列佛游记》早了近 700 年，但它的描写过于简略，不能与有科幻色彩和批判锋芒、情节复杂的后者相比肩。

（四）一些撰录同时的史书杂记中的逸闻杂谈，多可与史籍相互补充和订正，具有很高的史料价值。如《颜真卿》，写颜真卿刚直忠贞、足智多谋很有特色。这篇作品几乎概述了颜真卿一生的经历，可以和《旧唐书》卷 128、《新唐书》卷 153《颜真卿传》相互补充和订正。与史传相比，这篇作品故事性强，虽然篇幅较长，但叙述有详有略，重点突出。首先写他断案如神，连决冤狱，接着写他在对付安史反叛中的足智多谋，以及抗御贼寇的运筹帷幄。其次写他受权臣陷害，连遭贬谪，出使李希烈，最后慷慨赴死的情景，就是传说

中的尸魂再现，也表现出一种令人敬佩的浩然正气。《康义诚》所写战乱时期父子在非常情况下的相认，充满一种辛酸的意味，而该事件的记载，可以对《新五代史》卷27康义诚本传做很好的补充。《帝羓》通过契丹主耶律德光死后的特殊情况的描述，反映了一些鲜为人知的史实，可以充实《辽史·太宗纪》的内容。其他如《晋高祖》写由梦而生改换天地夙志的事件，《广王全昱》因兄不满朱温篡权而生怨气的细节，《耶孤儿》中“耶孤儿乃父辜其子”的解释，以及上文提到的《裴度》、《葛周》等等都可以补史之阙，或与史籍互证，《螽斯》篇，对蝗灾准确而生动的描述，对照《五代史》可知，弥补了历史文献和统计的遗漏，帮助后人更为全面地了解历史事实。①

（五）审慎断决刑狱案件，体现了古代的法制思想；就是人治案例，也主张为官判案必须慎重、不可随意为之。《玉堂闲话》的这类作品，从题材上看，在唐人小说中还很少见，可以说是宋以后公案小说的先驱。如《刘崇龟》，写一少年富商子与一艳姬偶见钟情，私约相会。不料为盗者所杀然后逃去，商子后面赴约，知出人命，遂登船逃匿，终为官府缉拿，经历了严刑审讯，吐露实情，但不能招出杀人事实。府尹彭城公以凶器为线索，终于找到真凶，了解此案。故事的展开和情节的推进颇有曲折新奇之处。《发冢盗》揭发了严刑逼供昏官酷吏。官府搜获盗墓疑犯，狱吏屈打成招，即将行刑问斩，本犯良心发现，自己振臂认罪，藩帅大为震撼，亲自奏请朝廷，重新处置，才得以冤案昭雪。《杀妻者》也是揭露刑讯逼供的罪恶。妻子为奸盗所杀，妻家将丈夫告官，狱吏严酷施刑，枉法为冤。所幸郡主委托办案的从事，以人的生命为重，通过仵作调查，得以惩治元凶，平反错案。

（六）记载贞节列妇事迹的作品，歌颂了女子的机智和勇敢。如《邹仆妻》写女子在丈夫被盗贼杀害后，佯装拍手称快，保持从容镇定，不露声色地与贼盗们周旋，到达孤庄南，借总首之力缉捕凶手，为夫报仇。而自己回返襄阳，削发为尼。当然，《玉堂闲话》中的一些作品，存在着糟粕和在今天看来不合时宜的内容。如《伊用昌》、《法本》、《阴君文字》、《崔练师》等篇所弘扬的身死魂不灭的说教，《仲小小》、《南人捕雁》等篇中对野生动物触目惊心的虐杀，以及一些神异传闻宣扬神道无处不在，因果报应永存，或者故意猎奇，如《徐坦》、《张氏》人化蛇身之类。更有一些作品，仅仅是逸闻杂谈的

① 倪根金《中国历史上的蝗灾及治理》，《历史教学》1998年第6期。参见吴福祯《中国的飞蝗》，上海永祥印书馆1951年版，第2~3页。

记录，文学、史学色彩并不浓厚，如《驴马驹》、《御史台故事》、《蛇毒》、《程逊》等等。从这个方面来看，《玉堂闲话》的思想内容是较为丛杂的，有许多作品，很难单一地把它归入具体的哪一类，这是由其逸闻笔记本身的性质所决定的。

二、《玉堂闲话》的艺术特色

《玉堂闲话》的艺术特色，可以摘其概要归纳如下：

（一）一些故事情节比较详尽曲折，如《灌园婴女》、《刘崇龟》等，还留有唐人小说的遗风。有些作者亲历事件的记述，却能洞开境界，与国家、民族的兴衰联系在一起。如《仆射陂》以旌旗之献助李卫公破契丹进犯，明知为虚妄传奇之事，他自己的实地查验颇有些傻气，但不掩作品内容上的清俊格调。《耶孤儿》篇虽不免唯心色彩，但思想倾向鲜明，不减豪迈气概。这类作品中，对神道观念的宣扬有挥之不去的情愫，反映了作者的世界观和内在的信仰倾向。《斗山观》篇虽记述了他探访道家胜地斗山观的情景，但通过他的题诗，流露了他对神仙观念的热衷和不禁向往，也有证明“神道之不诬”的企图隐含其中。他的亲身经历的叙写中，有些篇章并未有预言先哲的色彩，而是表现出历史故事本来的面目，《大竹路》即为典型之一。该篇把“就地记述”与穿插历史典故紧密结合起来，增加了故事内容的厚度。有的作品不乏有求实精神，闪露智者的光芒，《辨白檀树》即为不可多得的优秀篇章。“白檀树”的神秘面纱，最终还是通过作者的考察与辨析，被合情合理的揭了下来，令人叫绝。

（二）叙事方面，简练有致，颇见章法，如《宜春郡民》、《张濬》等在叙述上繁简得当，章法紧凑。《李彦光》从一个掌有生杀大权的秦州吏因恶行遭果报的事例，对当权者提出具有人情化的劝诫。《刘钥匙》为《玉堂闲话》中有特色的篇章，它写出了陇右高利贷者刘钥匙的精明、阴险和刻薄。《刘自然》谈刻本注明出《儆戒录》，李剑国认为系《玉堂闲话》作品，勾画了一个因贪图妇女美发而草菅人命的秦州酷吏形象，虽然终遭果报，还是读来令人切齿。①《秦城芭蕉》表明唐末五代天水近乎边界，陇右衰微到不堪回顾盛唐气象时的概貌，而气候的异常、芭蕉异样绽放，竟示凶兆，不免宿命色彩浓重，颇显意味深长。《村妇》不仅展示了成州（今成县）远乡村妇杀灭兵寇的智

---

① 李剑国《唐五代志怪传奇叙录》，南开大学出版社1994年版，第158页。

勇，而且可靠地记载了成州的酿酒史至少可以追溯到唐天祐元年（904）以前。《河池妇人》以河池（今徽县）烈妇言行，赋就节义壮歌，弱女子终以人格的力量赢得尊重和自由。《王宰》也写河池事，王宰与小仆抗御“铁猾”匪帮固然可歌可泣，但少妇以勺挥釜汤泼退贼寇，很是令人叫绝，在独特的方式后面，表现了她的非凡胆略和智慧。《东柯院》所写陇城，为五代侨置，而东柯院应在中唐已负盛名，杜甫富有诗意的东柯谷中，至于后唐却已是妖孽横行，法师众人不可驾驭，其中不免作者的神异思想大行其道。《麦积山》除了文献价值外，还以其生动的描写和无畏的探索精神给人深远印象。《竹实》以陇右饥民采摘竹实度荒年的宏大场面震慑人心。《王行言》写秦州商民的人虎冤报，颇有离奇之处。《仲小小》篇既描述了猎杀野牦牛的残忍，也给我们展现了秦、成、阶三州唐末五代的生态环境。

（三）在语言使用上，朴素流畅，平易如话，如《征君》、《李任为赋》、《房知温》、《庞从》等用语并不刻意为之，虽距今千年有余，读来还是晓畅易懂。有相当多作品写到了关中和兴元（今汉中）陕南一带风物，这和作者的从政经历有关。如《渭滨钓者》虽然主题在宣扬从佛向善观念，但也写了宝鸡一带以香饵钓者为业的风俗。《胡令》写奉先县令胡某的吝啬小气，于故事中反映出在晚唐五代二人对弈的象棋颇为流行、令人痴迷的情况。《大安寺》所述民间奸猾者行骗的可憎，也展现了唐懿宗皇帝微服私访给社会生活的深刻影响。《目老叟为小儿》意在揭露道士招摇撞骗的卑劣，也反映了当时京都人崇尚丹书方士的社会风气。《田令孜》写了一个沉疴之人颇为传奇地得以治愈的经过，还通过相关内容，展现了唐时药饮发达、防治时疫的风俗。《法门寺》试图赞颂佛力的神奇，同时显现了唐时民间兴佛的巨大潜能。《商山路》在一个虎口脱险的故事背后，反映了那时中原到东南沿海民间商业的艰难。

写蜀地、南中山川的作品，给读者展现了一个别有洞天的艺术境界，给人遐想之处颇多，这类篇章在《玉堂闲话》中占有不小比例。《瞿塘峡》篇不仅反映了其得名于盛唐的实事，而且在文学史上，第一次以“瞿塘峡”为题作文,① 有重要的人文地理意义。如《南州》篇背笼而行的惊险之途和“犊儿细粪”、“麻虫裹蒸”的盘筵，大出人意料之外，显示了一个令人意想不到的境况。《歌者妇》中女歌者的节烈赴死，不由使人叹惋。《狨》写川金丝猴的生存状态，有着特别的风物意味，又经过作者对猎杀金丝猴者的鞭挞，使作品

① 蓝勇《三峡的得名和演变》，《史学月刊》1994 年第 3 期。

闪烁着人文主义的光芒。《选仙场》把南中道士选仙的肃穆场景和蟒蛇食人的结果对比表述，使批判的锋芒在叙述的平缓中显得意味深长。《狗仙山》用事件证明所谓“狗仙山”的虚妄和现象背后真正的原由，具有鲜明的求真精神。

（四）在刻画人物方面，注重在情节发展中使人物性格丰满起来。如《颜真卿》、《刘崇龟》、《刘钥匙》、《裴度》等篇，抓住人物性格的主要方面进行描写，或在故事情节的发展中自然而然地刻画人物性格，从而使所写人物形象生动，具有立体感。《振武角抵人》有着很强的故事性，魁岸而膂力超人的男子，许多好手摔跤都败在他的手下，岂料一个文弱书生将他击倒，非力量原因，而是利用了他怕见酱的弱点，十分相似于希腊神话中巨人安泰的故事和阿喀琉斯之踵的传说。《裴度》由弱者的角度检视宰相微服私访的风度和体察民情的胸怀，不禁令读者为不幸之人重获幸福和贤明权者成人之美而称快。明冯梦龙《古今小说》袭用其题材，改为《裴晋公义还原配》。《葛周》通过不以小节损才的用人策略，揭示了葛从周为后梁名将，威名著于敌中的原因。作者以《韩诗外传》“楚庄绝缨”和《史记》“秦缪释盗”的典故点题，还显出“大者无所不容”和“以德惠人”的特殊意义，为《古今小说·葛令公生遣弄珠儿》所本。其他如《于遘》赞扬钉铰匠不图财利、就人危难的高贵品质，《陈癞子》描画富商忌讳身体缺陷的变态心理，《白项鸦》写异于寻常的武者女妖，《市马》嘲讽膏粱子弟的无知和虚伪，都有值得注视的文学意义。

（五）此外，悬念的设置，情节的起伏推进，增强了作品的故事性和可读性。如《葛周》、《邹仆妻》、《杀妻者》、《孟乙》、《睿陵僧》、《李延召》等篇，不乏起伏曲折之笔，有较强的故事性，读来如闻其声，如见其人，有着独到的艺术价值。《王殷》篇虽然用寥寥几笔，也是一个宁死不屈的妇女形象跃然纸上。随从苗温企图遏止主子连帅王殷的叛行，事泄被杀，殃及苗妻，她不甘配隶别部军校的命运，割乳而死，其节烈行为令人感叹。《贺氏》写民家妇被丈夫遗弃、虐待，而婆婆又不慈爱，受尽凌辱，但她始终逆来顺受、以德抱怨、勤力奉侍，赞美她的贤孝品德。其他如《秦骑将》中石某之妻和婢女的刚勇，《河池妇人》写少妇的坚贞不屈，《歌者妇》写妇人如南中大帅魔爪、假意顺从寻机行刺为夫报仇而事败自刎的可嘉心志，《村妇》中成州妇女以计救夫、收拾匪贼的智勇双全，《王宰》写河池妇人以“勺挥釜汤”的独特战法击退匪徒得以自保等等，都歌颂那个战乱频仍时期特有的妇女机智勇敢的品

质。因此，在中国小说的历史演变中，王仁裕应占有一席不可或缺之地。①

第四节 《玉堂闲话》的文化张力

在今天的眼光来看，《玉堂闲话》等王仁裕小说体现的文化张力远较其诗、史作品要大得多。

一、《玉堂闲话》的神异文化色彩多显露于记奇者

《玉堂闲话》的作品如《齐州民》中的神异之杵、《房知温》中的闻鬼呼三公、《许生》篇中的许生入冥知朱仁忠显晦之事、《高辇》中的梦雷电晦冥征兆等等，融入社会文化心理及民族深层性格、大众文化与精英文化，亦幻亦真，亦庄亦谐，与整个社会风气呼应，呈现出开放而又不失庄重，恢弘热烈收放自如的状态。在这种情境下的神异之谈也如鱼得水，展示了自身的特有魅力，体现了“以神性说人性，以奇闻喻人文”的另类真实，这类神异作品所写虽奇，但神仙世界对读者不再陌生难近，也有喜怒哀乐。在作者看来人的至情至性正是神凡沟通的临界点。在王仁裕的笔下，神与异虽然已与常人平起平坐，但仍处于对立而被审视的阶段。人们还没有真正将自己的身心与神异世界沟通交流，只是把升仙或异变当做一种幸运的获致或当做游心寓日的对象来看待。“《玉堂闲话》有人仙错综的自我投入，对作品诗情的领会，也就更深了。”②

《玉堂闲话》的镜像文化意蕴深入到了感受天意、推断祸福的神异描写层面。在中国传统文化中，镜的确具有与天地相通的灵异，是实现天地人整合的绝佳媒介。《红楼梦》中的风月宝鉴，出在太虚幻境空灵殿上，为警幻仙子所制，那种隐含小说主题线索，游走于天地人之间的灵异和虚幻之光，贾瑞是终究未琢磨透其真谛，以至于殒命。相似的是，在《玉堂闲话》“陴湖渔者”篇中，渔者所获的铁镜，似有神性，在神秘氛围的背后，显露出知人意、晓祸福的特别功能。惜其篇幅短小，不能反映更多行质于当时社会的意蕴来。

《玉堂闲话》的夜叉文化蕴涵有鲜明的艺术特征。夜叉本为印度教传说中财神俱比罗的随从，有男有女，同俱比罗一起住在喜马拉雅山，是一种比较可爱的小神灵。但佛教文献中，夜叉往往又同罗刹一样，一律被认为是魔鬼的一

---

① 王晶波《陇土生活与唐小说的繁荣》，《社科纵横》1994 年第 6 期。

② 杨义《中国古典小说史论》，中国社会科学出版社 1995 年版，第 204～205 页。

种。佛教传入中国，也把夜叉带了进来。所以，在中国人的心目中，夜叉不是好东西，同于人妖。从《玉堂闲话》中的《无足妇人》、《白项鸦》等故事可以看出，有悖于那个时代审美倾向的女子形象，被归入夜叉、人妖一类。另如《马全节婢》等篇的女妖、夜叉形象使人们读之并不单纯地产生恐惧，而有时还随着阅读活动的展开渐生真切之感。

《玉堂闲话》对“胡”文化的展示也是别有机杼。“胡”这个名称在上古时期专门指称中原王朝北方边境地区的少数民族，即“胡族”。唐五代“胡”主要是用于称呼西方人。特别是用于指称波斯人、大食人以及天竺人、罗马人，还包括西域地区的少数民族及国家。唐五代对胡人是持蔑视态度的，这可以从《玉堂闲话》“朝士使朔方”、“耶孤儿”、“胡王”等条的描写可以看的出来。因为作者熟悉的是农耕文化，当他写到自己不太了解的游牧胡人文化时，难免会刻下本土文化的情感和观念。因此，《玉堂闲话》中的胡文化形象，既有真实，也有虚构；既能反映异域文明，又能表现本土文化精神。其中的一些相关描述，充分反映了农耕文化与商业文化之间的差别与矛盾，也反映了不同文化在那个时代的融合与渗透。

二、《玉堂闲话》的“狐”文化、“游丐”文化与“骗局”文化

《玉堂闲话》也写到了“狐”文化。《庞从》篇意在标明狐媚主凶，而《民妇》篇写狐之媚人情状很类于人。在这里，作者对狐的态度极为矛盾，一方而将狐当作通人情着加以生动描写，另一方面又对狐心生厌恶，这两种情绪中以后一种居多。在民妇看来，狐的行为虽没有祸及人身，但一经诱捕，就要打杀。这些离奇的故事表达了中原人对狐的反感心理。

《玉堂闲话》表现唐五代“游丐”文化有很直接的形象感。“游丐”之“游”是指远离故土，漂游在外。士子游丐是士子在经济困窘时的一种临时性行为，它不同于一般的乞讨，其行乞的对象，主要是政府官员和高门大户。所要的不止是温饱，而且还包括购买奴婢和再游之行李，就是能够保障举子阶层进行生活、交游、甚至是家人的需求。因为年均一次的科举、奔走于名人荐举、以及科举看重游历诗赋等原因，也由于官员对士子的早期投资形成的政治相资关系，游丐在形成生存状态的同时，也形成了一种文化现象。《尹用昌》篇中的游丐夫妇，“遇物即有所咏，其词皆有旨”，文学水平应该是不低的，但在当时的社会风气之下，产生了傲慢、轻薄心理。因此，常“遭众人乱殴”，境遇并不是很好，死后化仙，也还是免不了凄凉之感。《崔秘》中的游丐士子崔秘，以“我”到你处“游丐”，是“我”对你的尊重和认可为思想

支配点，在游丐过程中对地方官挑剔、不恭，显出这种文化堕落的一面。崔秘竟因为潘环“鼻柱之左有疮，脓血常流，每被熏灼，腥秽难可堪，目之为白死汉”而离去，可见其挑剔之至。这种“游丐”文化，也展示了一些士子游丐时道德沦丧、强抢予夺的劣性。《张咸光》篇所写张咸光、刘月明“每游贵门，即遭虐戏。方飧则夺其匕著，则袖中出箸。径间用之。”这就带有不顾人格丧失、恶抢逼迫的成分了，成为一种显明的堕落。

《玉堂闲话》表现的“骗局”文化有文学、社会学及心理学上的多重意义。中国古典小说不长于心理描写，但善于通过行动来描写人物心理。这可以从骗局小说《大安寺》中获得部分证明。小说中丐者一个精巧的骗局，展示的就是行骗者对被骗者心理的揣摩、利用之过程，其所具备的精巧、缜密、复杂、紧凑诸故事特征，确实具备独立的文学意义与审美价值。这篇作品的叙事十分紧凑短促，造成了环环相扣、于瞬间出人意表的阅读效果。

三、《玉堂闲话》表现了唐宋间过渡时期商业文化对农耕文化的冲击

王仁裕生活的唐末五代时期，是一个乱离的过渡时期。一方面工商业得到了空前的发展，同时它和战乱交织，给农业社会传统造成了前所未有的冲击与破坏。由此《玉堂闲话》在维护传统的重义轻利和尚农抑商观念方面，表现了这种严峻挑战的客观存在，由《刘钥匙》篇，可以窥见一斑。①

《刘钥匙》所揭露的高利贷商人巧取民财造成农民破产的事实，在唐五代有典型意义。那个时代的商业尽管已经开始了由古代型贩运贸易向近代型由生产推动的市场商业的转变过程，但其基本性质并未有根本性的改变，即不与生产相结合，以长途贩运奢侈品和异地土特产品为主。高额的商业利润由于无工业投资的出路，反过来投资农业，刘钥匙们大肆兼并土地和放高利贷增值，使得社会痼疾愈演愈烈，历史上理想的“均田制”土地分配方式成为一种贤明象征。《刘钥匙》所展示的社会文化心态在于：他取“民间资财”的“钥匙”，也即手中的“千金”——商业利润，投入土地，这样的商贾无异于盗人珍珠的窃贼。小说所反映的，对于失去土地的平民来讲，金钱无异于致人贫困的恶魔。《刘钥匙》等类型的小说生动地反映了一种在商业大潮冲击下的惶惑与恐惧的社会心理。

王仁裕这类小说实际表现的是农本文化面临商业文化的尴尬与难堪。刘钥

---

① 赵维江《从唐人小说看传统文化中的土地崇拜情结》，《宁波大学学报》（人文社科版）1998年第3期。

匙们的暴富，无情地嘲弄着重义轻利的的道德信条，这对我们认识今天的经济社会仍具有现实意义。《刘钥匙》篇所展现的商人资本对社会的冲击，时刻动摇着人们心目中的"农本位"，农业的萧条已在所难免，农民的流离失所终成必然。从这篇小说我们感受到，仅靠理性的批判，农本文化难以科学地阐释商业发展而引起的诸种社会矛盾和克服由价值失落而造成的社会恐慌心理。《刘钥匙》从土地崇拜情结寻求支持，以期望恢复农本文化的自信力，体现了作者一种抑商轻利的精神追求和意义归旨。

刘钥匙死后转世为农耕文化主要象征的"牛"，从故事蕴含的人文心理看，蕴涵深刻：他生前为商，高利贷牟利，这就直接破坏了传统农业社会的正常秩序，背弃了重义轻利的价值观念，所以，他必然要遭到神圣的惩罚，死后变为牛犊来洗刷其罪过。《刘钥匙》所反映的这种情绪，于无意识中使作品在农与商、义与利这两极价值之间做出明确选择。小说以支持农本文化的态度使这种文化取得了象征性胜利。《刘钥匙》的商贾描写，表现了这种交织着明确的理性思考与无意识心理定势的价值选择，展示出在那个急剧变动的过渡时代商业浪潮中农耕（农本）文化所面临的挑战及其反映。

当然，《玉堂闲话》展现的文化张力不仅仅在这几个方面。推陈出新的工作，还有待于来者。

第七章

《王氏见闻录》研究

《王氏见闻录》为宋代目录学和史志所著录，从宋人载录的情况看，其版本流传在宋末已经比较稀少。宋仁宗景祐至庆历年间官修的目录专书《崇文总目》著录《王氏见闻录》于史部“传记类”，而南宋郑樵《通志·艺文略》著录其于史部“杂史类”，并所附解题云：“晋王仁裕撰，记前蜀事。”由此可知，《王氏见闻录》应当撰成于五代后晋时，内容则多记前蜀王氏政权时朝野事迹。《王氏见闻录》的作时，还可以从作品本身窥见蛛丝马迹。《广记》卷190引《王氏见闻》“温造”条云：“南梁人自尔累世不敢复叛。余二十年前职於斯，故老尚历历而记之矣。”查《广记》卷397引《玉堂闲话》“斗山观”条：“兴平有斗山观……仁裕辛巳岁，于斯为节度判官。”按此南梁或为兴元，该书应撰成于后晋天福年间。

第一节　《王氏见闻录》的散佚和流传

《王氏见闻录》，五代王仁裕撰。《崇文总目》著录本书于史部传记类，《通志·艺文略》著录于史部杂史类，并有解题云：“晋王仁裕撰，记前蜀事。”知此书应撰成于后晋时，内容则多记前蜀王氏政权时朝野事迹。另《秘书省续编到四库阙书目》、《宋史·艺文志》则著录于子部小说家类。南宋晁、陈二家私家藏书志皆不著录本书，而前引《通志·艺文略》、《宋史·艺文志》两种书目均为抄录前代书志而成书者，可知南宋时《王氏见闻录》传本已稀，不久即亡失不存。经查《中国古代小说百科全书》虽在介绍王仁裕时有所提及，但并无专条介绍。①

① 中国大百科全书出版社编辑部编《中国古代小说百科全书》，中国大百科全书出版社1993年版，第551页。

一、《王氏见闻录》的散佚和流传情况

从南宋晁公武《郡斋读书志》、陈振孙《直斋书录解题》二种著名私家藏书志皆不著录《王氏见闻录》的情况看，该书在南宋民间的流传已经较为鲜见，《绀珠集》、《类说》不见摘引，显然存在着宋末《王氏见闻录》就已经散失、亡佚的可能，不大会有更晚流传该书的情况。至于《宋史・艺文志》的著录，显然是元末至正年间脱脱等编撰《宋史》时抄录了前代诸种书志，陈陈相因而已。另南宋绍兴中改定的佚名辑《秘书省续编到四库阙书目》以及《宋史・艺文志》著录《王氏见闻录》于子部"小说家类"，联系前者诸书载录情况考察，该书被载录经历了由传记类——杂史类——小说家类的变化，反映了当时学界人们对其认识观念的逐步发展和变化的过程：由史传、杂史向文学作品本身的回归。

《王氏见闻录》书名有不同书籍载录出现差异的现象，归纳起来，大致有《王氏见闻集》、《王氏闻见集》、《王氏见闻》、《见闻录》等数种。《崇文总目》云："《王氏见闻集》三卷"。《通志略》杂史类作《王氏闻见集》，卷数同。《秘书省续编到四库阙书目》、《宋志》小说类作《见闻录》，均题三卷。清顾怀三《补五代史艺文志》小说类，亦三卷，作《见闻录》。即便是征引《王氏见闻录》佚文最多的《太平广记》，或作《王氏见闻录》，或作《王氏见闻》等等。南宋委心子《新编分门古今类事》引作《王氏见闻》，南宋阙名《锦绣万花谷》引作《王氏闻见录》。其佚文还见宋司马光《通鉴考异》、明冯梦龙《古今谭概》和《情史》、明《永乐大典》等书。

二、《王氏见闻录》作品的辑佚

《王氏见闻录》原为3卷，均见《太平广记》所引，宋人书如《分门古今类事》等引及此书，内容则不出《太平广记》已称引者。① 从所记事来看，仅《温造》一则记宪宗时温造平南梁兵乱事，《金州道人》记僖宗时平黄巢谶应事，《潞王》一则为前蜀亡后事，其余均记前蜀兴亡前后事，可知《通志・艺文略》所述可信。此书为王仁裕随记见闻之作，多记前蜀君臣遗事和朝野杂闻，因王仁裕在蜀曾任翰林学士，得以直接接触有关人事，故所记多证实可信，有很高史料价值，如《王承休》一则记前蜀覆亡前王衍君臣巡游耽乐，长达4000多字，并详录蒲禹卿谏书，向为学者重视。书中喜谈征祥果报之事，

---

① 本书所引《王氏见闻录》诸条，除注明者外，其余均见于中华书局1961年版《太平广记》。

部分内容近于小说家言，殆因王氏随录所闻。前引宋人对此书著录部类的不同，大致可见时人对此书的态度。

《王氏见闻录》的辑佚工作，在上世纪初就开始了。最早为民国四年（1915）吴增祺编《旧小说》乙集自《广记》辑十五则，作为丛编之一的商务印书馆铅印平装本称《王氏见闻》，佚名撰。上世纪 80 年代中期，陈见微先生辑《王氏见闻录》32 条佚文，后面有李剑国先生在《隋唐五代小说叙录》中辑佚文 31 条，并附考释，再有陈尚君先生辑《王氏见闻录》31 条逸文①，但所辑似有漏遗。如《太平广记》卷第 126 “报应”类所收“萧怀武”条，注明“出《王氏见闻》”，但紧跟其后所收“李龟祯”条未标明出处，兹引如下：

> 乾德中，伪蜀御史李龟祯久居宪职。尝一日出至三井桥，忽睹十余人，摧头及被发者，叫屈称冤，渐来相逼。龟祯慑惧，回马径归，说与妻子。仍诫其子曰：“尔等成长筮仕，慎勿为刑狱官，以吾清慎畏惧，犹有冤枉，今欲悔之何及。”自此得疾而亡。②

本条笔记写前蜀监察御史李龟祯的离奇遭遇和戒子遗言，事件带有明显的生活化和传闻性质，据《通志》云《王氏见闻》“记前蜀事”的特点和仅居“萧怀武”则之后等诸方判断，应属《王氏见闻录》无疑。“李龟祯”条之后的“陈洁”条：

> 伪蜀御史陈洁，性惨毒，谳刑定狱，尝以深刻为务。十年内，断死千人。因避暑行亭，见蟢子悬丝面前，公引手接之，成大蜘蛛，衔中指，拂落阶下，化为厉鬼，云来索命。惊讶不已，指渐成疮，痛苦十日而死。③

其情况相似“李龟祯”条未标明出处，从写前蜀严刑峻法的酷吏遭受果报的情形看，也应属《王氏见闻录》无疑。再如《广记》卷 238 “诡诈”类所收“成都丐者”条：

> 成都有丐者，诈称落泊衣冠。弊服褴褛，常巡成都市廓，见人即展手希一文云：“失坠文书，求官不遂。”人皆哀之，为其言语悲嘶，

① 陈尚君辑《王氏见闻录》收入《五代史书汇编》傅璇琮等主编，苏州出版社 2006 年版。

② （宋）李昉《太平广记》（第 3 册），中华书局 1961 年版，第 895 页。

③ 同上。

形容憔悴。居于早迁桥侧。后有势家，于所居旁起园亭，欲广其池馆，遂强买之。及辟其圭窦，则见两间大屋，皆满贮散钱，计数千万。邻里莫有知者。成都人一概呼求事官人为“乞措大”。①

该故事《广记》谈刻本误为出《朝野佥载》，现在通行的汪绍楹校本据明抄本，甄别为出自《王氏见闻》名至实归，再用宋人《王氏见闻》“记前蜀事”的特点判定属《王氏见闻录》为确。

所以，今可辑到的《王氏见闻录》佚文确为33条。

三、《王氏见闻录》现存作品校注与评记

《王氏见闻录》现存作品计有33篇，分别是：《蜀士》、《陈岷》、《金州道人》、《萧怀武》、《李龟祯》、《陈洁》、《潞王》、《伪蜀主舅》、《兴圣观》、《骆驼杖》、《竹骝》、《温造》、《成都丐者》、《文处子》、《王承休》、《窦少卿》、《冯涓》、《封舜卿》、《杨铮》、《长须僧》、《韩伸》、《胡翙》、《吴宗文》、《蜀功臣》、《朱少卿》、《功德山》、《青城道士》、《陷河神》、《王宗信》、《王仁裕》、《王思同》、《姜太师》、《沈尚书妻》。其中篇幅最长者为《王承休》，容量为4千多字。下列《王氏见闻录》作品辑于《太平广记》等书，笔者（蒲向明）在辑录过程中参照其他诸本做了校订，以使自宋元以来该作流传中出现的文字舛误和遗漏得以纠正和补充。同时，对篇目中有关内容作一评记，以资解颐。

1. 蜀 士

伪王蜀有王氏子承协，幼承荫，有文武才，性聪明，通于音律。门下常养一术士，潜授战阵之法，人莫知之。术士褴褛弊衣，亦不受承协之资镪。承协后因蜀主讲武于星宿山下，忽于主前呈一铁枪，重三十余斤，请试之。由是介马盘枪，星飞电转。万人观之，咸服其神异。及入城，又请盘城门下铁关，五十余斤，两人舁致马上，当街驰之，亦如电闪。大赏之，擢为龙捷指挥使。其诸家兵法，三令五甲，悬之口吻。以其年幼，终不付大兵柄。奇异之术，信而有之。（出《太平广记》卷80）

【评记】据《资治通鉴》卷267，蜀主王建讲武于星宿山下，是在后梁开平二年（908年），军队规模有步骑30万人，可谓盛况。时王仁裕任秦州节度判官不久，王承协的传奇事件应是他听说后补记的。

---

① （宋）李昉《太平广记》（第3册），中华书局1961年版，第1837页。

2. 陈岷

后唐庄宗世子魏王继岌伐蜀，回军在道，而有邺都之变。庄宗与刘后命内臣张汉宾赍急诏，所在催魏王归阙。张汉宾乘驿，倍道急行，至兴元西县逢魏王，宣传诏旨。王以本军方讨汉州，康延孝相次继来，欲候之出山，以陈凯歌。汉宾督之。有军谋陈岷，比事梁，与汉宾熟，密问张曰："天子改换，且是何人?"张色庄曰："我当面奉宣诏魏王，况大军在行，谈何容易。"陈岷曰："久忝知闻，故敢谘问。两日来有一信风，新人已即位矣，复何形迹?"张乃说："来时闻李嗣源[一]过河，未知近事。"岷曰："魏王且请盘桓，以观其势，未可前迈。"张以庄宗命严，不敢迁延，督令进发。魏王至渭南遇害。(出《太平广记》卷80)

【校注】[一]"源"，《广记》作"元"，陈尚君据《旧五代史·唐明宗纪》改。

【评记】本篇所记还见于薛居正《旧五代史》列传三宗室"魏王李继岌"传。兴元西县，为汉末三国侨置县①，原西县在今礼县永兴乡、西和长道镇一带。② 文中陈岷虽有政治智慧，但还是不免李继岌死难。

3. 金州道人

金统水在金州。巢寇犯阙之年，有崔某为安康守，大驾已幸岷峨。惟金州地僻，户口晏如。忽有一道人诣崔言事曰："方今中原版荡，乘舆播迁，宗社陵夷，鞠为茂草，使君岂无心殄寇乎?"崔曰："泰山既颓，一木搘之可乎?"客曰："不然，所言殄者，不必以剑戟

争锋，力战原野。"崔曰："公将如何?"客曰："使君境内有黄巢谷、金统水，知之乎?"曰："不知，请询其州人。"州人曰："有之。"客曰："巢贼禀此而生，请使君差丁役，赍畚锸，同往掘之，必有所得。"乃去州数百里，深山中果有此名号者。客遂令寻源而斸之，仍使断其山冈，穷其泉源。泉源中有一窟，窟中有一黄腰人，既逼之，遂举身自扑，呦然而卒。穴中又获宝剑一。客又曰："吾为天下破贼讫。"崔遂西向进剑及黄腰，未逾剑、利，闻巢贼已平，大驾复国矣。(出《太平广记》卷85)

【评记】金州，即今陕西安康市。据史，南北朝时期安康先属南朝，后属北朝，先称直州，西魏废帝三年（554 年）设金州，因越河川道出麸金得州

---

① 见清顾祖禹《读史方舆纪要》卷五九《陕西八》。

② 赵逵夫《论"空城计"之有无与西城的地望》，《甘肃社会科学》2011 年第 5 期。

名。唐、五代、宋设金州安康郡，辖西城、汉阴、平利、旬阳、淯阳、石泉等六县。

4. 萧怀武

伪蜀有寻事团，亦曰中团，小院使萧怀武主之，盖军巡之职也。怀武自所团捕捉贼盗年多，官位甚隆，积金巨万，第宅亚于王侯，声色妓乐，为一时之冠。所管中团百余人，每人各养私名十余辈，或聚或散，人莫能别，呼之曰狗。至于深坊僻巷，马医酒保，乞丐佣作，及贩卖童儿辈，并是其狗。民间有偶语者，宫中罔不知。又有散在州郡及勋贵家，当庖看厩、御车执乐者，皆是其狗。公私动静，无不立达于怀武，是以人怀恐惧，常疑其肘臂腹心，皆是其狗也。怀武杀人不知其数，蜀破之初，有与己不相协，及积金藏镪之夫，日夜捕逐入院，尽杀之。冤枉之声，闻于街巷。后郭崇韬入蜀，人有告怀武欲谋变者，一家百余口，无少长戮于市。（出《太平广记》卷126）

【评记】公元907年王建在成都建立割据王国，史称前蜀。国内政治黑暗，各种矛盾激化，为钳制舆论、镇压反抗，王蜀实行高压政治，使用特务组织“寻事团”，亦名“中团”，来监督人民。本篇所载史实，新、旧《五代史》均未记载。但这是王仁裕目击的事实，确是十分珍贵的史料。公元918年，王建死，其子王衍继位。王衍是个昏聩无能之辈，只知享乐，不问国事。宦官王承休“以优笑狎暱见宠”，深得信任。此时，作者正在前蜀任中书舍人、翰林学士之职，因此蜀亡前夕的这段史实记述的最为详尽。

5. 李龟祯[一]

乾德中，伪蜀御史李龟祯久居宪职。尝一日出至三井桥，忽睹十余人，摧头及被发者，叫屈称冤，渐来相逼。龟祯慑惧，回马径归，说与妻子。仍诫其子曰：“尔等成长筮仕，慎勿为刑狱官，以吾清慎畏惧，犹有冤枉，今欲悔之何及。”自此得疾而亡。（出《太平广记》卷126）

【校注】[一] 本篇《广记》未标明出处，据“记前蜀事”的特点和仅居《萧怀武》则之后等方面看，应属《王氏见闻录》，故辑入。

【评记】乾德，前蜀后主王衍年号（919～924）。清赵翼《陔馀丛考》卷三十八论及人名讳龟，“五代前蜀有京兆李龟祯”。

6. 陈洁[一]

伪蜀御史陈洁，性惨毒，谳刑定狱，尝以深刻为务。十年内，断死千人。因避暑行亭，见蟢子悬丝面前，公引手接之，成大蜘蛛，衔中指，拂落阶下，化为厉鬼，云来索命。惊讶不已，指渐成疮，痛苦十日而死。（出《太平广

记》卷126）

【校注】[一] 本篇《广记》原阙出处，据“记前蜀事”的特点和处《萧怀武》、《李龟祯》二则之后诸面看，应属《王氏见闻录》，亦辑入。

【评记】陈洁酷吏，性格残忍，所涉奇事，包含了作者和世人因果报应观念。

7. 潞王

清泰之在岐阳也，有马步判官何某，年逾八十，忽暴卒。云有使者拘录，引出，冥间见阴君曰：“汝无他过，今放汝还。与吾言于潞王曰：‘来年三月，当帝天下。’可速返，达吾之旨。”言讫引出，使者送归。及苏，遂以其事密白王之左右，咸以妖妄而莫之信，由是不得闻于王。月余，又暴卒入冥，复见阴君。阴君怒而责之曰：“何故受吾教而竟不能达耶?”徐曰：“放汝去，可速导吾言，仍请王画吾形及地藏菩萨像。”何惶恐而退。见其庭院廊庑之下，簿书杂乱，吏胥交横。何问之，使者曰：“此是朝代将变，升降去留，将来之官爵也。”及再活，托以词讼见王。及见之，且曰：“某有密事上白。”王因屏左右问之，备述所见，王未之信。何曰：“某年逾八十，死在旦夕，岂敢虚妄也。”王默遣之。来春，果下诏攻岐阳，唯何叟独喜，知其必验。至期，何叟之言，毫发无差矣。清泰即位，擢何叟为天兴县令。固知冥数前定，人力其能遏之乎。（出《太平广记》卷136。《分门古今类事》卷2所引稍异）

【评记】清泰，后唐末帝李从珂的年号（934年4月～936年闰11月），共计三年。岐阳，县名，治今岐山县岐阳镇。本篇写李从珂从潞王到后唐末帝的神奇经历，意在宣扬“冥数前定、非人力其能遏”的主题，反应了作者历史的局限，但潞王从马步判官何某得到的杜撰讨好之词，给了他很好的心理暗示，是其成功的客观诱因，尚不能排除。

8. 伪蜀主舅

伪蜀主之舅，累世富盛，于兴义门造宅。宅内有二十余院，皆雕墙峻宇，高台深池，奇花异卉，丛桂小山，山川珍物，无所不有。秦州董城村院，有红牡丹一株，所植年代深远，使人取之，掘土方丈，盛以木柜，自秦州至成都，三千余里，历九折、七盘、望云、九井、大小漫天，隘狭悬险之路，方致焉。乃植于新第，因请少主临幸。少主叹其基构华丽，侔于宫室，遂戏命笔，于柱上大书一“孟”字，时俗谓孟为不堪故也。明年蜀破，孟氏入成都，据其第。忽睹楹间有绛纱笼，迫而视之，乃一“孟”字。孟曰：“吉祥也，吾无易此居。”孟之有蜀，盖先兆也。（出《太平广记》卷136）

【评记】本篇展示王蜀统治集团时极其腐朽的。王衍的国舅于成都造豪华府邸已达到令皇帝都叹为观止的程度，深表“不堪”，一花尚费如此周折，至于其余更不必言说了。这样侈靡腐败，国家焉能不亡？

9. 兴圣观

蜀城旧有兴圣观，废为军营，庭宇堙毁，已数十年。军中生子者，奕世擐甲矣，殊不知此为观基。甲申岁，为蜀少主生日，僚属将率俸金营斋。忽下令，遣将营斋之费，及修兴圣观。左徒藏事，急如星火，不日而观成。丹雘未晞，兴圣统师而入蜀。嗟乎！国之兴替，运数前定，其可以苟延哉！（出《太平广记》卷140）

【评记】兴圣观的盛衰和国家兴替有关，隐隐之中似有一种不可抗拒的历史机缘，那就是运数前定。虽有宿命的浓厚色彩，但也客观反映了世事难料的沧桑之感。

10. 骆驼杖

蜀地无骆驼，人不识之。蜀将亡，王公大人及近贵权幸出入宫省者，竟执骆驼杖以为礼，自是内外效之。其杖长三尺许，屈一头。傅以桦皮。识者以为不祥。明年，北军至，骆驼塞剑栈而来，般辇珍宝，填满城邑，至是方验。（出《太平广记》卷140）

【评记】以动物的异常行为或者动物本身来预测凶吉，是这类小说重要的主题。这种前兆迷信，是根据事物产生前的迹象或征候来预测事物凶吉祸福的一种习俗，是一种无心遇到之兆，属“自来之兆”。

11. 竹騮

竹騮者，食竹之鼠也。生于深山溪谷竹林之中无人之境，非竹不食，巨如野狸，其肉肥脆。山民重之，每发地取之甚艰。岐梁睚眦之年，秦陇之地，无远近岩谷之间，此物争出，投城隍及所在民家。或穿墉坏城，或自门阈而入，犬食不尽，则并入人家房内，秦民之口腹饫焉。忽有童谣曰：“騮騮引黑牛，天差不自由。但看戊寅岁，扬骨蜀江头[一]。”智者不能议之[二]。庚午岁，大梁同州节度使刘知俊叛梁入秦，家于天水。天水破，流入蜀。居数年间，蜀人又谣曰：“黑牛无系绊，棕绳一时断。”伪蜀先主闻之，惧曰：“黑牛者，刘之小字；棕绳者，吾子孙之名也。盖前辈连宗字，后辈连承字为名[三]，棕绳与宗承音同。吾老矣，得不为子孙之患乎？”于是害刘公以厌之。明年，岁在戊寅，先主不豫，合眼刘公在目前。蜀人惧之，遂粉刘之骨，扬入于蜀江。先主寻崩。议者方知騮者刘也，黑牛者刘之小字，戊寅岁扬骨入于蜀江之应。（出

《太平广记》卷163。陈尚君辑云《分门古今类事》卷13引出《益部耆旧传》)

【校注】[一]“扬骨”,《广记》作“杨在”,陈尚君据《分门古今类事》改。[二]“议”,《分门古今类事》作“识”。[三]“盖前辈连宗字,后辈连承字为名”句,《分门古今类事》作“盖王氏子孙,以宗承字为名”。

【评记】本文称竹𩢷,为食竹之鼠,故有人认为就是指竹鼠。从文中比竹𩢷大小如野狸,的情况看,或所记竹𩢷形状、大小、生活习性都与小熊猫(有论者认为是大熊猫)相符。这个记载,不仅年代较早,而日远较《本草纲目》详备。野狸,属猫科动物,有些地方叫它狸猫,品种很多,体貌比猫大比狗小。古人也笼统称野生狐狸为野狸。

12. 温造

宪宗之代,戎羯乱华。四方徵师,以静边患。诏下南梁,起甲士五千人,令赴关[一]下。将起,帅人作叛,逐其帅,又惧朝廷讨伐,因团集拒命者岁余。宪宗深以为患,择帅者久之,京兆尹温造请行。宪宗问其兵储所费,温曰:“不请寸兵尺刃而行。”至其界,梁人觇其所来[二],止一儒生,皆相贺曰:“朝廷必不问其罪,复何患乎?”温但宣诏敕安存,至则一无所问。然梁帅负过,出入者皆不舍器仗,温亦不诫之。他日,球场中设乐[三],三军下令[四],并任执带弓剑赴之,遂令于长廊之下就食。坐筵之前,临阶南北两行,悬[五]长索两条,令军人各于面前索上,挂其弓剑而食。逡巡,行酒至,鼓噪一声,两头齐抨其索,则弓剑去地三丈余矣。军人大乱,无以施其勇,然后阖户而斩之。五千余人,更无噍类。其间有百姓随亲情及替人有赴设来者甚多,并玉石一概矣。南梁人自尔累世不敢复叛。余二十年前职于斯,故老尚历历而记之矣。(出《太平广记》卷190)

【校注】[一]“关”,陈尚君疑为“阙”。[二]“来”《广记》谈刻本原作“求”,汪校据明抄本改。[三]明抄本“乐”作“宴”。[四]“令”,《广记》谈刻本原作“士”,据汪校引明抄本改。[五]“悬”,《广记》谈刻本原阙,汪校据明抄本补。

【评记】作者广泛接触故老传闻,勤于调查。他以触目惊心的事实,揭露了统治集团的罪恶。唐宪宗时,京兆尹温造自请命去兴元镇压未执行军令的五千名叛军。温造用计,五千兵士,及余者百姓亲随甚多,阖户而斩之。一并玉石俱焚。这样的大规模残酷屠杀事件,发生在作者生前半个多世纪,而作者“二十年前职于斯”,依然使人不寒而栗。

13. 成都丐者[一]

成都有丐者，诈称落泊衣冠。弊服褴缕，常巡成都市鄽，见人即展手希一文云：“失坠文书，求官不遂。”人皆哀之，为其言语悲嘶，形容憔悴。居于早迁桥侧。后有势家，于所居旁起园亭，欲广其池馆，遂强买之。及辟其圭窦，则见两间大屋，皆满贮散钱。计数千万。邻里莫有知者。成都人一概呼求事官人为“乞措大”。(出《太平广记》卷238)

【校注】[一] 本则故事《广记》谈刻本作出《朝野佥载》，汪校引明抄本作出《王氏见闻》。内容“记蜀中事”，汪校为是。故辑入。

【评记】靠乞讨可以致富，乍听不可想象，但现实确实如此，成都丐者能成为“家有大屋，满贮散钱”的巨富，正如拍案惊奇。表面为乞丐，实际是富户的现象，在当今社会，也屡屡上演。

14. 文处子

有处子[一]姓文，不记其名，居汉中。常游两蜀侯伯之门，以烧炼为业。但留意于炉火者，咸为所欺。有富商李十五郎者，积货甚多。为文所惑，三年之内，家财罄空。复为识者所诮，追而耻之，以至自经。又有蜀中大将，屯兵汉中者，亦为所惑。华阳坊有成太尉新造一第未居，亦[二]其空静。遂求主者，赁以烧药。因火发焚其第，延及一坊，扫地而静。文遂夜遁，欲向西取桑林路，东趋斜谷，以脱其身。出门便为猛虎所逐，不得西去，遂北入王子山谿谷之中。其虎随之，不离跬步。既窘迫，遂攀枝上一树，以带自缚于乔柯之上。其虎绕树咆哮。及晓，官司捕逐者及树下，虎乃徐去。遂就树擒之，斩于烧药之所。(出《太平广记》卷238)

【校注】[一] 汪校引明抄本“子”作“士”。[二] “亦”，陈尚君辑本作“言”。

【评记】处子，义同处士。指有德才而隐居不愿作官的人。唐李邕《叶有道碑》云：“且薛方、逢萌，备外臣之礼；虞仲、夷逸，终处子之业。”但此篇中文处子德才俱损，以做失德之事为能，终遇凶险，结果遭斩身死，应验了“多行不义必自毙”的古训。

15. 王承休

蜀后主王衍宦官王承休，后主以优笑狎暱见宠。有美色，恒侍少王寝息，久而专房。承休多以邪僻奸秽之事媚其主，主愈宠之。与韩昭为刎颈之交，所谋皆互相表里。承休一日请从诸军拣选官健，得骁勇数千，号龙武军。承休自为统帅，并特加衣粮，日有优给。因乞秦州节度使，且云：“原与陛下于秦州

采掇美丽。且说秦州之风土，多出国色。仍请幸天水。”少主甚悦，即遣仗节赴镇。应所选龙武精锐，并充衙队从行。

到方镇下车，当日毁拆衙庭，发丁夫采取材石，创立公署使宅，一如宫殿之制。兼以严刑峻法，妇女不免土木之役。又密令强取民间子弟[一]，使教歌舞伎乐。被获者，令画工图真及录名氏，急递中送韩昭。昭又密呈少主。少主睹之，不觉心狂。遂决幸秦之计，因下制曰：“朕闻前王巡狩，观土地之惨舒，历代省方，慰黎元之傒望。西秦封域，远在边隅。先皇帝画此山河，历年征讨，虽归王化，未浃惠风。今耕稼既属有年，军民颇闻望幸，用安疆场，聊议省巡。朕选取今年十月三日幸秦州，布告中外，咸使闻知。”由是中外切谏不从。母后泣而止之，以至绝食。

前秦州节度使判官蒲禹卿叩马泣血，上表谏曰：“臣闻尧有敢谏之鼓，舜有诽谤之木，汤有司过之士，周有诫慎之鞀。盖古者明君，克全帝道，欲知己过，要纳谠言。将引咎而责躬，庶理人而修德。陛下自承祧秉录，正位当天，爱闻逆耳之忠言，每犯颜而直谏。且先皇帝许昌发迹，阆苑起身，历艰辛于草昧之中，受危险于虎争之际。胼胝戈甲，寝寤风霜，申武力而拘诸原，立战功而平多垒，亡躯致命，事主勤王，方得成家，至于开国。今日鸿基霸盛，大业雄崇，地及雍、凉，界连南北。德通吴、越，威定蛮陬，郡府颇多，关河渐广，人物秀丽，土地繁华，当四海辐裂之秋，成万代龙兴之业。陛下生居富贵，坐得乾坤，但好欢娱，不思机变。臣欲望陛下，以名教而自节，以礼乐而自防，循道德之规，受师傅之训，知社稷之不易，想稼穑之最难，惜高祖之基扃，似太宗之临御，贤贤易色，孜孜为心。无稽之言勿听，弗询之谋勿用，听五音而受谏，以三镜而照怀，少止息于诸处林亭，多观览于前王经史，别修上德，用卜远图，莫遣色荒，毋令酒惑，常亲政事，勿恣闲游。

臣窃闻陛下欲出成都，往巡边垒。且天水地远，峻恶难行，险栈欹云，危峰插汉，微雨则吹摧阁道，稍泥则沮滑山程，岂可鸣銮，那堪叱驭！又复敌京咫尺，塞邑荒凉，民杂蕃戎，地多岚瘴，别无华风异景，不可选胜寻幽。陇水声悲，胡笳韵咽，营中止带甲之士，城上宿枕戈之人。看探虏于孤峰，朝朝疑虑；睹望旗于峻岭，日日堤防。是多山足水之乡，即易动难安之地，麦积崖无可瞻恋，米谷峡何亚连知[二]。路遇嗟山，程通怨水。秦穆圉马之地，隗嚣僭位之邦。是以一人出行，百司参从，千群雾拥，万众星驰，当路州县摧残，所在馆驿隘少，止宿尚犹不易，供须固是为难。纵若就中指挥，自破属省钱物，未免因依扰践，触处凌迟。以此商论，不合轻动。其类苍龙出海，云行雨施。

岂教浪静风恬，必见伤苗损稼。所以銮舆须止，天步难移。况顷年大驾，只到山南，犹不关进发兵士。此时直至天水，未审如何制宜。自当初打破梁原城池，掳掠义宁户口，截腕者非一，斩首者甚多，匪惟生彼人心，抑亦损兹圣德。今去洛京不远，复闻大驾重来，若彼预有计谋，此则便须征讨。况凤翔久为进敌，必贮奸谋。切虑妄构妖词，致生衅隙。又陛下与唐主始申欢好，信币交驰。但虑闻道圣驾亲行，别怀疑忌，其必特差使命，请陛下境上会盟。未审圣躬去与不去？若去，则相似秦、赵争强，彼此难屈；若不去，即便同鲁、卫不睦，战伐寻兴，酌彼未萌，料其先见。愿陛下思忖。

臣伏闻自古帝王，省方巡狩，吊民伐罪，展义观风，然后便归九重，别安万姓。今陛下累曾游历，未闻一件教条，止于跋涉山川，驱驰[三]人马。秦苑则舟船几溺，青城则嫔采将沈，自取惊忧，为何切事？却还京辇，不悦军民，但郁众情，莫彰帝德。忆昔先皇在日，未尝无故巡游。陛下纂承已来，率意频离宫阙，劳心费力，有何所为？此际依前整跸，又拟远别宸居。昔秦皇之鸾驾不回，炀帝之龙舟不返，陛下圣逾秦帝，明甚隋皇。且无北筑之虞，焉有南游之弊？宽仁大度，笃孝深慈。知稼穑之艰难，识古今之成败，自防得失，不纵襟怀，忍教致却宗言将[四]道断，使烝民以何托，令慈母以何辜。若不[五]虑以危亡，但恐乖于仁孝。况玉京金阙，宝殿珠楼，内苑上林，琼池环圃，香风满槛，端露盈盘。钧天之乐奏九韶，回雪之舞呈八佾。簇神仙于清虚之境，列歌舞于阆苑之中。人间胜致，天下所无，时或赏游，足观奇趣。何必须于远塞，看彼荒山，不惜圣躯，有何禅益？

方今岐阳不顺，梁园已亡，中原有人，大事未了。且当国生灵受弊，盗贼横行，纵边延无峰火之危，而内地有腹心之患。陛下千年膺运，一国称尊。文德武功，经天纬地。考逾于舜，仁甚于汤。百行皆全，万机不扰，聪明博达，识量变通，深负智谋，独怀英杰。方居大宝，正是少年，既成社稷之基，复把山河之险。但不远听深察，居安虑危。辟四门以求贤，总万邦而行事，咸有一德，端坐九重。使恩威并行，赏罚必当，平分雨露，遍及疮痍，令表里以宽舒，使子孙以昌盛，布临人之惠化，立济众之玄功。选拣雄师，思量大计，振彼鸱张之势，壮兹虎视之威。秣马训兵，丰粮利器。彼若稍有微衅，此即直下平吞，正取时机，大行王道。自然百灵垂佑，四海归仁。众心成城，天下治理。即目蜀都强盛，诸国不如，贤士满朝，圣人当极。

臣愿百姓乐于贞观，万乘明于太宗，采药石之言，听刍荛之说，爱惜社稷，医疗军民，似周武谔谔而昌，知辛纣唯唯而灭，无饰非拒谏之事，有面折

廷争之人，因我睿朝，益我皇化。陛下莫见居人稠叠，谓言京辇繁华，盖是外处凌残，住止不得，所以竞来臻凑，贵且偷安。今诸州虐理处多，百姓失业欲尽，荒田不少，盗贼成群。乞陛下广布腹心，特令闻见。且蜀国从来创业，多乏永谋，或德不及于两朝，或祚不延于七代。刘禅俄降于邓艾，李势遽归于桓温，皆为不取直言，不恤政事，不行王道，不念生灵。以至国人之心，无一可保，山河之险，不足可凭。陛下至圣至明，如尧如舜，岂后主之相匹，岂子仁之比伦。有宽慈至孝之名，有远见长谋之策，不信谄媚，不恣耽荒，出入而有所可征，动静而无非经久，必致万年之业，终为四海之君。

臣愿陛下且住銮舆，莫离京国，候中原无事，八表来王，天下人心，咸归我主。若群流赴海，众蚁慕膻，有道自彰，无思不服。匪惟要看天水，直可便坐长安，是微臣之至恳，举国之深愿。臣闻天子有诤臣七人，虽无道，不失其天下。是以辄倾丹恳，仰谏圣明，不藉官荣，不沽多誉，情非讪上，理直忧君。虽无折槛之能，但有触鳞之罪，不避诛殛，辄扣天庭。臣死如万类之中，去一蝼蚁。陛下或全无忖度，须向边陲，遗圣母以忧心，令庶寮以怀虑，全迷得失，自取疲劳，事有不虞，悔将何在！臣愿陛下稍开谏路，微纳臣言，勿违圣后之情，且允国人之望，俯存大计，勿出远边。”

后主竟不从之。韩昭谓禹卿曰：“我取汝表彰，候秦州回日，下狱逐节勘之。勿悔！”至十月三日，发离成都。四日，到汉州。凤州王承捷飞驿骑到秦云：“东朝差兴圣令公，统军十余万，取九月到凤州。”少主独谓臣下设计，要沮其东行。曰：“朕恰要亲看相杀，又何患乎？”不顾而进。上梓潼山，少主有诗云：“乔岩簇冷烟，幽迳上寒天。下瞰峨嵋岭，上窥华岳巅。驱驰非取乐，按幸为忧边。此去将登陟，歌楼路几千。”宣令从官继和。中书舍人王仁裕和曰：“采杖拂寒烟，鸣驺在半天。黄云生马足，白日下松巅。盛得安疲俗，仁风扇极边。前程问成纪，此去尚三千。”成都尹韩昭、翰林学士李浩弼、徐光浦并继和，亡其本。

至剑州西二十里已来，夜过一磎山。忽闻前后数十里，军人行旅，振革鸣金，连山叫噪，声动溪谷。问人云：“将过税[六]人场[七]，惧有鸷兽搏人，是以噪之。”其乘马亦[八]咆哮恐惧，垂之不肯前进。众中有人言曰：“适有大驾前，鸷兽自路左丛林间跃出，于万人中攫将一夫而去。”其人衔到溪洞间，尚闻唱“救命”之声。况天色未晓，无人敢捕逐者，路人无不流汗。迟明，有军人寻之，草上委其余骸矣。

少主至行宫，顾问臣僚，皆陈恐惧之事。寻命从臣令各赋诗。王仁裕诗曰：“剑牙钉舌血毛腥，窥算劳心岂暂停。不与天朝除患难，惟于当路食生灵。从将[九]户口资馋口，未委三丁税几丁。今日帝王亲出狩，白云岩下好藏形。”翰学士李浩弼进诗曰：“岩下年年自寝讹，生灵餐尽意如何。爪牙众后民随减，溪壑深来骨已多。天子纪纲犹被弄，客人穷独困难过。长途莫怪无人迹，尽被山王税杀他。”少主览此二篇，大笑曰：“此二臣之诗，各有旨也。朕亦于马上构思，三十余里，终不就。”于是命各官从臣，翰林学士徐光浦、水部员外王巽亦进诗。至剑门，少主乃题曰：“缓辔逾双剑，行行蹑石棱。作千寻壁垒，为万祀依凭。道德虽无取，江山粗可矜。回看成阙路，云垒树层层。”后侍臣继，成都尹翰昭和曰：“闭关防外寇，孰敢振威棱。险固疑天设，山河自古凭。三川奚所赖，双剑最堪矜。鸟道微通处，烟霞钅巢百层。”王仁裕和曰：“孟阳曾有语，刊在白云棱。李、杜常挨托，孙、刘亦恃凭。庸才安可守，上德始堪矜。暗指长天路，浓峦蔽几层。”又命制《秦中父老望幸赋》一首进之，今亡其本。过白卫岭，大尹韩昭进诗曰：“吾王巡狩为安边，此去秦享尚数千。夜照路歧山店火，晓通消息成瓶烟。为云巫峡虽神女，跨凤秦楼是谪仙。八骏似龙人似虎，何愁飞过大漫天。”少主和曰：“先朝神武力开边，画断封疆四五千。前望陇山屯剑戟，后凭巫峡锁烽烟。轩皇尚自亲平寇，嬴政徒劳爱学仙。想到隗宫寻胜处，正应莺语暮春天。”王仁裕和曰：“龙旆飘摇指极边，到时犹更二三千。登高晓蹋巉岩石，冒冷朝充断续烟。自学汉皇开土宇，不同周穆好神仙。秦民莫遣无恩及，大散关东别有天。”

洎至利州[十]，已闻东师下固镇矣。旬日内，又闻金牛败卒，塞硖而至。其时蜀师十余万，自绵汉至于深渡千余里，首尾相继，皆无心斗敌。遣使臣逼促，则回枪刺之曰：“请唤取龙武军相战。不惟勇敢，况且偏请衣粮。我等拣退不堪，何能相杀，实无余何！”十月二十九日狼狈而归，于栈阁悬险溪岩壑之中，连夜继昼，却入成都。康延孝与魏王继踵而入，少主于是树降。东军未入前，王宗弼杀韩昭、枢密使宋光嗣、景[十一]润澄、宣徽使[十二]李周辂、欧阳冕[十三]等。王承休握锐兵于天水，兵刃不举。既知东军入蜀，遂拥麾下之师及妇女孩幼万余口，金银缯帛，于西蕃买路归蜀。沿路为左衽掳夺，并经溪山，冻饿相践而死。迨至蜀，存者百余人，唯与田宗汭等脱身而至。魏王使人诘之曰：“亲握锐兵，何得不战？”曰：“惮大王神武，不敢当其锋。”曰：“何不早降？”曰：“盖缘王师不入封部，无门输款。”曰：“其初入蕃部，几许人同行？”曰：“万余口。”“今存者几何？”曰：“才及百数。”魏王曰：“汝可偿此万人之命。”遂尽斩之。蜀师不战，坐取亡灭者，盖承休、韩昭之所致也。人

多不知之。(出《太平广记》卷241)

【校注】[一]“弟”,汪绍楹校注本引明抄本作“女”。[二]“知”,汪绍楹校注本引明抄本作“如”。[三]“驰”,《广记》谈刻本原缺,汪绍楹校注本据明抄本补。[四]“致却宗言将”,汪绍楹校注本引明抄本作作“政衰可言”。[五]“不”,《广记》谈刻本作“何”据汪绍楹校注本引明抄本改。[六]“税”,《广记》谈刻本原作“视”,汪校据明抄本改。[七]“场”,《广记》谈刻本原作“伤”,汪校据明抄本改。[八]“亦”,《广记》谈刻本原作“不”,汪校据明抄本改。[九]“将”,《广记》谈刻本原阙,汪校据明抄本补。[十]“州”,《广记》谈刻本原作“周”,汪校据许本改。[十一]“景、嗣”二字,《广记》谈刻本原阙,汪校黄本补。[十二]“宣徽使”,《广记》谈刻本原作“宣徽州使”,据汪校引明抄本无“州”字,删去。[十三]“冕”,汪校引明抄本作“晃”。

【评记】本篇长达4000余字,为王仁裕现存作品中最长者,它详细记录了前蜀后主王衍咸康元年(925)北幸秦州兵败亡国之事。王仁裕于咸康元年(925)为蜀中书舍人、翰林学士,十月随王衍北幸秦州,亲身经历了前蜀内部政权倾覆的全过程,内容虽拖沓重复较多,但记述颇为真实细致,可补正史之缺。本篇所记这一段历史可称为王蜀灭亡前最翔实的史料,可以与《新五代史》、《资治通鉴》、《蜀梼杌》、《十国春秋》等史书比较互参。至今任何一部史书就该事件都没能记得如此具体详细。

16. 窦少卿

有窦少卿者,家于故都,素[一]于渭北诸州。至村店中,有从者抱疾,寄于主人而前去。历鄜、延、灵、夏,经年未归,其从者寻卒于店中。此人临卒,店主问曰:“何姓名?”此仆只言得“窦少卿”三字,便奄然无语。店主遂坎路侧以埋之,卓一牌向道曰:“窦少卿墓”。与窦相识者过之,大惊讶,问店主,店主曰:“牌上有名,固不谬矣。”于是更有识窦者经过,甚痛惜。有至亲者报其家,及令骨肉省其牌,果不谬。其家于是举哀成服,造斋相次,迎其旅榇殡葬,远近亲戚,咸来吊慰。葬后月余,有人附到窦家书,归程已近郡,报上下平善。其家大惊,不信,谓人诈修此书。又有人报云:“道路间睹其形貌,甚是安健。”其家愈惑之,遂使人潜逆之,窃窥于[二]路左,疑其鬼物。至其家,妻男皆谓其魂魄归来。窦细语其由,方知埋者是从人,乃店主卓牌之错误也。(出《太平广记》卷242)

【校注】[一]“素”,汪校引明抄本作“索”。[二]“于”,别本作

“其”。

【评记】本篇写错传死讯而至于亲属信以为真，窦少卿的遭遇，在以后历代屡见不鲜。即使今天信息如此发达，讹传死讯事件也时有发生。所以，本故事的题材并无新颖，品之，在叙述语言上，写人情致，颇有性状，如临其境。故事结构也详略得当，很具文学性。

17. 冯涓

冯涓，旧唐名士，雄才奥学，登进士第，履历已高。唐帝幸梁、洋，涓扈跸焉。至汉中，诏除眉州刺史。赴任，至蜀阻兵，王氏强縻于幕中。性耿概不屈，恃才傲物，甚不洽于伪蜀主。知王氏有异图，辄不相许。或赠缯帛，必锁柜中，题云“贼物”，蜀主虽知，怜其文艺，每强容之。时或不可，数揖出院，欲挞杀之，略无惧色。后朱梁遣使致书于蜀，命诸从事韦庄辈，具草呈之，皆不惬意。左右曰：“何妨命前察判为之?”蜀主又有惭色。梁使将复命，不获已，遂请复职。便亟修回复，涓一笔而成，大称旨。于是却复前欢。因召诸厅同宴，饮次，涓敛衽曰：“偶记一话，欲对大王说，可乎?”主许之。曰：“涓少年，多游谒诸侯，每行，即必广赍书策，驴亦驮之，马亦驮之。初戒途，驴咆哮跳踯，与马争路而先，莫之能制。行半日后，抵一坡，力疲足惫，遍体汗流，回顾马曰：‘马兄马兄，吾去不得也，可为弟搭取书。’马兄诺之，遂併在马上。马却回顾谓驴曰：‘驴弟，我为你有多少伎俩，毕竟还搭在老兄身上?’蜀主大笑，同幕皆遭凌虐。及伪蜀开国，终不肯居宰辅。（出《太平广记》卷257）

【评记】本篇通过几个较为典型的片段描写，充分说明了冯涓性格滑稽，语多讥消、虽有才华但为人尖刻、轻薄鄙陋的性格。冯涓，唐吏部尚书冯宿之孙，大中四年进士，生卒年不可考。吴任臣《十国春秋》卷四十《冯涓传》记载了冯涓大胆进谏蜀主之事，何光远《鉴戒录》卷四《轻薄》记载冯涓与王锴酒间之戏，语出轻薄，《北梦琐言》卷三《杜审权斥冯涓》记载冯涓嚣浮浅露，言泄自己将上任之事。这些记载与本篇故事人物性格统一，可以互参。

18. 封舜卿

朱梁封舜卿文词特异，才地兼优，恃其聪俊，率多轻薄。梁祖使聘于蜀，时岐、梁眦睚，关路不通，遂溯汉江而上，路出金州[一]，土人全宗朗[二]为帅。封至州，宗朗致筵于公署。封素轻其山州，多有傲睨，金之人莫敢不奉之。及执斝索令，曰：“《麦秀两歧》。”伶人愕然相顾：“未尝闻之，且以他曲相同者代之。”封摆头曰：“不可。”又曰[三]：“《麦秀两歧》。”复无以措手。

主人耻而复恶，杖其乐将。停盏移时，逡巡，盏在手，又曰："《麦秀两歧》。"既不获之，呼伶人前曰："汝虽是山民，亦合闻[四]大朝音律乎！"金人大以为耻。次至汉中，伶人已知金州事，忧之。及饮会，又曰："《麦秀两歧》，亦如金之筵，三呼不能应。有乐将王新殿前曰："略乞侍郎唱一遍。"封唱之未遍，已入乐工之指下矣。由是大喜，吹此曲，讫席不易之。其乐工白帅曰："此是大梁新翻，西蜀亦未尝有之，请写谱一本。"急递入蜀，具言经过二州事。洎封至蜀，置设。弄参[五]军后，长吹《麦秀两歧》于殿前，施芰麦之具，引数十辈贫儿，褴缕衣裳，携男抱女，挈筐笼而拾麦，仍合声唱，其词凄楚，及其贫苦之意，不喜人闻。封顾之，面如土色，卒无一词，惭恨而返。乃复命，历梁、汉、安、康等道，不敢更言"两歧"字，蜀人嗤之。（出《太平广记》卷257）

【校注】［一］"金"，《广记》谈刻本作"全"，据汪校引明抄本改。下同。［二］"朗"，《广记》谈刻本作"朝"，据汪校引明抄本及《资治通鉴》卷265、《十国春秋》卷39《王宗朗传》改。下同。［三］"又"，《广记》谈刻本作"文"，汪校据明抄本改。［四］"闻"，《广记》谈刻本作"门"，汪校据明抄本改。［五］"参"，《广记》谈刻本作"三"，汪校据明抄本改。

【评记】本篇陈尚君置于《广记》卷242"窦少卿"一则之后，并称出同前。误。此文写五代下级官吏封舜卿持才傲物、恃俊轻薄的轶事，为其他正史所不载。为今人了解五代时期这一阶层普通仕任的出行、交游、施政等情况具有重要的文史意义。封舜卿还可参见王灼《碧鸡漫志》引《文酒清话》、《广卓异记》卷一三、《册府元龟》卷九百三十九。

19. 杨铮

蜀秀才杨铮（铮，音竹觥反，自言杨铮不均，驷马奔郑，是以字奔郑[一]），行恶思，或故作落韵，或丑秽语，取人笑玩。装修卷轴，投谒王侯门，到者无不逢迎，雄藩火幕，争驰车马迎之。铮每行，仆马甚盛，平头骑从骡，携书袋。偏郡小邑，尤更精意承事之，虑其谤渎。黔南节度使王茂权，聪明，有文武才。四方负艺之士，罔不集其门。召铮至，饬东阁，尽礼待之。时令贡恶诗，以为欢笑。诸客[二]请召，有不得次者，以为怏怏。茂权一日忽屏[三]从谓之曰："秀才客子，当州必欲咨留，相伴至罢镇同归，可乎？如可，则当[四]奉为卜娶，所居[五]奉留。"铮欣然从之。权令媒氏与问名某氏[六]之属。至于成迎，筵宴[七]为备焉。仍邀请从事赴会。铮亲见女[八]容质异常端丽。及成礼，遽遭殴[九]辱，左右婢仆，皆是扶同共[十]相毁詈，不胜其苦。乃

是茂权诈饬无须少年数辈，皆浓装[十一]艳服以给之。然后茂权自赴会大笑。此后复就茂权，屡自[十二]乞一邑。初有难色，宾从其谘，方许之。遂命给蔺署，及其治[十三]行李，择良日辞谢。本邑迎候人力，自衙门外至通衢。忽有二健步，手执一牒。当街趋拽下马，夺去中带，云：“有府[十四]断，摄官送狱，荷校灭耳！”茂权遂诈作计，赠遗二夫，令脱逃[十五]而遁。潜藏旬日，方召出之。军州大以为笑。(出《太平广记》卷262)

【校注】[一]《广记》谈刻本原注。[二]“客”，《广记》谈刻本原空缺，汪校据黄本补。[三]“忽屏”二字，《广记》谈刻本原空缺，汪校据黄本补。[四]“则当”二字，《广记》谈刻本原空缺，汪校据黄本补。[五]“居”字，《广记》谈刻本原空缺，汪校据黄本补。[六]“名某氏”三字，《广记》谈刻本原空缺，汪校据黄本补。[七]“筵宴”二字，《广记》谈刻本原空缺，汪校据黄本补。[八]“见女”二字，《广记》谈刻本原空缺，汪校据黄本补。[九]“殴”字，《广记》谈刻本原空缺，汪校据黄本补。[十]“扶同共”三字，《广记》谈刻本原空缺，汪校据黄本补。[十一]“皆浓装”三字，《广记》谈刻本原空缺，汪校据黄本补。[十二]“屡自”二字，《广记》谈刻本原空缺，汪校据黄本补。[十三]“期治”二字，《广记》谈刻本原空缺，汪校据黄本补。[十四]“府”字，《广记》谈刻本原空缺，汪校据黄本补。[十五]“逃”字，《广记》谈刻本原空缺，汪校据黄本补。

【评记】蜀地秀才杨铮喜欢取笑漫骂他人，结果屡次遭人算计，这些事成为人们的笑柄，真是聪明反被聪明误。杨铮史书无传，本篇记载下层文人事迹，由此，我们可以了解唐末五代中下层文士的生活和交游情况。

20. 长须僧

三蜀有长须长老，自言是宰相孔谦子，莫知谁何。不剃发须，皓然垂腹，拥百余众，自江湖入蜀。所在甿俗，瞻骇仪表，争相腾践而礼其足。凡所经由，倾城而出，河目海口，人莫之测。至蜀，螺钹迎焉。先谒枢密使宋光嗣，因问曰：“师何不剃须?”答曰：“落发除烦恼，留髭表丈夫。”宋大恚曰：“吾无髭，岂是老婆耶?”遂揖出，俟剃却髭，即引朝见。徒众既多，旬日盘桓，不得已剃髭而入。徒众耻其失节，悉各散亡。伪蜀主问曰：“远闻师有长须之号，何得如是?”对曰：“臣在江湖，尝闻陛下已证须陀洹果，是以和须而来；今见陛下将证阿那舍果，是以剃须而见。”少主初未喻[一]，首肯之。及近臣解释，大为欢笑。后住持静乱寺，数为大众论讼。有上足以不谨获罪。伶人藏柯曲深慕空门，而不知其中猥细。谓是清静，舍俗落发。谨事瓶钵，渐见秽滥。

诟詈而出，以袈裟挂于寺门曰："吾比厌俗尘，投身清洁之地，以涤其业鄣。今大师之门，甚于花柳曲，吾不能为之。"遂复归于乐籍。蜀人谓师曰："一事南[二]无，折却长须。"（出《太平广记》卷262）

【校注】［一］"喻"字，《广记》谈刻本原作"预"，汪校据许本改。［二］"南"字，《广记》谈刻本原空缺，汪校据黄本补。

【评记】这则故事反映了当时以貌取人的从众心理，是一种文化信仰泛化造成的浮躁现象，比之今一些邪教头领或侨扮僧侣者，或诱惑众人、欲望旺盛的骗子，长须僧的社会危害还毕竟是极其有限的。

21. 韩伸

有韩伸者，渠州人也。善饮博，长于灼龟。游谒五侯之门，常怀一龟壳，隔宿先灼一龟。来日之兆吉，即博，不吉即已。又或去某方位去吉，即往之，诸方纵人牵之不去，即取人钱货，如征赤债。或经年忘其家而不归，多于花柳之间落魄，其妻怒甚。时复自来耻顿，驱趁而同归，如是往往有之。又尝游谒于东川，经年不归。忽一日，聚其博徒，契饮妓而致幽会。夜坐洽乐之际，其妻又自家领女仆一两人潜至，匿于邻舍，俟其夜会筵合，遂持棒伺于暗处。伸不知觉，遂塌声唱《池水清》，声不绝，脑后一棒，打落幞头，扑灭灯烛。伸即窜于饭床之下。有同坐客，暗中遭鞭挞一顿，不胜其苦，最[一]后遣二青衣，把髻子牵行，一步一棒决之，骂曰："这老汉，何[二]落魄不归也！"无何[三]，牵至烛下照之，乃是同坐客。其良人尚蓬[四]头潜于饭床之下。蜀人大以为欢笑矣，时辈呼韩为"池水清"。（出《太平广记》卷264、《古今谭概·闺诫部第十九》）

【校注】［一］"最"字，《广记》谈刻本原阙，据四库本补。［二］"何"字，《广记》谈刻本原阙，据四库本及《古今谭概》补。［三］"何"字，《广记》谈刻本原阙，汪校据许本补。［四］"蓬"字，《广记》谈刻本原阙，据四库本补。

【评记】该故事虽记述游士的庸俗和荒唐，但作者截取场面的能力很好，描写"池水清"笑柄的来由，尤为生动，有很鲜明的故事性。

22. 胡翙

有胡翙者，佐幕大藩，有文学称，善草军书，动皆中意。时大驾西幸，中原宿兵，岐秦二藩，最为巨屏。其飞书走檄，交骋诸夏，莫不伏其笔舌也。时大帅年幼，生杀之柄，断在贰军[一]张筠。其宣辞假荆州任在张同，张同为察巡。翙常少其帅，蔑视同辈不为礼。帅因[二]藉其才，不甚加责，但令谕之而已，其轻薄自如也。常因公宴，翙被酒呼[三]张筠曰“张十六”。张十六者，筠第行也。数以语言诋筠，因帅故，但[四]衔之。他日，往荆州诣张同，同仆不识，问[五]从者，曰：“胡大夫翙[六]。”至厅，已脱衫矣。同闻翙来，欲厚之，因命[七]家人精意具馔。同遽出迎见，忽报曰：“大夫已去矣。”同复[八]步至厅，但见双椅间遗不洁而去，卒不留一辞。同亦[九]笑而衔之。张无能加害。时帅请翙聘于大梁，翙门下客陈评事者从行。筠密赂陈，令伺其不法。入梁果恣虚诞，或以所见密闻梁王，皆为陈疏记之。洎归，帅知其狂率，亦优容之。陈于是受教，构成其恶，具以乖僻草藁，袖而白帅。帅方被酒，闻之大怒，遂尽室拥出，坑于平戎谷口，更无噍类。帅醒知之，大惊，痛惜者久之。沉思移时曰：“杀汝者副使，非我为之。”后草军书不称旨，则泣而思之。此过亦非在筠，盖翙自掇尔。王仁裕尝过平戎谷，有诗吊之曰：“立马荒郊满目愁，伊人何罪死林丘。风号古木悲长在，雨湿寒莎泪暗流。莫道文章为众嫉，只应轻薄是身仇。不缘魂寄孤山下，此地堪名鹦鹉洲。”（出《太平广记》卷266）

【校注】[一]“军”，《广记》谈刻本原作“车”，汪校据明抄本改。陈尚君辑本依《广记》谈刻本，仍作“车”。[二]“辈不为礼帅因”六字，《广记》谈刻本原空缺，汪校据黄本补。[三]“薄自如也至被酒呼”十二字，《广记》谈刻木原空缺，汪校据黄本补。[四]“者，筠第行也。数以语言诋筠，因帅故，但”十五字，《广记》谈刻本原空缺，汪校据黄本补。此处陈尚君辑本未注出。[五]“荆州诣张同同仆不识问”十字，《广记》谈刻本原空缺，汪校据黄本补。[六]“胡大夫翙”四字，《广记》谈刻本原空缺，汪校据黄本补。[七]“闻翙来欲厚之因命”八字，《广记》谈刻本原空缺，汪校据黄本补。[八]“已去矣同复”五字，《广记》谈刻本原空缺，汪校据黄本补。[九]“亦”字，《广记》谈刻本原空缺，汪校据黄本补。

【评记】胡翙因轻薄无礼，使得军将张筠怀恨在心，蓄意施计陷害，终至他全家被埋于平戎谷口。《旧五代史》卷九十和《新五代史》卷四十六记载了张筠军职履历，以及通过各种手段获取他人财物的事迹。本文在表现张筠心胸狭窄，攻于心计的性格特征方面，比史书更胜一筹。

23. 吴宗文

王蜀吴宗文，以功勳继领名郡。少年富贵，其家姬仆乐妓十数辈，皆其精选也。其妻妒，每怏怏不惬其志。忽一日，鼓动趋朝，已行数坊，忽报云“放朝”。遂密戒从者，潜入，遍幸之。至十余辈，遂据腹而卒。（出《太平广记》卷272）

【评记】淫欲无度，不止伤身，还害性命，如《红楼梦》之贾瑞。本篇主人公吴宗文觊觎已久，偶有机会却不知节制，遍幸乐妓十数辈，竟腹痛而死，可叹！这些仕人生活的记述，不见于史书，有助于今人了解五代文人的生活状态。

24. 蜀功臣

蜀有功臣，忘其名，其妻妒忌。家畜妓乐甚多，居常即隔绝之。或宴饮，即使隔帘幕奏乐，某未尝见也。其妻左右，常令老丑者侍之。某尝独处，更无侍者，而居第器服盛甚。后妻病甚，语其夫曰："我死，若近婢妾，立当取之。"及属圹，某乃召诸姬，日夜酣饮为乐。有掌衣婢，尤属意，即幸之。方寝息，忽有声如霹雳，帷帐皆裂，某因惊成疾而死。（出《太平广记》卷272）

【评记】比之前篇所述吴宗文主要的情节相似，只是最终的死法不同。吴宗文为纵欲而亡，蜀功臣是死于报应，有明显的规劝和惩戒意味。功臣，唐、宋、明三代赐给有功之臣的名号。《文献通考·职官十八》："加功臣号，始於唐德宗，宋朝因之，至元丰乃罢。"

25. 朱少卿

王蜀时，有朱少卿者，不记其名。贫贱客于成都，因寝于旅舍。梦中有人扣扉觅朱少卿，其声甚厉，惊觉访之，寂无影响。复睡，梦中又连呼之。俄见一人，手中执一卷云："少卿果在此?"朱曰："吾姓即同，少卿即不是。"其人遂卷文书两头，只留一行，以手遮上下，果有"朱少卿"三字。续有一人，自外牵马一匹直入，云："少卿领取。"朱视之，其马无前足，步步侧蹶，匍匐而前，其状异常苦楚。朱大惊而觉，常自恶之。后蜀王开国，有亲知引荐，累至司农少卿。无何，膝上患疮，双足自膝下俱落，痛苦经旬，五月五日殂。乃马梦之征也。（出《太平广记》卷279、《永乐大典》卷13139，《分门古今类事》卷7引出《蜀异记》。）

【评记】《周礼·春官·占梦》以日月星辰占六梦之吉凶，一正梦、二噩梦、三思梦、四寤梦、五喜梦、六惧梦，为解梦传统主流。这里的马梦之征，还是脱离不了人们对梦的神秘而不可捉摸的感觉，此为疾病致梦的较为典型的暗示现象，只是需要在心理上让某个事件应验罢了。

26. 功德山

唐巢寇将乱中原。汴中有妖僧功德山[一]，远近桑门皆归之。至于士庶，无不降附者。能于纸上画神寇，放入人家，令作祸祟，幻惑居人。通宵继昼，不能安寝，或致人疾苦。及命功德山赠金作法，则患立除之。又画纸作甲兵，夜夜与街坊嘶鸣，腾践城郭，天明即无所见。又多画其犬，焚祝之，夜则鸣吠，相咬啮于街衢，居人不得安眠。命而赠之，即悄无影响。人即异其术，趋术者愈众。又滑州有一僧，颇善妖术，与功德山无异，公私颇患之。时中书令王铎镇滑台，遂下令曰：“南燕地分有灾，宜善禳之。”遂自公衙[二]，至于诸军营[三]，开启道场，延僧数千人。僧数不足，遂牒汴州，请[四]功德山一行徒众悉赴之。遂以幡花螺钹迎至衙。赴道场之夕，分选近上名德，入于公衙，其余并令散赴诸营礼忏。洎入营，悉键门而坑之，方袍而死者数千人，衙中只留功德山已下萛长。讯之，并是巢贼之党，将欲自二州相应而起，咸命诛之。(出《太平广记》卷287)

【校注】[一]“妖僧功德山”，《广记》谈刻本作“功德山妖僧”，汪校本据明抄本改。[二]“衙”，《广记》谈刻本作“卫”，汪校本据明抄本改。[三]“军营”，《广记》谈刻本作“营军”，汪校本据明抄本改。[四]“请”，《广记》谈刻本作“诸”，汪校本据明抄本改。

【评记】本篇颇具传奇意味，情节亦曲折，但一次不问青红皂白坑杀数千信徒，即使为巢党嫌疑，今天看来还是过于残忍。这篇故事保存了黄巢起义时的一些史料，鲜见于其他史书。

27. 青城道士

伪蜀青城山道士能幻术，往往入锦城，施其法，有所获，即潜挈归洞穴。或闻其行甚秽，官吏中有识者，颇恶之。后于成都诱引富室及勋贵子弟，皆潜而随之。或于幽僻宅院中，洒扫焚香设榻，张陈帷幌。则独于室内作法，或召西王母，或巫山神女，或麻姑、鲍姑神仙，皆应召而至，与之杯馔寝处，生人无异。则令学者隙而窥之。欢笑罢，则自帘帷之前蹑而去。又忽城中化出金楼，众皆睹之，惑众颇甚。其民间少年，膏粱子弟，满城如狂。少主知其妖，密使人擒之，累月不获。后有人报云：“已出笮桥门去。”因使人逐之，乃以猪狗血赍行。至青城路上三十余里，及之，遂倾血沃之。不能施其术，及下狱讯之，云：“年年采民家处子住山中，行黄帝之道，死于岩穴者不知其数。”豪贵之家，颇遭秽淫。所通辞款，指贵达之门甚多。少主不欲彰其恶，潜杀之。(出《太平广记》卷287)

【评记】此条所写，为当时仙道信奉的盛况，而其中混迹的淫邪之人，败坏世风，传播谣言，是当时社会不可忽视的一股潜在恶势力。

28. 陷河神

陷河神者，嶲州嶲县有张翁夫妇，老而无子，翁日往溪谷采薪以自给。无何，一日，于岩窦间刃伤其指。其血滂注，滴在一石穴中，以木叶窒之而归。他日，复至其所，因抽木叶视之，仍化为一小蛇。翁取于掌中，戏玩移时。此物眷眷[一]然，似有所恋，因截竹贮而怀之。至家则啖以杂肉，如是甚驯扰。经时渐长。一年后，夜盗鸡犬而食。二年后，盗羊豕。邻家颇怪失其所畜，翁妪不言。其后县令失一蜀马，寻其迹，入翁之居，迫而访之，已吞在蛇腹矣。令惊异，因责翁蓄此毒物。翁伏罪，欲杀之。忽一夕，雷电大震，一县并陷为巨湫，渺弥无际，唯张翁夫妇独存。其后人蛇俱失，因改为陷河县，曰蛇为"张恶子"。尔后姚苌游蜀，至梓潼岭上，憩于路旁。有布衣来，谓苌曰："君宜早还秦，秦人将无主。其康济者，在君乎?"请其氏，曰："吾张恶子也，他日勿相忘。"苌还后，果称帝于长安。因命使至蜀，求之弗获，遂立庙于所见之处，今张相公庙是也。僖宗幸蜀日，其神自庙出十余里，列伏迎驾，白雾之中，仿佛见其形，因解佩剑赐之，祝令效顺。指期贼平。驾回，广赠珍玩，人莫敢窥。王铎有诗刊石曰："夜雨龙抛三尺匣。春云凤入九重城。"（出《太平广记》卷312）

【校注】［一］"眷眷"，《广记》谈刻本作"纷纷"，汪校本据明抄本改。

【评记】此篇有明显的神异色彩，但叙后秦太祖武昭皇帝姚苌和唐僖宗事迹和遭遇，又兼传奇成分，与作者听天命、信鬼神的思想有关，由此可以看出唐代神异故事的丰富性和复杂性，同时也表现了唐代社会在思想意识方面自由开放的状态。

29. 王宗信

唐末，蜀人攻岐还，至于白石镇，裨将王宗信止普安禅院僧房。时严冬，房中有大禅炉，炽炭甚盛。信拥妓女十余人，各据僧床寝息。信忽见一姬飞入炉中，宛转于炽炭之上。宗信忙遽救之。及离火，衣服并不焦灼。又一姬飞入如前，又救之。顷之，诸妓或出或入，各迷闷失音。有亲吏隔驿墙，告都招讨使王宗俦。宗俦至，则徐入，一一提臂而出。视之，衣裾纤毫不爇[一]，但惊悸不寐。讯之，云，被胡僧提入火中，所见皆同。宗信大怒，悉索诸僧立于前，令妓识之。有周和尚者，身长貌胡。皆曰，是此也。宗信遂鞭之数百，云有幻术。此僧乃一村夫，新落发，一无所解。又缚手足，欲取炽炭爇之。宗俦知其屈，遂解之使逸，讫不知何妖怪。（出《太平广记》卷366）

【校注】［一］"爇"，《广记》谈刻本作"假"，汪校本据明抄本改。

【评记】此篇写妖，如有唐传奇遗风。幻术是一种虚而不实，假而似真的方术。我国早有记载，《列子·周穆王》：“穷数达变，因形移易者，谓之化，谓之幻。”《颜氏家训·归心》：“世有祝师及诸幻术，犹能履火蹈刃，种瓜移井”。宋郭若虚《图画见闻志·术画》载：“昔者孟蜀有一术士称善画。蜀主遂令于庭之东隅画野鹊一只，俄有众禽集而噪之。次令黄筌于庭之西隅画野鹊一只，则无有集禽之噪，蜀主以故问筌，对曰‘臣所画者艺画也。彼所画者术画也。’”写五代有术士能招鸟至。可与此篇比照。

30. 王仁裕

王仁裕尝从事于汉中，家于公署。巴山有采捕者，献猿儿焉。怜其小而慧黠，使人养之，名曰：“野宾”。呼之则声声应对，经年则充博壮盛。縻絷稍解，逢人必啮之，颇亦为患。仁裕叱之，则弭伏而不动。余人纵鞭箠亦不畏。其公衙子城缭绕，并是榆槐杂树，汉高庙有长松古柏，上鸟巢不知其数。时中春日，野宾解逸，跃入丛林，飞趯[一]于树梢之间。遂入汉高庙，破鸟巢，掷其雏卵于地。是州衙门有铃架，群鸟逐集架引铃，主使令寻鸟所来，见野宾在林间，即使人投瓦礫弹射，皆莫能中。薄暮复栉，方馁而就絷，乃遣人送入巴山百余里溪洞中，人方回，询问未毕，野宾已在厨内谋餐矣。又复絷之。

忽一日解逸，入主帅厨中，应动用食器之属，并遭掀扑秽污，而后登屋，掷瓦拆砖。主帅大怒，使众箭射之。野宾骑屋脊而毁拆砖瓦，箭发如雨。野宾目不妨视，口不妨呼，手拈足掷，左右避箭，竟不能损其一毫。有使院老将马元章曰：“市上有一人，善弄胡猻。”乃使召至，指示之曰：“速擒来！”于是大胡猻跃上衙屋赶之，逾垣迈巷，擒得至前，野宾流汗体浴而伏罪。主帅亦不甚诟怒，众皆看而笑之。于是颈上系红绡一缕，题诗送之曰：“放尔丁宁复故林，旧来寻处好追寻。月明巫峡堪怜静，路隔巴山莫厌深。栖宿免劳青嶂梦，跻攀应惬碧云心。三秋果熟松稍健，任报高枝彻晓吟。”又使人送入孤云两角山，且使絷在山家。旬日后，方解而纵之，不复再来矣。

后罢职入蜀，行次嶓冢庙前，汉江之壖。有群猿自峭崖中，连臂而下，饮于清流。有巨猿舍群而前，于道畔古木之间，垂身下顾，红绡仿佛而在。从者指之曰：“此野宾也！”呼之，声声相应。立马移时，不觉恻然。及从辔之际，哀叫数声而去。及陟山路，转壑回溪之际，尚闻呜咽之音，疑其断肠矣。遂继之一篇曰：“嶓冢祠边汉水滨，此猿连臂下嶙峋。渐来子细窥行客，认得依稀是野宾。月宿纵劳羁绁梦，松餐非复稻粮身。数声肠断和云叫，识是前年旧主人。”（出《太平广记》卷446）

【校注】［一］“趯”，别本作“趠”。见陈尚君辑本。

【评记】人类与猿有着不太远疏的物种联系，古往今来关于猿的传说故事和野史笔记不少。《吴越春秋》“白猿”的记载，是我国文学史上一篇较早的武侠小说；《搜神记》“猴国”篇，《传奇》孙恪故事等都有既生动的情节；《宣室志》杨老头的记载，对照社会沉闷压抑的氛围和人心的污浊贪婪，借猿猴的山野逍遥，表达作者的遣怀之感。本篇文笔璨然，余情袅袅，千百年后读来仍惆怅满怀，王仁裕几件小事写出作者眼中野宾的顽皮可爱，字里行间所表述的人与猿的友情、亲情让人恻然心恸，因其用猿啼的意象来抒发人生苦短、人猿相惜的情绪，千百来年来一直为人所称道和引用。篇中一诗，是给在西汉水嶓冢祠前（今天水齐寿一带）将回归山林的野宾的临别寄语。全诗想象丰富，一往情深，充满了怜爱与祝福。尤其是末句，描写它在松果成熟的季节，愉快、自由、和乐而忙碌地采摘松子的情景，想象飞驰，感人至深。篇末一诗，则如实地记录了人猿主仆相遇的情景，委婉动人。诗歌文笔璨然，余情袅袅，字里行间所表述的人与猿的友情、亲情，让人恻然心恸。千百年后读之，仍使人惆怅满怀，感慨系之！

31. 王思同

后唐少帝朝，清泰王起于岐阳，朝廷诏西京留守王思同统禁旅征之。王师西出之后，寻闻劚垒，雍京僚属日登西楼，望其捷书。忽一日，官僚凭槛西向，见羊马城上有二大蛇，东西以首相向，为从者辈遥掷弹丸以警之。于时一人掷中东蛇之脑，蜿蜒然堕于墙下，挺然不动。使人视之，已卒矣。其西蛇徐徐入于穴巢之间。识者窃议之曰：“潞王乙巳生，统帅王公亦乙巳生，俱为蛇相，今东蛇中脑而卒，岂非王师不利乎？”未逾旬日，群帅叛归潞王，思同腹心都将王彦晖已下，并投岐城纳欵。同单马而遁，竟没于王事焉。蛇亡之兆，得不明乎？（出《太平广记》卷459）

【评记】本篇所记为后唐闵帝应顺元年（934）思同兵败而死之事，经此变王仁裕入潞王幕下。王仁裕经王思同提携再起，之后相处八年，政治上互相影响，且建立了很深友谊。此文在浓厚的述异色彩下，掩藏着作者深沉的惋惜之情，也不免一种面对宿命观念的无可奈何。

32. 姜太师

蜀有姜太师者，失其名，许田人也，幼年为黄巾所掠，亡失父母。从先主征伐，屡立功勋。后继领数镇节钺，官至极品。有掌厩夫姜老者，事刍秣数十年。姜每入厩，见其小过，必笞之。如是积年，计其数，将及数百。后老不任鞭棰，因泣告夫人，乞放归乡里。夫人曰：“汝何许人？”对曰：“许田人。”

“复有何骨肉？”对曰：“当被掠之时，一妻一男，迄今不知去处。”又问其儿小字，及妻姓氏行第，并房眷近亲，皆言之。及姜归宅，夫人具言，姜老欲乞假归乡，因问得所失男女亲属姓名。姜大惊，疑其父也，使人细问之：“其男身有何记验？”曰：“我儿脚心上有一黑子，余不记之。”姜大哭，密遣人送出剑门之外。奏先主曰：“臣父近自关东来。”遂将金帛车马迎入宅，父子如初。姜报挞父之过，斋僧数万，终身不挞从者。（出《太平广记》卷500）

【评记】五代十国时期，频繁的战争给人民造成了极其深重的灾难，家破人亡，流离失所，致体亲生父子相对而不相识。本条所写，就是发生在蜀汉时期的一件真实事件。在王仁裕笔记小说集《玉堂闲话》中，另一篇小说《康义诚》情节颇类似此篇，孙光宪所撰《北梦琐言》中亦记录了同类事情，可知这应是当时的一个真实史实。

33. 沈尚书妻

有沈尚书失其名，常为秦帅亲吏。其妻狼戾而不谨，又妒忌，沈常如在狴牢之中。后因闲退，挈其妻孥，寄于凤州，自往东川游索，意是与怨偶永绝矣。华洪镇东蜀，与沈有布衣之旧，呼为兄。既至郊迎，执手叙其契阔，待之如亲兄。遂特创一第，仆马金帛器玩，无有缺者，送姬仆十余辈，断不令归北。沈亦微诉其事，无心还家。及经年，家信至，其妻已离凤州，自至东蜀。沈闻之大惧，遂白于主人，及遣人却之。其妻致书，重设盟誓，云：“自此必改从前之性，愿以偕老。”不日而至。其初至，颇亦柔和；涉旬之后，前行复作。诸姬婢仆悉鞭棰星散，良人头面，皆拿擘破损。华洪闻之，召沈谓之曰：“欲为兄杀之，如何？”沈不可。如是旬日后又作，沈因入衙，精神沮丧。洪知之，密遣二人提剑，牵出帷房，刃于阶下，弃尸于潼江，然后报沈。沈闻之，不胜惊悸，遂至失神。其尸住急流中不去，遂使人以竹竿拨之，便随流。来日，复在旧湍之上，如是者三。洪使系石缒之。沈亦不逾旬日，失[一]魂而逝。得非[二]怨偶为仇也！悲哉！沈之宿有仇乎？（出《太平广记》卷500）

【校注】[一]“失”，汪绍楹校注认为《广记》谈刻本原作“日”，据明抄本改，“日”字由此未存。按：查上下文，实为《广记》谈刻本原缺“失”字，“日”在“旬”之后，本作“旬日”。[二]“而逝得非”四字原空缺，据明抄本补。

【评记】沈尚书惧怕妻子的轶事，颇有些超出常情，但她因暴戾被杀，浮尸不流，真是罕见。但作者归因于宿仇再世相遇，或可符合当时很多人的归因心理。该记载，对我们了解五代文人的生活状态有一定的帮助。

第二节 《王承休》的文体学价值

《王氏见闻录》中的《王承休》一则记前蜀覆亡前王衍君臣巡游耽乐，长达4000多字，并详录秦州节度判官蒲禹卿谏书，向为学者重视。“唐代小说大致可以分为两派，一派是史传派，一派是辞赋派。后者注重诗笔，在叙事中插入一些主人公的诗歌，既加强了人物的描写，又显示了作者的才华。”① 该小说既叙写了前蜀灭亡过程的史实，又具有辞赋派小说的特质。因此，王仁裕笔记小说《王承休》将唐代的史传派小说和辞赋派小说兼收并蓄、合二为一，促进了小说叙写风格的多元化发展。

一、继承唐人小说注重诗笔的传统

作为历史小说的史实，王仁裕在《王承休》中将前蜀的覆亡通过关键人物王承休所导演的巡幸天水事件真实记录了下来。王承休，一个前蜀后主王衍的宦官，为乞秦州节度使，竟给前蜀后主王衍建言：“原与陛下于秦州采掇美丽。且说秦州之风土，多出国色。仍请幸天水。”一听天水有美女，“少主甚悦……不觉心狂”。于是不顾“母后泣而止之，以至绝食”，也不听“前秦州节度使判官蒲禹卿叩马泣血”两千余字的表谏。“至十月三日，发离成都”，“十月二十九日狼狈而归，于栈阁悬险溪岩壑之中，连夜继昼，却入成都。康延孝与魏王继踵而入，少主于是树降”。短短二十六日就将前蜀政权断送在巡幸天水的路上，途中王衍将战报视为儿戏，一路和随臣吟诗唱和，还未见到天水的美女，就已沦为阶下囚。而这一切的导演表面上是王承休，实际上还在王衍本人。他若能虚心纳谏，以国事为重，则不会遭如此惨重的下场。

宋人赵彦卫《云麓漫钞》卷八云：“唐之举人，先借当世显人，以姓名达之主司，然后以所业投献。逾数日又投，谓之温卷。如《幽怪录》、《传奇》等皆是也。盖此等文备众体，可以见史才、诗笔、议论。”② 这里说唐人小说文备众体，看来也仅仅表现在史才、诗笔、议论三个方面。《王氏见闻录》中的《王承休》一篇，所用诗笔较多，明显继承了唐人小说注重诗笔的传统，在唐代，各体小说均有诗笔表现。

“运用诗笔最早最多的唐人小说应该是《游仙窟》，这是现代学者都已定

① 程毅中《唐人小说中的“诗笔”与“诗文小说”的兴衰》，《文学遗产》2007年第6期。

② 见上文所引《云麓漫钞》。

论了的”。① 其诗笔运用如：“十娘报咏曰：‘他道愁胜死，儿言死胜愁。愁来百处痛，死去一时休。’又咏曰：‘他道愁胜死，儿言死胜愁。日夜悬心忆，知隔几年秋！’下官咏曰‘：人去悠悠隔两天，未审迢迢度几年？纵使身游万里外，终归意在十娘边。’十娘咏曰：‘天涯地角知何处，玉体红颜难再遇！但令翅羽为人生，会些高飞共君去。’”《太平广记》卷三百六十题作《沈警》的小说也是较多的诗笔：“既暮，宿传舍，凭轩望月，作《凤将雏含娇曲》：‘命啸无人啸，含娇何处娇。徘徊月上花，空度可怜宵。’又续为歌曰：‘靡靡春风至，微微春露轻。可惜关山月，还成无用明。’”也有赋体小说最后赋诗的，如《太平广记》卷六十八载唐人张荐小说《郭翰》书末有诗二首，诗曰：“河汉虽云阔，三秋尚有期。情人终一矣，良会更何时？”又曰“朱阁临清汉，琼宫御紫官。佳期情在此，只是断人肠。”翰以香笺答书，意甚慊切，并有酬赠诗二首。诗曰“：人世将天上，由来不可期。谁知一回顾，交作两相思。”又曰：“赠枕犹香泽，啼衣尚泪痕。玉颜霄汉里，空有往来魂。”晚唐裴铏的《传奇》中的《萧旷》一篇（《太平广记》卷三百一十一）也是在结尾作诗酬唱：“忽闻鸡鸣，神女乃留诗曰‘：玉箸凝腮忆魏宫，朱丝一弄洗清风。明晨追赏应愁寂，沙渚烟销翠羽空。’织绡诗曰：‘织绡泉底少欢娱，更劝萧郎尽酒壶。愁见玉琴弹别鹄，又将清泪滴真珠。’旷答二女诗曰：‘红兰吐艳间夭桃，自喜寻芳数已遭。珠佩鹊桥从此断，遥天空恨碧云高。’”从文体渊源上，唐人小说注重诗笔一派，往往会在叙事中运用诗文和骈文交错的手法，继承并改进了辞赋体小说的体裁，这种末尾赋诗的形式最早应是受汉末赵壹《刺世嫉邪赋》的影响。

唐代笔记小说更是大量运用诗笔，如柳宗元《龙城录·魏征善治酒》有诗：“醽醁胜兰生，翠涛过玉薤。千日醉不醒，十年味不败。”② 又如段成式《支诺皋记·天宝》中有诗：“皎洁玉颜胜白雪，况乃青年对秀月。沉吟不敢怨春风，自叹容华暗消歇。”③ 唐代笔记小说运用诗笔最多的是范摅的《云溪友议》，几乎篇篇有诗笔，但所用诗笔主要是绝句体。由此看来，唐人各体小说均有诗歌的渗透，对于诗歌达到鼎盛时期的唐人来说，无诗不足以显其才。王仁裕笔记小说《王承休》沿袭唐代笔记小说的诗笔特色，且一改唐人的绝

① 同（195）注。

② 江畬经《历代小说笔记选》，广东人民出版社1984年版，第13页。

③ 江畬经《历代小说笔记选》，广东人民出版社1984年版，第92页。

句体为律体。前蜀后主王衍巡幸天水途中，与中书舍人王仁裕，成都尹韩昭，翰林学士李浩弼、徐光浦，水部员外王巽和诗吟咏，其中王衍作诗三首，大臣和诗达十三首之多，小说中存留七首。一篇小说附诗之多，在大显诗笔的唐人小说中也是仅见的。这次巡幸，在王衍看来，是一次诗友会，步王羲之兰亭集会的后尘，是陪同王衍出游的王仁裕以小说的方式记录了这次所赋之诗。

二、所引长表对情节起铺垫和伏笔作用

王仁裕在晚年也效王衍的风韵，其弟子李昉《宋朝事实类苑》记："……后别置游春盛随事，备酒炙三五人之具，门生在京者多侍行。每出郊野，遇有园亭及竹林之处，必赏燕终日，赋诗，品小管色，尽欢醉而归。吾忝左拾遗日，适暮春，与同门生五六人，从公登繁台佛舍。繁台，即梁孝王吹台也。公是日饮酒赋诗，甚欢，抵夜方散。尝记得公诗曰：'柳阴如露絮成堆，又引门生上吹台。淑气即随风雨去，芳罇宜命管弦催。谩夸列鼎鸣钟贵，宁免朝乌夜兔推。烂醉也须诗一首，不能空放马回头。'其天才纵逸，风韵闲适，皆此类也。"①

由此可知，王仁裕是以其才历仕前蜀王建、王衍，"先后历仕后明宗、闵帝、末帝，后晋高祖、少帝，后汉高祖、隐帝以及后周太祖、世宗九帝"，真可谓"大臣迎来送往、安之若素的特殊情况"。②

王仁裕笔记小说《王承休》除了具备史传派小说和辞赋派小说的特征外，更为重要的是以一半的篇幅刊录的"前秦州节度使判官蒲禹卿叩马泣血"的赋体表，表文用赋体写就。作为前秦州节度使判官蒲禹卿熟悉秦州山川地貌，深知蜀道的艰难险阻，结合古今前贤的守业之道，综论天下时局形势，"臣愿陛下且住銮舆，莫离京国，候中原无事，八表来王，天下人心，咸归我主。若群流赴海，众蚁慕膻，有道自彰，无思不服。匪惟要看天水，直可便坐长安，是微臣之至恳，举国之深愿。臣闻天子有诤臣七人，虽无道，不失其天下。是以辄倾丹恳，仰谏圣明，不藉官荣，不沽多誉，情非讪上，理直忧君。虽无折槛之能，但有触鳞之罪，不避诛殛，辄扣天庭。臣死如万类之中，去一蝼蚁。陛下或全无忖度，须向边陲，遗圣母以忧心，令庶寮以怀虑，全迷得失，自取疲劳，事有不虞，悔将何在！"蒲禹卿的忠谏之心感人至深，而结局恰被言中，足见蒲禹卿对时局的深入洞察。

---

① 蒲向明《玉堂闲话评注》，中国社会出版社2007年版，第4页。

② 同上所引。

此长表在小说的情节发展上起铺垫和伏笔作用，蒲禹卿叩马泣血的长表预示着王衍丧国投降的悲惨结局。这也是作为笔记小说的《王承休》在内容形式上的一大亮点，它不仅扩大了小说的内涵，而且在小说的杂体化进程中开风气之先。因此，在一篇笔记小说中既显史才，又有诗笔，还有表文，这不能不说是王仁裕对小说文体发展的一大贡献。

第三节 《王氏见闻录》的思想内容和艺术特色

从所记事来看，仅《温造》一则记宪宗时温造平南梁兵乱事，《金州道人》记僖宗时平黄巢谶应事，《潞王》一则为前蜀亡后事，其余均记前蜀兴亡前后事，可知《通志·艺文略》所述可信。此书为王仁裕随记见闻之作，多记前蜀君臣遗事和朝野杂闻，因王仁裕在蜀曾任翰林学士，得以直接接触有关人事，故所记多证实可信，有很高史料价值和文学价值。

一、《王氏见闻录》的思想内容

《王氏见闻录》所记主要是五代十国时王蜀政权的社会现实，从现存的33条作品看，涉及地域在秦陇、岐梁、蜀地，即今汉中、天水、陇南和成都一带。① 以时间来划分，属梁、蜀时期者居多，有20多条，其余为仁裕佐判王思同者3条，反映黄巢入长安前后者3条。从题材来看，涉及王蜀和秦陇间军阀斗争的故事占多数。有“王思同”条：

> 后唐少帝朝，清泰王起于岐阳，朝廷诏西京留守王思同统禁旅征之。王师西出之后，寻闻剷垒，雍京僚属日登西楼，望其捷书。忽一日，官僚凭槛西向，见羊马城上有二大蛇，东西以首相向，为从者辈遥掷弹丸以警之。于时一人掷中东蛇之脑，蜿蜒然堕于墙下，挺然不动。使人视之，已卒矣。其西蛇徐徐入于穴巢之间。识者窃议之曰：“潞王乙巳生，统帅王公亦乙巳生，俱为蛇相，今东蛇中脑而卒，岂非王师不利乎？”未逾旬日，群帅叛归潞王，思同腹心都将王彦晖已

① 参见缪元朗《〈开元天宝遗事〉校点商榷》，四川大学学报（哲学社会科学版）1986年4期；蒲向明《〈开元天宝遗事〉诸问题探讨》，天水师范学院学报2008年3期；杨文新《王仁裕〈开元天宝遗事〉思想艺术初探》，西北民族大学学报（哲学社会科学版）2010年1期；周勋初《〈玉堂闲话〉考》，西北师大学报（社会科学版）1988年3期；刘雁翔《王仁裕〈玉堂闲话·麦积山〉注解》，敦煌学辑刊2006年2期；蒲向明《论〈玉堂闲话〉的思想内容和艺术特色》，社会科学论坛（学术研究卷）2008年1期；蒲向明著《玉堂闲话评注》，中国社会出版社2007年5月出版。

> 下，并投岐城纳欵。同单马而遁，竟没于王事焉。蛇亡之兆，得不明乎？

从这则笔记小说的内容看，作者对王思同任西京留守的过程是颇为熟悉的。《王氏见闻录》的多数作品应是作者在长安任西京留守判官时撰述的。后唐明宗天成二年（927），王思同移镇陇右，好文士，无贤不肖，必馆接赗遗，在秦州累年，边民怀惠，是在这样的情况下王仁裕应聘再度到兴元“任从事”。思同奉命讨伐董璋叛乱后，王仁裕留在长安，约有五、六年的时间，使得他有充裕的时间去采访、调查。

《王氏见闻录》思想内容的“底层”是真人真事素材，内容涉及了当时社会、政治、经济、军事等多个领域，以其亲身经历为后世保留了许多有价值的史料。如“萧怀武”条云：

> 伪蜀有“寻事团”，亦曰“中团”，小院使萧怀武主之，盖军巡之职也。怀武自所团捕捉贼盗年多，官位甚隆，积金巨万，第宅亚于王侯，声色妓乐，为一时之冠。所管中团百余人，每人各养私名十余辈，或聚或散，人莫能别，呼之曰狗。至于深坊僻巷，马医酒保，乞丐佣作，及贩卖童儿辈，并是其狗。民间有偶语者，宫中罔不知。又有散在州郡及勋贵家，当庖看厩、御车执乐者，皆是其狗。公私动静，无不立达于怀武，是以人怀恐惧，常疑其肘臂腹心，皆是其狗也。怀武杀人不知其数，蜀破之初，有与己不相协，及积金藏镪之夫，日夜捕逐入院，尽杀之。冤枉之声，闻于街巷。……

这则笔记小说记载了王建前蜀政权的特务组织“寻事团”（“中团”）作为高压政治的产物，其监督民众达到了令人发指的程度，引人深思。这些史实，新旧《五代史》均无记载，清人《十国春秋》也鲜有收录。因其来自于作者的耳闻目睹，显现出极其可贵的史料价值，可补史之阙。

“王承休”条（《太平广记》卷241）长达4000多字，是现存《王氏见闻录》作品中篇什最长者，也是王仁裕笔记小说中容量最大的。蜀后主王衍沉湎酒色，贪图享乐，不思国事，任用“多以邪僻奸秽之事媚其主”的奸佞小人王承休为秦州节度使，其以秦州“多出国色”为诱惑，让王衍巡幸天水，导致了前蜀灭亡。作者经历了整个事件，以中书舍人、翰林学士之职参与其中，这是蜀亡前夕这段史实记述最为详尽的。《通鉴》据此而写，但已是十分简略。其中除保留了王仁裕自己的几首诗作外，还完整引述了前秦州节度使判官蒲禹卿叩马泣血的表奏，以劝谏蜀主王衍放弃巡游天水。该谏书所言“是多山足水之乡，即易动难安之地，麦积崖无可瞻恋，米谷峡何亚连知？路遇嵯山，程通怨水。秦穆圉马之地，隗嚣僭位之邦”，反映了当时天水“多山足水”的自然状况和麦积崖、米谷峡（今址不明）已经颇为驰名的情况。其中也刻画了几个有鲜明性格的人物形象，王衍的昏聩好色、王承休的祸国擅权、蒲禹卿的忠直忧国、王仁裕的酬唱附和、韩昭的奸邪凶狠等，都无不给人留下深刻印象。

《王氏见闻录》通过揭露前蜀统治集团的腐败，指明国运衰萎的原因，有深刻的警示意义。“伪蜀主舅”条（《太平广记》卷136）载：

> 伪蜀主之舅，累世富盛，于兴义门造宅。宅内有二十余院，皆雕墙峻宇，高台深池，奇花异卉，丛桂小山，山川珍物，无所不有。秦州董城村院，有红牡丹一株，所植年代深远，使人取之，掘土方丈，盛以木柜，自秦州至成都，三千余里，历九折、七盘、望云、九井、大小漫天，隘狭悬险之路，方致焉。乃植于新第，因请少主临幸。少主叹其基构华丽……

已经贵为蜀后主王衍的国舅，世代富豪尚还不够，他还于成都兴义门修造雕墙峻宇，其修造华丽的程度，连身为君王的少主王衍也大为感叹。最令人感到震惊的是，单为了弄一株红牡丹，竟从秦州“掘土方丈，盛以木柜”，历经三千余里的遥遥险途辗转运至成都，植于新第，靡费无数。如此奢侈的统治集团，腐败已经病入膏肓，国家焉能不亡？果不其然，“明年蜀破，孟氏入成都，据其第”。腐败亡国，给人警示。

《王氏见闻录》反映了五代十国时期战争频仍、兵燹不断给平民带来的深重灾难。① 家破人亡、流离失所之际，父子骨肉相对竟不相识！“姜太师”条（《太平广记》卷500）写蜀汉时期故事，疑为当时社会写照。姜太师每天鞭棰的掌厩夫姜老，不料竟是自己的生父！在这戏剧性的偶然事件里面包含了平民在战乱中无处安定生息的必然。姜太师虽然用一个冠冕堂皇的借口完满地相认了父子，但他心中所落的愧疚，岂是“斋僧数万”、“终身不挞从者”所能消除的？这个社会历史的责任当然不能由生命个体来承担，这是一个战乱时代

① 见陈见微《辑本〈王氏见闻录序〉》，《古籍整理研究学刊》1986年1期；李剑国《隋唐五代小说叙录》，南开大学出版社1993年出版；陈尚君辑《王氏见闻录》收入《五代史书汇编》傅璇琮等主编，杭州出版社2006年出版。

所能展示的生命之轻，亲情不保。从王仁裕《玉堂闲话》“康义诚”条（《太平广记》卷500）和孙光宪《北梦琐言》同类小说故事内容看，故事反映的绝不是当时的偶然现象和虚构情节，而是那个战乱时代较为普遍且真实生活的写照。

作者通过调查掌握故老传闻，它们以触目惊心的事实，揭露了统治者争权夺利、互相倾轧造成滥杀无辜的罪恶。“温造”条（《太平广记》卷190）记写唐宪宗时京兆尹温造自请命去南梁（兴元）镇压所谓反叛了的五千名兵士的事件：

> ……他日，球场中设乐，三军下令，并任执带弓剑赴之，遂令于长廊之下就食。坐筵之前，临阶南北两行，悬长索两条，令军人各于面前索上，挂其弓剑而食。逡巡，行酒至，鼓噪一声，两头齐抨其索，则弓剑去地三丈余矣。军人大乱，无以施其勇，然后阖户而斩之。五千余人，更无噍类。其间有百姓随亲情及替人有赴设来者甚多，并玉石一概矣。……

这是一场令人不寒而栗的屠杀，五千余军士（还有混杂其间的平民百姓、顶替者）都被无情杀戮，可以想见那是多么血腥的场面，以后若干年，一直成为南梁（兴元）人心中挥之不去的心理阴影，“自尔累世不敢复叛”。这个屠杀事件发生在作者生前半个多世纪，对于他来说“二十年前职于斯，故老尚历历而记之矣。”

《王氏见闻录》中的“金州道人”条（《太平广记》卷85）和“功德山”条（《太平广记》卷287）记写黄巢起义题材，带有神异性质，但不免说明为剿灭黄巢反抗朝廷的力量，无论是安康守崔某还是镇守滑台的中书令王铎都毫不犹豫地采取了断然措施。这些作品既具有史料意义，也具有文学价值。值得重视的是该书的作品，记载了物产和地理资源，于文学展示的同时，还再现了博物学和地理学的特殊意义。如“竹䶉”条（见于《太平广记》卷163，陈尚君辑云《分门古今类事》卷13引出《益部耆旧传》）记载熊猫类动物的情况：

> 竹䶉者，食竹之鼠也。生于深山溪谷竹林之中无人之境，非竹不食，巨如野狸，其肉肥脆。山民重之，每发地取之甚艰。岐梁䞍眦之年，秦陇之地，无远近岩谷之间，此物争出，投城隍及所在民家。或穿墉坏城，或自门阈而入，犬食不尽，则并入人家房内，秦民之口腹

> 饫焉。……庚午岁，大梁同州节度使刘知俊叛梁入秦，家于天水。天水破，流入蜀。……蜀人惧之，遂粉刘之骨，扬入于蜀江。……

据此分析，竹騮的形体、大小、生活习性都应与今小熊猫相符（别有论者为今熊猫，但据此形体不类，亦有论者认为是竹鼠，① 较之形体又过小），说明在唐末时期处于秦岭西段的天水（含今陇南部分地区）亚高山丛林分布良好，森林资源富集，生态状况类似于今四川邛崃山系和岷山山系东南麓，小熊猫有广泛分布，民间对其捕食司空见惯。至于李茂贞和朱温凤翔之争的“岐梁睚眦之年”，是在唐昭宗天复年间（901～903），其时为什么会有小熊猫“争出”的异常活动，应该是一个历史地理学的谜，而王仁裕把这种事象和政治社会的童谣、史实联系起来，无非是为了增加故事的传奇性和“信而有征”的文学性。

该书称“见闻录”，当属作者耳闻目睹之事的记录，有真实的成分，也不乏虚妄的传闻。但从当时社会的人才观（“蜀士”条）、政治投机思想（“陈岷”条）、冥数前定观念（“潞王”条）、凶兆应验（“骆驼杖”条）、人情世故（“成都丐者”并“文处子”条）等方面，加深了今天以及后世人们对唐末五代初期社会的细致了解，是很有价值和意义的，其中的迷信和和怪诞成分，系其糟粕所在，但并不能降低它所具有的实际价值。

二、《王氏见闻录》的艺术特色

《王氏见闻录》最突出的艺术特色是展示了作者政治历史意识的独特审美表现。

王仁裕历仕五代，在前后蜀即处于政权的核心，这本笔记小说集为我们感受那个时期士大夫阶层的政治历史意识提供了独特审美体验。篇幅最长的“王承休”条，使不同的人物登台，让他们在急剧变化的社会时代面对多种矛盾，王承休投王衍所好，“密令强取民间子女，使教歌舞伎乐。被获者，令画工图真及录名氏，急递中送韩昭。昭又密呈少主。少主睹之，不觉心狂。遂决幸秦之计……”对这样的荒唐行为，“由是中外切谏不从。母后泣而止之，以至绝食。”前秦州节度使判官蒲禹卿叩马泣血表谏，也并不能挽回少主自取灭亡的结局。其独特的审美表现在于，你可以预见败亡之势，你却又不能改变

① 见台湾学者詹宗祐《论传统中国时期的野味——竹鼠》，台湾《中国饮食文化》2006 年第 1 期，第 87～116 页。

“势”所驱使，是一种政治历史的绝地无奈。而作者加以不动声色的记述，冷静且从容。

如此的情况还有“沈尚书妻”条，该妻被杀，“刃于阶下，弃尸于潼江”，表面看是个人悲剧，性格使然，实则所非。她面对的是一个丈夫可以拥有“姬仆十余辈”的社会，性格缺陷和家庭矛盾造成“诸姬婢仆悉鞭棰星散，良人头面，皆拿擘破损”的局面是必然结果。作者最后用“尸住急流中不去”、“怨偶为仇”的解颐试图淡化悲剧意味，由此展示了著作过程的独特审美表现。

该书鲜明的特色还在于其叙事视角的独特性。王仁裕生活于前蜀士林，他追记整理亲历耳闻事件，为今人考察晚唐五代士人政治心态与社会思潮提供了一个独特的视角。“王宗信”条写了十余妓女被胡僧引入火中，但离奇未伤的故事，至终篇，“讫不知何妖怪”，还是没有得到答案。这个故事反映了那个时代士人“诬佛”而又“信佛”的矛盾心态，而申明神道（当然包括佛力）之不谬，几乎就是当时士大夫们最主要的社会思潮。再如“陷河神”条中所写神道的离奇，却是从十六国的前秦开始，至后秦姚苌（南安赤亭今陇西人）游蜀，再到僖宗幸蜀，“其神自庙出十余里，列伏迎驾，白雾之中，仿佛见其形”，以说明神道思想的现实合理性，是在同期作家写秦陇、陇蜀事件时非常具有独特性的。

《王氏见闻录》在艺术上还体现了“史才”与“诗笔”的融合。感怀之思，成为五代作家共同的创作情结，王仁裕在这部笔记小说集中的记写也不能例外。“青城道士”条，写“伪蜀青城山道士能幻术”，其淫邪之行，危及豪贵之门，所以“少主不欲彰其恶，潜杀之”。对时世的感怀潜藏在冷峻的叙述之中。这种“史才”与“诗笔”的融合，该书比之诗歌表现更为直接，更为明显，显现一定的人文理想精神。“朱少卿”条写人生的遭际，腾达和落魄都无不应验“马梦之征”，将叙述客观史实与抒写人物情怀结合起来，做到了“史才”与“诗笔”的熨帖。

《王氏见闻录》在艺术上表现出一种新变的文体特征。该书现存的 30 多条作品，无不体现唐末五代史传派小说和辞赋体小说的合流，在小说的杂体化发展进程中具有重要价值，对后世特定的文体形式产生影响。“王承休”条的蒲禹卿长表在小说的情节发展上起铺垫和伏笔作用，预示着王衍丧国投降的悲惨结局，这也是其在内容形式上的亮点，它不仅扩大了小说的内涵，而且在小说的杂体化进程中开风气之先。[①] 因此，该笔记小说集既显史才、诗笔，又带表文，应该是对小说文体发展的一个贡献。“胡翙”条写胡翙的种种事迹，是为后面他的被杀埋下伏笔，写法颇具史传笔法，而后面作者凭吊胡翙的诗作韵文，又体现了赋体小说的特点。“封舜卿”条穿插《麦秀两歧》曲产生的前后经过，乐曲成为关联内容，情节发展的重要线索，对有关音乐题材笔记小说的续写有重要影响。“王仁裕”条属于自传性质，其中题诗放猿（名“野宾”）的情节，由韵文嵌入笔记，叙述与诗赋浑然一体，精当地表现了作品内涵，也显现了故事情节发展的跌宕起伏，与文尾题诗相呼应，很好表现了文体上创新的特点。

① 温虎林《王仁裕笔记小说〈王承休〉的文体学价值》，《甘肃高师学报》2009 年第 1 期。

附　录

周故少师王公神道碑[1]碑文

（宋）李昉

周故通奉大夫，赠太子少保、上柱国、太原县开国公、食邑七百户、赐紫金鱼袋、太子少师王公神道碑碑铭并序。

门生推忠协谋助理功臣、金紫光禄大夫、中书侍郎兼工部尚书、同中书门下平章事、监修国史、上柱国、陇西郡开国候、食邑一千一百户、实[2]封四百户李昉撰。

雄武军节度推官、将仕郎、试秘书省校书郎张贺书丹并篆额。

皇宋之启昌运，二十有五年，应运统天睿文英武大圣至明广孝皇帝嗣位之九载，三行郊祀之次月[3]，故赠太子少师太原王公之孙、秘书郎永锡赍列祖“行状”[4]，哀诉于赵郡李昉曰：“伊我工父，世称哲人，仕历屡朝，官登二品，耸缙绅之重望，留台阁之懿范。奄忽明代，垂三十年，虽马鬣之坟已封于故里，而龟趺[5]之制未表于新阡。虑陵谷之变更，致声尘之销歇，奉先之道，是所阙焉。愿实录其芳猷，永垂名于终古。”

昉辱蓬丘之见托，感绛帐之旧恩。属文诚异于好词，颂德岂宜于多让？谨稽首抽毫而叙曰：

王氏之宗，其来远矣。秉缑山之秀异，沐淮水之灵长。或以儒雅称，或以门阀显。世济其美，代不乏贤。挺生我公，郁为人瑞。公讳仁裕，字德辇。其先太原人，后世徙家秦陇，今为天水人也。当童稚之年，失怙恃之爱，兄嫂所鞠，至于成人。唐季乱离，关右斯甚。俎豆之事，蔑无闻焉。既乏师友之规，但以畋游为事。二十有五，略未知书。因梦开腹浣肠，复睹江西碎石，皆有文字，梦中取而吞之[6]。及觉，心识开悟，因慷慨自励。请受经于季父，《诗》《书》一览，有如宿习。凡诸义理，洞究玄微。下笔成章，不加点窜。岁余，著赋二十余首，甚得体物之妙。繇是乡里远近，悉推重之。

秦帅陇西公继崇[7]闻之，以书币之礼辟为从事。寻属王氏僭窃，奄有两川，陇右封疆，遂成暌隔。公因兹入蜀，连佐大藩，历伪尚书、比部郎中、中书舍人、翰林学士。蜀后主衍，好文攻诗。偏所亲狎，宴游和答，殆无虚日。后主昏湎日甚，政教大隳。公屡陈谠言，颇尽忠节。既割席以难救，竟舁棺而纳降！

蜀亡，入朝授雄武军节度判官。桑梓故里，樽俎上列，归与之乐，适我愿兮！职罢，归汉阳别墅，有终焉之志。著《归山集》五百首以见其志。无何南梁主帅王公思同[8]以旧知之故，逼而起之，密奏授兴元节度判官。不获已而应命，非其志也。洎居守镐京，复参赞留务。时岐帅潞王具有坚城，将图义举，阴遣间使，会兵于王公。王公依违之间，可否未决，犹豫方甚，召公谋之。公曰：“事君尽忠，事父尽孝。忠孝之道，奈何弃之?”王公勃然而起曰：“吾其效死于王室矣!”于是戮岐阳之使。驰驿上奏，忠规正论，闻者义之。俄而王师倒戈，奉潞王为主。王公果死于难，僚吏悉罹其祸。潞王下命军中曰：“获王某者无得杀!”遂生致于麾下。潞王[9]素闻公名，喜见公面。文翰之职，一以委之。公自陈曰：“府主渝盟，臣所赞也。请就鼎镬，速死为幸!”词直色厉，潞王壮之。载以后车，俾随玉辂。教令诏诰，咸出于手。安慰京邑，先行榜谕。倚马吮笔，顷刻而成。潞王览之，大称厥旨。及即帝位，方将升玉堂之深严，备宣室之顾问。旋为近臣排斥，出为魏博支使，改汴州观察判官。数月征拜尚书都官郎中，召入翰林充学士。旌前劳也!

晋祚初启，以本官归班。稍迁左司郎中，历左谏议大夫、给事中、左散骑常侍。晋室之季也，权臣用事，朝政多门。既荒歉以相仍，复干戈之莫戢。山河土地，遂强据于诸侯；礼乐征伐，故不出于天子。公痛纪纲之隳紊，抗章疏以指陈，屡叩天阍，极言时事。洪河方溃，非捧土之能堙；大树既颠，岂一绳之可制？以至胡兵孔炽，晋鼎寻移。怀直道而无所施张，览遗疏而诚堪嗟叹。

汉高祖顾三灵之眷命，救四海之倒悬。大宝才登，中原亟定。有天下之逾月，拜公尚书户部侍郎充学士承旨。明年，带内署之职，知贡举。制下之日，时论翕然！咸谓俊造孤平，将得路矣。举罢，转户部尚书，承旨如故。明年，以疾解职，授兵部尚书。

周太祖即位，进位太子少保，尊名贤而宠旧德也。以显德三年七月十九日寝疾，终于东京宝积坊私第，享年七十有七。辍朝赙赠，悉从优礼，诏赠太子少师。卜其年八月一日，权窆于开封县持中村。以大宋开宝四年三月十八日，秘书力护神柩，归葬于秦州长道县。祔于先茔，成夙志也。

洋州录事参军讳约，公之曾祖也。成州军事判官、赠尚书屯田员外郎讳义甫，公之皇祖也。阶州军事判官、赠太子少傅讳实，公之皇考也。追封河南太夫人元氏，公之皇妣也。恒农杨氏，公之前夫人也。渤海郡夫人欧阳氏，公之后夫人也。并先公而殁。秦州观察推官仁温、秦州仓曹参军仁鲁，公之二兄也。成州军事判官传珪、秦州长道县令传璞，公之二子也。适校书郎党崇俊、适殿中丞刘湘、适河东薛升[10]，公之三女也。绵州西昌令全禧、秘书郎永锡，公之二孙也。

公秉天地和气，负文章大名。信义著于交朋，仁孝被于姻族。闺门卒岁无闻诟詈之声，童仆终身不知鞭挞之苦。可以见其为人也。每遇良辰美景，则必携生童，命俦侣。前管弦而后琴筑，左笔砚而右壶觞。怡怡然！陶陶然！曾不以家事为意。旷达高怀，世无与比。篇章赋咏，尤是所长。行路深闺，靡不讽诵。妙于音律，精于历象，又不可得而论矣。

昔公之掌贡闱也，中进士第者，凡二十有三人。时则有故宫师相国王公溥，今左谏议大夫判度支许公仲宣，大司农李公恽。俱振美名，并升殊级。惟宫师王公，迥高时望，擢处首科，五年之中，位至宰相。小子固陋，亦预搜罗。玉堂冠于词臣，黄阁陪于元辅。逢时偶圣，何幸会以逾涯；卵化翼飞，岂生成之可报！其余陟乌台、登雉省，内游谏署、外佐侯府者，皆一时之名士也。

平生所著《秦亭编》、《锦江集》、《入洛集》、《归山集》、《南行记》、《东南行》、《紫泥集》、《华夷百题》、《西江集》共六百八十五卷。又撰《周易说卦验》三卷，《转轮迴纹金鉴铭》、《二十二样诗赋图》并行于世。著述之多，流传之广，近代以来，乐天而已。

呜呼！位列三孤，名闻四海。享磻溪之寿考，绍阙里之风猷。高朗令终，可谓全福。然而，生逢叔世，莫偶盛时！胸襟空贮于经纶，生灵不受于康济。非公之遗恨，乃时之不幸也！

昉门阑发迹，丘岳在身[11]。备位岩廊，讵敢忘于所自；垂文琬琰，理不在于他人。英魂凛凛以何归？风草离离而永茂！洒涕挥翰，仅作铭云：

猗欤少师，生秉灵气。二十有五，方游于艺。浣肠得梦，吞石表异。先圣之书，一览而记。唐祚衰歇，广名播越。四海乱离，九州分裂。礼乐崩坏，文章断绝。若川无梁，若舟无楫。谁能越之，惟我少师。鸿笔丽藻，独步当时。纶言贡籍，是掌是司。缙绅领袖，儒者耆龟。一代雄才，七朝令誉。步骤九流，德翔三署。以文骏位，非为不遇。以德藻身，动有阴功。诚信笃外，温润积中。行以己正，事君惟忠。廉让是敦，礼教是崇。台阁之内，蔼然清风。

呜呼！明时不幸兮，哲人云逝！惊波不返兮，令名谁继？有磻溪之寿兮，无磻溪之位[12]！德空高于古人兮，功不施乎当世。茫茫长夜兮，古陇玄堂。离离宿草兮，夜月寒霜。任桑田之变海兮，播休闻之无疆！

天水江得山刻。

雍熙三年岁次丙戌七月丁卯朔，十六日壬午建立。

注释：

[1]《周故少师王公神道碑》即“王仁裕神道碑”，位于礼县城西南十五公里的石桥乡站龙村。碑外观高大雄浑，碑文书法苍劲秀丽，刻工精细巧娴，是研究五代史和宋代书法艺术的一件珍贵石刻。碑由碑首、碑身、碑趺三部分组成。碑首和碑身用一整块巨石雕成。通高3.05米，宽1.14米，厚0.4米。碑首拱形顶，上覆六龙盘踞，威武壮观。碑额篆“周故少师王公神道碑”九字。碑趺长1.3米，宽1.18米，碑身高2.25米，碑面两边阴刻缠枝牡丹与石榴花纹饰。碑面中间阴刻楷书碑文，自右向左竖列36行，完整字行71字。未标点碑题、铭文并序著作者介绍、碑文书写者介绍计131字，未标点正文2118字，落款26字，全碑总计2275字。碑石正面末尾附刻：“大明嘉靖二十八年（1549）二月朔日文林郎、伏羌令蜀人王调元重建碑亭，泾州荔非隐镌字。监修吏麻九思。”碑身背面镌文：“按部过汉阳，恭谒少师祠下。绍圣三年（1096）七月二十一日知岷州姚雄题，弟起、男友仲侍行。石州军事推官管勾、洮东安抚司文字□钧同至。”碑首背面镌文：“明嘉靖二十八年已酉仲春朔日，元以公务同徽郡二守、东齐寿光李公镜、西和令山西蒲坂史公资德过太保王公故里，见公石表为莓苔剥落，共拭读之，始知公之名之学，而慨公之将沦于晦也。次日，佥谋立小亭，以覆之俾勿敝，以永公之誉，亦近厚之道也。使后之过公者，肯相继为之。其庶乎前□之遗烈，可垂诸不朽云。文林郎、伏羌令西蜀梓潼王调元识，儒学训导西蜀成都朱轮，典史东鲁堂邑李钿。”原碑1993年被甘肃省人民政府公布为省级文物保护单位。此附碑文参《全宋文》校改。

[2]“实”字，原碑漶漫不辨，据史补。

[3]此句所述当为本碑文的作时，在雍熙元（984）年十二月。据《续资治通鉴》：“太平兴国六年，冬十月，癸酉，群臣三奉表加上尊号曰应运统天睿文英武大圣至明广孝皇帝，凡三上，乃许之。”应运统天睿文英武大圣至明广孝皇帝，即宋高宗赵炅赵光义的庙号。据《文献通考》卷99“宗庙考”9：“太宗亲享庙五（太平兴国三年十一月十四日。六年十一月十六日。雍熙元年十一月二十日。淳化四年正月一日。至道二年正月九日，系亲郊朝享）。”文中所称为宋高宗在位第三次郊祀。郊祀是中国古代帝王祭祀天地的国家盛

典。古代于郊外祭祀天地，南郊祭天，北郊祭地。郊谓大祀，祀为群祀。《史记·孝武本纪》："后常三岁一郊。是时上求神君。"郊祀是帝王最隆重的祭祀，在宋代用郊祀替代以前的封禅。《宋史》卷265："自雍熙元年罢封禅为郊祀，遂行其礼，识者非之。"宋代郊祀其形式以唐代为骨架而兼摭前代的某些礼仪，内容则沿袭五代。范仲淹《答手诏条陈十事》："臣窃惟国家三年一郊，天子斋戒衮冕，谒见宗庙，乃祀上帝。"常祀地位下降，亲祀地位上升。在亲祀制度中，原作为主要内容的宗教活动，如祭天地等仅作为一种形式存在，而原作为宗教活动的政治附加，如赦免等却成为主要内容。宋代的郊祀大礼是宗教活动，更是以宗教形式而举行的政治活动。（参见杨倩描《宋代郊祀制度初探》，《世界宗教研究》1988年4期）因此，雍熙元年（984）十一月二十日的郊祀，显得尤其特别而意义深远。李昉云本文作时在"郊祀之次月"，还是有所指的。

［4］行状，汉称"状"，宋元以后称之"行状"或"行述"（也谓之"事略"）。叙述死者世系、生平、生卒年月、籍贯、事迹的文章，留作史官提供立传的依据。南朝梁刘勰《文心雕龙·书记》："体貌本原，取其事实，先贤表谥，并有行状，状之大者也。"本文984年撰写，2年后，立碑。

［5］龟趺，又名赑屃（bìxì）、霸下、填下。龙生九子之长，貌似龟而好负重，有齿，力大可驮负三山五岳。其背亦负以重物，在多为石碑、石柱之底台及墙头装饰，属灵禽祥兽。传说霸下常驮三山五岳，在江河湖海兴风作浪。后大禹治水收服了它，为治水做出了贡献。后大禹担心霸下又到处撒野，便给其负以特大石碑，刻霸下治水之功，使之不能随便行走。霸下和龟相似，但有细微差异，霸下有齿，而龟类却没有，甲片的数目和形状也有差异。霸下又称石龟，是长寿和吉祥的象征。因之，古代显赫石碑的基座由霸下驮载。

［6］"西江浣肠"说，也见于新旧《五代史》王仁裕本传。"西江"，系今甘肃天水镇至礼县江口镇一段西汉水的别称，因其流向为由东至西而得名。西汉水由江口镇向南至礼县雷坝乡折向东南，经西和县、成县进入陕西略阳境汇入嘉陵江。

［7］陇西公继崇，即唐朝僖宗、后唐庄宗所封岐王、秦王的重臣李茂贞侄子李继崇。唐末至五代初任秦州节度使，为前蜀主王建之婿，多次与蜀交战。贞明元年（915）十一月甲戌日，失势降蜀，蜀主以李继崇为武泰节度使、兼中书令、陇西王。据《资治通鉴》卷269和本文，李继崇起用王仁裕当在贞明二年以后。

［8］王思同，幽州（治今蓟县）人。其父敬柔，娶刘仁恭女，生思同。曾任晋飞胜指挥使。为人敢勇，善骑射，好学，颇喜为诗，轻财重义，多礼文士。唐明宗任京兆尹、西京留守。应顺元年二月，潞王李从珂反凤翔。愍帝时任行营马步军都部署兵围凤翔，因诸镇军队倒戈，兵败被李从珂杀害。后汉高祖即位，赠侍中。《新五代史》卷33死事传第21有传。

［9］潞王李从珂（885~937），镇州（今河北正定）人，本姓王，小字二十三，俗名阿三。后唐明宗李嗣源养子。身形雄伟健壮，骁勇善战。曾任河中节度使，后任左卫大将军、西京留守。长兴三年（932），改命凤翔节度使，四年，封潞王。后唐应顺元年（934）

遂反，败讨伐军，攻入京师洛阳，即帝位，改元清泰。清泰三年（936）河东节度使石敬瑭叛变，借契丹兵进逼京师洛阳。李从珂于闰11月26日自焚而死。死后无謚号及庙号，史家称之为末帝或废帝。新、旧《五代史》有传。

[10] 薛升，《王仁裕墓志铭》作“薛继升”。

[11] 雍熙元年郊祀，李昉由参知政事、拜平章事加中书侍郎，位及宰辅要职，故云“丘岳在身”、“备位岩廊”。

[12] 磻溪，渭水河畔（今陕西宝鸡附近）的一个溪潭，潭边有一大石（磻），传姜子牙曾坐在上面钓鱼。姜尚，字子牙，东方夷人。祖先曾助大禹治水有功，被封于吕，以地为姓，故又称吕尚。此处以磻溪代姜尚，暗喻王仁裕。

周故太子少师王公墓志铭[1]铭文

（宋）李昉

周故通议大夫，守太子少保、上柱国、太原县开国伯、食邑七百户、赐紫金鱼袋、故太子少师王公墓志铭并序。

中散大夫、责授太常少卿、上柱国、赐紫金鱼袋李昉[2]述[3]。

公讳仁裕，字德辇。其先太原人，后世徙家秦陇，今为天水人也。洋州录事参军讳约，公之大王父也。成州军事判官、赠尚书屯田员外郎讳义甫，公之王父也。阶州军事判官、赠太子少傅讳实，公之皇考也。追封河南太夫人元氏，公之皇妣也。恒农杨氏，公之前夫人也。累封渤海郡夫人欧阳氏，公之后夫人也。并先公而殁。秦州观察推官仁温、秦州仓曹参军仁鲁，公之兄也。成州军事判官传珪、秦州长道县令传璞，公之子也。绵州西昌令全禧、秘书郎永锡，公之孙也。校书郎党崇俊、殿中丞刘湘、适河东薛继升[4]，公之聟[5]也。

噫！王氏之宗，其来远矣！或以门阀显，或以儒雅称。代不乏贤，世济其美。公即少傅第三子也。生属乱离，幼失怙恃，兄嫂所鞠，至于成人。既无师友之资，但以畋游为事。二十有五，略未知书。因梦开腹浣肠，复见江西碎石，其上皆有文字，梦中取而吞之。及觉，性遂开悟，因慷慨自励。请受经于叔父，诗书一览，有如宿习。凡诸义理，必究精微。下笔成章，不加点窜。岁余，著赋二十余首，曲尽体物之妙。由是远近重。

秦帅陇西公继崇闻之，自山中辟为从事。寻属王氏僭窃，奄有巴邛。土地山河，遂成睽隔。公因兹入蜀，连佐大藩。历比部[6]郎中、中书舍人、枢密直学士。蜀后主好文攻诗，偏所亲狎，应制和答，殆无虚日。

蜀亡入朝，特授秦州节度判官，即公之乡里也。良田美宅，适我愿兮！罢职，归汉阳别墅，有终焉之志。著《归山集》五百首，以见其意。无何，兴元相国王公思同，以旧知之故，逼而起之。洎居守镐京，复参赞留务。岐帅潞王之图大举也，潜使人会兵于王公。王公犹豫未决，召公谋之。公曰："事君尽忠，事父尽孝。忠孝之道，奈何弃之？"王公勃然而起曰："吾其效死矣！"于是戮岐阳之使。俄而，王氏倒戈，奉潞王为主。王公果死于难，幕吏悉罹其祸。潞王下命军中曰："获王某者，无得杀！"遂生致于麾下。潞王素知公名，喜见公面。公自陈曰："幕府渝盟，臣所赞也。请就鼎镬，速死为幸！"潞王义而舍之，委以文翰之职，诏敕教令，咸出于手。到京为近臣排，出为魏博支使，改汴州观察推官。数月，召入翰林、充学士。旌前劳也！

晋祚初启，以本官都官郎中归班。稍迁左司郎中，历谏议大夫、给事中、左散骑常侍。

汉祖开基，拜户部侍郎、充学士承旨。明年，带职知贡举。制下之日，时论翕然。咸谓："俊造孤平，将得路矣！"今宫师相国王公溥，观光待试，负艺求伸。虽组绣之文，名已振矣；而廊庙之器，人未知之。公识王佐之才，有人伦之鉴。擢于殊级，置于首科，五年之中位至辅相。知人明哲，犹如是乎！举罢，转户部尚书。明年，以疾解职，授兵部尚书。

周祖即位，除太子少保，尊名贤而宠宿德也。以周显德三年七月十九日寝疾，终于东京宝积坊私第，享年七十有七。辍朝赙赠[7]，悉从优礼，诏赠太子少师。卜其年八月一日，权窆于开封县持中村。以大宋开宝七年闰十月十七日，归葬于秦州长道县汉阳里，迁二夫人合祔焉。

公秉天地和气，负文章大名。信义著于交朋，仁孝被于姻戚。闺门卒岁无闻诟詈之声，童仆终身不知鞭挞之苦。有以知其为人也。音律历象，咸尽精妙。每遇良辰美景，命俦箫侣。前管弦而后琴筑，左笔砚而右壶觞。旷然高怀，世无与比。文集百余卷，并行于世。四方之人，相竞传写。篇章赋咏，尤是所长。行路深闺，靡不讽诵。

呜呼！登二品之贵位，享八十之遐龄。官以[8]考终，孰可记者？然而，不秉大政，不康蒸民，于公之才伸展未尽。裔孙永锡力护神柩，迁复家园。自梁抵秦，□二千里。英魂凛凛，随逝水以何之？丹旐悠悠，望故乡而长往。昉预生徒之列，受门馆之恩，八花尝缀于□班，四□复叨于真秩。今居退黜，尚玷清华。食禄明庭[9]，心敢忘于所自；勒文贞石，理不在于他人。援毫而功德难周，抆泪而伤怀莫已。铭曰：

□淮疏派兮，惟山降神。星辰孕秀兮，黼黻[10]吃摛文。垂搢绅之令范兮，蔼台阁之清芬。□事七朝兮，享年八旬。立诚敦信兮，积善累仁。谁之德兮，惟我丘门兮少师府君。□列图史兮，播誉闺门。母仪妇礼兮，绝世无伦。道著三从兮，光生六姻。事夫尽柔顺之体兮，御下有慈爱之恩。谁之美兮，惟彼恒农与欧阳夫人。少师之德兮，既若彼。夫人之美兮，又如此。万祀千龄，令名无已。启重阡于梁苑之野，遂归葬于汉阳之里。尘路迢迢，輀[11]车靡靡。

呜呼哀哉！一代之哲人已矣！

孙永锡自汴京扶护九丧却归乡里，盘缠葬礼、买置墓田。一物已来□□力办，以俟他日粗显孝心。

孙聓[12]博陵[13]安平人崔起书，在□□□□□□字。

注释：

[1]《周故太子少师王公墓志铭》，即“王仁裕墓志铭”。系刻石质地，为边长0.93米的正方形，厚为0.3米。1983年5月村民修缮房屋时出土于礼县石桥乡站龙村王仁裕墓区内。现存于礼县博物馆，为县级文物保护单位。铭文内未写明镌刻时间，以其中“以大宋开宝七年闰十月十七日，归葬于秦州长道县汉阳里，迁二夫人合祔焉”推断，墓志铭的镌刻当在公元974年（大宋开宝七年）以后。墓志铭铭文自右向左竖列40行，无标点完整字每行42字。无标点引文63字，无标点正文1411字，无标点落款63字。全铭总计1530字，其中阙文15字。墓志铭左侧另有刻字：“大宋崇宁三年甲申岁四月十八日三代孙进士王□重迁葬祀。”可知，王仁裕及其二夫人墓在北宋末徽宗崇宁三年（1104）迁葬过，距王仁裕去世近150年。又据今见岷州知州姚雄等绍圣三年（1096）七月二十一日题于碑身背面镌文“按部过汉阳，恭谒少师祠下”看，迁葬前王仁裕墓地具有可观建筑规模，而且在宋持续了一段时间。但过了500多年，在明嘉靖二十八年（1549），墓祠建筑随沧桑人事已荡然无存，且“公石表为莓苔剥落，共拭读之，始知公之名之学，而慨公之将沦于晦也。”（见神道碑身正面末尾附言及碑首背面文林郎、伏羌令西蜀梓潼王调元题刻的识记）所以，墓志铭的晚出，利于补碑文之阙。

[2] 李昉（925~996），字明远，深州饶阳人。生于后唐庄宗同光三年，卒于宋太宗至道二年，年七十二岁。以阴补斋郎，选授太子校书。后汉乾佑中，举进士。仕后汉、后周归宋，三人入翰林。太宗朝拜平章事。端拱初（988）边警急，诏群臣各进策。昉引汉、唐故事，以屈己、修好、饵兵、息民为言，时论称之。性和厚，在位无赫赫称。好接宾客。居中书日，有求进用者，虽之其才可取，必正色拒之，已而擢用。或不足收用，必和颜温语待之。卒，谥文正。为文慕白居易浅近易晓。著有文集五十卷（《宋史》本传），又奉敕撰《太平御览》，《文苑英华》，《太平广记》等书，并行于世。

[3] 述，当直解为“记述、叙述”。在此为文体名。“述”作为文体，有二说：其一指论说文之一种，前散文，后拈韵。三国魏邯郸淳有《魏受命述》，唐杜甫有《杂述》、《秋述》，宋范仲淹有《述〈国语〉》、《四言铭系述》等。其二系状、行状、行述之别名。专

指记述死者世系、籍贯、生卒年月和生平概略的文章。从本墓志铭“大宋开宝七年闰十月十七日，归葬于秦州长道县汉阳里，迁二夫人合祔焉”的文字记述看，写作时间晚于《王仁裕神道碑》的作时，且多数内容与“神道碑文”相同。本行状未表明确切的写作时间，据其中“昉预生徒之列，受门馆之恩，八花尝缀于□班，四□复叨于真秩。今居退黜，尚玷清华。食禄明庭，心敢忘于所自”的记载，并结合《宋史》卷265列传第24《李昉传》，基本可以确定本文写作时间在端拱二年（989）或淳化元年（990）。因为据《宋史》，李昉被贬官有三次：其一是“陶穀诬奏案”，由给事中“出昉为彰武军行军司马，居延州为生业以老。”时在建隆四年（963）。其二是“知贡举有误案”，“昉之知贡举也，其乡人武济川预选，既而奏对失次，昉坐左迁太常少卿，俄判国子监。”时在开宝五年（970）。其三是“布衣翟马周讼昉为相不作为案”，认为“昉居宰相位，当北方有事之时，不为边备，徒知赋诗宴乐。”宋太宗赵匡义“罢昉为右仆射，且加切责。”时在端拱初（988）。“淳化二年（991），复以本官兼中书侍郎、平章事，监修国史。”前两次李昉被贬，与本篇墓志铭所写葬礼时间不符。第三次贬官很合本文所述，细考史料，在端拱元年或淳化二年写作本文不大有可能。故确定本文于端拱二年或淳化元年。

［4］河东薛继升，《王仁裕神道碑》文作“河东薛升”未知何者为是。或为李昉所误。岑参有诗《送薛升归河东》，王勃亦有《秋日别薛升》。其中河东薛升为初唐薛道衡之后，但此人远早王仁裕，非为一人，待考。

［5］聟，读xù。“婿”的古称。

［6］比部，刑部下设刑部、都官、比部、司门四司，行使中央司法审判权，审理中央百官与京师徒刑以上案件。魏晋始有比部，隋朝比部体制比于魏晋：将比部正式隶属于刑部之下，从组织体制上明确了比部的司法监督性质，为唐宋比部建制的发展完善奠定了基础。

［7］賻赠，指赠送给丧家的财物。也谓赠送丧家以财物。

［8］以，碑原阙，据古文献补。《尚书·洪范》：“一曰寿，二曰富，三曰康宁，四曰攸好德，五曰考终命。五福以考终命列于第五者，诚以其难得故也。”苏轼《东坡志林》：“纣不见伐而以考终，或死于乱。”清袁枚《随园诗话》：“过九秩以考终，从古名医，都登上寿。”

［9］明庭，古代帝王祭祀神灵之地。也指圣明的朝廷。

［10］黼黻，读作fǔfú。泛指礼服上所绣的华美花纹。也指绣有华美花纹的礼服。《淮南子·说林训》：“黼黻之美，在于杼轴。”高诱注：“白与黑为黼，青与赤为黻，皆文衣也。”多指帝王和高官所穿之服。后借指爵禄。

［11］輀，读作ér。亦作“輭”、“輀”。载运棺柩的车。

［12］孙聟，孙婿。孙女之婿。

［13］博陵，唐宋称谓，今河北定州。

建西江庙记[1]

（元）张仲舒[2]

古称天下山河，或从乎两界，而皆起于鹑首[3]之次。鹑首未分也，居天下西南坤方，自秦陇西南皆坤之维，则禹贡所遵之南条也。其山川灵异之气郁为神明，生为显人。《记》称：“地载神气，风霆流行。”《诗》称：“落岳降神，生甫及申。”非虚语也。天地以正气，自鹑首而南融，方结错峙，如勇马奔放而回旋。百里一折，千里一曲，或起或伏，或斗或触，或倾或踽，欲去而不能去，有渤然怒张，浩然不可遏之势。行如方阵，止如列营，盘如长蛇。其精神所发，焄篙昭明，有不可拚者，故云为神之明隩，而五峙、寿宫、金马、碧鸡[4]，耿在史册。类皆御大灾，捍大患，蒸云澍雨，水旱疾疫得祷焉。然特职其幽而显者，非神之所能为。及国家抚休明之运，为祭祀之典，而后天地之气通。故砺出若山，石纽而降，世有其人焉。《传》曰：“明则有礼乐，幽则有鬼神，其理潜通，不可诬也。”

当陇蜀之冲，有水名西汉，亦原嶓冢[5]而出。至天水郡曰“西江”，大神居之。其峻极之势，南骛西折，英灵磅礴，蓄厚不泄，环山为壑，大江回潆，潜人于丙穴。有鱼神四，游泳其中，时出于江之浔，莫敢忤视，里不称鱼，日“河神”。网而食者，其人立死，民愈神之。歌舞岁事唯谨，神以福其民，无干湿夭扎之患。既以王爵，祀其土主，祠祀至今，不懈益严。有唐之季年，翰林王公仁裕，实生其间。既弱冠，梦神剖其肠胃，倒西江之水浇之，中沙石皆篆文，勉取而吞之，自是文章涣发。任承旨，位少保，为世儒宗，尝知贡举。其门生则有若王溥、李昉、和凝、范质。其人皆为将相，佐兴运焉。夫当天地清明之期，山川鬼神其与知之，则必为出伟人。使之弥纶参赞[6]，恢张一时政化之盛，以表异于天下万世，此理之当然，无足怪者。

今翰林承旨赵公世延，秦人也。人物杰立，与王公相望三百年间，尝以事西江，有谒于神也，退而梦一异人，长裾幅巾，援图来见，视其图前西山间，有大蛇飞跃而上者，领腹之际，红刻有光，烂如也。觉而异之，占者曰：“是升腾之象，神告之矣。”既乃由郡牧历台省率，再六月一迁，以王公应梦是践，此岂偶然之故耶！夫自三代以上，神人之理为一，故其应于梦兆，协于正祥，如《诗》《书》《记》《传》所载，可信不诬。今公方都显位，用诗书礼乐，致明主于三代之隆，畴者之梦，觉有征矣。而兴科举于百年之废，实自公始。公知延祐二年贡举，得人之多，将与王公之事，辉映国史。今官虽与公略相似，而公享奋大一统之朝，秉均承明。黼黻[7]文治，盖王公所不及。况于用才学显庸，膺不世知遇，为明时贤臣。方当介圭端揆，大摅其尊主安民之蓄，以文太平。则神人之所望于公者，当何如哉？会圣朝褒秩百祀，公以大神为请，加封："灵济惠应文泽王"，庙日"灵济庙"。因为迎享送神乐章遗之，使岁时歌以祀焉。

词曰：陇山青青兮，水泠泠，神拥玄云兮，水立四溟。长剑竦天兮，摩抚慧星。左操赤蛇兮，右鞭紫霆。有来肃然兮，文凤流铃。光如匹练兮，下委我庭。戛丝撞撞兮，二八窈婷，蒸惠奠桂兮，有椒其馨。兰膏发焰兮，气傍杳冥，神其醉止兮，厌于臚羯[8]。遭世升平兮，有鼐有扁，神属心气兮，品物流行。明为正神兮，显号大廷。灼灼神美兮，灌潘汉灵。下练金轴兮，上馆遗经。两仪德一兮，万汇清宁。惠我关陇兮，岁无蝗螟。报祀春秋兮，何千亿龄。

注释：

[1]《建西江庙记》，残碑，今存赑屃座及部分残碑，见于甘肃礼县石桥镇清水村西江庙，据访当地耆旧，称原碑为1973年夏特大暴雨隳坏。该碑文字详细记载了王仁裕、赵世延二人发迹的传奇经过，以及该处"西江"回壑深潭——"鳄儿潭"的具体位置和神奇之处。《礼县志》载"大清乾隆时期将鳄儿潭列为礼县八景之一"。"西江"西汉水（今嘉陵江一级支流，《元和郡县图志》鲧谷县条后云："西汉水，一名嘉陵江"，《通典·州郡四》："嶓冢山，西汉水所出，今经嘉陵曰嘉陵江"）一段。自天水市秦州区天水镇（今小天水）西南流至礼县永兴乡大堡子山峡口折西，经礼县江口转南下，史书称此段西汉水为"西江"，因江水流向西而得名。"西江"流域关于王仁裕与的历史遗迹今存两处：一是礼县城东赤土山麓为纪念王仁裕而建的"西江祠"，祠内正殿有王仁裕塑像，殿壁有王仁裕事迹壁画图；另一处为礼县石桥镇清水沟村南侧的"西江庙"（别称"西江神庙"，县级文物保护单位，今存石柱及铭文，传为唐初建，元重建）。本书附录碑记文字依乾隆版《礼县志》（礼县县志办公室1995年影印民国版《礼县志》所刊）校订，内容所述王仁裕事，虽与史书有出入，但反映了元代仕宦阶层对他的追慕和敬仰，以及对这位历史上"为世儒宗"者的思考和认识，对后世研究王仁裕颇有价值，故本书予以收录。按例，篇末应有时间年号缘由题记。已佚。

[2]张仲舒，生卒年月不详。据碑文并参方志及《元史·赵世延列传》，张仲舒撰该碑文当在元英宗泰定元年（1324年）。

[3]鹑首，古天文地理学十二星次之一，分野主秦，属雍州。《晋书·天文志》："自东井十六度至柳八度为鹑首，于辰在未，秦之分野，属雍州。"

[4] 金马、碧鸡，古神话传说的神明。《汉书·郊祀志》说：“或言益州有金马碧鸡之神，可醮祭而致，于是遣谏大夫王褒使持节而求之。”为佛教所改造和利用，以神马神鸟指金银宝器。

[5] 蟠冢，即蟠冢山，今名齐寿山，长江水系和黄河水系的分水岭，位于甘肃天水境内，西汉水发源于此。《汉书·地理志》陇西郡“西县”条载：“禹贡蟠冢山，西汉所出。”

[6] 弥纶参赞，统摄天地机理。弥纶，统摄，笼盖。《易·系辞上》：“《易》与天地准，故能弥纶天地之道。”参赞，配天。《中庸》：“参赞天地之化育。”指修行人彻悟人生真谛，与天地和二为一的状态。

[7] 黼黻（fǔfú），本指指礼服上所绣的华美花纹，此处引申为“辅佐”之意。柳宗元《乞巧文》：“黼黻帝躬，以临下民。”

[8] 膻羯，羊臊气，此处借指粗俗世风。《太平广记》卷第362妖怪（四）引《乾饌子》“梁仲朋”条：“颇有膻羯之气，言语一如人。”

参考文献

一、著作:

[1] 游国恩等编《中国文学史》,人民文学出版社2004年版。

[2] 章培恒等著《中国文学史》,复旦大学出版社1996年版。

[3] (清) 吴任臣《十国春秋》,中华书局1983年版。

[4] (宋) 欧阳修《新五代史》,中华书局1974年版。

[5] (宋) 薛居正《旧五代史》,中华书局1974年版。

[6] 何德未等编《礼县志》,陕西人民出版社1999年版

[7] 侯忠义《隋唐五代小说史》,浙江古籍出版社1997年版。

[8] 罗宗强《隋唐五代文学思想史》,中华书局1999年版。

[9] 傅璇琮等《五代史书汇编》,杭州出版社2004年版。

[10] 吴在庆,傅璇琮《唐五代文学编年史》,辽海出版社1998年版。

[11] 程毅中《唐代小说史话》,文化艺术出版社1990年版。

[12] 周勋初《唐人笔记考索》,江苏古籍出版社1996年版。

[13] 蒲向明《玉堂闲话评注》,中国社会出版社2007年版。

[14] (清) 王士祯撰,郑方坤删补《五代诗话》,人民文学出版社1989年版。

[15] (清) 李调元编《全五代诗》百卷,补遗二十卷,黄山书社据光绪刻本影印1999年。

[16] 鲁迅《中国小说史略》,人民文学出版社1958年版。

[17] (明) 胡应麟《少室山房笔丛》,中华书局1958年版。

[18] (宋) 洪迈《容斋随笔》,上海古籍出版社1978年版。

[19] 张兴武《五代艺文考》,巴蜀书社2003年版。

[20] 陈尚君辑校《全唐诗补编》全三册,中华书局1992年版。

[21] 陈尚君辑校《全唐文补编》全三册,中华书局2005年版。

[22] 曾贻芬点校王仁裕撰《开元天宝遗事》,中华书局2006年版。

[23] 丁如明辑校《〈开元天宝遗事〉十种》,上海古籍出版社1985年版。

[24] 张心澂《伪书通考》，商务印书馆1957年再版。
[25] 周勋初《周勋初文集》(5)，江苏古籍出版社2000年版。
[26] 顾青《中国小说史》，台北文津出版社1995年版。
[27] 李剑国《唐五代志怪传奇叙录》，南开大学出版社1994年版。
[28] 刘世德《中国古代小说百科全书》，中国大百科全书出版社1993年版。
[29] 董乃斌《古代小说鉴赏辞典》(上)，上海辞书出版社2004年版。
[30] 吴庚舜，董乃斌《唐代文学史》(下)，人民文学出版社1998年版。
[31] (宋) 欧阳修《归田录》卷2，中华书局1981年版。
[32] 朱一玄等《中国古代小说总目提要》，人民文学出版社2005年版。
[33] 袁行霈，侯忠义《中国文言小说书目》，北京大学出版社1981年版。
[34] 曹中孚校点《唐五代笔记小说大观》，上海古籍出版社2000年版。
[35] 江畬经《历代小说笔记选》，广东人民出版社1984年版。
[36] (宋) 李昉等《太平广记》，中华书局1981年版。
[37] 刘叶秋《历代笔记小说概述》，北京出版社2003年版。
[38] 苗壮《笔记小说史》，浙江古籍出版社1998年版。
[39] (清) 彭定求等《全唐诗》，中华书局1960年版。
[40] (宋) 阮阅《诗话总龟》，人民文学出版社1987年版。
[41] (宋) 司马光《资治通鉴》，中华书局1976年版。
[42] (五代) 王仁裕等撰《开元天宝遗事十种》丁如明辑校，上海古籍出版社1985年版。
[43] (五代) 王仁裕撰《开元天宝遗事》曾贻芬点校，中华书局2006年版。
[44] (清) 王士祯《五代诗话》，人民文学出版社1989年版。
[45] (宋) 王溥《五代会要》，中华书局1998年版。
[46] 周勋初《唐代笔记小说叙录》，凤凰出版社2008年版。
[47] 张兴武《五代作家的人格与诗格》，人民文学出版社2000年版。
[48] 杨义《中国古典小说史论》，中国社会科学出版社1995年版
[49] 张兴武《五代艺文考》，巴蜀书社2003年版。
[50] (宋) 江少虞《宋朝事实类苑》，上海古籍出版社1981年版。
[51] (清) 纪昀《四库全书总目提要》，中华书局1983年版。
[52] (五代) 刘昫等《旧唐书》，中华书局1975年版。
[53] (宋) 罗烨《醉翁谈录》，古典文学出版社1957年版。
[54] 曾枣庄，刘琳等《全宋文》，巴蜀书社1989年版。
[55] 吴礼泉《中国笔记小说史》，商务印书馆1997年版。
[56] 董浩《全唐文》，中华书局1983年版。
[57] 严杰《唐五代笔记考论》，中华书局2009年版。

[58] 黄建宁《笔记小说俗谚研究》，人民出版社2011年版。

二、论文：

[1] 陈尚君《唐诗人李昂、綦毋潜、王仁裕生平补考》，《苏州科技学院学报》（社科版）1993年第4期。

[2] 刘莉《五代名士王仁裕小考》，《敦煌研究》2003年第6期。

[3] 胡文楷《薛史〈王仁裕传〉辑补》，《中华文史论丛》1980年第3辑。

[4] 陈尚君《玉堂闲话评注序二》，蒲向明《玉堂闲话评注》，中国社会出版社2007年版。

[5] 罗宁《论五代宋初的“伪典小说”》，《中国中古文学研究——中国中古（汉—唐）文学国际学术研讨会论文集》，学苑出版社2005年版。

[6] 陈见微《辑本〈王氏见闻录〉序》，《古籍整理研究学刊》1986年第1期。

[7] 周勋初《〈玉堂闲话〉考》，《西北师范学院学报》1988年第3期。

[8] 袁刚《唐代的翰林学士》，《文史》1990年第33辑。

[9] 张国风《〈太平广记〉陈校本的价值附录三》，《中国人民大学学报》1994年第5期。

[10] 张国风《韩国所藏〈太平广记详节〉的文献价值》，《文学遗产》2002年第4期。

[11] 程毅中《唐人小说中的“诗笔”与“诗文小说”的兴衰》，《文学遗产》2007年第6期。

[12] 缪元朗《〈开元天宝遗事〉校点商榷》，《四川大学学报》（哲学社会科学版）1986年第4期。

[13] 杨文新《王仁裕〈开元天宝遗事〉思想艺术初探》，《西北民族大学学报》（社会科学版）2010年第1期。

[14] 刘雁翔《王仁裕〈玉堂闲话·麦积山〉注解》，敦煌学辑刊2006年第2期。

[15] 陈见微《辑本〈王氏见闻录序〉》，《古籍整理研究学刊》1986年第1期。

[16] 温虎林《王仁裕笔记小说〈王承休〉的文体学价值》，《甘肃高师学报》2009年第1期。

[17] 赵军仓《王仁裕及其作品研究》，四川师范大学硕士学位论文，2010年中国知网“中国优秀硕士学位论文全文数据库”。

[18] 蒲向明《王仁裕的文学成就》，《天水行政学院学报》2003年第3期。

[19] 蒲向明《王仁裕年谱稿》，《甘肃高师学报》2005年第4期。

[20] 蒲向明《王仁裕生平著作考》，《甘肃高师学报》2006年第3期。

[21] 蒲向明《关于〈玉堂闲话〉研究的最新进展》，《甘肃高师学报》2008年第1期。

[22] 蒲向明《论〈玉堂闲话〉的思想内容和艺术特色》，《社会科学论坛》（学术研

究卷）2008 年第 1 期。

［23］蒲向明《校订和注疏〈玉堂闲话〉的几个问题》，《前沿》2008 年第 1 期。

［24］蒲向明《论王仁裕〈玉堂闲话〉的文化张力》，《船山学刊》2008 年第 2 期。

［25］蒲向明《〈开元天宝遗事〉诸问题探讨》，《天水师范学院学报》2008 年第 3 期。

［26］蒲向明《王仁裕笔记小说集〈王氏见闻录〉诸问题探讨》，《甘肃高师学报》2010 年第 3 期。

［27］蒲向明《史传、杂史和笔记小说的共生互动——以王仁裕〈王氏见闻录〉为中心》，《社科纵横》2010 年第 7 期。

［28］蒲向明《论王仁裕笔记小说的文学史地位》，《牡丹江大学学报》2008 年第 5 期。

［29］孟永林、霍志军《五代王仁裕著述续考》，《图书馆学研究》2008 年第 5 期。

［30］孟永林《五代王仁裕杂史小说著述考》，《古籍整理研究学刊》2007 年第 6 期。

［29］赖峰《王仁裕和他的诗歌创作》，《社科纵横》1999 年第 5 期。

［30］贺中复《文学史补白一一谈五代的小说》，《吉林师范学院学报》1994 年第 1 期。

［31］詹宗祐《“诗窑子”王仁裕——一个被忽略文人的旅行观察》，（台湾）《白沙历史地理学报》2008 年 10 月总第 6 期。

［32］陶敏、刘再华《“笔记小说”与笔记研究》，《父学遗产》2003 年第 2 期。

跋 语

撰成这本书，是我对自己十五年来，利用教学、行政工作之余研究王仁裕文学创作的一个阶段性回顾和总结。初涉该研究时，我还是而立之年，光阴荏苒，白驹过隙，在忙碌与闲适的交替中，不觉已到知天命之时。回首往昔，事过如缕，唯自己从中获得乐趣的王仁裕研究，可以平胸块垒，不吝笔墨，详此两记。

一、学术知音的深切感怀和慰勉

王仁裕是陇南古代最重要的文学作家，但对他文学创作的研究一直比较薄弱。十五年前我在中国社会科学院研究生院文学系申请学位时，业师刘世德先生指导我就读古代文学专业中国古代小说方向，记得修完专业课后他签名送我一本由他领衔、程毅中和李剑国先生等20多位著名学者撰稿的《中国古代小说百科全书》，并嘱我注意王仁裕的笔记小说。因我当时在礼县师范任教，所在即王仁裕故里，有地利条件可资利用。

抱着这个信念，我先后多次赴礼县石桥乡勘察《王仁裕神道碑》，通过各种方式搜集有关王仁裕的相关资料，如《王仁裕墓志铭》、《王仁裕八棱柱经幢》（刻有纪念王仁裕文字的八棱石柱。宋刻，可辨识文字千余。今存甘肃礼县博物馆）。这个过程，使我获得了不少认识，首先感到王仁裕《玉堂闲话》一书在宋元之际散佚，是一件很可惜的事情，如能进行整理，肯定极有意义。于是，我就开始做《玉堂闲话》的整理工作，待稿子大体成型后，我也于新世纪初调到陇南师专任教，适逢霍松林先生来成县参加首届《西狭颂》文化研讨会，我向他当面请教了这个问题，他认为极有意义，并鼓励我做下去，这就坚定了我继续从事并试图完成该工作的信心。当时我发现，专门研究《玉堂闲话》并首次专题撰文的，当是周勋初先生，于是致信给他请教，他于我热情指点。今将周先生来信具录如下：

向明先生：

八日大札奉悉。知道你正从事有关王仁裕著作的整理，而又对自己的工作、有所怀疑，问道于盲，恐难副雅意。我因对王仁裕的情况不太了解，以前因整理《唐语林》涉及《玉堂闲话》一书，遂有的论述实对王氏的情况未作全面考量。

你为《玉堂闲话》评注，是否值得，我也提不出具体意见。但我总觉得，王仁裕在五代时固为一代名人，但在整个中国历史上毕竟是三四流角色。《玉堂闲话》一书，依文献价值看，并不太大，依文学成就而言，也不算高。因此你的注本即使已成书，怕也难于到京沪等地大出版社中求得发行，或许只能想法在甘肃找一家出版社求得出版。地方上现在很重视历史名人，或许当地政府能支持出版。要说是有多高价值，则很难说。反不如对《开元天宝遗事》作一整理。此书篇幅小，但价值高，研究唐代文史的人都要利用，也容易下手，这样做，可能更值得些。凡此供你参考。

我的《文集》，出版社不零卖，他们也没有门市部，固此你若想买，可到当地新华书店或书商那里去想法。

匆匆，即颂

教安

周勋初

2003.7.29 南京大学

在这封信中，周先生力主我做《开元天宝遗事》的注本并指明其工作意义，给我鼓舞和指导，为我后续研究提供了另一选题，我为先生提携后学的气度而感激。此后，我在读到我的老师董乃斌先生（主讲唐代文学）主撰的《古代小说鉴赏辞典》时，获知国内已有《玉堂闲话》辑本，随即投书讯问，董老师来信说：

向明同志：

你的信寄到上海大学，我最近才看到。我去年八月至十二月在日本讲学，回来后没马上到学校，故未能及时复信，甚歉。

来信问及五代王仁裕《玉堂闲话》的辑佚问题，此为复旦大学陈尚君教授的成果，将收在将要出版的《五代史书汇编》一书中。《汇编》一书由傅璇琮、徐海荣、徐吉军等主编，由杭州出版社出版。其序言已发表在《古籍研究》2004卷·上（总第45期），这个刊物是安徽大学出版的，你若需要可写信给安徽大学古籍研究所或安徽大学出版社。

你在西北坚持教学研究，条件艰苦而努力从事，相信你定能搞出成绩。如有我能帮助的，当尽力而为。祝

学业进步

董乃斌 2005. 1. 14

实际上恩师在给我复信时，该书已于2004年出版，老师提供的这个信息极其重要，我即通过兰州新华书店的朋友专门从杭州出版社订得一套《五代史书汇编》。在该著中，我不仅看到了陈尚君先生的《玉堂闲话》辑本，还看到了他的《王氏见闻录》辑本，真是意外的收获。

在研读袁行霈、侯忠义二先生的《中国文言小说书目》时，我发现该著云：《郡书志》著录《玉堂闲话》，疑有误，即致信侯忠义先生请教，不料先生极其重视该问，未几回函给我：

向明如见：

六月廿八日惠书收悉。

所询二十多年前编《书目》时，怎样抄录的《读书志》著录《玉堂闲话》一条，已经记不清了。这次我去图书馆又查阅了《郡斋读书志》的衢本、袁本及新校证本，及赵氏的《后志》，均未见著录《玉堂闲话》一书，你的疑问是对的。至于是怎样形成的著录之误，已无从查考了。将《玉堂闲话》当作《南行记》著录，想来不会。现在看来，此条当失于考订。书名《玉堂闲话》之玉堂为翰林院之代称，故书名与现在所引《读书志》的提要内容亦不符。我印象中，《闲话》有新整理本，可找来在考查一番。

《书目》如再版，此条当修正之。感谢你的认真和仔细，谢谢。专此奉复，并祝

教安！

侯忠义

2006. 7. 25 北京大学

先生虚怀若谷，学术上一丝不苟的执着品格，生发我很多感想，也激励我不断前进。经反复修改，我的《玉堂闲话评注》一书在借鉴了很多先贤的研

究成果后，初稿基本完成。该稿初名《玉堂闲话辑读》，是依据不少先生意见并借鉴李泽厚《论语今读》（三联书店2004版）的研究方法编结成书的。我将该书的打印稿分别呈送我所熟悉的专家（一些至今未曾谋面，但著作读了不少），他们给我指导者有之，鼓励着有之。赵逵夫先生给我回复长信，给予细致、多面指导。具函如下：

向明同志：

来信和书稿是我于28日省高评会结束后回家才看到的，两天来大体翻阅了一下，觉得你下了功夫，从来信可知你是在中国社科院申请硕士学位，得刘世德等先生指点，则能选择并完成这样的课题，也就可以理解。文献工作是一切研究的基础，先从这方面入手练习基本功，才是学术研究的正路。当然理论水平的提高也很重要，没有扎实的根柢，也很难出成绩。

固你征询于我，作为一个陇南人，对陇南学者应该关心、支持、诚心相待。所以谈几点意见供参考：

一、我以为书名作"辑读"似不太妥，"读"的含义不清。作"辑注"或"辑评"或"评注"更好些。其中有注、有评记，有译文。"辑"之外，举其一可概其他。因陈尚君之辑本在前，尽管你增辑三、四条，但基本依陈本。陈尚君在文献方面根柢很深，虽然说他的东西不能说没有失误或遗漏，但一般说来，在取舍方面总有它的道理。从这一点说，作"评注"可能更好，将"辑"字省去，也就等于，以此成绩归之于陈，至少不突出自己的工作。当然，你的工作已在前言中有所交代，我以为这已很充分了。此供参考。

二、《玉堂闲话》原本三卷，今你分作六卷，似缺乏依据。如要分卷，应分三卷，但如何分，今亦无所依据。所以我以为可以不分卷。辑古人之书，最要在复其旧，存其真。既不能存其真，复其旧，则以不误导读者、不造成误会为要。

三、《前言》之后又有书名、附注、评记，颇觉叠床架屋，不若归于《前言》之中，而删去《前言》中转引自己论文的文字。

至于王仁裕铜像的照片，似应置扉页之后，目录之后，不当置于此。

四、译文应力求简明。如P27右半［7］"牒"读dié。会意字，从片，叶声。古时木片也常用作书写材料，故从片。除注音可以加括号注于"牒"字后，省"读作"二字外，其余并删。其下所引各书文字，似也意义不大，因此字乃常见字，并无歧义，学者们看法也甚明确，不必多费笔墨。至于后面

"也特指谱籍"也指谱牒、家牒等。更无必要，嫌据证太远。然文中"牒"字具体应作何解释，却未道及，我们为应有一语点破才是（译文中虽有体现，但译文常常有照顾上下文用词的情况，不一定确切）。

谈以上四点，算是对来信恳切征询的回报，不一定正确，供参考而已。

刘世德、董乃武、石昌渝先生都治学严谨，成就很大。我们算是老相识，我虽不用力于后一段，但对他们的治学精神都很钦佩。

说求我写序"非常艰难"，恐是误会。我自然也不愿意轻易为人写序，因为若评论不当，会招人非议，有时作者本人也未必满意。但对青年同志，总采取扶持态度。对家乡的人，更是有所例外。

总之，从我所见陇南师专青年教师的著作看，都很努力。你的这本书于地方文化的研究方面意义更大。

写序的事，我以为刘世德先生和董乃武先生写更为妥当。如他们二位中谁承担了，也就免我舞弄笔墨了。

祝大著早日问世。顺祝

愉快！

赵逵夫

2006. 8. 31. 西北师大

这封回信给我热情、细致而贴心的指导，给我最后修改和终稿有重大作用，后来书名定为《玉堂闲话评注》，即是吸收了赵先生的意见，其他对提高著述质量所发挥的作用，我对他的感激之情不言而喻。随后我相继收到董乃斌、周勋初、侯忠义三位先生复信：

向明同志：

寄来邮包，书稿更佳。已初步翻阅，因事忙未及细读耳。

《玉堂闲话》之整理，注释不应叫"注疏"，疏是对注的解释。翻译，评注是很有意义的，将有助唐古代文学史之研究，有雅俗共赏之功效。你为此下了很大功夫，也取得很大成绩，《前言》也写得很好。如果要我提意见，大致于一下几条：（1）有些注释是否繁了，可略简化？当然，出版社若无意见，不删亦可，毕竟是下功夫搜集来的。（2）有些翻译是否可再顺一顺，即细读一过，以使其更准确精炼？我随手翻翻，似有可疑之处。如 P161"崔四八"，似应崔慎由生子曰"四八"，而不是慎由即四八。请再酌。且"四八"倒应注释一下，为什么是"四八"呢？译文中偶有错字。也有译得很好的，如此前一篇《庐山渔者》。(3) 全书再仔细校读一遍，因现在错字甚多。P167 注 10 引出庾信《麦积崖佛龛铭》，很好，但其中包含大量错字，需细校。此文注 20，似乎太繁。用来讲课很好，用为著作则不理想，次序也有点乱。"清渭"非两条水。(4) 正式出版时，最好将你有关的研究文章附在书后，以便读者。包括王仁裕碑、墓志等相关资料。

我对《玉堂闲注》没有研究，作序就免了吧。望你早时校读完毕付印。怕你牵记。特复此函。顺祝

安好

董乃斌

2006. 9. 5.

附言：《王仁裕墓志铭》能否录一文本给我一阅？又及，陈尚君《旧五代史新辑会证》（复旦大学出版社 2005）你可一阅，《辑读》一书亦可寄陈教授，请他指教。

向明先生：

大札敬悉。我自八十年代后期起，即不再投入小说研究，以致后来的一些研究成果，如陈尚君教授等人的整理本，均未寓目，而且六月始，固患空调病突发高烧，体质大受打击，目下尚需多多调理，故于大著未能认真拜读，更难应命撰序。有负雅望，甚为抱歉。鄙意此书似可请霍松林先生撰序，固霍先生为贵地之著名学者。您在工作中又曾得到他的鼓励，请乡贤撰序，更合此书性质也，不知意下如何？匆此

即颂

文安

周勋初

2006. 9. 6

附白：土仪拜领，另邮寄奉上拙著两种，供参考，且乞指正，大著另邮奉还。又及。

向明如见：

邮包收到，谢谢，我虽然“向往”陇南，但特产仅此一次即可，下不为例也。

看到上次信，我曾疑惑你为何对《闲话》这条材料如此关注？并肯定你读书的认真和仔细，未料你竟然整理出如此高水平的《辑读》书稿，令我惊喜。以你所处的环境和所具条件，能搞出此稿，用力之勤可想而知。因此我乐意为你作序。固我近期手头有些事情，当于十一月底将序寄去，勿念。

我最近从哈尔滨、泰安两地开会回来，见到了一些老朋友，也认识了一些年青朋友，以后有机会，你亦可以出来走走。

专此奉覆，并祝

教安

侯忠义

2003. 9. 7

这三封来信给我从不同的角度指点、鼓励、帮助并提出意见，在后续的改稿和成书过程中，其意义是无法估量的。听从董老师的意见，我随后寄稿给陈尚君先生，陈先生多次电话提及对我研究的有关问题，指点迷津，剔出舛误，并和侯忠义先生一起欣然为《玉堂闲话评注》作序，他们的真知灼见，使我的书大为增色。后来，董老师又两次来信，给我指点了《王仁裕神道碑》和《王仁裕墓志铭》的句读、校注问题，他出面和陈尚君先生沟通，转达了有关意见。

《玉堂闲话评注》耗费了我十年的心血，虽然有这么多大家提携、栽培，但还是未尽人意。该书出版后，我即分寄这些前辈，周勋初、侯忠义先生回信褒扬：

向明先生：

大著《语堂闲话评注》已收到，非常感谢。此书经阁下整理后，可读性大为提高。辑佚、注疏、评记部分，均见功夫。前言与附录诸文，内容充实，均有甚高学术价值。出版社印制亦佳。我于此荒疏已久，一俟有时，可自当认真拜读，再行请教。匆此。

即颂

教安

周勋初

2007. 6. 25

向明如见：

六月底我到南开大学开了一个会，回京后到图书馆，看到了你寄来的大作《玉堂闲话评注》，喜甚。你的劳动终于得到社会的认可，也必将影响很多学人，值得祝贺。书也印的很好。收到你的书，真是比见到我自己的书还高兴。王仁裕地下有知，亦当欣慰。王仁裕的另一部小说集《开元天宝遗事》我见到的是个薄薄的本子，不知是否也可整理一下，以便将来成为王仁裕的一个系列？

专此奉达，并祝

顺利！

侯忠义

2007.7.6 北京

周勋初先生给拙著很高评价，我又惶恐又欣悦，这就如同无形的力量推动着我在王仁裕研究上继续前进。侯忠义先生再给我鼓励之外，提出了此前周先生一样的希望，让我整理《开元天宝遗事》，这个选点，在我的这本《王仁裕文学创作研究》里将会体现。

还有值得一说的是，陈尚君先生2007年在香港中文大学讲学时，将《玉堂闲话评注》介绍给学界，台湾彰化师范大学教授詹宗祐先生致电给我，联系兼邮索拙著，后来我收到了詹先生从台湾寄来的回函：

蒲教授，您好！

上星期很惊讶的收到了您的来信，才知道是陈尚君教授请你寄您的大作给我参考，非常感谢，您的大作也解决了我在写作论文时的许多问题。

我曾对王仁裕有兴趣，是因为我的博士论文《隋唐时期的终南山区研究》中用了王仁裕大量的史料，发现他的著作在历史地理上很有用处，他对于环境生态的观察更有传统知识分子缺乏的面向，而当时也有把他的作品辑佚的想法。但这几年忙于工作及其他研究，因此也就没有余力，再去做这方面的工作。今年行政工作顺利卸下，刚好台湾彰化师范大学办历史地理研讨会邀稿于我，因此提出这篇文章，在找资料过程中已知陈尚君教授已有辑本，而我在“中国期刊网”也看到您几篇大作，知道您是这方面专家。后来，又蒙陈尚君教授告知您已出评注本，而且是他写的序，心想这一定是有关王仁裕最重要的著作，我因在台湾寻不到您的大作，故此请陈教授是否可以先寄他手中有的本子给我参考，我写完文章再奉还。因他人在香港，他的研究助理也一时找不到他的书，当时因为稿子在赶，想那就先算了，等到文章真正要发表的时再来补正。没想到，就收到您从陇南寄来的大著了，除了感激您，也要感激陈教授。虽然当时我也只是僻处台湾中南部一所技职体系学校的老师，他一次来台湾讲学认识后，就对我一直照顾有加，也透过他及王仁裕让我认识了您及您的大著，真是非常谢谢您。

上个星期因为忙于文章，因此不克马上写信给您，也感到非常抱歉。除这信外，我也将准备发表的《“诗窖子”王仁裕——一个被忽略文人的旅行观察》先行寄给您，请您赐正。这篇文章写得比较赶，因此质量尚十分粗糙，也许有刊行机会时再加以修正。另二篇文章都是利用王仁裕及其他资料写的有关动物生态方面的著作，也请您赐正。在您资料介绍中知道你是中国社会科学院研究生毕业，但仍愿意回到陇南故乡服务，据我所知，这是相当不容易的。麦积山我还没有去过，也许哪天我可以到陇南，也可以去拜访您，并当面向您致谢。祝

教安

詹宗祐

2007. 10. 25. 台湾

詹先生随信附寄的他那篇文章（4 万余字），后来全文刊发于《陇南师专学报》（内刊）2008 年第 1 期上，尔后检索得知，该长文在台湾正式发表在《白沙历史地理学报》2008 年 10 月总第 6 期上。文章从文学作品的具体统计分析入手，对王仁裕笔记小说能观察到传统古籍较少注意的历史地理及生态的问题，给予宽广而深入的研究，更展示了其作品具有的人文地理、历史等方面的价值。这种研究王仁裕著述的学术视野，在大陆学界极为罕见。

去年，南开大学李剑国先生托他的博士生罗陈霞女士（时在对外经贸大学中文学院执教）转达他对《玉堂闲话评注》的一些意见，有褒扬也有鞭策，我应约随后寄书给他后，他来电致谢，并要我在这方面继续做一些工作，对我意义亦很重大。

我之所以不避烦琐地述及这些学术交往，是因为我想让读者和我一起回味我所走过的一段学术之旅。我所蛰居的一个小地方，交通和信息均不很发达，能和这么多的学界朋友享有学术友谊，实在依我看来是一件件需要永远感激而

且铭记的事情。学术是很多志同道合者共同的事业，前行者为我们点亮那盏学术心路的明灯之时，也就是学术之流源源不断后继之日。所以这些先生不仅是在提携我，同时也为后人留下了抹之不去那智而且贤者的背影。因此我想借助本书跋语把这些记录下来，以存未来。至此，我想引用刘勰所说：“知音其难哉！音实难知，知实难逢，逢其知音，千载其一乎！”（《文心雕龙·知音》）今再读这些书札，重温他们在王仁裕研究方面的真知灼见，给我醍醐灌顶般的启迪指点，真有学术知音的深切感怀和慰勉。

二、成就本书的殷殷希冀和定力

《玉堂闲话评注》出版后，也取得了一些社会影响，可以见到一些论著引用该书有关学术观点，该书也先后获2008年度甘肃省高等学校社会成果奖和第十一届甘肃省优秀社科成果奖。为进一步把研究推向深入，我于2007年主持申报了甘肃省教育厅高校科研项目“王仁裕笔记小说研究”，当年8月获得立项，学校给予资助。其后的三年时间里，我和项目组成员、我校中文系副教授杨文新和温虎林一起，按项目要求扎实工作，以发表十余篇论文的阶段性成果和最终的研究报告，通过了由胡大浚教授、尹占华教授和王勋成教授等组成的专家组的验收。他们所述意见如下：

“王仁裕笔记小说研究”项目，立足于文献资料。结合实地考察和作品内涵，有自己新的发现和新见解，工作扎实，研究方法规范，在研究选题上能抓住地方特色和学科特点，在研究条件并不是很好的情况下，做到资料的丰富和研究的深入，实在不易，通过项目研究，带动学校研究团队的成长，使研究具有重要的现实意义。就整个研究过程而言，做了大量扎实细致而又艰苦的工作。成果是很有学术价值的，王仁裕笔记小说的研究，已引起了学界的注意，由此可以形成新的研究层面，从发表的十几篇论文等阶段性成果看，研究的新扩展已经出现，由此可以涉及到唐传奇。唐代文学研究也可以地域扩展到陇南文学研究，陇右文化研究等等。研究报告的完成，反映了项目组严谨的科学精神和朴实的学风，研究工作已完全达到了预期的目的，同意项目结项。

西北师大　胡大浚

2010年6月6日

“王仁裕笔记小说研究”项目选题具有鲜明特色和研究意义，研究成果有一定的理论高度，研究报告扎实、全面，重现理论研究和田野考察的结合，由此可以看出在该项目研究上，研究人员花费了大量的时间和精力，这是难能可贵处的。从研究报告的内容看，资料翔实，可靠，论证严谨，论述合理，逻辑严密，研究结论见解深刻可信，笃实。在研究过程中，通过学术报告和专题讲座，把项目研究与教学紧密结合起来，是该研究的一个显著特色和亮点，值得肯定。

该项目对文学史上王仁裕笔记小说遗存的很多问题作了分析和探讨，这在国内应该是领先的，发前人所未发，我同意阶段性成果论文研究报告提出的见解和形成的结论。需要注意的是，在材料使用时，要注意辨别历史上流传过程中一些文献材料的真伪，如《太平广记》等书在收集材料时往往会对原作予以改动，这就需要把最原始的材料挖掘出来，使材料更为可靠、可信。建议项目的研究报告完成后，正式出版，以发挥更大的社会效益。同意项目结项。

西北师大　尹占华

2010 年 6 月 6 日

“王仁裕笔记小说研究”项目的选题很有意义和研究价值，该研究既具有面的宽度，也有具体作品研究的深度。内容丰厚而论证过程扎实可靠。其中不乏用一些较新的研究方法。如王仁裕生活的五代乱世，研究报告把他和“三国”时期“乱世”文学创作活动加以比较研究，使人有洞开局限而思考新颖之感。该项目的 10 余篇阶段性成果论文和研究报告能很好地把微观研究和宏观研究结合起来，保证了项目研究的全面性和成果质量。该项目首次在学术界公布王仁裕神道碑拓片，王仁裕墓志铭拓片以及对文字校对，注释，意义重大，可以说是弥补了王仁裕文学创作研究的一个空白。从“唐有意为小说”的观点出发，该项目研究是注目于文言小说发展的文体独立初期，所以研究的关注点有重大学术价值和意义，同意该项目结项，通过验收。

建议学校提供条件，在该项目完善研究报告后，正式出版该书，以便该研究项目发挥更好的社会效益。

兰州大学　王勋成

2010 年 6 月 6 日

这几位先生的意见虽不免照顾和客气的意味，但希望该研究报告完善后能正式出版、发挥更大社会效益却是基本一致的。所以说，在一定意义上，是这几位先生的意见，为我最后修订、完善这部书稿给予了极大鼓舞和鞭策。从研究报告到著作初稿，我满以为无需费很大气力，但实际情况是，着手这项工作以来，不知不觉就花去了我一年多的时间，甘苦自知，虽耗费心血做了很大努力，最后还是不能令我满意：一则全书七章中，结构并不是很匀称，二则是有些内容无法整合进这部书稿。尽管如此，我还是觉得它有着自己的特点：书的主体侧重了对《开元天宝遗事》和《王氏见闻录》的辑佚、校注和评记。这就基本呼应了前述周勋初、侯忠义等先生的嘱托，也在一定意义上填补了这方面的空白。辑佚方面：《开元天宝遗事》四库本、曾贻芬点校本均作 146 条，本书依据赵军仓硕士论文辑出的有关内容，增加到 149 条；《王氏见闻录》陈尚君辑本 31 条，我据《广记》所录和有关情况辑出两条，增加到 33 条。校注方面：两书我都重点考虑了版本之间的差异，择善而从。评记方面：重点突出对文化和内涵的评点，意在显露一点自己的思考，当然不乏粗浅之处。因为我前面已有《玉堂闲话评注》一书，所以本书相对其他两书来说，对《玉堂闲话》文本本身的研究就少许多，读者可就此两书互参，提出批评意见。

本书所录《开元天宝遗事》和《王氏见闻录》二书，记录了大量的有关梦兆、占卜的事例，不仅是出于王仁裕猎奇的心态，还有一部分是与他听天命、信鬼神的思想有关。同时代的相当一些笔记小说也同样有这样的特征，一是因其本身为笔记小说的原因，“残存小语”、“街头巷尾之议”，二是说明了当时乱离时代的社会风气正是如此。比较起来，宋人笔记小说的现实性大为加强。王仁裕笔记小说中所记录的宫廷时尚和民俗活动，反映了唐代君王时尚和民间习俗的丰富性和复杂性，同时也充分表现了唐代社会自由开放的社会形态，对今天我们认识历史、回望古代封建社会的巅峰时代，具有重要学术价值和现实意义。《开元天宝遗事》载录的一些民俗活动有相当一部分至今仍在沿用，如观灯、压岁钱等等，也有一些如击鉴救月、寒食秋千虽然在一些地方仅见痕迹，但对于我们了解唐代社会风貌却很有帮助，成为后世研究唐代民俗和社会的重要资料。

本书还观照了王仁裕的诗歌创作。王仁裕有“诗窖”美名，清陆凤藻云：“诗窖，王仁裕也。”（《小知录·文学·诗世界》）近代学者对历史上的“诗窖”有不同看法。晚清民国由云龙评说：

王仁裕诗尤夥颐，生平所作，几近万首，有“诗窖子”之称。奉使荆渚，高从诲出妓十辈弹胡琴，仁裕诗云：“红妆齐抱紫檀槽，一抹朱弦四十条。湘水凌波惭鼓瑟，秦楼明月罢吹箫。寒敲白玉声偏晚，暖逼黄莺语自娇。丹禁旧臣来侧耳，骨清神爽似闻《韶》。”五代诗多浅俗，似此绮丽铿锵，尚有晚唐风格。惟自命旧臣，了无天宝梨园之感，翻为虞廷《韶》乐之谀，从诲何人，而敢当此，殊觉太无心肝者矣！（《定庵诗话续编》卷上）

这里说王仁裕诗数量巨大，绮丽铿锵，有晚唐风格，显然是研读了作品的，且能褒贬区别评价，如所引这首《荆南席上咏胡琴妓二首》（其一）。但也有些论者就没怎么读王仁裕的诗，即只凭印象甚至偏颇大加评论，如民国沈其光称：五代王仁裕诗多至万首，当时有“诗窖子”之讥，至今无有能道其只字者。（《瓶粟斋诗话》初编卷一）

该论反把历史上对王仁裕的“诗窖”美称，想当然地转述成当时蜀人的讥讽之词，并云“今无有能道其只字者”，真是偏狭到如有一叶之障，有些可笑。其实康熙时曹寅、彭定求奉敕编纂的《全唐诗》早已流行，怎么可能会有没人“能道其只字”的情况，只能说明这位“诗话”作者的僭妄和肤浅。

诚然，王仁裕的诗歌现存不多，与“诗窖”之誉有较大差距，这是历史的原因，书中已有论述，无需再次置喙，但今见的近二十首作品，思想性和艺术性颇有可圈可点之处，仅此他堪称五代名家。就连颇喜讥讽前朝的宋太祖赵匡胤也不得不承认：“五代干戈之际，犹有诗人”，以致自愧皇宋不逮（《古今诗话》）。就王仁裕当时的诗歌创作及其在诗界的影响，在很大程度上决定了五代诗有别于唐的风貌。所以他的诗可与唐诗比，因其具有源流关系；也不可与唐诗比，因其有着自己的特点。本书对王仁裕的诗歌创作做了专门的探讨。现今能看到的王仁裕笔记小说、音乐著作、书法著作和记游作品就是他这个“诗窖”的留世遗珍，我们研究的意义就在于追寻并重新认识这些遗珍的文学价值和思想内涵。

本书的撰写，一直得到家人、同事和领导的关心、支持和帮助，借此机会一并表示深深的谢意。陇南师专为本书出版提供了部分资助。敬请专家、朋友对本书予以批评指正。

蒲向明

2012 年 3 月　陇南成县